길다 이야기

THE GILDA STORIES: Expanded 25th Anniversary Edition

Copyright © 1991, 2016 by Jewelle Gomez

Afterword copyright © 2016 by Alexis Pauline Gumbs

This edition is published by arrangement with Sterling Lord Literistic, Inc. and The Danny Hong Agency.

Korean-language edition copyright © 2025 by GU-FIC Publishing Company.

이 책의 한국어판 저작권은 대니홍 에이전시를 통한 저작권사와의 독점 계약으로 도서출판 구픽에 있습니다.

저작권법에 의해 한국 내에서 보호를 받는 저작물이므로 무단전재와 복제를 금합니다.

길다 이야기 THE GILDA STORIES

주엘 고메즈 장편소설
안현주 옮김

CONTENTS

- ◆ **서문** 주웰 고메즈 — 007
- ◆ **1장** 루이지애나: 1850 — 011
- ◆ **2장** 예르바 부에나: 1890 — 083
- ◆ **3장** 미주리주 로즈버드: 1921 — 169
- ◆ **4장** 사우스엔드: 1955 — 215
- ◆ **5장** 오프 브로드웨이: 1971 — 281
- ◆ **6장** 리버사이드 아래: 1981 — 331
- ◆ **7장** 뉴햄프셔주 햄프던 폴스: 2020 — 371
- ◆ **8장** 마법의 땅: 2050 — 393
- ◆ **후기** 알렉시스 폴린 검스 — 427

◆

밤이면 잠이 나를 소리 없는 관 속에 가둔다
때로 정오에 나는 꿈을 꾼다
두려울 게 없다…

오드리 로드

◆ 서문

BC(before cell phones, 휴대전화 이전) 어느 여름날 저녁, 나는 집 전화가 고장 나는 바람에 사향 냄새를 풍기는 맨해튼의 밤공기 속을 걸어가 길모퉁이 공중전화 부스에서 친구에게 전화를 걸었다. 한창 얘기하던 중에, 지나가던 두 남자가 내게 어떤 성행위를 하고 싶은지 외설적으로 묘사해 가며 말하기 시작했다. 나는 여자들이 이런 모욕을 주기적으로, 성적으로 겪는다는 사실을 떠올렸다. 평소엔 우리가 얼마나 자신을 다잡아가며 그런 모욕을 떨쳐내는지를. 하지만 이번엔, 오래전 그날 밤엔, 분노가 밀려드는 파도처럼 내 안에서 솟구쳤다. 나는 전화선 너머 친구에게 기다리라고 말했다.

나는 그 두 남자에게 몸을 돌려 전설 속 밴시처럼 비명을 지르기 시작했다. 난 그들이 내가 과민반응하고 있다고 생각하는 걸 알 수 있었다―그들은 '그저 남자답게 굴었을 뿐'이니까. 하지만 나의 장광설이 그들의 마초적인 허세를 까발리며 통제 불가하게 터져 나왔다. 한 남자가 다른 남자에게 필사적으로 고함쳤다. "야, 이 여자 미쳤어!" 그는 친구의 팔을 움켜쥐고 내게서 멀리 아래쪽으로 도망쳤다. 나는 거리에서 희롱당해 본 모든 여자의 억눌린 분노로 떨고 있었다. 내가 살인당하는 줄 알고 겁에 질린 친구가 수화기 저편에서 내 이름을 외쳐 부르는 소리에 정신이 돌아왔다. 나는 충격 속에서 내 손에 무기가 들려 있었다면 기꺼이 그 두 남자를 때리거나 쏘거나 찌르거나 터뜨렸을 거라고 생각했다. 대신 나는 집으로 돌아가 『길다 이야기』 첫 부분을 썼다.

길다를 통해서, 나는 노예로서 느끼는 깊은 무기력감에서 벗어나 삶과 죽음 너머의 궁극적인 힘을 얻는 한 캐릭터를 공중전화 부스 안에서 창조했다. 그녀는 인간들이 서로에게 가하는 부당한 일들의 시간을 초월한 목격자가 된다. 홀로 길에 나선 그녀는 자신을 노예로 되돌리려는 잔인하고 포식자 같은 노예 감찰관으로부터 스스로를 보호할 장비가 갖춰져 있지 않다. 자유로 향하는 그녀의 여정을 둘러싼 탈출과 폭력의 트라우마는 그녀가 세월을 거치며 견뎌야만 하는 무게다. 10년마다 새롭게, 우리 문화는 아직 노예 제도와 편견이 남긴 상처들을 극복하지 못했다는 사실을 상기시키는 것들이 나타난다. 길다는 점점 더해지는 외로움의 무게에도 굽히지 않고 자신이 사랑하는 이들을 뒤에 두고 떠나는 법을 배워야 한다. 길다의 여정 내내 그녀는 자신의 인간성을 지키려 하며 다른 이들도 그들의 것을 찾도록 돕는다.

흑인 레즈비언 뱀파이어 이야기―선의가 있든 없든―가 정치적으로 그다지 좋은 생각이 아니라고 생각하는 이들이 있었다. 몇몇 작가 친구들과 활동가들―아프리카계 미국인이자 레즈비언―은 뱀파이어라는 아이디어와 취약 계층의 결합을 매우 부정적으로 생각했다. 심지어 내가 『길다 이야기』는 그저 매력적인 연쇄살인마에 대한 이야기가 아니라 뱀파이어를 레즈비언 페미니스트 관점으로 해석한 이야기가 될 거라고 설명했을 때조차, 사람들은 그 아이디어를 받아들이기 어려워했다. 뱀파이어의 전형은 문화 속에 너무 깊게 스며들어서 새로운 시각으로 변형하기 어려웠다. 혹은 우리가 그렇게 생각했다.

내가 브루클린에 있는 플램보이언트 레이디스 살롱에서 처음으로 한 챕터를 읽었을 때, 나는 사람들이 도망친 노예 소녀가 뱀파이어가 되는 이야기에 어떻게 반응할지 몰라 불안했다. 내가 확신한 유일한 한 가지는 자신들의 집에서 매달 살롱을 여는 주최자 알렉시스 드보와 그웬돌린 하드윅이 모은 청중들이 친절하리라는 것이었다. 그들은 그랬고 그 이상이었다. 그들의 열띤, 영감을 주는 질문들에 이끌려 나는 뱀파이어 전설에 대해, 그리고 피와 사회적 역사의 여성과의 관계에 대해 수년 동안 조사했다. 옥타비아 버틀러의 작품을 다시 읽고 나는 사변 소설에 유색인 여성을 위한 자리가 있다고 확신했다. 첼시 퀸 야브로의 책들은 내게 뱀파이어가 망토를 두른 포식자 이상일 수 있다는 것을 보여 주었다. 곧이어 나는 〈빌리지 보이스〉에 『길다 이야기』의 첫 장을 실었다. 그 이야기를 읽고, 조애나 러스가 내게 격려가 담긴 엽서를 보내왔다. 덕분에 나는 레즈비언 페미니즘이 모험담을 전개할 적당한 렌즈라는 것을 확신했다. 오직 집 안이라는 왕국 안에만 머물러야 한다고 간주되었던 여성의 이야기는 수년에 걸쳐 더 큰 세계를 향해 걸어 나왔다. 하지만 뱀파이어와 같은 전통적인 호러 장르를 바탕으로 하는 이야기는 거의 없었는데 그러려면 전설 그 자체를 완전히 재구성해야 하기 때문이었다.

분노로 시작했던 무엇이, 다음과 같은 정치적이고 철학적인 질문들에 대해 의미 있는 답을 찾아가는 수십 년의 기나긴 활동이 되었다. 가족이란 무엇인가? 우리는 어떻게 우리의 힘 안에 살면서 동시에 책임 있게 행동하는가? 우리는 어떻게 공동체를 건설하는가? 우리는 어떻게 젠더, 민족성, 계급을 넘어 진정으로 소통하는가?

이 소설을 연극으로 각색한 〈뼈와 재Bones&Ash〉를 위해 내가 쓴 반복적인 후렴은 이 이야기가 거하는 척추이다. "우리는 생명이 아니라 피를 취한다, 그리고 그 대가로 무언가를 남긴다." 이 책이 제기하는 질문 중 무엇이든 답하려면 우리는 피를 흘려야 한다—비유적으로 말해서. 다시 말해서, 우리는 표면을 뚫고 들어가는 법을, 서로를 해치지 않으면서 피가 흐르는 저 깊고 위험한 곳을 찾는 법을, 그리고 살아남기 위해 우리가 알고 사랑하는 모든 것을 나누는 법을 배워야 한다. 이는 우리 모두가 평생 동안 추구해야 하는 것이다. 나는 다음 세대들도 내가 그러듯 길다를 곁에 두고 이 여정에 오르기를 바란다.

주웰 고메즈
2015년 7월

◆ 1장

루이지애나: 1850

소녀는 엄마의 성가신 꼬집음처럼 느껴지는 까끌까끌한 건초 더미에서 불편한 잠을 잤다. 심한 곰팡내가 엄마의 빽빽한 밀가루 반죽 냄새로 바뀌었다. 때로 헛간 건초더미에서 소녀의 몸이 부스럭대는 소리는 농장의 주인집 뒤 요리용 헛간에서 튀겨지는 돼지 비곗살 소리 같았다. 소녀의 꿈속 다른 순간들에서 그 소리는 엄마가 복잡한 모양으로 머리를 땋기 전에 소녀의 단단히 엉킨 검은 머리카락을 빗질하는 탁탁 소리였다.

소녀는 밤길로 열다섯 시간을 이동한 뒤에 겨우 멈췄다. 소녀의 몸은 버려진 농가까지 버텼고 거기서 그 몸은 두려움을 두른, 밀려드는 잠에 굴복했다.

그때 새벽 어스름 속에서 한 남자가 소녀 쪽으로 몰래 다가서는 발걸음 소리가 들렸다. 꿈속에서도 소리는 그 본질로 남았다. 위험. 감독관의 옷을 입고 있는 백인 남자. 꿈에서 소녀는 엄마의 커다란 검은 손을 꼭 쥐고 그 발소리가 멈추기를, 밤이라 크고 낡은 차가운 스토브 옆, 짚과 옥수수껍질 요 위에서 엄마의 품에 몸을 말고 깨어나기를 기도했다. 잠 속에서, 소녀가 움켜쥔 엄마의 손이 전날 소녀가 도망칠 때 훔친, 온기 도는 나무 손잡이가 달린 칼로 변했다. 칼은 소녀의 가늘고 어린 몸에 헐렁하게 걸쳐진 거친 셔츠 아래 소녀의 심장 옆에서 고동쳤다. 소녀의 가슴께 옷 주름 사이에 껴 있는 칼은, 소녀 위에 웃으며 서서 소녀의 한쪽 다리를 잡고 건초 아래서 소녀를 끌어내는 붉은 얼굴의 남자에게는 보이지 않았다.

소녀는 비명을 지르지 않았지만 숨겨진 칼과 나란히 고동치는 자신의 심장박동에 스스로를 묻었다. 소녀는 망설인 시간과 마침내 감행한 탈출이 끝났다고 믿기를 거부했다. 미시시피강과 루이지애나의 숲들 사이로 걷고, 숨고, 달리는 것은 이내 거의 즐거운 리듬으로 자리 잡았었다. 소녀는 자신의 엄마가 채 사람이 못된 것들이라 욕했던 자들에게 항복할 준비가 되어 있지 않았다.

소녀는 지금은 죽은 엄마가 여러 다른 언어들에서 끌어모아 이 땅으로의 여정을 설명했던 이야기 중 일부를 애써 떠올렸다. 그 전설들에는 속박되지 않은 삶의 자연적인 리듬을 담은 풀라니족의 과거 모습이 담겨 있었다. 그 기억은 매해가 지날 때마다 점점 희미해졌다.

"서둘러라. 일어나, 아가, 시간 됐다, 일어나!" 엄마의 다급한 목소리가 소녀의 꿈속에서 날카롭게 울렸다. 소녀는 닫힌 창문 틈으로 스민 한 가닥 햇살에 눈을 떴다. 소녀는 벌떡 일어나 요와 이불을 벽으로 말아놓은 다음, 손을 조리대 위 대야의 따뜻한 물에 재빨리 담갔다. 소녀의 엄마는 커다란 주전자에서 끓는 물을 조금 더 부었다. 소녀는 동트기 전 아침의 어스름에 비쳐 낮은 천장으로 피어오르는 김을 지켜봤다. 소녀는 엄마가 크고 검은 스토브로 돌아설 때 그 선물 방울을 천천히 눈에서 씻어내기 시작했다.

"엄마는 이 비스킷들을 꺼낼 테니까, 얘야, 너는 이 시리얼을 봐라. 난 다시 나가야 되니까. 네가 온종일 자는 걸 보려고 내가 그치들에게 널 데려와 달라 빈 게 아니잖니. 그러니까 움직여."

엄마는 치마를 치켜들고 나가며 문으로 재빨리 사라졌다. 소녀는 스토브로 달려가 손에 국자를 들고 무쇠솥에 든 된 귀리죽을 저었다. 소녀는 엄마가 다시 들어올 때 자랑스럽게 활짝 웃었다. 솥에 전혀 들러붙지 않았다. 엄마는 자신의 큰 손으로 국자를 획 들어 올리며 마주 웃고 소녀에게 다음 일을 시켰다. 비스킷 뒤집기.

"비스킷이 뜨거울 때 버터를 넣으면 그들이 좋아하지. 버터가 없으면 라드(돼지 기름)를 넣어, 반짝거리게. 그들은 알 수 없으니까 그걸로도 충분하단다."

"마마, 버터랑 기름을 어떻게 몰라요? 아기 미네르바는 통에 버터가 굳기도 전에 버터 냄새를 맡을 수 있는데. 그 앤 돼지기름은 마시지 않을 걸요. 왜 그 사람들은 버터 맛이 어떤지 몰라요?"

"그치들은 여기 충분히 오래 있지 않았거든. 채 사람이 되지 못했지. 전혀 아닐 수도 있고. 그들은 세상을 삼켜 버리지, 맛을 보지 않아."

소녀는 뜨거운 빵 트레이에 버터를 문지르고 그 두껍고 설구운 비스킷들을 아침 서비스에 사용하는 통에 넣었다. 소녀는 그 냄새를 사랑했고 좋았던 시간들을 꿈꿀 때면 늘 빵을 떠올렸다. 소녀의 엄마는 위안을 주고 싶을 때마다 진짜 버터를 바른 첫 번째 비스킷을 약속했다. 소녀는 엄마가 모든 사람에게, 심지어 밭에서 일하는 사람들에게까지 갓 구운 빵을 준다고 이따금 말했던 바다 건너의 집을 상상했다. 소녀는 엄마가 예전 세상에 대해 했던 말을 떠올리려 했지만 그럴 수 없었다. 잃어버린 왕국들은 소녀에게 꿈이었다. 지금 꾸고 있는 것처럼.

소녀는 이 다른 땅에서, 자신의 한쪽 다리를 잡아 몸을 숨겨 주던 건초더미에서 끌어내는 짐승을 올려다봤다. 그의 얼굴은 쪼개던 웃음을 잃고 욕망으로 구겨져 있었다. 그는 바지를 추켜 맸던 끈을 풀었고, 소녀의 굴종에 대한 기대감이 짙어지면서, 머릿속이 그녀를 범할 생각으로 세차게 부풀었는지, 얼굴에 미소가 돌아왔다. 그는 커다랗게 뜬 눈으로 과거와 미래를 모두 보고 있는 소녀 앞에 무릎을 꿇었다. 그는 이미 현상금을 헤아리고 자신이 할 이야기들을 음미하며 정복감에 뻣뻣해진 몸을 구부렸다. 그의 뱃속이 뜨듯해졌다. 소녀는 어리고 아마도 처녀일 것이며 자신에게 반항할 수 있을 것처럼 보이지 않았다. 그는 그녀의 뜨여 있는, 아무것도 보지 않는 눈을 보며, 그 흔들림 없는 시선을 체념이나 혐오가 아니라 욕망이라 해석하고 미소를 지었다. 그의 안에 타오르는 불이 더 뜨거워졌다.

양팔을 소녀의 머리 양쪽에 두고 몸을 낮추는 그의 중추는 환하고 눈부셨다. 소녀는 눈을 감았다. 그는 자기 몸을 소녀의 갈색 피부에 문지르며 소녀의 감은 눈이 그와 그의 힘에 대한 욕구라고 상상했다. 그는 소녀에게 들어가기 시작했지만, 그의 손이 소녀를 다 열기 전에, 손이 아직 소녀 안쪽의 부드러운 부위를 쑤시고 있을 때, 소녀는 이제 나무 손잡이 달린 칼이 된 자신의 심장을 그의 안에 꽂아 넣었다.

그는 마지막 숨이 서둘러 자신을 떠날 때 작은 소리를 냈다. 이내 그는 서서히 무너졌다. 피가 그의 몸에서 빠져나오면서 온기가 그의 힘의 중추에서 가슴으로 번졌다. 소녀는 자신의 숨이 건초 더미 속 유일한 생명의 징후가 될 때까지 남자의 밑에 가만히 누워 있었다. 소녀는 서늘한 자신의 피부를 남자에게서 흘러나온 피가 따뜻하고 기분 좋게 감싸는 것을 느꼈다.

마치 처음으로 엄마가 해 줄 수 있었던 진짜 목욕 같았다. 엄마는 가족이 부재중이었던 어느 밤에 한참처럼 느껴진 시간 동안 가마솥에 물을 끓인 다음 봉랍을 칠한 나무통에 채웠다. 엄마는 소녀를 작고 좁은, 그 욕조의 사치스러운 온기 속에 내려놓고 이름 모를 곡조를 부르며 비누로 소녀를 문질렀다.

엄마의 친근한 손과 따뜻한 물이 소녀를 결코 잊지 못할 관능의 무아지경으로 이끌었다. 지금 소녀의 가슴뼈를 서서히 적히며 그 아래 바닥으로 스미는 피는 그 목욕 같았다. 정화. 소녀는 가만히 누워 생명이 자신의 위로 넘쳐흐르게 한 다음 뺨이 창백해진 붉은 얼굴의 남자 아래서 조심스럽게 빠져나왔다. 소녀는 남자가 사실은 소녀의 연인이고 그를 깨우기가 조심스럽기라도 하듯 조용히 움직였다.

셔츠와 바지를 적신 피를 내려다보면서 소녀는 불쾌하지 않았다. 그것은 짐승의 죽음과 자신의 지속되는 삶을 암시하는 피였다. 미끄러운 칼의 나무 손잡이를 손에 쥔 소녀의 몸이 꿈과 기억 속에서 떨리기 시작했다. 소녀는 이제 무엇을 해야 하는지 이해하고자 애쓰며 흐느꼈다. 어떻게 피를 감추고 계속 이동할지. 소녀는 어렸고 아무도 죽여 보지 않았다.

　소녀는 이 일이 정말로 처음부터 다시 자신에게 일어나고 있는지, 아니면 자신이 다시 꿈을 꾸고 있는지 알 수 없어 떨었다. 소녀는 더러운 한 손을 자신의 넓적한 갈색 얼굴에 올리고 한껏 울었다.

　그렇게 길다가 1850년 뉴올리언스 외곽 길가에 있는 자신의 작은 농가 창고에 웅크리고 있는 소녀를 발견했다. 소녀는 칼을 가슴에 움켜쥐고 꿈에서 벗어나려 몸부림쳤다.

　"일어나라, 애야!" 길다는 떨고 있는 팔다리 한쪽을 뽑게 될까 두려운 듯 소녀의 가녀린 어깨를 부드럽게 흔들었다. 길다의 목소리는 위스키처럼 거칠었고, 연기 나는 랜턴을 들어 올리는 화장한 얼굴은 젊어 보였다.

　소녀는 꿈을 뒤로하려 필사적으로 애썼지만 백인에 대한 공포에 사로잡혀 쿵쾅거리는 심장으로 깨어났다. 소녀 위의 창백한 얼굴은 여자의 것이지만 소녀는 그들 역시 그들의 남자들만큼 위험할 수 있다고 배웠다.

　길다는 이제 눈을 떴지만 보지 않는 소녀를 흔들었다. 밤이 깊었고 길다는 히스테리 상태인 아이에게 쓸 시간이 없었다. 그녀의 갈색 눈이 조바심으로 어두워졌다.

　"자, 애야, 내 창고에서 뭘 하는 거냐?" 소녀의 침묵이 깊어졌다. 길다는 얼룩지고 찢어진 셔츠, 허리춤에 단단히 동여맨 너무 큰 바지, 그리고 소녀가 움켜쥔 나무 손잡이 칼을 살펴봤다. 길다는 소녀의 눈에서 칼을 쓰고자 하는 충동을 보았다.

"그럴 필요 없다. 나는 너를 해치지 않아. 이리 오렴." 그 말과 함께 길다는 너무 거칠게 굴지 않으려 조심하며 소녀를 일으켜 세웠다. 길다는 소녀가 공포에 질렸고 허기와 상처로 약해졌다는 것을 알 수 있었다. 길다는 도망친 노예를 딱 한 번 본 적이 있었다. 그녀가 공포의 표정과 냄새를 알아차리기 전에 그 도망자는 잡혀갔다. 소녀와 천장이 낮은 창고를 두리번거리는 그 표정만 보면 길다 자신이 숨어야 할 것 같았다. 그녀는 소녀의 검은 눈을 깊이 들여다보며 소리 없이 말했다. **두려워 마라. 내가 너를 돌봐주마. 밤은 많은 것들을 숨긴단다.**

소녀는 길다의 설득력 있는 생각이 닿자 칼을 쥔 손을 풀었다. 소녀는 소리 없이 말할 수 있는 사람들에 대해 들어 봤지만 백인이 그럴 수 있으리라고는 예상하지 못했다. 이 사람은 소녀에게 수수께끼였다. 검은 눈과 하얀 피부. 여자는 얼굴을 가면처럼 색색으로 칠했지만 남자 바지와 두꺼운 재킷을 입고 있었다.

길다는 골격이 작은 몸으로 흠뻑 젖은 길에서 짐을 끄는 한 무리의 말들처럼 움직였다. 부드럽고 끈질기게. 길다가 소녀를 들어 올려 마차에 태우며 한 말은 이것이 전부였다. "네가 필요하단다, 얘야, 서둘러!" 그녀는 소녀의 어깨에 두꺼운 숄을 두르고 한 손으로 소녀를 꼭 안고 말을 어둑한 길로 되돌렸다.

거의 한 시간 뒤에 그들은 도시의 가장자리에 있는, 농장의 집이 아니라 호텔의 외관을 한 큰 건물에 멈췄다. 소녀는 성대한 파티라도 있는 듯 모든 방에 밝혀진 불빛에 놀라 눈을 깜박였다. 건물 옆에 제복을 입은 남자들이 수행하는 마차가 몇 대 서 있었다.

왼쪽에 있는 작고 개방된 헛간에는 안장을 얹은 말 몇 마리가 건초를 씹고 있었다. 그 말들은 길다의 말 쪽으로 고개를 기울였다. 길다의 말은 빠르고 다급하게 접근했고, 마차가 남긴 냄새는 공포를 일깨웠다. 말들은 일제히 살짝 이동했다가 이내 코를 힝힝거리고는 무관심해졌다. 말들은 한동안 먹이를 먹고 쉬며 짐을 내렸다. 길다는 소녀의 팔을 단단히 붙들고, 그 만족한, 지각 있는 말들을 지나 집 뒤쪽으로 돌아갔다. 그녀는 흑인 한 명, 백인 한 명인 두 여자가 얇게 썬 햄과 칠면조를 담은 접시를 준비하고 있는 큰 부엌으로 들어갔다.

길다는 요리사의 보조에게 조용히 말했다. "메이시, 쟁반을 내 방으로 가져다주렴. 데운 와인도. 뜨거운 물을 먼저 다오." 그녀는 걸음을 멈추지 않고, 소녀를 끌고 뒤쪽 계단을 올라 방 두 개짜리 자기 객실로 향했다. 그들은 북쪽 벽에 놓인 작은 책꽂이에 책들이 늘어서 있고, 가구가 빽빽하게 찬 거실로 들어갔다. 채색화와 소묘 몇 점이 남쪽 벽에 걸려 있었다. 그들 앞에는 다채로운 색깔의 장식용 천들에 둘러싸인 안락의자가 놓여 있었다.

이 방은 아래층 같은 긴박함이 없었다. 우다드 저택—그 가족이 이 집을 떠난 지 수년이 흘렀지만 여전히 그렇게 알려진—을 방문하는 손님 중에 안주인의 사적인 공간으로 초대된 이는 아무도 없었다. 이곳은 길다가 밤의 끝에 물러나는 곳, 아가씨들 몇 명 혹은 버드를 제외하고는 홀로 책을 읽으며 오후 시간의 대부분을 보내는 곳이었다. 우다드는 그 지역에서 제일 번창하는 시설이었고 그곳의 가장 존경받는 남자들과 여자들이 애용하는 곳이었다. 도박, 음악적인 여흥, 그리고 개인실들 모두 이용객이 많았다. 길다는 아직 스무 살이 안 된 아가씨들을 여덟 명 고용했고 그들은 그 집에서 살면서 사람들이 여자가 해야 한다고 생각하는 역할을 하며 열심히 일했다. 우다드를 15년간 운영한 길다는 자신의 집과 자신의 아가씨들을 사랑했다. 그 시간은 놀랍도록 편안했고 그녀가 살아온 300년에서 상대적으로 아주 작은 부분이었다. 길다의 내실은 여러 생애에서 난 보물들을 간직하고 있었다.

 길다는 궤짝 뚜껑을 들고 수건과 잠옷을 꺼냈다. 소녀의 솔직한 시선이 길다를 스치며 그녀의 어깨에 앉은 세월의 무게를 엿보았다. 그 수수께끼 같은 시선 아래 그 세월은 그다지 기이하지 않아 보였다. 길다는 아래층의 공간들에서 올라오는 거친 웃음소리들에 잠시 귀를 기울였다. 음악적인 오락은 그녀 없이 시작했고 저녁 행사를 소개하는 버드의 깊은 목소리가 희미하게 들렸다. 우다드는 버드의 단골손님들이 자랑하듯 '인디언 아가씨'가 있는 유일한 집이었다. 이제는 버드가 저택 관리를 돕는 일만 하지만, 많은 사람이 우다드의 여자들 대부분이 입는, 검소하게 꾸민 부드러운 면 드레스를 입은 그녀를 그저 보려고 왔다. 구슬 장식이나 깃털이 달린 가느다란 가죽끈이 이따금 그녀의 머리카락에 꼬여 있거나 드레스에 꿰매어져 있었다. 마을 사람들은 그녀를 자신들의 지역 명물로 평가했다.

 길다가 옷을 펼쳐 놓고 있을 때 메이시가 따뜻한 물과 뜨거운 물을 담은 물통 두 개를 끌고 방에 들어섰다. 메이시는 소녀를 훔

처보면서 방 한구석 화려한 병풍 옆에 있는 욕조에 물을 부었다.
　길다가 말했다. "옷을 벗고 씻으렴. 다른 옷으로 갈아입고." 그녀는 자신이 하나의 현실을 뚫고 다른 현실로 나아가고 있다는 것을 알고 천천히, 신중하게 말했다. 그녀가 하지 않은 말들은 더 중요했다. 쉬어라. 믿어라. 집이다.
　소녀는 먼지투성이에 피가 엉겨 붙은 옷을 소파 옆에 떨구었다. 따뜻한 물로 기어들기 전에 소녀는 신중하게 자기 머리 위 어딘가를 응시하는 길다를 올려다봤다. 길다는 이내 더러움은 무시하고 옷가지를 움켜쥐고 방을 나갔다. 소녀는 욕조에서 나와 잠옷을 입고 긴 소파 위에 몸을 말고 소파 등받이에서 술 달린 숄을 당겨 어깨에 걸쳤다. 소녀는 머리를 풀어 숱 많은 머리를 감고 축축한 수건으로 단단히 싸맸다.
　밤의 냉기를 막으려 다리를 깔고 앉은 소녀는 아래쪽에서 나는 피아노 소리를 들으며 등불이 던지는 가만한 그림자들을 응시했다. 이내 샐쭉하게 음식 쟁반을 든 메이시를 뒤로하고 길다가 들어왔다. 길다는 두툼하게 속을 채운 커다란 의자를 긴 의자 옆으로 끌고 왔고 메이시는 작은 테이블에 쟁반을 놓았다. 메이시는 가까이에 또 다른 등을 밝히며 이상하고 마르고 아프리카인의 얼굴을 한 흑인 소녀를 어깨 너머로 힐끗거렸다. 메이시는 남의 일에 간섭하지 않는 것을 신조로 삼고 있었고, 그게 미스 길다와 관련된 일이라면 특히 그랬지만, 길다의 눈에 담긴 표정은 알았다. 그것은 그녀가 아주 드물게 보는 것이었다. 현재에 사는 것, 혹은 어쩌면 그저 호기심. 다른 이들과 함께 이 집에 살지 않는 메이시와 세탁부는 길다의 시선에 끼어드는 저 불길한 표정에 대해 여러 번 얘기했다. 그것은 자기 머릿속에만 존재하는 무엇을 보는 것 같은 표정이었다. 하지만 주로 버니스와, 그리고 가끔 버드와 상대하는 메이시는 자신의 상상력을 집에 남겨 두었다. 게다가 그녀는 부두 마법을 믿지 않았고 자신의 가톨릭교 신앙도 간신히 유지했다.

물론 교구 내 대부분의 저녁 식탁에는 소문이 돌았다. 특히 버드가 그 집에서 머물게 된 다음부터는. 메이시는 길다에게 신앙이 있다면 그것은 자신이 아는 것이 아니리라 확신했다. 지금 그녀의 고용주의 눈을 채우는 생기 있는 표정은 대체로 길다가 버드와 이야기를 나누거나 글을 쓰며 저녁 시간을 함께 보낼 때만 나타났다.

어떤 것들은 따지지 않는 편이 최선이었고, 그래서 메이시는 몸을 돌려 요리사인 버니스와 하고 있던 카드 게임으로 서둘러 돌아갔다. 길다는 접시를 준비했고 디캔터에 담긴 레드 와인을 따랐다. 소녀는 길다 쪽을 슬쩍 보았지만 깨끗한 방과 음식의 자극적인 냄새에 사로잡혔다. 소녀의 몸은 쉬었지만 소녀의 마음은 모르는 것들로 가득 찬 채 여전히 줄달음질 쳤다. 자신은 농장에서 얼마나 멀리 왔을까, 이 여자는 누구일까, 어떻게 해야 여자한테서 달아날 수 있을까.

소녀를 지켜보는 길다는 흥분을 감출 수가 없었다. 처음 그녀를 사로잡은 것은 소녀의 검은 눈에 담긴 선명한 의지였다. 아이의 성실함이 새어 나왔다. 더 깊은 곳에는 어른의 인내심이 있었다. 길다는 수년 전 라코타에 있는 자기 부족을 방문하고 돌아온 버드의 눈에서 본 그 표정을 기억했다. 결의를 띤 팽팽한 가면 뒤에, 열정, 호기심, 연약함이 한데 섞여 있었다.

보다 중요하게, 길다는 그 눈 뒤에서 자신을 보았다. 거의 기억나지 않는 어린 자신, 타인이 대신 내리는 결정에, 혹은 스스로 개척하지 않은 길을 따라가는 것에 결코 편안해질 수 없을. 길다는 또한 자신의 필요에도 부합하는 가족에 대한 욕구를 보았다. 길다는 눈을 감았고 그녀의 마음속에 엄마의 옷에서 나던 사향 냄새가 떠올랐다. 길다는 그곳, 등불이 밝혀진 방에서 과거의 유령에 거의 닿을 뻔했지만 숨을 삼키며 살짝 고개를 흔들었다. 길다는 그 순간 자신이 소녀가 남기를 바란다는 것을 알았다.

소녀가 먹는 사이 자신의 질문들에 대한 답들이 머릿속으로 미끄러져 들어왔다. 소녀는 자신이 어디 있는지, 이 여자가 누구인지 깨닫고 깜짝 놀랐다. 소녀는 문득 잔을 내려놓고 등불의 그림자 속에서도 흥분으로 빛나는 길다의 좁은 얼굴을 바라봤다. 그녀의 짙은 갈색 머리는 목뒤로 낮게 말려 조그마한 얼굴을 드러내고 있었다. 지금 입고 있는 파란 구슬로 장식된 드레스의 꽉 조인 보디스 안에서조차 길다는 자기만의 신중한 방식으로 움직였다. 그녀가 불을 붙인 갈색 시가 역시 그녀의 대담한 몸짓에 비하면 너무 약해 보였다.

소녀는 잠깐 생각했다. *이 사람은 남자야! 작은 남자!*

길다는 소녀의 머릿속 생각에 커다랗게 웃음을 터뜨리고 말했다. "아니, 나는 여자란다." 그런 다음 소리 내지 않고 이렇게 말했다. *알겠지만 나는 여자란다. 그리고 넌 내가 그동안 네가 알았던, 혹은 네 엄마가 살아서나 죽어서 알았던 어느 여자와 다른 여자라는 것도 알지. 나는 네가 그렇듯 여자이고, 그 이상이다.*

소녀는 말을 하려고 입을 열었지만 목구멍이 너무 쓰렸고 신경은 너무 팽팽했다. 소녀는 수긍하면서도 당혹하여 입을 오므렸다. 이 사람은 여자였고, 그녀의 얼굴은 그 위에 칠해진 색깔들에도 불구하고 엄마의 얼굴과 다르지 않았다.

그 얼굴의 꾸준한 시선은 날카로웠지만 관심으로 가득했다. 하지만 길다의 짙은 갈색 눈 뒤로 소녀는 숲을, 오래된 뿌리들과 화살들을, 전에 본 적 없는 이미지들을 알아차렸다. 소녀는 재빨리 눈을 깜빡였고 등불 불빛 사이로 다시 봤다. 소녀가 본 것은 그저 작은 여자일 뿐이었다. 먹지 않고, 천천히 와인을 홀짝이며 밝게도 어둡게도 보이는 눈으로 지켜보고 있는.

소녀가 먹기를 마치고 긴 의자에 다시 기대앉자, 길다는 소리 내어 말했다. "나에게 아무 말도 할 필요 없다. 내가 말하마. 너는 그저 듣고 누가 물을 때는 이렇게 기억하려무나. 너는 이 집에 새로 왔다. 내 자매가 내게 주는 선물로 너를 여기 보냈지. 너는 미시시피에서 살았다. 이제 너는 여기 살고 나를 위해 일해. 그 외엔 아무 말 마라, 알겠니?" 소녀는 침묵을 지켰지만 그 말과 그 뒤의 이유를 이해했다. 소녀는 묻지 않았다. 소녀는 피곤했고, 이 백인 세계를 더 볼수록 농장 주인들과 현상금 사냥꾼들에게서 더는 숨을 수 없다는 두려움이 커졌다.

"벽에 붙은 옷장에 시트가 있다. 그 긴 의자는 꽤 편안하지. 자럼. 우린 일찍 일어난단다, 얘야." 그 말과 함께, 길다의 여윈 얼굴에 소녀만큼이나 젊은 풍성한 미소가 번졌다. 그녀는 등불 중 하나를 끄고 서둘러 방을 나섰다. 소녀는 깨끗한 시트와 두꺼운 담요를 매끄럽게 펼치며 그 깨끗함과, 긴 의자의 구부러지고 조각된 나무다리로 이불이 늘어지며 마음을 달래주는 방식에 감탄했다. 소녀는 그 잔잔한 표면을 거의 유감스러운 듯 흩뜨리며 이불 사이로 들어가 잠을 청하려 애썼다.

이 여자, 길다는 자신의 마음을 볼 수 있었다. 그건 분명했다. 하지만 소녀는 무섭지 않았는데, 자신도 마찬가지로 길다의 마음을 볼 수 있는 것 같았기 때문이었다. 그것이 그들을 공평하게 했다.

소녀는 그 여자가 자신을 소녀에게 열었을 때 보았던 것, 소녀가 여자를 믿게 만든 것에 대해 잠깐 생각했다. 여자에게서 완만하게 휘어지며 지평선까지 좁다랗게 뻗어 있는 탁 트인 길. 세찬 바람과 카펫 위로 부드럽게 스치는 드레스 밑단 소리처럼 나뭇잎들이 바스락거리며 마음을 달래주는 소리. 소녀는 깊은 잠 속에서 그 꿈을 잃을 때까지 감은 눈으로 그 길을 바라보았다.

길다는 문밖에 서서 잠시 소녀의 불편한 움직임을 들었다. 그녀는 정신력으로 소녀의 혼란을 쉽게 잠재웠다. 아래층에서 올라오는 음악과 말소리가 길다를 방해했지만, 그녀는 저항하고, 대신 희미하게 빛나는 자신의 과거를 탐색했다. 저녁 식사하는 소녀를 지켜보던 그 깨달음의 순간에 우연히 과거를 마주한 것이 얼마나 불안했던가. 기억은 희미해서 길다가 의도적으로 과거를 등졌던 그 오랜 세월 이후, 물결이라기보다 안개 같았다.

눈을 감자 길다는 이름을 잊은 지 오래인 그 장소로, 자신이 소녀였을 때로 돌아갈 수 있었다. 그녀는 윤기 나는 피부를 가진 한 무리의 사람들을 보았다. 자신도 그들 중에 있었다. 그들의 몸에서 풍기는 톡 쏘는 냄새는 건조한 땅덩이를 가로지르는 그들을 따라 이동했다. 그녀는 앞에서 걷고 있는 이들의 구부러진 등과 먼지투성이 샌들 외에는 그다지 많은 걸 볼 수 없었다. 그녀는 자신의 엄마라고 아는 한 여자의 손을 잡고 있었고, 저 앞쪽 어딘가에 그녀의 아빠가 있었다. 지금 그들은 모두 어디 있을까? 물론, 죽었다. 재도 남지 않고, 그리고 길다는 그들의 얼굴을 떠올릴 수 없었다. 그녀는 그들의 눈과 입이 언제 자신의 기억에서 빠져나갔는지 기억하지 못했다. 그들의 목소리는 어디로 갔을까? 남은 것이라곤 자신이 끌려가던 냄새 나는 길과 모래 속으로 스미던 짙은 색깔의 피뿐이었다.

길다는 이동하는 감각, 그녀가 그 무엇보다 더 벗어나기를 갈망하는 그 감각에 얼굴을 찌푸렸다. 거기서조차, 더 이상 선명하게 볼 수 없는 그 신화적인 과거에서조차 그녀는 한 집에서 다른 집으로 유목민처럼 옮겨 다녔다. 첫 번째 전쟁을 거쳐 다음 전쟁으로. 어떤 군주였지? 누구의 나라? 그녀는 그런 것들을 과거 300년—아마도 더 긴 세월의 어딘가에 남겨 두었었다.

길다는 자신의 과거가 사라지자 미소를 지으며 눈을 뜨고 소녀가 잠들어 있는 방의 문을 돌아보았다. 더 이상 그 희박한 기억들이 필요하지 않았다. 그녀는 오로지 앞만, 소녀와 버드의 미래와 마침내 자신이 고요를 얻을 자신만의 안식처를 보기만을 원했다.
 다시 음악이 길다의 상념을 깨뜨렸다. 아주 오랜만에, 그녀는 저녁 공연이 열리는 아래층 응접실에서 아가씨들과 어울리고, 방들을 재빨리 오가는 버드를 보고, 아가씨들이 신사들을 즐겁게 하고 자신들은 시간을 보내기 위해 나른하게 속삭이는 이야기들을 듣고 싶어졌다. 그리고 밤의 경계가 새벽빛에 물들면 자신의 몸에 겹치는 버드의 팔다리 무게와 자신의 남은 날에 스미는 그녀의 머리 내음을 기꺼워하며 그녀 옆에 감사히 누울 터였다.

 우다드에서의 처음 몇 달 동안 소녀는 거의 말을 하지 않았지만 집 안에서 지시받은 잡일들을 했다. 몇 달 뒤에는 버드나 길다를 따라 장을 보러 가거나, 식구들을 위한 선물을 사러 나가기 시작했는데, 이건 길다가 종종 하는 일이었다. 소녀는 물건들을 나르고, 길다 방의 작은 꽃병들과 조각상들, 책꽂이의 먼지를 조심스럽게 털고, 혼자 밖에 나설 수 있을 만큼 편안해지자 정원에서 꺾은 싱싱한 꽃들을 꽂으며 길다의 방을 정리했다.
 때로 소녀는 아가씨들이 부엌 식탁에 둘러앉아 먹고, 전날 저녁 공연에 대해 얘기하고, 수다를 떨며 웃고, 혹은 자기들 문제에 대해 토로하는 동안 식료품 저장실에 앉아 있곤 했다.
 "내가 감사할 줄 모른다고 말하지 마. 나는 다 컸어. 난 내가 원하는 걸 원하고 누구의 엄마도 아니라고!" 레이철이 언제나 어떤 의견이 있는 페니에게 소리쳤다.

"우리가 알기론 아닌걸." 페니가 그렇게 톡 쏘아붙였다. 레이철은 그녀를 차갑게 응시하기만 했고 페니는 계속했다. "넌 항상 무언가를 원해, 레이철. 그리고 이 꿈 모시기는 아무것도 아니라고. 너도 전혀 모르는 뭔가를 하는 꿈 하나 꿨다고 다 버리고 도망가겠다는 거잖아."

"내 꿈이고 내 인생이야, 안 그래요, 미스 버드? 당신은 꿈 그런 걸 알잖아요."

관심의 중심이 된 버드는 자신과 길다에게 가족이 되어 준, 사실상 다 큰 여자들인 이 소녀들에게 무엇이 가장 의미 있을지 상기하려 애썼다.

"꿈이라는 건 무시하면 안 되는 거지."

"하지만 물가에, 재 꿈에 따르면 당장이라도 떨어질 것 같은 그런 곳에 간다는 건, 명심해요, 내 꿈이 아니고, 재 꿈이에요—명청한 거죠." 페니가 고집했다.

"그건 꿈이지, 사실이 아니야. 아마 그 꿈은 그냥 변화를 뜻할 거다, 더 나은 걸 위한 변화. 레이철이 꿈을 꾸면, 걔가 그걸 읽어야지. 이 자리의 누구도 그걸 대신할 순 없어." 버드가 말했다.

"어쨌든, 내가 짐을 싼 것도 아니고. 난 그냥 내 꿈을 말할 뿐이에요. 망할, 페니, 너는 항상 눈엣가시라니까!"

무리들이 자신을 흥분시킬 때면 늘 입심이 좋아지는 레이철 때문에 여자들은 웃음을 터뜨렸다.

때로 길다가 그들이 자기 밑에서 일하는 사람들이 아닌 양 함께 앉아, 우울하고 경계심 많은 요리사 버니스나 야망으로 가득한 레이철과 마찬가지로 이야기와 웃음으로 끼어들곤 했다. 거기엔 또한 잘못에 관대한 로즈가 있었다. 제일 어린 민타, 그리고 떼어 놓을 수 없는 안 어울리는 한 쌍—독선적인 페니, 그리고 타협적인 세라. 소녀는 주로 그들과 떨어져 있었다. 소녀는 전에 이런 백인 여자들을 본 적이 없었고 자신이 어디에 껴야 할지 모르는 것이 두려웠다. 소녀는 엄마에게 매춘업소에 대해 들은 적이 있었다. 엄마는 저녁 식사 후에 서재에서 브랜디를 홀짝이는 남자들에게 들었다고 했다. 하지만 그 그림은 자신이 지금 보는 것과 전혀 들어맞지 않았다.

이 여자들은 소녀가 예전에 농장에서 알았던 아이들의 순수함도 보였지만, 또한 성행위를 아무렇지 않게, 때로 유머를 섞어 말할 만큼 대담했다. 그리고 한층 더 곤혹스러운 것은 소녀가 남자들에게서만 들어본 주제들을 논하는 것이었다. 이 여자들은 정치와 경제에 대한 자신들의 관점을 열정적으로 표출했다. 노예제도가 남부에 미치는 영향, 정치를 지배하고 있는 자들, 그리고 갤러틴 스트리트 '하우스들'에 대한 지역의 동요.

중심가에서 멀리 떨어져 위치한 길다의 하우스는 효율적으로 운영됐다. 길다는 여자들의 건강을 살피고 그들을 보호했다. 하지만 그녀의 존재는 대개 실재한다기보다 추정되었다. 길다는 대부분 오후 6시까지 자신의 방에 파묻혀 있었다. 거기서 자고, 읽고, 방대한 일기를 써서 궤짝에 보관했다.

버드가 영업을 대부분 총괄하고 상인들 사이의, 혹은 아가씨들 사이의 분쟁을 중재하며 일상적인 일들을 관리했다. 버드는 또한 주어진 잡다한 일들을 하는 소녀를 감독했다. 그리고 소녀에게 읽기를 가르치겠다고 결정한 이도 버드였다. 매일 오후 그들은 버드의 그늘진 방에 성경과 신문을 들고 앉아 글자들과 단어들을 쉼 없이 짚어갔다.

소녀는 버드가 말로 이야기를 한 다음, 신문에서 방금 자신이 읊은 이야기에 맞는 음절들을 골라낼 때까지 참을성 있게 앉아 있었다. 처음에 소녀는 그 수업들의 의미를 알지 못했다. 이제껏 소녀가 알았던 누구도 읽을 필요가 없었다. 토요일 밤에 감독관의 경계 어린 시선 아래 설교를 전하러 오는 흑인 전도사 외에는. 그조차 성경을 읽는다기보다 서투른 손으로 두드리는 것에 가까웠다.

하지만 이내 소녀는 그 수업들을 즐기기 시작했다. 페니가 레이철은 "롯의 아내처럼 머리가 단단하다."고 외칠 때 무엇에 대해 말하고 있는지 아는 것이, 혹은 부엌 식탁에서 루이지애나의 주지사가 욕을 먹는 걸 들었을 때 그 이름을 알아차리는 것이 즐거웠다. 소녀가 수업들을 즐긴 또 다른 이유는 버드가 냄새를 풍기는 방식이 좋았기 때문이었다. 버드의 방에서 소파의 부드러운 방석들 위에 앉아 책과 신문에 몸을 구부리고 있을 때면, 소녀는 이 라코타 여성의 톡 쏘는 체취에 편안함을 느꼈다. 버드는 다른 동거인들이 좋아하는 화장품이나 향수로 자신을 가리지 않았다. 갈색 비누의 은은한 향기가 그녀의 머리띠와 목걸이 가죽과 섞여 친근한 냄새를 형성했다. 그것은 소녀에게 자신의 엄마와, 끓어오르는 가마솥 아래 장작으로 떨어지는 엄마의 진한 땀 냄새를 연상시켰다.

  소녀는 적어도 자신이 이 새로운 세계에서 안전하다고 느낄 때까지 과거를 잠시 내버려 두기로 선택했기에 엄마나 자매를 그리워하는 일은 드물었다.

  소녀와 함께 방에 앉은 버드는 더 이상 무심하지 않았다. 소녀 안에서 발견한 자신의 기억들을 음미하는 버드는 온화했고 참을성 있었다. 버드는 종이 위의 글자들을 통해 백인 세계를 이해하려 애쓰는 아프리카인의 눈을 응시했다. 버드는 자신이나 소녀처럼 눈에 띄지 않는 존재들은 스스로의 과거를 어떻게 하는지 궁금했다.

  어깨 위로 벗어 개어 옷장에 넣고 어떤 미지의 미래를 위해 잠가 버릴까? 그리고 그 미래는, 길다가 버드에게 준 저 어마어마한 길을 가진 미래는 어쩌지? 그 미래를 읽으려면 어디를 찾아봐야 할까? 자신은 그 미래를 짜 맞출 단어들을 고르기 위해 어떤 신탁을 무릎에 내려놓을 수 있을까?

  버드는 처음에 성경과 신문으로 소녀를 가르쳤다. 하지만 둘 다 그 안에서 자신들의 모습을 발견할 수 없었다. 이내 그녀는 소녀에게 자신의 어린 시절 이야기를 들려주면서, 그 이야기들로 소녀에게 쓰기를 가르쳤다. 그녀는 글자들을, 다음엔 단어들을 크게 말하며, 닳은 신문 위로 소녀의 손을 끌어당겼다. 이내 자신이 누구였는지에 대한 문장이, 전설 혹은 기억이 거기 있었다. 그런 다음 그 아프리카인 소녀는 그걸 버드에게 다시 읽어 주었다. 버드는 길다와 단둘이 보내는 저녁 시간만큼이나 이 수업을 즐졌다. 게다가 해가 갈수록 길다를 더 흔드는 그 초조함 탓에 둘이 함께하는 시간은 점점 잦아들고 있었다.

  길다와 버드는 때로 하루 혹은 며칠, 농장의 집으로 물러나 저녁에 걷고, 말을 타고, 혹은 함께 조용히 책을 읽으며 대부분 시간을 거의 질문 없이 보냈다. 가끔씩 길다는 홀로 농장에 가서 버드를 불안하고 짜증스럽게 했다. 이날 오후 버드는 소녀와의 수업을 조금 늘렸다. 불확실성이 버드의 주변에 드리웠고 그녀는 소녀의 배우고자 하는 열망이 주는 안정감을 떠나기가 꺼려졌다. 버드는 소녀에게 그들이 방금 종이에 쓴 글자들을 다시 크게 읽으라고 했다. 멈칫거리는 소녀의 목소리가 버드의 내부에 어떤 틈을 내었다. 그녀는 벌떡 일어나 커튼이 드리워진 창문으로 걸어갔다.

  "단어들을 이해하겠으면 계속하고, 모르겠으면 멈추렴." 버드는 방을 등지고 말했다.

  그녀는 커튼을 젖혀 끈으로 묶은 다음 목에 걸린 가죽끈에 꿰매어진 진주 빛깔 깃털들을 만지작거렸다. 바깥에선, 마구간에서 일하는 사람이 저녁 공연 손님들의 말들을 위한 건초를 긁어모으고 있었다. 버드는 집 주변의 일상적인 움직임들과, 지난 1년새 처음 왔을 때보다 좀 더 아이답게 밝아진 소녀의 목소리에서 느껴지는 위안에 만족했다. 버드는 질문이 들리자 몸을 돌렸다.

  "이 천연두에 대해 다시 얘기해 주실래요?" 소녀가 종이 위의 단어를 가리키며 물었다.

  "그건 상인들과 같이 왔다. 그들은 많은 걸 훔치고 내 사람들에게 그 병을 내뿜고 자신들의 옷으로 우리에게 퍼뜨렸어. 그건 몸에서 열이 나게 하고 온몸에 발진이 돋게 하고 죽음을 많이 일으키지."

"당신은 왜 안 죽었어요?" 소녀는 아무도 보지 않을 때 종종 길다의 걸음걸이를 흉내 내듯, 길다의 목소리에서 들었던 리듬을 조심스레 따라하며 물었다. 소녀는 버드가 천연두를 피한 것이 그녀와 길다가 마술을 부리는 여자들이라는 소문과 관련이 있는지 궁금했다. 소녀는 이 집에 온 뒤로 많은 특이함을 보았지만 그중 무엇도 마술에 가까워 보이지 않았고 그래서 보통은 그런 얘기를 무시했다.

버드는 소녀에게서 친숙한 억양을 듣고 한순간 놀라 조용히 소녀를 응시했다. "죽음이 왔을 때, 우리 부족 몇 명은 다른 이들로부터 떠났다. 내 어머니와 어머니의 형제들은 우리가 우리를 죽이고 있는 그 공기에서 벗어날 수 있다고 생각했지. 우리는 우리 영혼에서 그 질병을 태워 버릴 온기를 찾아 남쪽으로 왔단다. 나는 이동하는 동안 잠깐 아팠지만, 우리는 그걸 우리 뒤에 남기고 왔지." 버드는 말을 하면서도 그 병을 앓을 때 자신을 두려워했고 자신이 회복하자 의심스러워했던 형제들이 떠올라 괴로웠다.

결국 그들은 버드가 살아남았으니 마녀라고 확신했다. 그들은 버드를 그들의 작은 무리에서 그녀에게 친구가 되어 주었던 밤으로 내쫓았다.

"아직도 발진이 있어요?"

버드는 웃음을 터뜨렸고 그녀의 눈썹을 가로지르는 작은 흉터가 살짝 일어섰다. "그래, 등에 좀 있지. 더 이상 감염은 없고 그냥 흔적뿐이야. 네가 전에 이 병을 겪지 않았다면…." 버드의 목소리가 작아졌다. 그녀는 소녀에게 과거의 슬픔을 되새기게 하고 싶지 않았다.

"발진에는 병이 없어요. 어떤 열병들은 물에서 온다고 엄마가 말했어요. 제가 그 발진들을 봐도 돼요?"

버드는 양 손목과 셔츠드레스 앞섶의 작은 단추들을 풀고 어깨에서 면 드레스를 떨군 다음 램프 쪽으로 등을 돌렸다. 소녀의 눈이 그 갈색 피부에 흩어진 작고 도드라진 동그라미들에 휘둥그레졌다. 소녀는 손가락으로 병이 왔던 자리들을 쓰다듬고 작은 손가락을 그중 하나에 살짝 올려 그 중심에 난 자국에 대었다.

"피부가 아기처럼 부드러워요." 소녀가 말했다.

"내가 처음 여기 왔을 때 길다가 내 등에 문지르던 로션이 있어. 그게 피부를 부드럽게 한단다."

"제 손에 발라도 돼요?"

버드는 손을 뻗어 소녀의 양손을 잡았다. 그 손가락 끝에 박힌 못은 가벼운 집안일의 결과가 아니라는 것을 버드는 알았다. 그녀는 고개를 끄덕이고 그 작고 험한 손을 자신의 얼굴에 잠깐 누른 뒤에 놓아주었다.

"왜 백인들은 우리에게 표시를 해야 한다고 생각할까요?" 소녀는 자기만의 억양으로 돌아가 물었다. 버드는 소매에 팔을 도로 집어넣으며 잠깐 생각했다.

"어쩌면 자기들이 잊힐까 두려워서일지도 모르지." 그녀는 테이블에서 종이들을 모으며 이내 덧붙였다. "그들은 우리가 그들을, 그들이 누구인지를 쉽게 잊는 걸 몰라. 우리가 기억하는 건 그들의 흉터뿐이지."

소녀는 자신의 여윈, 딱딱해진 손가락들을 내려다보며 엄마의 다리에 그어져 있던 깊이 새겨진 채찍 자국을 보았다. 소녀는 버드가 종이들을 그들의 수업을 모두 담는 나무 상자 속에 집어넣는 사이 침묵했다.

버드는 하나만 더, 행복한 이야기를 하고 싶었지만 꼼꼼한 일꾼인 소녀가 불안해지고 있다는 걸 알아차렸다. 저녁 공연을 위한 소녀의 일들이 여전히 그 앞에 놓여 있었고 손님들은 몇 시간 내로 도착할 터였다. 혹은 불안이 소녀의 천성인지도 모르겠다고 버드는 생각했다.

소녀는 떠났고 버드는 따라 나와 등 뒤로 방문을 잠갔다. 위층 길다의 방에서 그녀는 같은 열쇠를 써서 안으로 들어갔다. 그녀는 그 어둠 속에 들어서자 커튼을 살짝 걷어 어스름한 빛이 스미게 한 다음 미동 없는 형체 옆에 누웠다. 길다의 몸은 서늘한 체온에도 부드러운 흙 위에 깔린 새틴을 데워 놓았다. 버드는 자지 않았다. 그림자들을 바라보면서 방의 친숙한 고요함을 즐기며 소녀와 길다를 생각했다.

버드는 소녀가 도착한 이래 하루하루를 더 즐겼다. 그녀는 소녀의 진심 어린 호기심이 기꺼웠고 유사하게 반응하는 길다를 보았다. 그렇지만 버드는 새로운 상황들이 불편했다. 길다는 실로 보다 후했고 느긋했지만 한편 마음이 누구도 알지 못할 미래에 있는 것처럼 현재에 완전히 머물지 않았다. 버드가 그녀를 도로 데려오려 하면 길다는 진정한 죽음에 대해, 그녀의 때가 얼마나 빨리 올 것인가에 대해서만 이야기만 했다. 그러면 그들은 다투었다.

그들의 새 일상이 오래되고 그들의 미래가 확고해 보이게 된 뒤에도 버드는 길다가 여전히 진정한 죽음에 대해 생각하고 있지만 직접적으로 얘기하지 않을 뿐이라고 확신했다. 버드가 그녀에게 그들이 우다드를 떠나기로 결정하면 소녀는 어떻게 될지 물었을 때도 길다는 여전히 수수께끼처럼 굴었다.

"그 애는 항상 우리와 함께할 거야, 내가 당신과 늘 함께일 것처럼." 길다는 미소를 지으며 대답했다.

"어떻게 그렇게 될 수 있지?" 버드는 길다가 농담하고 있다고 확신하며 물었다.

"그 애는 우리만큼 강하고 우리 방식을 알아."

"걔는 애야. 그 앤 당신이 요구하는 결정을 할 수 없어!" 농담이 아니라는 걸 깨달은 버드가 놀라며 말했다.

"우리 모두 한때는 아이였어. 그리고 시간은 흐르지. 내가 준비될 때면 그 애도 준비가 될 거야."

"준비?" 소녀가 그들 중 한 명이 된다는 생각을 아직 받아들일 수 없는 버드가 되물었다.

길다는 버드의 망설임을 이해하고 목소리를 가볍게 했다. "그래, 자기를 넘볼 준비지, 내 사랑. 그 애는 자기가 가졌던 최고의 학생이 될 거야, 어쩌면 학자가 될지도 모르지. 그러면 우린 우다드를 여자애들을 위한 학교로 만들 거야!" 길다는 버드가 추궁할지 모를 모든 화제를 피해 말을 돌리며 커다랗게 웃었다.

그 대화를 떠올리면서, 버드는 지금은 혼자서라도 그 질문들을 꺼내지 않기로 결심했다. 그녀는 그저 길다를 가까이 느끼고, 잠에서 깨어날 때 길다의 심장 소리를 듣고 싶었다. 나중에 어둠이 내리면 둘은 그들 몫의 피를 찾아, 어쩌면 함께 나설 터였다.

우다드에서 두 해를 보낸 후에 소녀는 그곳을 집으로 여기기 시작했다. 세 번째 해의 끝 무렵에는 7센티미터가 자라 있었고 여자의 종아리와 가슴을 가졌다. 매일 아침 소녀는 시원한 물로 자신을 문질러 씻은 다음 부엌으로, 버니스에게 내려왔고 버니스는 소녀의 진지하고 빛나는 얼굴에 익숙해졌다. 그녀는 소녀가 충분한 몸무게를 얻은 것처럼 보일 때까지 소녀를 엄중히 감시했다. 그리고 그 집의 여자들은 소녀를 가볍게 놀리며 소녀에게 수업들에 대해 물었다. 그들 대부분은 화장에도 불구하고 그저 농가의 딸들이었고 때로 돌봐야 할 동생이 있다는 걸 즐겼다.

소녀는 집안일이나 버드와의 공부를 하지 않을 때면 정원에서 일하며 홀로 머물렀다. 민타가 가끔 여위고 창백한 피부를 커다란 모자 아래 가리고 정원에서 그녀와 함께했다. 민타는 우다드에 몇 해 머물렀고 자신이 항상 사창가에서 살아온 듯이 굴었지만 소녀보다 고작 두 살 위였다.

민타의 스무 번째 생일에 길다는 그녀를 시내로 데려가 그녀에게 새 드레스를 사주었다. 그건 드문 일이 아니었지만, 길다와 버드가 계획한 파티는 그랬다. 우다드의 모두가 그날 저녁 행사를 위해 옷을 차려입었다. 부엌은 짓궂은 웃음소리로 가득 찼고, 웃음소리는 저녁 늦게 응접실에서 계속됐다. 몇몇 손님들이 민타에게 꽃이나 자질구레한 장신구들을 가져왔지만 민타는 소녀가 특별히 그녀를 위해 바느질한 단순한 면 블라우스에 가장 기뻐했다.

이제 모두 여자가 된 그 소녀들을 바라보는 길다의 미소에 자부심이 깃들었다. 그녀의 어린 업둥이조차 그 집을 운영하는 버드의 조수가 되어 있었다. 그들 모두 숙녀다운 태도를 지녔고, 읽고 쓰고 쏠 수 있었다. 민타가 가장 가깝게 지낸 레이철은 새로운 삶을 시작하고 남편을 찾겠다는 희망을 품고 민타의 생일 직전에 캘리포니아로 떠났다. 지금 응접실에서 가장 종종 들리는 대화는 노예제 폐지와 북부와 남부 간의 긴장 상태였다. 민타의 파티에서조차 정치에 대한 격정은 억제되지 못했다.

하우스에 자주 오는 나이 든 크리올 사람이 응원하는 여자들에 둘러싸여 서툴지만 열정적으로 피아노를 두들기고 있었다. 소녀는 샴페인 쟁반을 나르고 버니스가 소녀를 부엌으로 부르는 소리를 듣기 위해 문 근처 긴 의자 옆에 섰다. 소녀는 응접실에서의 수많은 대화들을 엿들을 수 있는 자리를 골랐다.

하지만 소녀에게 들린 건 응접실 반대쪽에서 들려오는 살짝 높은 길다의 목소리였다. "오늘 밤에 딱 한 번만 이 말을 하지요. 인간의 몸을 거래하던 시대는 이제 막바지에 이르렀어요. 그리고 교양인이라면 누구나 그에 감사할 겁니다." 그녀는 창문을 등지고 서 있는 초췌한 얼굴의 남자를 쏘아보았다. "링컨의 당선은 당신 집에서 얼마든지 논하세요. 하지만 오늘 밤 내 집에선 전쟁 얘기는 안 들을 겁니다."

페니가 대화를 자신이 가장 잘 아는 주제인 말들로 돌리려 했지만, 두 남자가 그녀의 말을 잘랐다. "말들! 깜둥이들! 똑같이 망할 것들이지, 제 가치를 넘는 골칫거리들. 그냥 배에 실어….'

피아노 치던 남자가 연주를 멈췄다.

"말씀드렸듯이, 신사분들, 이 집 문서에 오른 유일한 이름은 제 이름이랍니다." 한순간 깊은 침묵이 있은 뒤, 피아노 음악이 다시 시작됐고 소녀는 빈 잔들을 모으기 시작했다. 소녀는 꽉 찬 쟁반을 들고 응접실에서 물러났다.

부엌에서 버니스가 물었다. "무슨 소동이래?"

"전쟁 얘기요."

"어휴, 남자들은 그저 전쟁 얘기뿐이지. 아가씨들을 덮치는 것보다 더 좋아한다니까." 그녀는 쯧쯧거리며 잔들에 와인을 더 부었다. 그녀는 한 잔을 소녀에게 건넸고 둘은 재빨리 마셨다.

버니스는 소녀가 도망친 이래 만난 누구보다 더 소녀의 엄마와 닮았지만 언니처럼 보이기도 했다.

"어떻게 생각해…. 그들이 자유를 얻는다면?" 버니스가 샴페인 잔 가장자리를 혓바닥으로 훑으며 물었다.

"우린 이미 자유예요, 버니스. 여기서는 별 의미 없을 거잖아요, 안 그래요?"

"얘, 길만 내려가도 우리 대부분이 자유가 아니야!"

"그들이 여기로 올까요?" 소녀는 머릿속에 세상을 완전히 그리는 데 어려움을 겪으며 물었다. 아직도 농장에 있는 여자들과 남자들, 자매들에 대한 기억이 그녀를 살짝 아찔하게 했다.

"그들이 어찌될지 누가 아니. 그들이 할 일이 없으면, 누가 알겠어. 미스 길다가 우리한테 하듯 그들을 돌볼 사람도 없고 돈을 낼 사람도 없으면, 누가 알아." 버니스는 반짝이는 크리스탈 잔에 샴페인을 좀 더 부었다.

소녀 안에 두려움이 솟았다. "전쟁이 어떻게 되어가든, 우린 여길 안전하게 지켜야 해요, 버니스, 이곳이 필요한 사람들이 있을 거예요." 소녀는 자신이 피난처로 삼았던 창고의 짙은 흙냄새를 떠올리며 말했다.

"아유." 버니스가 목소리를 살짝 낮추며 말했다. "잘 지켜봐야지. 어쩌면 몇 사람은 뿌리로 돌아가야 할지도 몰라, 내 말뜻 알지. 너랑 내가 그럴수도 있지. 내 생각은 그래. 우리가 지켜봐야하는 건 전쟁이 아니야, 자유지."

"전 어떻게 해야 하는지 기억해요." 소녀는 마지막 모금을 마시며 말했다.

소녀가 응접실로 서둘러 돌아갈 때 민타가 문간에서 소녀를 세우고 쟁반에서 잔을 두 개 가져가 하나는 자신 뒤 선반 위에 놓았다. 민타는 소녀의 귀에 공모하듯이 속삭였다. "너는 이 신사들이 미스 길다와 논쟁을 포기할 거라 생각하겠지. 미스 길다는 까마귀보다 고집이 세니까. 그녀를 탓할 수는 없지."

"왜 그런 말을 해? 전쟁이 있을 것 같지 않아?"

"물론 있겠지, 뻔해. 굳이 말할 필요가 없을 뿐이야. 금방 여기까지 올걸. 사람들은 항상 뭔가를 망쳐놔야 하니까. 저 사람 중 하나가 내 생일을 망치면 난 재수도 없지."

소녀는 의문으로 가득 찼지만 여기서 그걸 묻기는 두려웠다. 세라와 페니가 그들에게 다가오다가 페니가 물었다. "네 생일이라고 그걸 다 마실 거야?"

"내가 원한다면." 민타가 말하며 과장된 동작으로 자신의 잔을 들이켰다.

그녀는 휙 돌아서며 선반에서 자신의 다른 잔을 집어 들고 응접실 반대편으로 성큼성큼 걸어갔다.

"쟤는 끔찍한 창녀야. 미스 길다가 왜 쟤를 여기 두는지 모르겠어." 페니가 말했다.

"오, 저 앤 괜찮아." 세라가 페니의 젖가슴 아래를 간질이며 대답했다. "넌 그냥 쟤가 생일에 특별히 손으로 만든 블라우스를 받아서 질투하는 거지." 페니는 미소 짓기를 거부하고 쟁반에서 잔을 집었다.

소녀는 수줍게 미소 지었다. "에이, 미스 페니가 신경 쓸 리가요. 매일 선물을 받잖아요." 페니는 쌀쌀하고 거만해 보이려 했지만 작은 미소가 입가에 걸렸다.

세라는 페니의 허리에 팔을 둘러 그녀를 끌고 가며 말했다. "그럼, 그리고 페니가 운이 좋으면 이번 토요일엔 내가 그녀의 새 브로치를 차게 되겠지." 소녀가 보기엔 그들 역시 소녀에 지나지 않는 두 여자는 피아노로 다가갔다. 길다와 버드는 응접실 저 끝에 따로 서 있었다.

소녀는 쟁반에 남은 잔 두 개를 들고 그들에게 다가갔다. "미스 길다?" 소녀가 낮은 목소리로 말했다.

길다는 잔 하나를 들어 버드에게 준 다음 말했다. "그 잔은 네가 마시렴, 아가."

버드는 자신의 잔을 홀짝이기 전에 소녀 잔의 가장자리를 두드렸다. 그녀는 길다에게 몸을 돌렸다. "내 생각에 우리가 프랑스어로 넘어갈 준비가 된 것 같아."

"그렇게 빨리!" 길다는 놀랐고 기뻐했다.

"어차피 한 가지 문법을 배우고 있는데, 둘이 낫지."

소녀의 머리가 흥분으로 웅웅거렸다. 소녀는 자신이 글자와 단어를 한데 조합하고 그걸 영어로 이해할 수 있다는 것이며, 버드가 그녀 부족의 언어를 이해하도록 자신을 가르칠 수 있었다는 것이 여전히 놀라웠다. 때로 시내에서 쇼핑을 할 때 소녀와 버드는 두 언어 사이를 오가며 루 버본 거리의 상인들을 혼란스럽게 했다.

그들의 도착은 필연적으로 모멸의 히죽거림이나 은밀한 곁눈질과 마주쳤다. 모두가 우다드 저택의 인디언을 알았고 이제 '검은 애'가 추가되며 거부할 수 없는 호기심이 깊어졌다. 버드와 소녀는 애써 그들을 보지 않는 척하는 크림색 피부의 백인과 흑인 혼혈아들 사이를 헤치고 한 가게에서 다음 가게로 거닐며 의식적으로 몸을 곧추세웠다. 소녀가 이 우아하고 쌀쌀맞은 여자들이 그녀의 아프리카계 핏줄을 공유한다는 걸 깨닫기까지 시간이 좀 걸렸다. 소녀는 그 사실이 너무 혼란스럽고 속상해서, 버드가 피부색이 옅은 이들에게 특권을 제공하고 피부색이 더 어두운 이들을 사회에서 배척하는 뉴올리언스 사회의 기만과 태도를 애써 설명하는 동안 울음을 터뜨렸다.

몇 주 동안 소녀는 버드와 함께 장을 보러 시내에 나갈 수 없었다. 처음에 소녀는 병을 가장했고, 다음에는 버니스와 일해야 해서 못 가겠다고 했다. 소녀는 버드를 유리인 양 못 본 척하고 소녀를 그저 노예로 일축해 버리는 사람들에 대한 자신의 두려움을 깨닫지 못했다. 장보기에서 벗어날 구실로 버니스를 도우며 오후를 보낸 이후에야 소녀는 자신의 일상으로 돌아갈 수 있었다. 버니스가 단도직입적으로 털어놓으라고 물었다. 소녀는 왠지 모르게 그 여성들 앞에서 자신이 느꼈던 수치심을 설명할 말을 골랐다.

"문제가 뭔지 내가 얘기해 주마…. 네가 수치스러웠던 건 맞아." 버니스가 이제는 익숙한 무뚝뚝한 태도로 말했다. "하지만 네가 수치스럽게 여긴 건 그들이야. 내가 어떻게 아냐고? 여기 온 이후로 너는 아무것도 부끄러워하지 않았으니까. 그자가 너를 부대 자루처럼 여기로 끌고 왔던 첫날 밤조차도. 너는 네 엄마의 딸이었고 그걸로 그만이었어. 네가 부끄러워한 건 자기들이 백인이라고 생각하지만 백인이 아닌 그치들이야. 검은 사람들한테 못되게 굴면 자기들이 하얘지는데 도움이 될 거라고 생각하는 사람들. 그게 수치심이지. 네 몫이 아니라… 그들 몫인 거야. 그러니까 네 할 일이나 계속하렴."

소녀는 그날 오후부터 버드와 장보기를 다시 시작했다. 이내 그들은 할 수 있는 한 자주 언어를 바꿔 말하기 시작했고 상인들과 손님들의 불편을 지켜봤다. 그런 다음 그들은 숨이 막힐 정도로 깔깔거리며 가게를 떠나곤 했다. 이제는 프랑스어까지! 소녀는 자신에 대해 하는 말이라고 확신했던 그 말들을 이해할 수 있게 될 터였고 그들만큼이나 말을 잘하게 될 터였다. 버드가 소녀의 언어에 대한 이해력이 탁월하다고 말했으니까. 소녀는 종이 위에서 첫 번째 문장을 지었을 때보다 더 행복했다. 길다는 자신이 옳았다는 것이 기뻤다. 버드는 그 집에서 길다를 제외하고는 그 누구보다 소녀에게 마음을 열었다.

"이제 프랑스어로구나, 마 셰르(ma chère, 우리 아가)."

길다의 흔들리지 않는 시선은 소녀를 흥분시키고 동시에 혼란스럽게 했다. 소녀는 길다의 마음속에서 어떤 의문이 답을 얻어 가고 있다는 걸 알아차렸다.

"이걸 가져가도 될까요, 미스 버드?" 소녀는 쟁반을 올리며 말했다. 소녀는 잠시 응접실을 떠날 이유가 있다는 것에 안도했다. 이날 저녁에 얘기된 것들에 대해 생각해야 했다. 전쟁, 프랑스어, 게다가 길다의 눈에 깃든 만족스러운 표정. 소녀는 과거에 이따금 할 수 있었듯이 길다의 생각들을 읽어 보려 했지만 지금은 완전히 성공적이지 않았다. 소녀는 분명 자신에게 집중되어 있는 어떤 성취감을 느꼈지만 자신이 의문을 품을 때면 때로 마음속에 그려지는 그림들이 이번에는 나타나지 않았다. 소녀는 잔들과 쟁반을 부엌에 두고 잠깐 조용히 앉아 있으려고 코트를 보관하는 작은 방으로 들어갔다. 거품 와인과 흥분 때문에 머리가 살짝 아파서, 소녀는 민타가 피아노를 칠 때 다른 이들에게 돌아갈 수 있게 두통이 가라앉기를 기다렸다. 소녀는 한 신사가 코트를 찾아 들어오자 일어섰다.

"도와드릴까요?" 소녀가 물었다.

"당연하지, 꼬마 아가씨." 그가 붙임성 있게 미소 지으며 말했다. "내가 이제 여기 뉴올리언스에 온 지가 몇 번 되거든. 그리고 여기가 시카고 서쪽에서 최고란 말이야."

우다드에 대해 말하면서도 그의 시선은 그녀를 뜯어보았다. 소녀는 남자의 시선을 붙들어 자신의 몸을 훑고 다니지 못하게 하려는 듯 그의 거의 반투명한 눈을 응시했다.

"감사합니다. 그렇게 말씀하셨다고 미스 길다에게 꼭 전할게요." 소녀는 남자가 그의 코트를 가리키기를 기다렸지만 남자는 소녀에게 시선을 둔 채 조용히 서 있었다. 소녀는 경매대를 몰랐다. 경매대에 선 적이 없었고 도시 중앙에서 정기적으로 이용되는 그곳을 본 적도 없었다. 하지만 그의 시선은 그것을 속속들이 알게 만들었다. 그의 담갈색 눈의 시선은 소녀의 피부를 화끈거리게 했지만 말을 하는 소녀의 얼굴은 무표정을 유지했다.

"코트 드릴까요?"

"아직. 너는 몇 살이냐, 꼬마 아가씨?" 소녀의 눈은 그의 눈과 거의 같은 높이였다.

"열일곱 살쯤이요. 미스 길다가 작년에 제 생일파티를 해 주셨어요. 제가 열일곱 살쯤 됐을 거라고요."

"어쩌다 자기 나이도 기억 못 하게 됐지?" 이 집에 도착한 이후 아무 일 없이 몇 년을 보내고도 소녀는 질문하는 백인 남자들을 여전히 경계했다. 노예제 폐지며 전쟁의 가능성에 대한 얘기들은 소녀에게 아무 의미 없었다. 이 남자들 중 누구라도 그녀를 잡아다가 농장으로 돌려보낼 수 있었다.

"제가 어렸을 때 한동안 심하게 아팠거든요. 제 주인이었던 미스 길다의 언니분이 미스 길다에게 정확한 정보를 주시기 전에 돌아가셨어요."

"흠, 열네 살 이상으로는 안 보이는데."

소녀는 남자가 왜 그렇게 어리석은 거짓말을 하는지 궁금했다. "그럴 수도 있지만, 아닌 것 같아요."

"이리 와서 내가 자세히 보게 해주렴."

소녀는 무슨 일이 있을지 확신 없이 두 걸음 다가갔다. 남자는 손을 뻗어 소녀의 가슴을 움켜쥐었다. 소녀는 깜짝 놀라 뒤로 펄쩍 뛰었다. "아 좀, 꼬마 아가씨야, 여기서 잠깐 좀 하자꾸나."

"안 돼요!"

"그러면 네 방으로 가자. 내가 정해진 금액을 주마."

"안 돼요! 저는 그냥 미스 길다의 가정부예요. 원하시면 다른 아가씨를 불러드릴게요."

"다른 아가씨는 원하지 않는다. 지금 당장 너랑 하고 싶구나. 위층에 가자."

소녀는 그의 눈에 깃든 표정을 알아보았다. 그건 아주 멀리서 소녀에게 돌아왔다. 소녀는 이제 그 꿈을 아주 가끔 꾸었지만, 그럴 때마다 공포에 질려 울며 깨어났다. 지금, 잠들지 않았는데도 소녀 앞에 그 악몽이 서 있었고, 두려움 대신 소녀는 차가운 분노를 느꼈다. 어떻게 그의 관심을 돌리고 달아날지 생각하며 소녀의 손은 발작적으로 쥐었다 풀렸다. 소녀는 소동을 일으켜 민타의 생일을 망치고 싶지 않았다. 소녀는 눈을 감았고 엄마의 얼굴이 선명하게 그려졌다. 엄마의 얼굴이 어땠는지를 기억하기가 종종 힘들었지만, 지금은 여기 그녀를 그토록 자주 달래주었던 저 아프리카인의 얼굴이 있었다. 소녀의 눈에 눈물이 넘쳤다.

아가씨들은 신사들에 대해 얘기하곤 했고, 대체로 그들이 여자가 중요한 일을 하는 사이 바쁘게 놀게 놔두는 아이들인 양 관대한 기미를 섞어 말하곤 했다. 그녀들이 우다드에 방문하는 남자들에 대해 어떤 두려움을 암시한 적은 결코 없었다. 소녀가 폭력에 대해 들은 소문들은 모두 시내에서 들려온 얘기 같았고, 주로 저 거만하고 피부가 흰 여자들과 그들의 백인 연인에 대한 것이었다. 학대는 길다가 결코 용인하지 않을 무엇이라는 걸 소녀는 알았고, 자신 역시 그렇다는 것을 막 깨달았다.

눈을 떴을 때 물기가 배어 나왔고 소녀는 말했다. "제발요, 미스 길다가 부엌에서 저를 찾으실 거예요. 지금 할 일이 있어요."

"오래 걸리지 않을 게다." 그가 말하며 소녀의 손목을 잡았다.

"제가 말씀드렸잖아요?"

길다가 문을 열었을 때 소녀는 말을 끊었다.

"도와드릴까요?" 길다의 목소리는 상냥했고, 그녀의 분노는 그 달콤한 태도 아래 감춰져 있었다. 남자는 소녀를 쥔 손을 풀고 길다 쪽으로 깊게 절을 했다.

"그저 여기서 작은 재미를 좀 볼까 싶었소."

"죄송하군요. 저 애는 부엌에서만 일합니다. 만나 보실 만한 다른 아이들이 있다고 장담하죠."

"이 아이를 길들일 때라고 생각하지 않소?"

"아니요. 그렇지 않습니다. 우리 아가씨들 관리는 저에게 맡기시고, 가서 좋은 시간을 보내시지요. 같이 파티로 돌아가시는 게 어때요?" 그녀는 소녀에게 몸을 돌렸다. "버니스에게 가거라, 도울 일이 있을 거다. 케이크를 준비할 참이더라." 소녀는 문간에 조용히 나타난 버드 옆을 비집고 지나쳤다.

"저 깜둥이 계집으로 많은 일을 할 수 있을 거요, 미스 길다. 무슨 기회를 놓치고 있는지 모르나 보군."

"말씀드렸듯이, 관리는 제가 합니다. 당신은 그저 즐기세요."

"저 계집으로 즐기려고 했단 말이오." 남자가 고집스레 말했다.

"그건 불가합니다." 길다가 말했다. 그 말 주변으로 달콤함이 얼어붙었고 그녀의 등이 뻣뻣해졌다. 몸을 돌리지 않고도 길다는 방에 들어서는 버드를 느끼고 말했다. "이 신사분이 샴페인을 한 잔 새로 드시게 해 주겠어? 나는 잠깐 나가야겠어." 길다는 부엌을 지나쳐 나갔다.

버니스가 입을 열다가 그 급작스러운 움직임과 길다가 내뿜은 분노의 기운을 보고 멈췄다.

길다는 뺨에 닿는 서늘한 밤공기가 기꺼웠다. 그 뺨은 분노로 달아올라 있었다. 그녀는 소녀가 곤란에 빠진 걸 알았을 때 자신이 느낀 분노에 놀랐다.

  사는 동안, 길다는 마지못해, 드물게, 살인을 저질렀다. 피를 취할 때 생명을 앗을 필요는 없었다. 하지만 길다는 그녀의 동족 중에 생명 그 자체에서만큼이나 그들의 먹잇감이 느끼는 공포에서 힘을 얻는 이들이 있다는 걸 알았다. 그녀는 살아 있는 동안 많은 교훈들을 배웠다. 가장 중요한 것은 소렐에게서 얻었고 그건 아주 짧은 말로 압축되었다. 힘의 원천은 그 힘이 얼마나 오래가는 지가 말해 줄 것이다. 소렐은 그녀에게나 그의 모든 아이들에게 지속적인 힘은 죽음을 먹이로 하지 않는다는 것을 알려 주었다. 길다는 피를 나누고 삶에 필수적인 연계성을 유지하며 살아남았다. 친구들로 이루어진 가족에 대한 그녀의 사랑이 300년 동안 그녀를 먹여 살렸다. 버드가 그녀와 이 삶을 함께하기로 선택했을 때, 길다는 기쁨과 두려움 둘 다로 가득 찼다. 그녀가 알아 온 세월의 무게가 순간적으로 무뎌졌다. 마침내 그녀 옆에 시간의 흐름을 나눌 누군가가 있을 터였다. 우다드에서의 버드의 첫 해는 이제 오래전 일이었다. 버드는 그들의 삶을 조용히 누비며, 조금씩 운영을 맡아가며, 말할 필요도 없이 길다에게 조금씩 더 가까운 자리를 발견했다.

  버드를 자신의 생에 끌어들이겠다고 생각하기도 전부터 길다는 자기 옆에 잠든 그녀를 느끼고 싶었다. 하지만 길다는 확신이 들기 전까지 그들의 우정을 위태롭게 하고 싶지 않았다. 그리고 버드가 조심스럽게 자신의 바람도 길다의 것과 같다며 마음을 털어놓았다. 그들이 처음 함께 누웠을 때, 길다는 자신이 어떤 세계로 들어서기를 요구하는지 버드가 이미 알고 있다는 것을 알아차렸다. 버드는 그동안 음흉하게 미소 지으며 시간과 흘러가는 삶에 대해 길다를 놀려 댔었다. 길다가 마침내 그녀와 함께하겠다는 버드의 청을 확신하기까지.

그들이 함께 알아 온 기쁨의 세월에도 불구하고, 오늘 밤, 어두운 길을 혼자 걸으면서 길다는 자신이 너무 오래 살았다고 느꼈다. 다만 이제야 그녀에게 이유가 명확해졌다. 전쟁 이야기, 읍내 사람들이 매일 드러내는 분노와 잔인함이 길다의 입안에 쓴 맛으로 남았다. 평생 전쟁과 증오를 충분히 보았다. 그리고 그녀는 자신의 노예 폐지론자적인 생각을 결코 숨긴 적이 없지만, 자신이 또 다른 전쟁의 황폐한 결과를 견딜 용기가 있는지 알 수 없었다.

그리고 늘 그렇듯, 이런 일들을 떠올리자 길다는 버드에게 돌아왔다. 이 삶의 일부가 되기로 선택한, 그런 선택을 쉽사리 내린 듯 보이는 버드에게. 길다는 뱀파이어라는 말을 결코 하지 않았다. 길다는 단지 버드가 이 사업과 삶의 파트너로서 자신과 함께 하겠는지 물었다. 이 집에 온 이후로 버드는 늘 필요한 만큼 알았고 길다가 정보를 숨기려 할 때면 언제든 길다에게 대들었다. 버드는 길다 말의 속내에 귀를 기울이며 고립과 발견의 세월을 들었다. 길다의 안에는 불가해한 갈망―버드가 자신이 채울 수 있으리라 생각한 어둡고, 메마른 깊은 틈이 있었다.

하지만 이제 길다가 갈망하는 것은 태양과 바다의 손길이었다. 그녀는 시간의 무절제한 요구에서 벗어나 간절히 쉬고 싶었다.

종종 그녀는 이 짐을 버드에게 설명하려 했다, 떠나야 할 필요성을. 그리고 버드는 그것을 자유의 마지막 포옹이라기보다 오로지 자신에게서의 도피로만 보았다.

길다가 밤을 누비며 이동하는 사이—너무 빨라서 보이지 않았다—생각들이 그녀 안으로 밀려들었다. 그녀는 루이지애나주 경계에서 서쪽으로 몇 킬로미터 떨어진 곳에서부터 속도를 줄여 자신의 도시를 향해 돌아섰다. 농장 안채에서 몇 킬로미터 안에 있는 낯익은 말 농장으로 이어지는 길까지 왔을 때 그녀는 속도를 늦추고 목조건물 뒤로 걸어갔다.

길다가 일꾼들이 자는 뒤쪽 작은 합숙소를 슬며시 돌아갈 때 창문들은 모두 어두웠다. 그녀는 그림자 속에 서서 귀를 기울였다. 안에 들어서자 어둠 속에 보이는 두 명 중 더 큰 쪽인 가장 가까운 남자에게 다가갔다. 그의 꿈들을 살피기 시작한 그녀는 이내 그 피 속에서 불결함을 감지하고 움찔했다. 그의 잠든 얼굴에는 그의 몸속을 흐르는 질병의 흔적이 드러나지 않았지만, 그건 거기 있었다. 확실했다. 길다는 서글픔을 느끼며 그 방의 반대편 끝에서 잠들어 있는 보다 작은 남자에게 이동했다.

남자는 옷을 입고 담요들 위에서 잠들어 있었고 위스키와 말들의 냄새가 났다. 그녀는 밤색 말의 꿈을 꾸고 있는 남자의 생각 속으로 미끄러져 들어갔다. 그의 흥분 아래는 불안이, 이 말의 반항에 대한 두려움이 깔려 있었다. 길다는 잠든 그를 안고 손톱선으로 빨간 흔적을 남기며 그의 목 부위 살을 갈랐다. 자기 몫의 피를 취하면서 그의 꿈을 확장해서 그를 말 탄 사람들의 왕으로 만들었다. 남자는 자신의 승마 기술에 대한 승리감에 차 미소를 지었고, 남자 속 위스키의 온기가 그녀에게 울려 퍼졌다. 그녀가 숨을 고르는 사이, 다른 목장 일꾼이 잠 속에서 안절부절못하며 뒤척였다. 그녀는 더 이상 죽음이 두렵지 않았지만 그 뒤척이는 일꾼이 깨어나면 그를 조용히 시킬 수 있게 본능적으로 손을 준비하고 물러났다. 다른 잠든 남자를 만지자 그의 상처가 깨끗하게 붙었다. 이내 남자의 맥박이 안정되었고 남자는 그녀가 그에게 남긴 꿈들을 계속 탐험했다. 그들의 호흡이 차분한 리듬으로 자리 잡자 피와 위스키로 충만해진 길다는 홍조를 띄고 합숙소에서 달려 나왔다.

동쪽으로 이동하는 길다에게 돌아가는 길은 특히 어둡게 느껴졌다. 구름이 달빛을 거의 가렸지만 그녀는 빨랐다. 피가 그녀의 머릿속에서 고동쳤고 그녀는 자신이 마침내 바다에 누워 생을 포기하면 그렇게 느끼리라 상상했다. 그녀의 심장은 흥분으로 두근댔고 바다의 고동과 그 리듬을 맞추고자 하는 욕구로 가득했다. 거기서, 길다는 다시 자신의 눈물을 발견할 터였고 전쟁의 소리와 끝없이 서로 쌓여가는 낮과 밤의 짐에서 벗어날 터였다. 집으로 향하는 그녀 주위로 길에서 먼지가 피어올랐다. 그녀는 어린 시절의 한 조각 선명한 이미지인 먼지 낀 여행길을 기억했다. 그들은 물을, 아마도 바다를 향해 가고 있었다. 왠지 모르지만, 미래가 그 바다 근처에 있었다. 바다는 초조하게 그것을 향해 이동하던 그녀의 엄마, 아빠, 그리고 다른 이들에게 생존이었다. 지금 길다에게 그것은 다시 그랬다—지금도 그리고 앞으로도. 바다가 그녀의 영혼을 쉬게 할 장소일 터였다.

자신의 방에 돌아오자 길다는 먼지 묻은 재킷과 바지를 벗고 어둠 속에 홀로 조용히 앉아 있었다. 집 뒤로 지평선이 밝아올 무렵 길다는 검은 머리를 눕히고 흙을 채운 그녀의 침대에서 평화를 누렸다. 그녀는 마침내 그 길의 끝을 보게 된 것에 안도했다.

가을 오후의 부드러운 빛 속에서 소녀는 수 년 동안 해 왔듯이 정원에서 일했다. 이제 소녀는 그 작은 구역을 잘 알아서 별생각 없이 콩과식물을 따거나 잡초들을 뽑으면서 태양과 공기를 즐겼다. 소녀가 집을 올려다보자 버드가 소녀에게 손을 흔들고 길다의 방 창문에 드리워진 커튼을 꼭 닫았다. 소녀의 몽상은 게으르고 두서없었다. 소녀는 민타의 그림자가 자신에게 드리우자 깜짝 놀랐다.

둘 다 한동안 말없이 앉아 있다가 소녀가 민타에게 물었다. "넌 여기 우다드에 얼마나 오래 있었어?"

"네가 왔을 때 네 나이보다 더 어렸지." 민타는 자랑스럽게 대답했다. "하지만 난 곧 이사할 것 같아. 돈을 모으고 있고 레이철이 있는 서부로 갈 생각이야. 잠깐 둘러보게."

"얼마나 오래 버드는… 버드는 여기 얼마나 있었어?" 소녀는 문법을 맞춰가며 물었다.

"나도 몰라. 우리가 기억할 수 있는 만큼 오래. 한 번 떠났었다고, 버니스가 말하는 걸 들었어, 하지만 금방 돌아왔어. 버드의 고향 인디언 사람들이 그녀가 돌아오는 걸 원치 않았대."

두 소녀는 한동안 말이 없었다. 둘 다 세상에 홀로 나선 이래 각각 먹은 나이보다 더 어린 느낌이었다. 민타는 자신의 나약함을 덮기라도 하듯 단호한 결심으로 말했다. "내가 여길 떠나면, 아주 갈 거야. 이 전쟁 얘기에서 벗어나 캘리포니아에서 부자가 될 거야."

"레이철이 같이 머물게 해 줄 것 같아?"

"음, 레이철이 자기 주소랑 모든 걸 편지로 보냈는걸. 미스 길다가 필요하면 도와줄 거라고 했던 남자한테 갔대. 그리고 그 남자가 레이철이 자기 집을 얻을 때까지 머물 곳을 마련해 주고 작은 가게를 찾는 것도 도와준다고 했대." 민타는 소녀에게서 무언의 의심을 느낄 수 있었다. 민타는 소녀 때문이라기보다 자신 때문에 확신을 품고 밀어붙였다. "그 앤 바닷가에 살고 일이 많아. 그리고 그 애 말이 거기엔 여자가 부족하대." 순간 히죽거림이 민타의 입을 비집고 나왔지만, 그녀는 사무적인 태도를 유지하려고 애썼다. "그 앤 돈을 모으면 이사하고 싶어 해. 멋쟁이들이 있는 조용한 구역으로." 레이철과 그녀의 새로운 삶에 대해 말하는 것만으로도 민타는 숨이 가빠졌다. "거기 여자들이랑 남자들은 걔가 여태 본 중에 제일 예쁜 옷들을 입는대. 뱃사람들을 떠나서 부자들 가까이에 집을 얻고 싶다더라."

소녀는 겁에 질린 얼굴로 서부 도시에서 홀로 가게를 소유하고 그녀의 침대에 들어가려 하지 않는 부자들과 어울리며 살아가는 레이철을 그려보려 했다. 하지만 그 이미지는 너무 희미해서 초점을 맞추기 어려웠다.

"말해 봐, 너도 가고 싶은 것 같아? 네 바느질이랑 그런 거 보면 우리끼리 거기서 작은 가게를 열 수 있을 거야."

길다와 버드를 떠나? 그런 가능성은 전혀 고려해 보지 않은 소녀에게 그 생각은 충격이었다. 따뜻한 햇살 아래 무릎을 꿇고 발밑으로 부드러운 흙이 주는 위안을 느끼는 이 순간 소녀에게 그것은 터무니없어 보였다. 그리고 다가오는 전쟁이며 노예 해방과 고난에 대한 말들조차 소녀에게 달아나고 싶다는 마음은 전혀 일으키지 않았다. "아니, 이제는 여기가 내 집인 것 같아."

"뭐, 그냥 조심해."

"무슨 뜻이야?"

"조심하라고, 그게 다야." 민타는 부드럽게 말했고, 더 이상 말하지 않았다. 소녀는 민타의 목소리에 깃든 날카로움만큼이나 그 뒤의 침묵에 어리둥절했고 불안해졌다. 소녀의 불만스러운 표정이 민타를 끌어당겼다. "저 아래쪽에 유령이며 그런 걸 믿는 사람들이 많아. 영혼들. 미스 길다 같은 크리올 사람들, 그리고 인디언들은 온통 그런 것들을 쫓지." 민타는 말을 더 작게 나오게 하려는 양 허리를 굽히며 낮게 말했다. "어떤 사람들은 아니지만, 나는 그녀를 꽤 좋아해. 그냥 잘 보라고, 그게 다야." 그녀는 정원을 지나 부엌문으로 잽싸게 달려갔다.

소녀는 잡초를 다 뽑은 다음, 양수기에서 손을 씻고 옷의 먼지를 털려고 부엌 문간으로 갔다. 버니스가 뒤쪽 포치에서 지켜봤다.

"민타에게 뭐라고 그랬기에 걔가 위층으로 달려갔어?"

"전 아무 말도 안 했어요. 민타가 너무 불안해해서 뭐라고 하는지 반도 못 알아들었는걸요. 제가 자기랑 같이 가서 레이철이랑 지냈으면 하는 건 알겠어요."

"그리고 또?"

"민타가 여기 있는 무언가를 두려워해요. 가끔은 그게 미스 길다인가 싶어요. 어때요?"

버니스의 얼굴이 문이 잠기듯 닫혔다. "넌 안 가겠지, 응?"

"전쟁이 날 때 나더라도, 저는 여기 있어요."

"잘 들어, 너는 지금까지 운이 좋았어. 넌 살았지, 그러니 괜히 여기 있겠다고 그걸 버리지 마." 버니스의 목소리 뒤에서 소녀는 그녀의 갈등을 느낄 수 있었다. 그녀의 말은 소녀를 떠미는 동시에 머물라고도 했다.

"제 삶은 여기 당신과 미스 길다와 버드와 함께 있어요. 제가 캘리포니아에 가서 뭘 하겠어요, 모자 쓰고 숙녀 놀이하게요?" 소녀는 커다랗게, 초조하게 웃음을 터뜨렸다. 소녀는 버니스의 얼굴에서 민타의 목소리에 깃들었던 것과 똑같은 경계하는 표정을 보았다.

"뭔데요? 왜 그런 표정으로 물어보는 거예요?" 소녀는 살짝 화가 난 목소리로 물었다.

"아무것도 아냐. 그들은 그냥 달라. 보통 사람들 같지 않아. 좋은 건지도 모르지. 누가 알겠냐?"

"그들이 나쁘다거나 그런 말이에요?" 소녀의 마음속에 길다와 버드에 대한 스스로의 의문들이 떠오르며 반항심이 목구멍을 간질였다.

"아니야." 그 단호한 대답에 소녀는 버니스가 얼마나 오래 우다드에 있었는지 상기했다. "난 그냥 그들이 누구인지 모르겠다고 말하는 거야. 그 오랜 시간을 여기서 보냈는데도 미스 길다가 누구인지 모르겠거든. 그녀가 무슨 생각을 하는지 사실 잘 모르겠어, 네가 백인들한테 그렇게 느끼는 것처럼. 그녀가 어디 사람인지를 모르겠다고. 백인들은 서로 그 얘기를 하고 싶어 죽거든. 길다는 안 그렇지. 이제 버드는, 버드가 무슨 생각하는지는 좀 알겠어. 버드는 미스 길다를 볼 때 무슨… 마치…." 버니스의 목소리가 막 여자가 되어가는 이 아이에게 말할 단어들을 찾느라 애쓰는 듯이 잦아들었다.

"그게 누굴 해치지는 않잖아요, 안 그래요?" 소녀의 대답이 자신을 가족으로 삼아 준 여인들에 대한 충성심으로 단호해졌다.

"난 아니지. 나야 그저 일이 되어가는 대로 지켜볼 뿐이니까." 버니스는 길다와 버드가 누구인지에 대해서는 사실 걱정하지 않았다. 그녀의 걱정은 이 소녀가 스스로 무엇이 될지였다.

얼마 뒤 길다가 소녀와 버드를 농장의 집으로 데려간 어느 날, 민타가 길에 가장 가까운 빈 마구간에 서 있었다. 그녀의 얼굴은 차분했지만, 여전히 속삭이듯 허리를 굽히고 있었다. 소녀는 마차가 굽이를 돌 때 얼핏 그녀를 보고 몸을 숙여 뒤를 돌아보았다. 소녀는 집을 떠나는 이 여행에 흥분했지만, 민타의 경고가

지난 크리스마스에 아가씨들 중 한 명이 선물로 준 크리놀린(여자들이 치마를 부풀리려 치마 속에 입던 뼈대 모양 틀-옮긴이)처럼 소녀를 간질였다.

그들이 농장을 향해 남쪽으로 마차를 모는 동안 저녁 하늘에 구름이 몰려들고 있었지만 소녀는 폭풍이 없으리라는 길다의 자신감을 느낄 수 있었다. 그들은 많은 것들에 대해 얘기했지만 날씨 얘기는 하지 않았다. 그럼에도 길다의 눈을 보고 버드의 손을 잡는 것만으로 소녀는 어딘가 다른 곳에 폭풍이 있다는 걸 알 수 있었다. 소녀는 끓어오르는 몸부림을 느꼈고 외치고 싶었다. 전쟁이 나면 마을의 모든 이들이 그들을 얼마나 필요로 할지 경고하고 싶었다. 하지만 소녀는 그것이 해야 할 말이 아니라는 것을 알았다. 길다는 말하기에 적절하다고 생각하는 장소에 이르기까지 핵심을 피해 가는 걸 선호했다. 그 말은 농장의 집으로 가는 길에 어울리지 않았다.

농장의 집에 도착한 후, 소녀는 그들이 이곳에 방문할 때면 자는 작은 방의 처마 밑에 자신의 작은 여행용 상자를 보관했다. 소녀는 민타가 길다가 소리 없이 말하는 것을 아는지 궁금했다. 그것이 민타가 그녀에게 경고했던 이유일지도 몰랐다. 하지만 소녀는 두렵지 않았다. 길다는, 친근하기보다는 종종 냉담했지만 어째선지 소녀의 마음을 어루만졌다. 말이란 다른 사람의 마음속에 들어가는 여러 방식 중 하나일 뿐이었다. 소녀는 길다가 남자라는 자신의 어린애 같은 생각을 회상하며 미소 지었다. 어쩌면 백인들과 어울려 사는 것이 그녀에게 비밀 통로를 주었는지 모르지만, 길다의 지식은 더 깊은 곳에서 왔다고 소녀는 생각했다. 그곳은 버드를 제외하고는 감춰진 곳이었다.

　농장 집의 북쪽과 서쪽 땅들은 휴경지로, 손질되어 있었지만 경작되지는 않았다. 그것은 델타 지역(미시시피 강의 삼각주가 아우르는 남부 지역-옮긴이)의 나머지와 같은 땅으로, 따뜻하고 축축하며 그 풍요로움 때문에 거의 파란빛을 띠었다―피의 땅이라고, 누군가 말했다. 야트막한 창고 위로 높지 않은 집은 텅 빈 그 땅에 자리한 희미한 생명의 기운으로 기이해 보였다. 길다는 버드가 그녀 주변에서 옷장에 옷들을 집어넣느라 움직이는 가운데 저녁의 어스름을 내다보며 창문가에 서 있었다. 길다는 생각의 가닥들을 한데 잡아당겨 자기 삶의 패턴을 알아볼 수 있게, 그래서 강화할 수 있게 해 보려 했다. 농장의 집은 길다에게 평화를 제공했지만 답은 제시하지 않았다. 그것은 그저 도시의 위선에서 벗어난 사생활이자, 매일 밤낮으로 길다의 숨결을 빨아들이고 길다를 공기보다 가볍게 남기며 그녀로부터 에너지를 뽑아내는 물살에서의 도피였다. 그 집의 고요함과 길다를 안전하게 지키려는 그 집의 열망은 길다의 어깨에 놓인 든든한 손 같았다. 여기서 길다는 여유 있게 생각할 수 있었다. 그녀는 우다드라는 세계를 놓아 버리지 않고는 그 집 문을 통과하지 않았다. 그래도 길다의 생각은 늘 광활한 바다와 불타오르는 태양을 향해 돌아갔다.

　마지막 매듭은 버드였다. 온화하고도 엄격한, 움찔하는 법이 없지만 삶에서 익사하고 있는 것처럼 길다에게 매달리고 있는 버드. 그들의 동족 중에 우다드를 지나치는 이는 거의 없었고 누구도 아주 길게 머무르지 않았다. 소렐을 방문하러 서쪽으로 향했던 유일한 여정에서, 둘 다 그의 동네의 먼지와 소음을 몇 주 이상 버티지 못했다. 그리고 소녀가 오기까지 길다는 이 사람이 다 싶은 이를 아무도 만나지 못했다. 버드를 그녀와 같은 사람들 없이 이 세상에 홀로 두고 떠나는 것은 길다가 할 수 있는 이상으로 잔인할 터였다. 소녀는 반드시 남아야 했다. 길다는 모든 의심들을 떨쳤다. 소녀가 너무 어린가? 자신에게 주어진 삶을 증오하게 될까? 버드를 버릴까? 그 답은 거기, 그 아이의 눈 속에 있었다. 그 단호함이 마치 그 행위가 이미 이루어진 것처럼 길다의 팽팽한 등 근육을 느슨하게 만들었다.

  소녀는 왜 그들이 이번에 농가로 오는 여행길에 자신을 데려왔는지 알지 못했다. 그들은 시즌 중에는 소녀를 데려오는 일이 드물었다. 그들이 자신이 떠나기를 원할지도 모른다는 생각이 민타의 낮은 목소리보다 소녀를 더 불안하게 했다. 하지만 매일 버드와 소녀는 수업을 하기 위해 자리를 잡았고 저녁에 길다와 버드가 조용히 함께 얘기할 때 소녀를 찾아 함께 자리했다. 소녀는 구석에 몸을 말고 말없이 그들이 하우스의 여자들, 마을의 정치, 전쟁에 대해 쏟아내는 이야기들, 그리고 모험담들을 듣기만 했다. 소녀는 처음에 그 모험담들이 지어낸 것이라고 생각했지만, 이내 그들 목소리에 담긴 열정에서 길다와 버드가 살아온 이야기의 진실을 들었다.

  때로 그들 중 하나가 이렇게 말하곤 했다. "이제 잘 들으렴, 이건 네가 알아야 하는 거란다." 하지만 그럴 필요 없었다. 이제 다

자라 크고 호리호리한 소녀는 그들의 말에 매달렸다. 소녀는 그들 목소리의 대조적인 리듬과 그들이 밝히는 신비한 세상들을 즐겼다.

소녀는 길다에게서 다급함을 느꼈다. 그 이야기들이 말해져야 한다는, 자신에게서 풀어놓아야 한다는 다급함을. 그리고 버드 역시 그 다급함을 느꼈지만 그것에 사로잡히지 않았고 길다와 함께 시간을 보내고 있는 것을 즐겼다. 그녀는 자신의 역사를 부드러운 사슴 가죽처럼 펼쳤다. 버드는 면 셔츠에 감싸여 바닥에 다리를 깔고 앉은 소녀를 응시하며 소녀의 존재가 그들에게 무언의 완결성을 준다고 느꼈다.

버드는 생각 없이 말했다. "이건 우리 마을에서 불 앞에 앉아 있던 때 같네."

"아, 그리고 누가 자기네 이빨 없는 노인들 역할이지? 나 아니면 저 애?" 길다가 활짝 웃으며 말했다.

버드가 "둘 다."라고 응수하자 소녀는 나지막이 웃었다.

길다는 짙은 색 벨벳 긴 의자에서 일어섰다. 길다의 얼굴이 낮은 램프 불빛에서 벗어나 그림자 속으로 사라졌다. 그녀는 몸을 구부리고 소녀를 팔로 안아 올려, 긴 의자에 눕혔다. 길다는 다시 앉아 소녀의 머리를 자신의 무릎으로 받쳤다. 소녀의 숱 많은 땋은 머리를 쓰다듬으며 버드와 계속 얘기를 나누었다.

이어진 침묵 속에서 길다는 소녀에게 물었다. "너의 엄마와 자매들에 대해서 어떤 걸 기억하지?" 소녀는 밤을 제외하고는 그들을 떠올리지 않았다. 그들에 대한 기억은 잠들기 직전, 밤마다 하는 소녀의 기도가 되었다. 소녀는 길다에게 그들에 대한 얘기를 한 적이 없었다. 읽기 수업들 중에 서로 이야기를 교환하면서, 버드에게만 했다. 이제 이름들을 읊는 것이 기억의 역할을 했다. 작고 기운과 질문이 넘쳤던 미네르바, 소녀보다 두 살 위로 누구와도 눈을 맞추지 못했던 플로린, 그리고 그들의 엄마처럼 어깨가 넓었지만 보다 엄숙했던 맏이 마르타. 엄마와 함께 자던 요의 감촉, 아침 식사 일—죽을 젓고 롤빵을 담기—을 위해 일찍 일어나던 것. 소녀는 버터로 반짝이는 빵의 냄새를, 그리고 자신의 손가락에서 난 피로 얼룩진 눈처럼 하얀 목화를 설명했다.

그들의 엄마가 말했던 고향에 대해서 소녀는 확신이 덜했다. 그곳은 언제나 멀고 비현실적인, 꿈의 장소였다. 춤에 대한 이야기만 빼고. 소녀는 눈을 감으면 그 리드미컬한 발걸음 소리, 종소리며 바가지 소리가 들리는 것 같았다. 모두 소녀의 몸 안에서 박동을 유지했고 덮개 없는 불의 열기가 그 꿈의 장소를 사실적으로 느끼게 해 주었다. 이제 그것에 대해 얘기하면서, 소녀의 몸이 마치 저 춤꾼들의 오래된 원 안으로 다시 짜여 들어간 것처럼 살며시 흔들렸다. 소녀는 이야기를 엮을 줄 아는 자신의 능력에 자부심을 느끼며 이미지들과 이름들을 쏟아냈다. 버드는 묵묵히 소녀를 격려하며 과거를 역설하는 자신의 제자에게 미소를 지었다.

농가에서의 매일은 다른 날들과 거의 같았다. 여기는 해야 할 일이 많지 않았으므로 소녀는 시내에 있을 때보다 조금 늦게 일어났다. 소녀는 청소를 하거나 독서를 하고 새들과 토끼들을 바라보며 들판을 거닐었다. 늦은 오후에는 버드와 길다의 움직임이

들리곤 했다. 그들은 포치의 그늘에서 소녀에게 말을 건네러 나왔지만 이내 그들의 방으로 돌아갔고, 소녀는 방에서 그들의 한결같은 목소리나 펜이 조용히 종이를 긁는 소리를 들었다.

그들 삶의 특별한 성격은 소녀의 주의를 벗어나지 않았다. 그것은 우다드에서의 활동을 벗어난 이 농가에서 더욱 분명해 보였다. 소녀는 아주 오래전에 자신이 숨었던 헛간에서 흙이 가득 든 커다란 사료 자루들을 발견했다. 소녀는 카펫들 아래에 얇게 깔린, 그리고 그들의 망토에 든 흙을 느꼈다. 그들은 저녁 식사 시간을 모이는 기회로 삼았지만, 결코 소녀 앞에서 먹지 않았다. 소녀는 자신이 먹을거리를 요리해서 종종 혼자 먹었다. 버드가 콘 푸딩이나 자신이 잡은 토끼를 요리할 때만 제외하고. 그러면 그들은 함께 앉아 소녀는 먹었고 버드는 차를 마셨다. 소녀는 둘 다 바지에 모직 셔츠를 입고 밤늦게 나서는 길다와 버드를 본 적이 있었다. 때로 그들은 함께 나갔고 때로는 따로 나섰다. 그리고 둘 다 그녀에게 목소리를 내지 않고 말했다.

민타의 경고와 은밀한 종교, 부두교에 대한 속삭임들은 여전히 소녀를 두렵게 하지 않았다. 소녀는 깊은 공포를 알았고 자신이 그래야 할 때면 스스로를 보호할 수 있다는 것을 알았다. 하지만 서로의 팔에 안겨 그토록 깊이 잠들고 자신을 그토록 다정하게 대해주는 그들을 두려워할 이유가 없었다.

농가에서 여드레가 되던 날 오후 소녀는 들판으로 산책을 나갔다가 뒤쪽 펌프에서 물을 마시려고 돌아왔다. 소녀는 부엌 창문 너머로, 버드와 말다툼하는 길다의 팽팽한 목소리를 듣고 놀랐다. 부엌의 나머지 부분에서는 침묵이 있었고, 이내 길다의 웃음이 터져 나왔다.

"우리가 싸우는 이유가 단지 서로 사랑하기 때문이라는 걸 알겠어? 우리 지금 당장 멈춰. 이렇게 근사한 저녁에는 싸우지 않겠어."

소녀는 길다가 작은 나무 탁자 주변을 돌아 의자를 하나 끌어내는 소리를 들을 수 있었다. 길다는 그 의자에 앉지 않고 대신 버드의 무릎 위로 몸을 구부렸다. 버드의 놀란 표정이 웃음으로 바뀌었지만 그 아래의 긴장감은 완전히 떨쳐지지 않았다.

"난 이런 대화가 신물 나. 당신은 세상에 나 없이 갈 수 있는 곳이 있다는 듯이 떠난다는 얘기를 계속 늘어놓잖아."

버드의 다음 말은 그녀의 입을 막는 길다의 손에 꺾였다. 그런 다음 길다의 부드러운, 얇은 입술이 그녀를 의자 뒤로 눌렀다.

"제발, 내 사랑, 내가 내 몸에 겹치는 당신 몸의 무게를 느낄 수 있게 우리 방에 가자. 우리가 어렸을 때 그랬듯이 우리 피부색을 비교해 보자."

버드는 예상대로 웃음을 터뜨렸다. 시간과 나이에 대한 그 작은 장난기 어린 말들이 그들의 사적인 게임이었다. 키스와 게임 이상의 것이 있다는 걸 아는 지금조차, 그녀는 자신의 피부를 꼭 누르는 길다의 피부를 느끼길 갈망했다.

버드는 길다를 가슴에 꼭 안은 채로 일어서서 길다가 아이인 양 그녀와 함께 계단을 올라갔다.

소녀는 포치에 남아 해가 나무들 뒤로 빠르게 떨어지는 동안 들판을 바라보고 있었다. 소녀는 길다와 버드의 웃음소리를 좋아했지만, 그들은 아무도 듣지 않는다고 생각할 때만 웃는 것 같았다. 어둠이 완전히 내렸을 때 소녀는 자신을 위한 저녁 식사를 만들러 부엌으로 들어갔다. 소녀는 버드와 길다가 내려오면 차를 마시고 싶으리라 확신하며 찻주전자를 올렸다. 질그릇을 뒤져 자신이 귀하다 여기는 달콤한 냄새를 풍기는 허브들을 한데 모았다. 소녀는 그들의 웃음을 다시 듣고 싶어 열심이었다.

그날 저녁 버드는 마차를 꺼내고 세탁 바구니들을 안에 싣는 걸 도와달라고 소녀를 불렀다. 소녀는 창문들을 계속 흘끔거리는 버드를 보며, 말없이 마차 위로 짐을 올려주었다.

"민타에게 안부 전해주세요." 소녀는 그 침묵이 너무 크게 느껴지자 망설이며 말했다. "저 없이 떠나지 말라고 전해주시고요." 소녀는 민타가 서쪽으로 가는 자신의 꿈 얘기로 모두를 괴롭혀 왔으니 그게 괜찮은 농담이라고 생각했다.

버드는 마지막 짐을 마차 바닥에 떨어뜨리며 몸을 펴고 소녀를 내려다봤다. "그게 무슨 뜻이지?"

"장난이에요. 민타는 레이철이 있는 그곳에 제가 같이 갈 것처럼 계속 얘기하니까요."

버드는 조용해진 채 앉아 가만히 못 있는 말의 고삐를 잡았다. 소녀는 더욱 공기를 채워야 한다고 느꼈다. "저는 안 가요."

"가도 된다, 가고 싶을지도 모르지. 결국은 어딘가에서 너 자신의 삶을, 너만의 가족을 시작하고 싶어질 거야." 버드의 목소리는 차분했지만 소녀는 그녀가 길다와 다투거나 술 취한 손님들에게 말할 때 들었던 그 거짓된 고요함을 알아차렸다.

"어떤 가족을 시작하든 바로 여기서 할 거예요." 소녀는 마침내 자신이 원하는 것을 소리 내어 말해도 안전하다고 느꼈다. 소녀는 수줍게 버드의 얼굴을 올려다보았고, 활짝 웃으며 빛나는 버드의 이를 보고 기쁨을 느꼈다.

버드는 의자에 올라 늘 집을 지켰던 여자의 무심한 목소리로 말했다. "오늘 밤은 시내에서 묵고 내일 저녁 차 마실 시간에 돌아올 거야. 위험한 일이 있으면 나를 부르기만 하면 된다."

버드는 어떤 위험이 있을지 궁리하는 소녀를 포치에 남기고 말을 길로 끌어냈다. 걱정하지 말라는 버드의 경고가 소녀에겐 민타의 조심스러운 말들보다 더 두려웠다.

위층에서 길다는 자신의 방에 조용히 있었다. 길다는 버드가 떠난 후에도 소녀와 함께 있지 않았지만 저녁 늦게 내려왔다. 그녀는 거실을 서성이며 한 바퀴 돌고 난 다음, 버드가 가장 좋아하는 의자에 앉은 소녀의 맞은편 소파 팔걸이에 앉았다. 소녀의 검은 얼굴은 매끄러웠고, 목뒤로 땋아 내린 숱 많고 탄력 있는 머리 아래 소녀의 눈썹은 넓고 네모졌다. 길다는 바지에 셔츠를 입고, 작은 하얀 구슬들이 박힌 부드러운 가죽으로 허리를 꽉 조인 차림이었다. 그녀는 소리 없이 소녀에게 말을 건넸다. ***내가 얼마나 오랜 세월 동안 살아왔는지 아니?***

"누구보다 더 오래요."

길다는 일어나 소녀 앞에 섰다. "나는 버드와 너의 사랑을 받고 있지?" 문장의 끝이 물음표를 그리며 위로 구부러졌다.

소녀는 사랑이란 말이 말해지기까지 그 말을 떠올리지 못했었다. 그랬다, 소녀는 그들을 둘 다 사랑했다. 기억 속 엄마의 얼굴만이 이제껏 소녀가 사랑했던 전부였다. 눈물이 소녀의 뺨을 타고 미끄러졌다. 길다의 슬픔이 소녀에게 밀려들었고 소녀는 엄마의 상실을, 새롭고 아프게 느꼈다.

"내가 돌아오면 얘기하자꾸나." 길다는 문을 닫고 어둠 속으로 사라졌다.

소녀는 그들이 가진 것들을 처음 보듯 살피며 집 안을 돌아다녔다—반듯하게 접힌 그들의 옷들과 섬세한 리넨 시트들, 흙과 라벤더 수 냄새를 풍기는 재단된 바지들과 플란넬 셔츠 몇 점을 보관하는 옷장.

소녀는 간절히 읽고 싶은 책들의 가죽 등을 쓰다듬었다. 몇몇은 소녀가 모르는 언어들로 쓰여 있었다. 소녀는 길다와 버드가 함께 쓰는 침대 가장자리에 앉아서 방 안의 냄새를 들이마시며 참을성 있게 방 안의 물건들을 둘러보았다. 화장대에 깔끔하게 줄지어 놓인 브러시들, 빗들, 단지들. 침대보, 러그들, 커튼들은 두껍고 화려했지만 방은 소박했다. 길다와 버드가 없는 집에서 그 방들은 불완전해 보였다. 소녀는 기어드는 불안감을 달래 줄 무엇을 찾아 처음인 듯 방들을 왔다갔다 천천히 걸어 다녔다. 모든 것이 길다와 버드와 함께했던 날들 그대로인 듯 보였지만, 단 누군가 먼저 지금 소녀가 그런 것처럼 물건들을 살펴보고 다시 놓고 기억을 되살리고 한쪽으로 치워 두며 지나간 것처럼 느껴졌다.

집이 싸늘해지자, 소녀는 불을 지피고 소파 위 자신의 면 홑이불 아래 몸을 말았다. 소녀는 버드가 소녀에게 셈을 가르칠 때 사용했던 구슬이 줄줄이 꿰어진 작은 나무판을 만지작거렸다. 나무와 나무가 부딪히는 소리가 위로가 되었다. 돌아온 길다는 주판을 인형인 양 가슴에 끌어안고 잠들어 있는 소녀를 발견했다. 소녀는 길다의 시선을 느끼고 깨어나 서늘한 공기에 늦은 시간이라는 걸 알았다. 새로 얹은 장작 아래 불이 희미하게 타오르고 있었다.

"이제 얘기하자꾸나." 길다가 나간 적이 없는 것처럼 말했다. 그녀는 옆에 앉아 소녀의 손을 잡았다.

"전쟁이 오고 있다. 사실대로 말하자면 이미 여기 왔단다⋯." 길다는 말을 멈췄다. 그 몇 마디 말을 내뱉는 시도가 그녀를 피곤하게 했다.

"내가 더 이상 살아갈 수 없다고 말하면 이해하겠니?"

소녀는 아무 말도 하지 않았지만 자신이 농장에서 탈출하기로 결심했던 그 밤을 떠올렸다.

길다는 계속했다. "나는 너무 오래 사는 것이 두려웠다. 그리고 이제 내 시간은 끝났어. 창고에서 너를 발견했던 밤이 겨우 몇 분 전인 것 같구나. 하지만 너는 너무 아이였지. 두려움이 가득했고, 너의 여정은 너무 길었어. 내가 너를 안았을 때 너의 몸이 너의 싸움 일부가 끝났다는 걸 알고 내 품에서 느슨해졌다. 나는 네 안에서 영혼과 세상에 대한 이해를, 네가 우리에게 결핍된 목소리라는 걸 느꼈단다. 너와 함께 이 세상을 보는 것이 내게 근사한 기쁨의 세월을 안겨 주었다. 이제 내 유일한 두려움은 버드를 혼자 남기는 거란다. 버드가 필요한 건 너야."

소녀는 길다의 얼굴을, 작은 골격 위로 팽팽하게 당겨진 피부와 오렌지색 반점들로 반짝이는 그녀의 눈을 살폈다. 소녀는 자신을 악몽들에서 구해 준 이 여자를 위로하고 싶었다.

"넌 남아야만 해. 살아야만 하고. 나를 믿니?"

"저는 당신이나 하우스를 떠날 생각을 해 본 적이 없어요. 제 집은 당신이 저를 받아주는 한 여기예요." 소녀는 분명한 목소리로 말했다.

"내가 요구하는 건 쉬운 일이 아니야. 넌 돌아갈 것이 없다고 느끼겠지만, 빠르든 늦든 우리는 모두 무언가로 돌아가기를 원한단다. 대체로 우리가 전에 한 번도 생각해 보지 않은 어떤 하찮은 것이지. 하지만 그건 우리의 과거 속에서 희미한 빛을 내면서 잔인하게도 우리에게 애걸할 거야, 왜냐하면 돌아갈 방법이 없으니까. 너에게 이걸 부탁한다면, 그리고 미래에 네가 다른 이들에게 이걸 부탁한다면, 넌 네가—그리고 다른 이들이— 과거를 그토록 매혹적이게 하는 저 사소한 것들의 완전한 상실을 감당할 만큼 강한지 확신을 품어야 한다."

소녀는 길다가 무엇을 뜻하는지 알 수 없기에 아무 말도 하지 않았다. 소녀는 방 안에서 변화를 느꼈다—공기가 에너지로 팽팽했다.

"우리가 누구인지를 설명하는 말들은 다 부족할 따름이야, 언어는 조잡하고 역사는 거짓이지. 넌 나를 보고 내가 누구인지, 내가 너에게 권하는 삶이 네가 선택하는 삶인지 알아야만 해. 선택을 한다면, 넌 결코 고통이나 잔혹함이 아닌 삶만을 추구하겠다고 너 자신에게 약속해야만 한다."

소녀는 길다의 소용돌이치는 갈색과 일렁이는 오렌지색 눈을 깊숙이 들여다보며 이전에 결코 완전히 허락받지 못했던 생각과 감각이 자신에게 열리는 것을 느꼈다. 소녀는 그 눈 뒤에서 목격한 시간의 무게에 놀라 뒤로 물러섰다.

"죽음이라는 개념을 두려워하지 마라, 그건 모든 것들의 삶의 일부란다. 그건 네가 죽음의 시간이 왔다고 결정했을 때에만 걱정거리가 되는 거다. 두려운 건 힘이지, 죽음이 아니라. 그리고 피는, 그건 나누는 거란다. 우리 모두가 나누는 법을 배워야 하는 것이지, 그렇지 않으면 그저 전쟁터들에서 흘려질 거다." 길다는 자신이 말하고 싶은 모든 것의 무게를 느끼며 말을 멈추었다. 한꺼번에 너무 많은 말이 되리라. 나머지는 버드에게 맡길 터였다.

소녀는 그 말들을 들었다. 소녀는 다시 한 번 길다의 눈 뒤의 세계를 들여다보고 자신에게 요구되는 바가 무엇인지 이해하고자 애썼다. 소녀가 본 것은 어떤 장벽도 없이 탁 트인 공간이었다. 소녀는 먼지 낀 길을 보았고, 어린 길다를 에워쌌듯 자신을 둘러싼 그 사람들을 느끼며 그 고요한 결심을 들었다. 소녀는 길다조차 기억하기엔 너무 멀 정도로 멀리 뻗은 녹색 숲을 보았다.

"내 꿈은 오랜 세월, 세상을 보는 거였어. 진짜 꿈은 세상을 만드는 거지—사람들을 보고 여전히 세상을 만들고 싶은 것."

"저는 많이 보진 못했지만 제가 본 건 그다지 당기지 않던 걸요." 소녀는 전쟁의 여파에 대한 버니스의 말에서 느낀 싸늘함을 떠올리며 말했다.

"하지만 사람들은 어떠냐?" 길다의 목소리가 살짝 올라갔다. "너를 쫓았던, 너를 해쳤던 사람들의 얼굴은 제쳐 두고. 네가 사랑했던 사람들과 네가 내일 사랑할 수 있는 사람들은?"

소녀는 길다의 목소리에 깃든 불길에서 물러섰다. 요 위에 누운 자신의 턱까지 이불을 덮어 주려 다가오는 엄마의 손길이 소녀의 시야를 가득 채웠다. 엄마의 거뭇해진 손마디들이 어렴풋이 크고 단단하게, 제대로 표현하지 못한 엄마의 사랑처럼 보였다. 소녀는 집 아래층에서 오락거리를 소개하는 버드의 목소리를 처음으로 들었던 때를 떠올렸다. 그 깊은 울림은 소녀의 몸에 전율을 느끼게 했다. 민타의 가벼운 경고는 그저 잊혔을 뿐이지만 그녀의 구부러진 몸에서 보인 다정한 배려는 소녀를 기쁨으로 가득 채웠다. 소녀의 성장을 지켜봐 온 버니스의 조심스러운, 보호적인 태도, 세상이 돌아가는 방식에 대해 얘기하며 부엌에서 보내는 그들만의 저녁—이런 것들이 가치 있는 것이었다. 소녀는 눈을 뜨고 길다의 눈을 들여다보았다. 소녀는 거기서도 사랑을 발견했다. 그리고 탐구 너머의 탈진도. 소녀는 길다의 눈에서 미래를 볼 수 없었다. 그것이 길다가 그녀에게 약속하고 싶어 하는 것인데도.

그 생각을 읽고 길다가 얘기를 나누려는데 소녀가 조심스럽게 나아갔다. "저에게 사실은 시간이 아닌 시간을 주시려는 건가요? 저를 홀로 남게 하는 시간을요?"

"나는 여러 다양한 갈래로 나아가는 이 세상을 목격했다. 호기심에 차서, 우리가 우리의 세상을 어떻게 만들지 보기를 갈망하며 그 각각의 길들을 걸어 봤지. 유럽과 여기 우리 남쪽으로는 상당히 닮았단다. 내가 여기 왔을 때 세상은 훨씬 더 컸고, 내가 했던 신세계로의 여행은 네가 한 것만큼이나 두려움이 가득했지. 나 역시 소녀였다, 너무 어려서 무서운 줄도 몰랐지."

"매번 나는 맞서는 것이, 전쟁에서 싸우는 것이 우리를 쫓는 악마들에 대한 해결책을 가져오리라고 생각했다. 매번 노예 제도나 광신이 법으로 혹은 전쟁으로 이 지상에서 사라질 수 있다고 생각했어. 매번 나는 틀렸지. 나는 젊은 시절의 관심을 모두 소진했고, 우리가 나아가기 위해서는 가능성을 믿어야 한다는 것도 알지. 난 더 이상 믿지 않는다. 적어도 나 자신은 아니란다."

"하지만 전쟁은 중요해요. 사람들은 자유롭게 살아야 해요."

"그래, 그리고 그건 의심 없이 성취될 거야. 하지만 자유를 얻기 위해 전쟁이 필요하다는 사람들은… 나는 결코 이해하지 못했다. 이제 나는 이해하려고 애쓰기도 지쳤어. 우리 중에도 밤에 나설 때마다 살인을 저지르는 부류가 있다. 그들은 이 삶을 살기 위해 그런 흥분이 필요하다고 하지. 그들은 그저 살인자들일 뿐이야. 그들은 딱히 필요한 게 없어, 폭력적인 이들일 뿐이지. 우리의 삶에서, 다른 이들의 생명의 피를 공유하며 살아가는 우리가, 살인할 필요는 없단다. 우리가 사는 건 죽음이 아니라, 생명과의 연계를 통해서야."

두 여자 다 말이 없었다. 소녀는 자신이 무엇을 물어야 하는지

조차 명확하지 않았다. 마치 새로운 언어를 배우는 것 같았다. 길다의 눈을 다시 들여다봤을 때, 소녀는 피부 아래서 고동치는 피를 느꼈다. 소녀는 또한 자신에게 낯선 흥분이 솟구치는 것을 느꼈다.

"우리가 맺는 거래에는 기쁨이 있다. 우리는 생명을 마시지만 생명을 주기도 한단다. 우리는 필요한 것을—에너지, 꿈, 생각들을 주지. 사기꾼들로 가득한 이 세상에서 이건 공정한 거래야. 그리고 우리가 옳다고 느낄 때, 양쪽에서 모두 큰 욕구를 느낄 때, 우리는 다른 사람들이 우리와 삶을 함께할 수 있도록, 그들을 우리처럼 만들 수 있다. 나쁜 삶은 아니야." 길다가 말했다.

소녀는 길다의 목소리에 날이 선 것을 느꼈지만 고동치는 피와 길다의 눈 속 소용돌이치는 색깔들에 매혹되었다.

"나는 내가 택한 길에 서 있다, 내게 옳은 길이었지. 너는 네가 미시시피의 농장에서 도망쳤을 때 그랬던 것처럼 다시 네 길을 선택해야 한다. 죽음이, 혹은 그보다 더한 것이 그 길에서 너와 마주쳤을지 모르지만, 넌 그게 네가 택해야 했던 길이라는 것을 알았지. 나를 믿겠니?" 길다는 눈을 감고 뒤로 살짝 물러나 자신의 최면을 거는 시선에서 소녀를 놓아주었다.

소녀는 길다의 내리깔린 눈꺼풀이 햇빛을 막은 것처럼 한기를 느꼈고, 순간 두려워졌다. 길다가 감은 눈 뒤로 사라지자 방은 온통 그림자들과 어색한 침묵뿐이었다. 마침내, 말 이상의 무엇을 듣고자 집중하던 소녀에게서 혼돈이 걷혔다. 그 높고 낮음, 그 강세, 그 리듬은 모두 소녀가 스스로 이루기를 바라는 어떤 믿음에 의해 형성된 것들이었다. 그것은 단순히 긴 삶 이상의 것이었다. 그것은 자유를 향한 소녀의 비상이 이제 막 소녀를 준비시키기 시작한 위대한 모험이었다.

"네." 소녀는 속삭였다.

길다는 눈을 떴고 소녀는 자신이 넘치는 에너지 속으로 빨려드는 것을 느꼈다. 그녀의 팔과 다리가 약해졌다. 소녀는 엄마의 소리 같은 나직한 흥얼거림을 들었다. 소녀는 자신을 가만히 붙드는 길다의 시선에서 눈을 돌릴 수 없었다. 그럼에도 소녀는 자유를 느꼈고, 입을 열 힘이 있었다면 웃음을 터뜨렸을 터였다. 소녀는 길다가 자신을 품에 끌어당기는 것을 느꼈다기보다 알았다. 소녀는 눈을 감았고 팔에 닿는 길다의 손길 아래 소녀의 근육들이 느슨해졌다. 소녀는 엄마의 품 안에서 안전한 아이처럼 길다의 무릎에 자신의 기다란 몸을 말았다.

소녀는 목에 날카로움을 느꼈고 마음을 누그러뜨리는 노래를 들었다. 길다는 소녀의 이마에, 그리고 목에 키스했고, 통증이 강렬하게 역류하며 소녀를 사로잡았다. 소녀는 길다에게 매달려 길다가 하는 말을 거의 듣지 못하고 꿈속으로 더 깊이 가라앉았다. "이제 네가 마셔야 한다." 길다는 소녀의 머리를 자신의 가슴에 대고 빠른 동작으로 흉부의 피부를 갈랐다. 길다는 소녀의 입을 자신에게서 배어 나오는 붉은 생명에 대고 눌렀다.

이내 흐름이 거세지며 길다가 약해졌다. 길다는 피를 빨아대는 소녀를 떼어내고 상처를 닫았다. 길다는 불길이 사그라질 때까지 자신의 무릎에 몸을 말고 있는 소녀와 함께 앉아 있었다. 태양이 어두운 방 안으로 기어들자 길다는 소녀를 위층 침실로 옮겼고 둘은 낮 동안 그곳에서 잠들었다. 길다는 해질 무렵 깨어났다. 소녀는 아직 그녀의 품에 꼭 안겨 있었다. 길다는 침대에서 빠져나와 아래층으로 내려가 물을 한 통 끓였다. 길다가 옷을 마저 입으려고 돌아갔을 때 소녀가 조용히 그녀를 바라보았다.

"기분이 좋지 않아요." 소녀는 욕지기를 느끼며 말했다.

"그래, 곧 괜찮아질 거다." 길다가 말하고 양팔로 소녀를 안아 아래층으로, 그리고 바깥으로 날랐다. 저녁 공기가 얇은 셔츠 바람의 소녀를 떨게 했다. 길다는 흙 위로 소녀의 머리를 숙여 준 다음 소녀를 혼자 뒤쪽 계단에 앉혀 놓고 떠났다. 길다는 젖은 헝겊을 들고 돌아와 소녀의 입과 얼굴을 닦은 다음 다시 소녀를 안으로 이끌었다. 길다는 소녀가 옷을 벗게 도와주고 소녀를 들어 부엌 식탁 옆에 놓인 커다란 욕조 속에 넣었다. 그런 다음 소녀가 어린 시절 들은 노래를 흥얼거리며 자신의 강하고 여윈 손으로 소녀를 비누칠하고, 헹구고, 마사지를 하며 공포와 통증을 걷어내고 소녀를 편안하게 했다. 길다는 소녀에게 가장자리에 아일릿 레이스가 달리고 라벤더 향이 나는 자신의 새 옷을 입힌 다음 소녀를 다시 침대에 집어넣었다.

"버드가 곧 돌아올 거다. 두려워하면 안 된다. 버드에게 과정을 완성하라고 요청해라. 너를 우리의 딸로 만들 이는 그이란다. 기억할 수 있겠니?"

"네." 소녀는 힘없이 말했다.

"또한, 후에, 시간이 네 등에 묶인 단단한 도기처럼 느껴질 때,

우리가 이 일을 하는 건 사랑 때문이라는 걸 기억해야 한다." 길다의 눈은 불타올랐고 초점이 없었다. 소녀는 자기 안에서 격렬한 불안과 허기를 느꼈지만, 그 눈의 힘이 소녀를 잠으로 이끌었다. 길다의 입술이 다시 소녀의 이마를 스쳤다. 그런 다음 소녀는 꿈도 없이 잠들었다.

소녀는 불현듯 깨어 파괴적인 분노의 표정으로 한층 더 그늘진 어둠 속에서 깜박임 없이 메마른 눈으로 자신을 내려다보는 버드를 발견했다.

"길다가 언제 너를 떠났지?" 버드의 목소리는 단단히 절제되어 있었지만 구겨진 종이 몇 장을 꽉 쥔 손이 떨리고 있었다.

길다는 두려워 말라고 했고 소녀는 두렵지 않았다. 다만 이제 무슨 일이 벌어질지 간절히 알고 싶을 뿐이었다. "오래전인 것 같아요, 어둡기 전이요. 산책하는 복장이었고 당신이 과정을 완성할 거라고 말했어요. 당신에게 틀림없이 얘기하라고."

버드는 방에서 성큼성큼 걸어 나갔다. 아래층으로 내려간 그녀는 바람결에 실린 생각들에 귀 기울이듯 동쪽과 서쪽을 번갈아 보며 포치에 서 있었다. 버드는 서쪽으로 달려가 들판을 가로질러 세 시간 동안 사라졌다. 돌아왔을 때 버드의 옷에는 블랙베리가 잔뜩 묻어 있었다. 버드는 창고로 가 문으로 반 정도 들어갔다. 그녀는 자신과 길다가 오래전에 준비했던 흙 부대 옆에 새로이 쌓여 있는 흙 부대를 볼 수 있었다. 버드는 창고 문이 쾅 소리를 내며 떨어지게 두고 밖으로 나와 소녀가 힘없이, 이제 옅은 노랑에 짙은 갈색 반점이 섞인 눈 말고는 미동도 없이 누워 있는 집으로 들어왔다.

 버드는 소녀가 낯선 사람인 듯이 내려다보고, 돌아서서 랜턴에 불을 밝혔다. 다시 그녀는 자신이 바닥에 떨어뜨렸던 구겨진 종이들을 읽고 서성거리며 소녀의 얕은 호흡을 듣지 않으려 했다. 밤의 가장 어두운 부분이 지나갔다. 버드는 다시 포치에 서서 별 하나가 신호를 줄 듯이 별들을 쳐다봤다.

 해가 뜨기 시작하자 버드는 집 안의 그늘 속으로 물러나 귀를 기울이며 구석구석 불안하게 돌아다녔다. 그녀는 무엇을 예상해야 할지 확실치 않았다, 아마도 머릿속에 울리는 찢기는 소리 혹은 고통의 비명. 하지만 위층에서 약해져 가는 소녀와 역겨운 불안을 느낄 뿐이었다. 머릿속으로 버드는 길다와 최근에 나눈 대화들을 되살렸다. 그 하나하나가 핵심에 점점 더 가까워졌다.

 길다는 자신이 추구하는 평화와 함께 이 기나긴 삶을 끝낼 수 있게 버드를 비켜서게 할 필요가 있었다. 그리고 버드는 자기 세계의 중심에 있는 한 여자의 사랑을 잃을까 두려워 그럴 때마다 반발했다. 위층에는 이제 그녀의 책임인, 길다가 갈망했던 허락을 내 준 소녀가 있었다.

 드리워진 커튼들 뒤로 한낮의 햇빛이 들어왔다. 버드는 경직되어 청동상 같은 몸으로, 둔하고 고통스럽게, 온몸에 머리카락까지 몇 시간이고 답을 구하며 서 있었다. 답은 햇빛인 양 다가왔다. 버드는 벌거벗은 채 바다에 누워 그 서늘함과 고요함에 경탄하는 길다를 느꼈다. 이내 길다는 물결의 어둠 속으로 잠수했다. 바지 속에 짜 넣은 고향 흙의 힘이 없는 길다는 쉽게 굴복했다.

길다의 폐에서 공기가 쥐어짜졌고 그녀는 간절하게 자신의 휴식을 받아들였다. 버드는 한순간 태양의 따듯함을, 머릿속 가득히 길다의 체취를 느꼈다. 그녀의 귓속에 그들이 함께한 과거 수많은 아침에 들었던 부드러운 기쁨의 한숨이, 자신의 이름을 부르는 나직한 속삭임이 들렸고, 이내 침묵이 따랐다. 버드는 칼처럼 날 선 태양 빛이 길다의 뼈에서 살을 벗겨내는 것을 알았다. 그 열기가 피부와 뼛속까지 비추며 버드를 태웠다. 이내 월경의 고통이 점차 약해지듯, 버드의 근육들이 느슨해지고 그녀의 호흡이 느려졌다. 탁탁거리는 소리가 잦아들었다. 끝났다. 길다는 더 이상 존재하지 않았다.

 버드는 위층의 소녀에게 올라갔다. 소녀의 얼굴은 잿빛이었고, 소녀의 검은 눈은 이제 오렌지색으로 얼룩덜룩했다. 식은땀이 전신을 뒤덮었고, 뺨에는 눈물이 흘렀다. 소녀는 입을 열었지만 아무 소리도 나오지 않았다. 버드는 베개에 기대고 앉아 소녀를 양팔로 껴안았다. 그녀는 자신의 갈색 팔을 뒤덮는 그 서늘한 눈물에 스스로 울고 있는 것처럼 안도했다. 버드는 자신의 모직 셔츠를 젖히고 가슴을 드러냈다.

 버드는 오른쪽 유방 아래 작은 상처를 내고 소녀의 입을 그곳에 대고 눌렀다. 가슴의 고동소리가 소녀의 호흡과 맞아 들었다. 곧 소녀의 몸에 힘이 돌아왔다. 소녀는 더 이상 그리 작아 보이지 않았다.

 버드는 길다가 그랬듯 소녀에게서 피를 취하고 그 피를 돌려주는 교감을 반복하며 그 과정을 완성했다. 마침내 버드는 소녀의 머리를 다시 베개들에 누이고 소녀를 품에 안고 쉬었다. 그들의 호흡과 심장박동이 한 시간 넘게 하나로 들린 뒤에 그들의 몸이 다시 각자의 리듬을 찾았다. 그때까지도 버드는 침묵을 지켰다.

"그럼 길다는 죽었나요?" 버드는 소녀의 질문을 들었다. 버드는 그저 고개를 끄덕이고 소녀의 몸에서 자신의 팔을 풀었다.

"불을 피울게요." 소녀는 말하고 재빨리 침대에서 일어섰다. 방에 혼자 남은 버드는 구겨진 편지를 발견하고 길다가 화장대 위에 두었던 상자 속에 돌려놓았다. 버드는 소녀가 불에 장작을 넣고 부엌 스토브 위에 주전자를 올리는 동안 카펫 위를 스치는 옷자락 소리를 들었다. 소녀는 버드에게 내려오라고 소리쳤다. 이제 강하고 활기차진 소녀의 목소리는 길다 없는 늦은 오후의 고요함 속에서 충격이었다.

그들은 황혼 속에서 낮은 불꽃 앞에 한동안 아무 말도 없이 앉아 있었다. 그러다 버드가 말했다. "그녀는 네가 길다라고 불리길 원했어."

"저도 알아요."

"그러겠니?"

"모르겠어요."

"곧 어두워질 거다. 우린 나가야 해. 두렵니?"

"길다는 두려울 것 없다고, 당신이 저를 가르칠 거라고 했어요, 늘 그렇듯이." 그들은 다시 조용했다.

"길다는 당신을 아주 많이 사랑했어요, 버드."

"나를 그렇게 사랑해서 자신의 삶을 너의 삶과 바꿨어?" 버드는 거의 소리쳤다. 다른 모든 것에는 어떤 논리가 있었지만, 그녀는 이 부분에선 전혀 논리를 찾을 수 없었다. 여기, 자신이 생명을 바친 여자의 자리에 한 아이가 앉아 있는 것은.

"전 아이가 아니에요, 버드. 제가 길다의 말을 들을 수 있고 길다의 필요를 이해할 수 있다면, 당신은 왜 못하죠? 저는 길다의 삶을 빼앗지 않았어요. 길다는 자유를 향해 자신의 길을 떠났어요. 제가 그런 것처럼, 당신이 그런 것처럼. 길다는 공정한 거래를 한 거예요. 당신을 위해서요."

"공정한 거래?" 버드는 과거 자신이 피를 취하고 그 대가로 무언가를 남기는 예의를—생명을 취하면서 생명을 빼앗지 않는 법을 배울 때 너무도 자주 들었던 그 말들에 예민해졌다. 그 익숙한 말들과 억양에 짜증이 났다. "길다 대신 너를?" 버드는 내뱉었다. "수백 년의 지식과 재기를 아직 일생을 살아 보지도 못한 한 소녀와 바꾼다고."

"그냥 제가 아니에요, 당신이죠. 우리의 미래와 길다의 삶, 길다의 자유예요. 당신도 저만큼이나 거래의 일부라고요. 길다는 저를 제 필요뿐 아니라 당신의 필요를 위해 이곳에 데려왔어요. 미래를 함께 맞이하는 우리가 길다의 필요를 충족시키는 거예요."

버드는 과거가 자신에게 하는 말을, 자신이 무시하기로 선택했던 그 말들을 들었다. 오늘 밤 버드는 그 말들의 의미와 마주 섰다. <u>스스로의 죽음을 관장하는 길다의 힘은 신성했다.</u> 다른 모든 이가 명예를 걸고 존중할 의무가 있는 결정이었다. 버드는 스스로의 삶에 종지부를 찍을 길다의 권리를 부인했고 심지어 그 결정을 인지하기를 거부했다. 그것은 그녀가 쉽게 간직할 수 있는 실패가 아니었다.

어둠이, 거실에 드리워진 커튼 틈으로 스며들었다. 거의 일정한 불꽃에서 비추는 빛이 아무 움직임 없는 거실에 움직임을 일으키며 오렌지색으로 타올랐다. 두 여자는 자신들이 여전히 읽기 수업에 있는 것처럼 함께 앉았다. 마침내 버드가 말했다.

"길다?"

"네."

"이제 시간이 됐다."

그들은 따듯한 바지와 검은 셔츠를 입었다. 버드가 길다의 손을 잡고 자신의 제자였던 여자의 얼굴을 들여다보았고 소녀의 아이다운 동글동글함이 사라진 것을 보았다. 허기가 그 눈을 채우고 있었다.

"여기서 벌어졌던 것과 비슷한 일이 일어날 거다. 네 몸이 네게 말을 할 거야. 누구로부터든 너무 빨리 되찾아가선 안 돼. 그 일은 그들에게 허기를 줄 수 있어. 하지만 채우지 않으면 그들은 회복할 거다. 그리고 그들에게서 취하려면 그들 속으로 깊게 들어가야 한다. 네가 갈망하는 것이 아니라 그들이 필요로 하는 것을 느껴야 해. 넌 그들에게 무언가 새롭고 신선한 것, 필요한 것을 남긴다. 그들의 기쁨이 너를 채우게 해라. 이것이 나누되 빼앗지 않는 유일한 방법이야. 또한 그것이 네가 생명을 다 빼내지 않도록 스스로 경계하게 해 줄 거다."

"네, 이런 것들이 길다가 제가 알길 바라던 거예요."

"우리가 하는 걸 봤겠지만, 우리처럼 간접적인 햇빛 속에서 움직이는 법과 휴식을 취하는 법을 알려 주마. 이미 너의 몸이 인간의 연약함을 떨쳤단다. 넌 누구보다 더 빨리 움직일 거고, 여러 사람의 힘을 가질 거다. 네가 통제하는 법을 알아야만 하는 건 그 힘이다. 하지만 이런 얘기는 나중에 더 하자꾸나. 통증이 있기 전에 시작하는 게 좋겠다."

길다와 버드는 서쪽을 향했다. 평평한 들판을 지나치는 그들의 길은 보이지 않았다. 버드는 한동안 모든 생각은 제쳐두고 가르칠 필요성만, 소녀가 생존하는 데 충분한 지식을 보장하는 것만 떠올렸다. 길다는 어둠 속으로 속도를 높여 가며 자신을 타고 흐르는 상실의 감각을 허용했다. 그와 함께 완전하다는 감각도 다가왔다. 거기엔 자신을 둘러싼 세계에 대한 확고한 지식, 저 앞에 놓인 미지의 것에 대한 흥분, 그리고 자신의 새 삶에 대한 위안이 있었다. 그녀는 어깨 뒤를 돌아봤지만 그들이 워낙 빠르게 이동해서 농장 집은 보이지 않았다. 그 집 안에서는 불길이 낮게 일어 그들이 돌아오길 기다리고 있었다.

◆◆ 2장

에르바 부에나: 1890

길다의 눈이 검은 방에서 갑자기 뜨였다. 그녀는 자신이 어디 있는지―소렐 집의 손님방―떠올렸지만 여전히 혼란스러웠고 꿈을 뒤로하기가 꺼려졌다. 우다드를 떠나 서쪽으로 길을 나선 이래 많은 밤들이 이런 식이었다. 깨어나기 직전, 길다는 버드가 떠난다는 걸 알았던 그날 저녁 느꼈던 것과 같은 두려움으로 가득 차곤 했다. 버드가 멀리 있으리라는, 자신이 아무리 탐색한들 그녀의 위치를 알아내는 데 쓸 만한 단서는 없으리라는 확고한 깨달음을 다시 체험했다. 어둠 속에서 눈을 뜬 채, 길다는 그 느낌들이 다시 한 번 자신을 덮치고 그들 사이의 마지막 대화를 되살리도록 했다.

길다는 그들 몫의 피를 찾으러 나갔다 온 후 자신의 좁은 침대 옆에서 서성이고 있는 버드를 발견했다. 그들이 물러날 시간이었지만 버드는 앉지도, 쉬지도, 길다와 눈을 맞추지도 못하는 듯했다. 길다는 읽기를 배우던 소녀 시절 수많은 시간을 보냈던 창가 자리의 작은 방석들로 이동했다. 길다는 자신의 길고 검은 다리를 몸 아래 깔고 앉아 자신이 아이였을 때, 수업이 시작되길 기다리며 그랬듯 버드를 지켜보았다.

버드가 마침내 서성거림을 멈추고 길다를 내려다봤을 때, 그녀의 어두운 얼굴에 미소가 번졌다. 하지만 미소는 오래가지 않았고 버드는 그저 이렇게 말했다. "나는 오늘 밤 여기를 떠날 거다."

"어디로요?" 떨리는 목소리를 감추려 애쓰며 길다가 물었다.

"내 가족에게 갈까 싶구나."

길다는 아주 잠시 멈칫하고는, 자신의 실용적인 본능이 반응을 주도하도록 했다. "그들은 이제 모두 죽었을 텐데요, 당신도 알잖아요." 그리고 실제로 버드가 뒤로한 어머니와 형제들은 죽었다. 혹은 그렇지 않았다 하더라도, 그들은 결코 버드를—35년 전에 형제들에게 내쳐진 이후 거의 나이 들지 않은 여자애를—자신들의 아이로 받아들이지 않을 터였다. 하지만 그들은 분명 죽었으리라고, 남북전쟁 말미의 몇 년간 루이지애나 북쪽에서 라코타 인디언을 대상으로 벌어졌던 끔찍한 군사 활동을 떠올리며 길다는 생각했다. 대학살의 소식, 20년 전에 미국 군대가 만코타에서 서른 명의 전사들을 목매달았던 일은 여전히 그녀의 몸을 떨게 했다. 분명 아무도 없으리라…. 하지만 버드가 길다의 생각을 깨뜨렸다.

"내 사람들은 또 있단다. 항상 다른 이들이 있을 거다."

길다는 침을 크게 삼키며 버드에게 떠나지 말라고 애걸하고픈 충동을 억눌렀다. 버드의 이런 동요는 이제는 죽은 이에게서 보았던 것과 상당히 비슷했다. 버드는 헛되이 그녀를 붙잡으려 애썼다. 길다는 버드와 같은 실수를 하지 않겠다고 다짐했다.

"가실 때 제 물건을 하나 가져가 주실래요?"

버드는 끄덕였다. 길다는 창가 자리에서 일어나 자신의 방까지 복도를 달음질했다. 그녀는 재빨리 돌아와 버드에게 소녀 시절 이래 간직해 온 나무 손잡이 칼을 건넸다. 칼날의 녹은 아마도 길다를 노예로 되돌리려 했던 자의 피와 섞여 있겠지만 그 끝은 여전히 날카로웠고 손잡이는 튼튼했다.

"저는 더 이상 이게 필요치 않아요. 저는 스스로 자유를 얻었고 당신은 저에게 생명을 주셨죠. 어쩌면 당신이 그걸 길에서 쓸 수 있을지도요."

버드는 그 오래된 무기를 조심스레 받아들며 그 칼이 형태를 바꾸거나 자신의 이야기를 크게 떠들기라도 할 듯이 쳐다보았다. 버드는 이제 여자가 된 소녀를 보고 말했다. "언젠가 너 자신이 다시 길에 나서고 싶을지도 모르지. 내 것과 바꾸어 주마." 그들은 둘 다 미소를 지었다. 둘을 영원히 묶은 그 피를 처음으로 나누었던 이래 수년이 흘렀으니까.

버드는 옷장에서 자신만의 스타일로 디자인된, 각진 모양에 깃과 구슬이 빼곡하게 달린 가죽집 속에 잘 감싸인 작은 칼을 꺼냈다. 길다는 그 따뜻한 가죽을 가슴에 품은 채 자신이 어린 시절 그토록 많은 시간을 보낸 그 방을 둘러보았다. 길다는 버드가 스스로 삶이나 죽음을 선택할 권리를 저버리지 않고 질문할 방법을 몰랐다. 그래서 고른 어조를 유지하려 애쓰면서 간단히 물었다. "끝내러 가는 건가요? 죽으시려고요?"

버드는 길다 쪽으로 몸을 돌렸지만 그녀의 눈은 텅 비어 있었다. 버드는 자신이 자주 쓰지 않았던 힘을 담은 불가해한 시선으로 길다를 붙들었다. 생각이 그녀 안에서 소용돌이치며 짙은 갈색 눈이 오렌지색과 빨간색으로 번뜩이더니 이내 그들 사이를 앞뒤로 오갔다. 길다는 버드를 사로잡은 격앙된 혼란이 자신의 머릿속에 요동치는 것을 느낄 수 있었다. 그녀는 쓰라린 후회, 슬픔, 상실의 감정들을 헤집으며 대답을 구하려 했다. 하지만 혼란이 너무 완전했다. 그럼에도 버드는 소리 내어 대답했다. "아니."

"나중에…." 길다는 계속했다. "대답이 진정 '맞다'가 된다면, 먼저 저에게 와 주시겠어요? 제가 제대로 작별인사를 할 수 있도록?" 길다는 비난처럼 들리게 요청할 의도는 없었지만, 버드가 움찔하는 것을 보았다.

"당연히 어떤 결심이 서면 너에게 올 거다. 예지가 모습을 드러낼 때면 너도 알게 될 거다."

"가시는 길은 준비됐어요?"

"그래."

길다는 버드가 오랜 시간 사라졌던 수많은 밤들을 생각했다. 버드는 자신의 고향 흙을 숨겨 가며 외곽 지역을 여행하고 있었던 게 틀림없었다. 길다는 달리 할 말을 알지 못해서, 일이 정리된 지금 짐을 꾸릴 준비를 하려고 돌아서는 버드의 등을 바라볼 뿐이었다. 길다는 혼자가 된다는, 다시 가족을 잃는다는 자신의 오랜 두려움을 벗어나려 애썼다. 그녀는 이제 얼마나 긴 삶이 자신의 것이 되었는지, 미래에 버드와 다시 함께할 기회가 얼마나 더 많은지 기억하려 스스로와 씨름했다.

길다는 불안을 떨치고 자신이 느끼는 사랑이 흘러넘치게 했다.

버드 역시 그것을 느끼리라 생각하면서. 버드는 돌아서서 반짝이는 눈으로 길다를 쳐다보았다. 하지만 그 눈에 눈물은 없었다.

"그래." 버드는 사랑을 나눌 때처럼 다급하게 말했다. 그런 다음 그녀는 자신의 옷들 대부분이 깔끔하게 개켜져 있는 옷장으로 돌아섰다.

길다는 한 시간도 안 되어 여행용 흙을 담은 상자들, 책들, 옷가지들을 나르기 위해 작은 트라보이(막대기 두 개를 틀에 묶어 개나 말에게 끌게 하는 운반 도구-옮긴이)를 안장에 매단 말 등에 올라 떠나는 버드를 지켜봤다. 길다의 방 창문에서 버드의 모습은 작고, 까마득히 오래되어 보였다. 버드의 튼튼한 다리는 거친 레깅스에 단단히 감싸져 있었고, 곧은 어깨는 벨트와 안장에 단단히 밀어 넣은 짙은 색 담요에 덮여 있었다.

몇 분 전 길다를 깨운 그 불안감은 우다드에서 버드가 떠난 뒤 매일 저녁 똑같았다. 여기 서부 해안가에 있는 소렐네 집의 안전한 방에서조차. 낯선 길에서 보낸 긴 여정 끝에 그녀는 자신의 휴식이 마침내 고요하고 깊으리라 생각했다. 하지만 지금 길다의 기상은 그녀가 우다드에 남아 혼자 집을 관리하던 그 아침들과 별다르지 않았다.

길다는 새틴 이불을 바닥에 떨구며 벌떡 일어나 실크 커버를 씌운 간이 요를 흘끗 보았다. 그건 그녀가 가지고 다닌, 혹은 안전한 피난처들에 남겨 둔 수많은 요 중 하나였다. 그녀는 그 요 안에서 솟구치는 미시시피 흙의 강한 냄새를 들이켠 다음 도자기 그릇 옆의 오일 램프에 불을 밝혔다. 그녀는 물을 붓고 천천히 얼굴을 씻으며 벽에 걸린 타원형 거울에 비친 자신을 바라보았다. 거기 자신이 있었다. 그녀 안에 모이기 시작한 허기를 알리는 오렌지빛이 점점이 섞인 짙은 눈이. 숱 많고 부드러운 그녀의 머리카락은 뒤로 당겨 정수리에서 목 아래까지 한 줄로 땋아져 있었다. 그 곱슬곱슬함이 그녀의 마음을 달래주었다―많은 이들이 길다와 그 동족이 그러리라 생각하듯 영혼이나 유령의 모습이 전혀 아니었다.

길다의 얼굴은 어딘가 영혼 없는 곳으로 사라지지 않고 그 거울 속에 있었다. 소렐과 함께 여기 사는 이들이 그렇듯, 혹은 밤마다 그의 도박장이나 바를 방문하는 이들이 그렇듯 거기 있었다. 길다는 그 생각에 살짝 비틀거렸다. 다른 이들이 있을 거다, 버드는 길다를 혼자 두고 떠나기 전 그녀에게 약속했다. 소렐 역시 길다가 전날 아침 그의 뒷문에 도착했을 때 장담했다. 다른 이들이 있을 거라고.

길다는 이 장소를 쉽게 찾았다. 그곳은 아주 오래전 민타가 편지에서 묘사했던 그 사거리에 여전히 서 있었다. 하지만 민타가 우다드를 떠나 캘리포니아에 정착한 이후 20년 동안 쉰 번을 옮겼더라도 찾기가 불가능하진 않았으리라. 그 도박장들과 호텔은 도시로 거듭나려 안간힘을 쓰고 있는 이 진흙투성이, 해안가 마을에 사는 부자와 가난한 자 모두에게 잘 알려져 있었다. 그리고 그녀와 같은 이들에게 이곳은 일종의 고향이었다. 그들은 저녁 늦게 뒷방들과 바에 모여 떠들고 웃고 아무 차이도 없는 듯 마을 사람들과 어울렸다. 버드가 한 번 여기서 다섯 명의 다른 이들과 함께 저녁 시간을 보냈고 그 기억을 꿈처럼 지니고 있다고 말한 적이 있었다. 다섯 명에 추가로 소렐과 앤서니. 길다는 자신이 한꺼번에 그렇게 많은 이들을 만날 준비가 됐는지 확신이 없었다. 그녀는 또한 소렐에게 버드와 버드의 실종에 대해 그가 아는 바를 묻기도 두려웠다. 그녀는 밝은 별들 아래 어두운 골목을 앞에 두고 열린 뒷문으로 나섰다.

길다는 동쪽으로 걸으며, 많은 언덕 중 하나의 꼭대기까지 올라 해변과 그 주변에서 반짝이는 작은 불빛들을 내려다보았다. 숨이 멎을 듯한 광경이었다―집들과 가게들이 모두 불빛에 휩싸인 모습은. 그중 일부는 길다의 세계를 변화시키고 있는 전기가 공급되고 있었다. 그녀는 무한한 불빛이 비추는 세상이 어떨지 상상할 수 없었다. 하지만 두렵지 않았다, 그저 궁금할 뿐이었다.

버드와 함께 나누지 못한 그 모든 것들을 떠올리자 그녀 안에서 공허감이 부풀었다. 어딘가에서 버드 또한 이 새로운 불빛을 알고 있으리라. 길다 앞에서 한 남자가 말에서 뛰어 내려 말굽 하나를 들여다보았다. 길다는 물 흐르는 듯한 동작으로 조용히 남자 뒤로 걸어갔다. 공기를 가르기보다 어루만지는 듯 보였다. 그녀는 생명의 피를 나눌 누군가의 잠든 밤을 찾는 데 익숙해졌다. 버드와 함께 뉴올리언스 주변 외곽을 횡단했던 10년 동안 생명을 나누는 대가로 꿈이나 아이디어를 교환하는 것이 그녀에게 자연스러워졌다. 그녀는 자신의 힘을 경계하는 말들을 기억하려고, 혹은 자신이 피를 나누는 이를 의식하려고 애쓸 필요가 없었다. 그 교감은 길다의 삶과 죽어야 할 운명으로 남아 있는 이들을 이해하는 데 있어 중요한 일부가 되었다. 그녀는 마음속으로 자연스러운 교감만을 생각하며, 마치 우다드의 낡은 부엌에서 여자들과 자리를 함께할 참인 양, 혹은 시내에서 어느 장사치와 한담을 나누려는 양 남자에게 다가갔다. 길다의 존재를 느끼고 남자는 돌아섰다. 그녀는 자신의 시선 안에 남자를 붙든 다음 그가 무엇을 추구하는지 그 마음을 살피다가 놀라고 말았다.

길다는 버드와 함께 밤을 여행하던 삶 속에서 그런 욕망의 공허를 마주한 적이 없었다. 남자는 오직 자신으로만 가득 찬 듯했다. 길다는 마을 전체에 스며든 분위기와 아주 비슷한 황금에 대한 탐욕을 감지했지만, 이쪽이 더 선명하고, 더 예리했다. 그 외에 무엇도 남자에게 중요한 것 같지 않았다. 남자는 도박을 하러 가는 길이었고 오직 이기는 생각만 하고 있었다―그게 속임수를 쓴다는 뜻이더라도. 길다는 남자 목의 부드러운 살을 가르고 그를 품에 안았다. 그녀는 저 아래 무한히 선명한 밤, 그들을 보호하는 그림자 속에서 남자에게 몸을 구부렸다. 길다는 끈질기게 남자의 생명의 피를 빨다가 피에 대한 욕구와 남자의 빈약한 목표에 대한 실망에 거의 정신을 놓을 뻔했다. 길다는 남자가 자신의 품에서 늘어지는 것을 느끼고 이내 재빨리 그의 생각들 속에 속임수는 그저 삶의 가능성들을 단축시키는 길일 뿐이라는 생각을 집어넣었다.

길다는 자기 몫의 피를 취하고, 상처 위에 자신의 손을 대고, 상처가 회복되고 그의 심장이 자신의 몸에 대단히 필수적인 물질을 퍼 올리기를 기다리면서 그의 거부하는 마음속에 이런 깨달음을 욱여넣었다. 남자의 심장박동이 더 규칙적으로 느껴지자 그녀는 남자를 그의 말안장에 기대놓았다. 길다는 자신의 부도덕성에 어리둥절하고 상반된 감정에 빠진 남자를 거기 두고 떠났다. 자리를 뜨려고 돌아선 길다는 이제 소렐과 절실히 대화하고 싶다는 것을, 그의 어떤 말이든 듣고 싶다는 것을 깨달았다.

   길다는 소렐 집의 뒷문까지 빠르게 돌아와 자신에게 주어졌던 방으로 미끄러져 들어갔다. 축축한 수건으로 부츠에 달라붙은 진흙을 서둘러 닦고 얼굴을 찰싹 때리며 먼지 낀 얼룩들을 털어냈다. 희미한 음악 소리와 목소리들이 더 이상 혼자이기를 불가능하게 했다. 그녀는 말을 타고 여러 날 여행하며 피를 나눌 때만 제외하고 사람들을 피해왔다. 갑자기 그녀는 주변에 사람의 느낌을, 눈앞에서 땀 흘리고, 살아 있으며, 달라지는 그들의 냄새를 원했다. 그녀는 이 도시가 제공하는 불빛 속에서 그들의 웃음과 오락들을 누릴 필요가 있었다.

   길다는 소렐이 대단히 격식을 차리며 준 열쇠로 서둘러 자기 방문을 잠근 다음 일부러 걸음을 늦추며 계단을 내려가 라운지로 향했다. 그녀는 무한하게 느껴지는 시간 동안 내려가며 계단 좌우의 방들과 널찍한 로비에서 들려오는 소리들에 귀를 기울였다. 그리고 계단을 지나쳐 분주히 각자 목적지를 향해 가며 무심히 자신을 힐끗 올려다보는 사람들을 지켜봤다. 방 하나엔 그랜드 피아노 한 대가 있었고 어떤 노래를 부르는 가수가 몇 안 되는 청중을 붙들고 있었다. 다른 두 방에는 도박대들이 있었고 사람들, 주로 남자들이 그 위에 몸을 구부리고 열광적으로 이기거나 지고 있었다. 그리고 살롱과 그 주변에는 플러시 천을 씌운 긴 의자들과 작은 테이블들이 놓여 누구든, 심지어 혼자인 여성들도 그곳에서 편안하게 느낄 수 있을 터였다.

길고 반짝거리는 나무 바에는 똑같이 윤이 나는 청동 발걸이가 달려 있었고, 남자들이 줄지어 바에 기대어 낮은 목소리로 얘기를 나누고 있었다. 벽에 달린 돌출 촛대에서 비추는 전깃불들이 모든 이들의 얼굴을 부자연스럽게 창백해 보이게 했다. 길다는 여기 모인 이들 중에 자신과 같은 이는, 설사 있다고 해도 매우 적으리라 확신했지만 그들은 확실히 그녀가 전에 본 어떤 사람들과도 달라 보였다. 길다는 어디까지가 자신의 깊은 피로인지, 불빛의 특이한 성질인지, 혹은 단순히 거친 길에서 보낸 지난 몇 년과 대조적인 이 살롱의 즐거움인지 알지 못했다.

이곳에서는, 버드가 떠난 이후 그래왔듯 길다는 권한이 있는 위치가 아니었다. 그녀는 문 안에서 다른 여자들이 다 그런 것처럼 밝은 줄무늬 긴 의자들 중 하나에 앉을지, 아니면 자신의 충동에 따라 남자들과 바에 설지 결정을 망설였다. 그녀는 이런 말이 들렸을 때 뻣뻣해졌다. **무슈 소렐의 테이블로 당신을 안내해도 되겠습니까. 그가 당신이… 돌아오면 알려 달라고 부탁하더군요.**

앤서니가 다른 이들이 있는 가운데 소리 없이 말했다는 사실이 길다를 불안하게 했다. 하지만 그녀는 그를 따라 왼쪽으로 돌아 작고 둥그스름한 진입로를 내려다보는, 커튼이 드리워진 폭 넓은 창문들 중 하나 근처의 큰 테이블로 향했다.

"뭘 좀 가져다드릴까요?" 앤서니가 그의 부드럽고 다소 낮은 목소리로 말했다. 그는 길다의 망설임을 느끼고 생각을 고를 시간을 주었다.

길다는 응접실의 몇몇 사람들이 시선을 그녀에게—누군가는 조심스럽게, 누군가는 그렇지 않게 돌리는 것을 느꼈다. 앤서니는 아무것도 눈치챈 것 같지 않았다. 그는 다시 말했다. "자랑하면 실례가 되겠지만, 무슈 소렐은 유럽에 포도원을 소유하고 있답니다. 흠잡을 데 없는 미각을 지닌 수도승들이 와인을 만들죠. 우리는 가장 탁월한 레드와인을 가지고 있습니다. 물론, 당신이 모든 사람을 사로잡은 것 같은 이 샴페인을 좋아하신다면 우린 그것도 가지고 있습니다. 하지만 아마 당신은 이 습한 밤의 냉기를 가시게 해 줄 무언가를 선호할 것 같군요. 유감스럽게도 이곳의 밤은 대부분 습합니다. 하지만 적응하게 마련이랍니다. 심지어 애정을 품게 되죠—시간이 지나면."

길다는 주변 손님들의 생각을 두서없이 짚었다. 그들은 그녀의 오래 여행한 옷들과 검은 피부 두 가지 모두에 반감을 표했다. 하지만 너무나 부드럽고 위안을 주는 어조로 전해진 앤서니의 말들 덕에 길다는 얼빠진 듯 자신을 바라보는 사람들을 잊었다. 그의 관심들이 모든 것을 에워쌌다. 길다는 그의 한없이 깊은 파란 눈을 들여다보고 그 뒤에 숨어 있는 아주 작은 미소에 매혹되었다. 그의 머리카락은 평범한 갈색이었고 체격은 호리호리했다. 하지만 손은 상당히 크고, 그 위로 뻗은 튼튼한 핏줄들이 인상적이고 든든했다. 길다는 그가 도시에 대한 부드러운 말들로 자신을 위로하게 두었다.

그녀가 입을 열기 전에, 소렐의 목소리가 방 건너 복도에서 터져 나왔다. "당연히 샴페인이지, 앤서니. 가족이 집에 돌아왔는데 달리 무엇을 대접하나?"

"물론이죠." 앤서니는 미소가 과시적이라는 걸 발견하기라도 한 것처럼 입가에 미소의 암시만을 띤 채 대답했다. 그는 길다 쪽으로 거의 알아차릴 수도 없을 만큼 고개를 숙이고 문을 향해 돌아섰다. 그가 방에서 물러나자, 그 공간은 소렐로 가득 채워졌다. 그는 길다가 그날 아침 그의 집 뒷문에 도착했을 때 잠깐 마주했던 첫 만남의 기억보다 오늘 밤 응접실의 이 고상한 사람들 사이에서 더 커 보였다. 소렐은 섬세하게 재단된 파란 양복을 입었고 선명한 자수가 놓인 부드러운 소재의 신발을 신었으며 목에는 실크가 넘실거렸다.

그에게서는 유혹적인 아라비안 머스크향이 살짝 풍겼다. 앤서니와 마찬가지로, 소렐이 그 말을 할 때도 그들이 분주한 응접실의 손님들 한가운데 서 있다기보다 온전히 둘만 있는 것처럼 느껴졌다. 그들 뒤의 사람들이 거의 한 몸인 양 자리에서 움직여 길다가 누구인지 제대로 보고 소렐이 자신들의 웃음을 분명히 알아차리도록 살짝 일어섰다. 길다는 소렐이 미치는 충만한 영향력을 보다 잘 이해하기 위해 다시 방 전체에 감각을 뻗었다. 소렐은 건장한 남자치고 가볍게 움직여 길다 옆에 앉는 동시에 그녀의 눈을 볼 수 있도록 긴 의자의 구석에 자신을 조심스럽게 맞춰 넣었다. 길다는 그 방 안의 아마도 서른 명 중 다섯 명만 자신의 존재를 온전히 받아들이지 못한다는 것을 눈치챘다. 그리고 그들조차—각각 따로, 자신들의 계획을 거의 실제로 의식하지 못하는 채로—, 자신들이 자리를 뜨면 소렐이 가족이라 부른 이에 대한 모욕으로 해석될까 그 자리에 잠시 더 앉아 있기로 결심했다.

소렐의 두꺼운 수염을 초점 없이 바라보고 있던 길다는 그의 검은 눈을 들여다보고 그의 말을 들었다. *하지만 우리는 알게 되지, 안 그러냐?*

길다는 미소 지었다. 소렐이 너무 크게 웃는 바람에 창문에 드리워진 커튼들이 일렁일 정도였다. 길다 역시 웃으며 그와 즐거움을 함께했다. 그는 테이블 너머로 손을 뻗어 그녀의 손을 잡고 그 손에 입을 맞추려 몸을 숙였지만 웃음을 멈추지 못했다. 그들은 앤서니가 샴페인 병을 들고 나타날 때까지 계속 웃고 있었다.

"늘 그렇듯, 앤서니, 자네는 나를 정신이 번쩍 들게 하는군. 이 사람은 모든 음식을 최후의 만찬인 양 차린단다." 소렐은 미소로 말하며 또 한 번 터지는 폭소를 가까스로 참았다.

앤서니는 동요 없이 코르크 마개를 적절하게 퐁 열었다. 막 따르려던 참에 그는 멈추고 길다에게 말했다. "당신 어머니 쪽 사람들의 고향 땅에서는 조상들을 기리기 위해 첫 잔을 땅에 쏟는다고 알고 있습니다만."

소렐의 유쾌한 미소가, 커다란 병을 힘들이지 않고 들고 있는 작고 근육이 팽팽한 팔을 보며 자부심 어린 표정으로 바뀌었다. 앤서니는 병을 들고 반짝이는 마루 위 테이블에서 물러섰다.

"나는 당신의 조상을 기립니다. 나는 우리의 조상을 기립니다." 앤서니는 엄숙하게 스파클링 와인을 바닥에 부었다. 그들 주변에서 방 안의 대화는 계속됐지만 산만했고, 모든 이가 한쪽 귀를 소렐의 테이블에서 벌어지는 일들에 곤두세우고 있었다.

"당신들은 저를 대단히 친절하게 환영해 주시는군요." 길다는 섬세한 크리스탈잔에 샴페인을 붓는 앤서니에게 말했다. "그리고 대단히 영예롭게." 길다는 소렐의 잔이 차자 소렐을 향해 잔을 들어 올리며 덧붙였다.

"그저 이 술이 훌륭한 와인이기를 바라자꾸나." 소렐이 온화하게 말했다. 앤서니는 병을 얼음 통에 두고 테이블에서 멀어졌다.

소렐의 살롱은 와인으로 유명했고, 그들이 침묵 속에서 홀짝일 때 그 명성에 대한 자부심이 그의 얼굴에서 빛났다. 그는 여러 언어를 아는 덕에 살짝 억양이 있는 탄력 있는 목소리로 말했다. "나는 너에 대해 잘 안다. 네 얼굴이 내 마음속에 자리한 지 꽤 됐지. 마침내 네가 여기 나와 함께 있는 것이 너의 도착을 고대하는 즐거움을 넘어서리라 믿기 어렵지만. 하지만 실로 그렇구나."

"무척 자애로우시군요, 소렐, 제가 알리지도 않고, 진흙투성이로 도착했는데도?"

소렐은 그 말을 잘랐다. "내가 말했듯, 여기서 우린 가족이다. 너의 도착은 알려지지 않을 수 없단다. 우리가 어디에 있건, 우리는 서로를 기다려야 한다. 이건 우리가 제대로 습득한 가족의 교훈이야. 너 역시 그걸 배우지 않았다면 내게 오지 않았겠지."

"제가 온 건…." 길다는 여기 온 결과로 자신이 생각한 바를 얻을지 확신하지 못한 채 멈췄다. 그녀는 버드에 대해 물을 수 있었지만 버드의 소재를 알고 나면 길다는 어쩔 것인가? 그런 다음 그녀는 우다드의 여자들에게 전설처럼 존재했던 이 남자에게서 무엇을 알아내야만 할까? 자신은 무엇을 위해 여기에 왔나?

"저는 알아야 할 게 많아요. 하지만 그 질문들이 시작하는 곳에 질문이 있어요. 저는 버드가 어디로 갔는지 묻겠지만 그녀가 직접 제게 말해 주길 기다리면 알게 될 걸 알아요. 버니스의 딸에게 우다드의 소유권을 양도하고 빛으로 가득한 이 언덕 도시로 온 지금 저는 제가 어디로 갈지를 묻겠죠. 혹은 제가 물어야 하는 게 무엇일지 물을 수도 있겠고요."

"그리고 그 마지막 질문에 나는 아무것도 물을 필요 없다고 대답하겠다. 너는 나와 여기서 지내며 예정대로 너의 수업들을 계속할 거다. 때가 되면 버드가 네가 그녀에 대해 품은 질문들에 직접 대답할 것이다."

길다는 다른 이의 입에서 버드의 이름이 나오자 마치 버드가 그저 꿈이었다고 내내 두려워했던 것처럼 깜짝 놀랐다.

"버드는 여기 머물며 너의 도착을 우리에게 준비시켰단다. 그녀는 따로 시간을 보내야 한다. 그녀에게 처음 생을 부여한 이들의 말을 들으면서. 자신이 빚은 실수에 귀를 기울이면서. 스스로와 화해해야 하지."

"화해요?"

"그래."

앤서니가 돌아와 조용히 그들의 잔을 채운 다음 몸을 숙여 소렐의 귀에 길다조차 무슨 말인지 들을 수 없을 만큼 아주 나직하게 속삭였다.

"안타깝지만 곧 다른 사람이 합류할 것 같구나. 우리 얘기는 나중에 계속 하자꾸나." 소렐이 길다의 눈을 곧장 들여다보며 말했다. 그녀는 의도적으로 사용된 버드 특유의 어조를 들었다. 아주 오래전 황혼이 깃든 자신의 방에서 공부할 때 종종 사용했던.

"네가 배운 것을 간결하게 요약한다면 어떤 말들을 쓰겠느냐? 철학적인 미사여구를 빼고 말한다면?" 소렐의 깊고 검은 눈은 그가 말할 때면 대부분 반짝였지만 지금은 더 이상 반짝이지 않았다. 그 눈은 이 순간, 역사나 언어를 길다에게 가르칠 때의 버드의 눈이 그렇듯 확고했다.

"우리가 나누는 생명, 우리가 나누는 인간성을 저버리면 공유할 가치가 없는, 생명의 가치가 없는 삶을 낳아요." 길다가 거침없이 말했다. 그녀는 자신이 배운 그 교훈들을 자신이 얼마나 깊이 느끼는지 몰랐었다.

"너는 가장 훌륭한 학생이구나, 얘야. 우린 네가 정말 자랑스럽다. 마찬가지로 중요한 두 번째 가르침은 이런 믿음을 공유하지 않는 이가 많다는 것이다. 사실, 그들은 야비하게도 이 가르침과 반대되는 편에 헌신하며 번영하지. 그자들을 쉽게 알아보게 될 거다. 그동안 너에게 소개하고 싶은 몇몇 사람들이 있단다―이나와 조셉, 후안 호세 드 아얄라, 에스더―오늘 저녁엔 아무도 안 보이는구나. 우선 너를 빨리 사교계에 소개할 준비를 해야겠어."

소렐은 얼굴에 만족스러운 표정을 띠고 긴 의자 뒤로 기대앉았다. 하지만 이내 희미한 그림자가 그의 이마에 드리웠다. 그는 몇 분 동안 길다를 보지 않고 자신의 와인을 홀짝였다. 그런 다음 그의 시선이 천천히 방 안을 훑기 시작했다. 문간에서 멈췄을 때 그림자가 얼굴의 나머지 부분까지 내려왔다. 문간에 멈춰 섰던 여자가 그들의 테이블을 향해 오자 그의 눈썹이 팽팽해졌다.

여자의 빨강 머리카락은 벽에 줄지은 전등들보다 더욱 빛났다. 길다는 소렐의 반응을 보기 위해 재빨리 몸을 돌렸다. 길다는 의아해졌다. 그는 자신의 살롱 문간에 나타난 이 눈에 띄는 인물을 보고 분노하면서도 기뻐하고 있었다. 이 사람이 기다렸던 방문자라면, 소렐은 그녀를 언급할 준비가 되지 않았다.

길다는 여자 자체에 관심을 돌리기 전에 소렐의 기쁨과 불안의 감정을 가능한 완전히 흡수했다. 살롱 안의 손님들 대부분이 그런 것처럼. 그 여자의 적갈색 곱슬머리는 진한 파란색 새틴으로 감싸인 어깨 위로 폭포처럼 쏟아져 내렸다. 여자의 드레스는 그녀를 목부터 발가락까지 감싸고 있었는데도, 길다가 이제껏 본 무엇보다 더 도발적이었다.

여자는 바지를 입고 시골길을 거닐 듯 유유한 걸음으로 그들의 테이블을 향해 성큼성큼 걸어왔지만 치켜든 턱과 계획적인 한 발 한 발은 우아했다. 유행을 따르지 않은 짙은 눈썹 아래 진한 녹색 눈이 그들의 테이블에 놓인 샴페인과 이상하게 경쟁하며 반짝거리고 있었다. 그녀의 도톰하고 큰 입은 머리카락에 완벽하게 어울리는 붉은색으로 칠해져 있었다.

소렐이 긴 의자에서 재빠르게 일어나 그녀의 손을 잡고 부드럽게 자신의 입술을 눌렀다. 앤서니가 그들 뒤에서 나타났다. 그의 입은 엄숙하게 다물어져 있었고 새 샴페인 잔을 쥔 그의 커다란 손은 마디가 거의 하얄 정도였다. 길다는 소렐 옆에 서고 싶은 충동을 억눌렀다.

"길다, 엘리너를 소개하지. 엘리너, 우리와 함께할까?" 그는 거의 수줍게 그녀에게 말했다.

"물론이죠." 엘리너는 길다 옆에 앉으며 깊지만 숨결이 실린 듯한 목소리로 말했다. 그녀는 한 번의 눈길로 길다를 사로잡는 듯 보였고 그 평가는 냉담하면서 동시에 유혹적인 옅은 미소에서 분명히 드러났다. 소렐은 구부러진 긴 의자의 반대쪽 끝에 그들을 마주 보고 앉았고 앤서니는 세 잔에 각각 와인을 따랐다.

"엘리너는 고향에서 자란 특권 계급이라는 특별함을 지니고 있지. 그녀의 집안은 여기 해안가에서 아마 그 누구보다 오래 살아왔단다. 배들이 들어오기 이전에, 황금, 상인들 이전에. 아아, 그들은 엘리너와 그의 삼촌, 알프레드만 빼고 모두 죽었지."

"그리고 삼촌은 아마도 우리가 말하는 이 순간조차 자신의 마지막을 보고 있겠죠." 엘리너는 슬픈 기색 없이 말했다. "하지만 늙고 죽는 얘기는 하지 말죠. 그보단 새롭고 활기 있는 얘기를 해요. 당신은, 우리 아가씨, 우리 보석 같은 해안가에 새로 왔군요. 저 미개한 내륙지방에서 어떤 새로운 소식을 지니고 오셨을까?" 엘리너가 입은 드레스의 광택이 도는 옷감에서 조명이 번쩍거리며 그녀는 마치 해안가와 동일한 존재처럼 보였다.

길다는 낯선 불편함을 느꼈다. 길다의 말들이 그녀 안에서 서로 뒤엉켰다. 그녀는 말을 고르고 더듬거리는 아이처럼 들리지 않으려 애쓰느라 거의 머리를 흔들었다. 그녀는 이 여자가 자신의 마음속에서 무슨 일이 벌어지는지 정확히 알고 있다는 명백한 사실에 한층 더 불안했다. 길다의 말들은 그녀가 엘리너에게서 시선을 돌려 다시 소렐을 향했을 때 비로소 합쳐졌다. 그의 명료성은 버드와 상당히 닮았고, 길다는 그의 일관된 영향력 아래 안도했다.

"안타깝게도 내륙지방에 대한 당신의 말은 아마도 진실이겠지만 그들을 미개하다고 언급하기엔 망설여지네요. 나는 2년 가까이 말과 도보로 루이지애나에서 동쪽까지, 그다음엔 북쪽과 서쪽으로 여행하며 가장 근사한 풍경들을 보았어요. 내 눈이 항상 상당히 건강하지 않았다면 그 장엄한 숲과 사막들이 결코 실제라고 믿지 못했을 거예요. 그리고 다정한 늑대들의 온기 속에 누워 그들의 생각을 듣는 것보다 더 큰 기쁨은 거의 없겠죠."

엘리너는 질문 아래 자신의 놀라움을 감췄다. "그들이 생각을 해요?"

"모든 생명체에겐 우리가 생각이라 할 법한 무엇이 있어요."

"그리고 늑대들이 당신을 집어삼킬 생각은 안 하던가요?" 엘리너는 심술궂게 환한 미소를 띠고 물었다.

"당연하죠. 하지만 말했듯이, 그 여행은 문명 안에서의 여행이었고 우리는 그런 생각이 숲속만이 아니라 사방에 존재하는 걸 알잖아요." 길다는 응답하고, 자신이 이 여성에게 이토록 분방하게 말했다는 사실에 놀랐다.

엘리너의 목소리는 낮고 엄숙했다. "그렇다면 당신의 차림새가 이해가 되는군요. 난 한순간 동쪽에서 웬 새로운 유행이 쓸려왔고 내가 유행에 뒤처졌나 걱정했죠." 그녀의 눈이 말을 누그러뜨리며 장난스럽게 반짝였다. 그녀는 테이블 너머 길다의 손을 향해 손을 뻗었다. "내가 당신에게 옷을 입히게 해 줘요."

길다는 당혹감에 달아오르는 얼굴을 느끼고 다시 말문이 막혔다. 이번엔 영원히 그럴까 두려웠다. 소렐이 그녀를 구하러 왔다.

"멋진 생각이군. 겉옷부터 속까지 가는 것보다 두 사람이 서로를 더 잘 알게 되는 방법은 없지." 소렐의 웃음은, 그가 말하기 전에 두 번째 샴페인 병을 들고 있는 앤서니를 찾아 주변을 둘러보는 사이 확신 없이 울렸다. 소녀 같은 순수한 빛이 엘리너의 얼굴에 번졌다. 그녀는 스토브 위의 통풍장치를 끄듯이 눈을 감아 자신을 둘러싼 눈부신 빛을 흐리게 했다. 덕분에 그녀의 얼굴이 더 친근해지고 더 어려졌다. 길다는 이 여자와 함께 거리를 누비며 옷감들을 살펴보고 그녀의 도시를 배우고 싶었다. 앞서 길다를 거의 으스러뜨렸던 경외감이 여전히 조금 느껴졌지만, 이제는 그녀의 몸에 모험의 감각이 울렸다.

엘리너는 길다에게 다시 초점을 맞추었다. "그럼 내가 여기 살롱에 당신을 데리러 오죠, 아마 오후 3시쯤에. 같이 차를 마시고 상인들의 시간과 옷이 다 떨어질 때까지 쇼핑을 다녀요." 엘리너가 몸을 돌려 길다를 곧장 응시하자 그녀의 미소에서 잉걸불이 타올랐다. 희미한 오렌지 얼룩들이 공작석 같은 녹색 눈에 섞여 있었다. 길다는 놀랍게도 이 새로운 여성과 함께 사냥에 나서고 싶은 욕구가 생겼다. 대신에, 그녀는 엘리너가 테이블 뒤로 나갈 수 있도록 소렐이 일어서기도 전에 자신의 자리에서 일어섰다.

엘리너가 일어서자 그녀와 드레스가 함께 반짝였다. 길다는 생각하기도 전에 그 여자의 손을 받쳐 자신의 입술을 대려 했다. 길다는 자신이 방 안의 다른 모든 이들에게 얼마나 이상해 보일지 깨닫고 중간에 멈췄다가 자신의 감정보다 훨씬 무심한 동작으로 엘리너의 손에 입맞춤을 계속했다.

"그때까지." 엘리너는 그렇게 말한 다음 몸을 굽혀 소렐의 이마에 가볍게 입을 맞추었다. 그녀는 방 맞은편 바의 끄트머리에서 그들을 지켜보고 서 있는 앤서니를 향해 고개를 퉁명스럽게 까딱하고 방을 나섰다.

길다는 남은 저녁 시간 동안 엘리너의 존재가 없다는 데 살짝 실망감을 느끼며 앉았다. 자신이 다시금 피를 원한다는 걸 깨닫는 데 시간이 좀 걸렸다. 그녀는 그 욕구가 이렇게 빨리 인다는 데 놀랐지만 욕구는 분명했다.

길다가 말하기 전에 소렐이 말했다. "오늘 저녁엔 앤서니가 너와 기꺼이 동행할 거다. 너에게 우리 도시의 밤을 보여 줄 거야. 그는 가장 아는 것이 많은 가이드란다. 그리고 너에 대해서, 뉴올리언스와 그곳과 이곳 사이의 여정에 대해 더 알고 싶어 하지."

길다는 방향을 제시받았다는 사실에 안도했다. "네, 그러면 좋을 것 같아요."

앤서니가 테이블 옆에 나타나 말했다. "그럼 10분 뒤에 당신 방문 앞에서 만나요."

앤서니가 방을 가로질러 바텐더에게 몇 가지 지시하는 걸 보면서 소렐의 미소에 자부심이 돌아왔다. "나중에 네가 돌아오면, 앤서니가 너를 우리 응접실로 안내할 거다. 거기서 더 얘기하자. 너는 적응하고 성장하며 힘든 몇 년을 보냈지. 그럴 때 버드가 떠나야 했다는 것이 안타깝구나. 하지만 우리 중 누구도 우리의 운명을 고르지 못하지, 그러면 운명이라 불릴 수 없지 않겠니?" 그는 가볍게 웃고 계속했다.

"이제는 회복하고 휴식할 시간이다. 네가 알고 있지만 아직 확신하지 못하는 것들을 붙잡을 시간. 예르바 부에나는 거기 딱 맞는 곳이다."

"그러는 게 예의라고 배웠으니 감사하다고 말씀드려요." 길다는 대답했다. "하지만 그걸로는 부족하다는 걸 알아요."

"오히려 우리 사이에 그건 허식이란다." 소렐은 일어나 길다가 일어설 때 손을 잡아 주었다. 그녀는 전에 겪은 기억이 없는, 자신의 어깨와 위장을 움켜쥐는 긴장감을 느끼며 서둘러 그 방을 빠져나왔다.

앤서니가 길다 방의 두꺼운 나무 문 아래쪽 계단 위에 서 있었다. 그는 그녀의 달라진 모습에 놀란 듯 보였다. 그녀는 짙은 색의 무거운 니트 스웨터에 남성용 모자 차림이었다. 길다는 서쪽을 여행하는 동안 자신을 가려 주고, 여성의 겉치레와 압박감에서 해방시켜 주었던 소년의 차림새로 돌아와 편안했다.

"상당한 변신이로군요." 앤서니가 말했다. "당신이 방해받지 않고 여행할 수 있었던 방법이 궁금했었죠. 바다 쪽으로 걸읍시다."

"집을 떠나기 전에 내가 혼자 길 위에 나설 여지가 없다는 걸 깨달았어요. 내 이점에도 불구하고 모든 남자 행인들에게 나는 쉬운 사냥감이 될 테죠. 몸을 숨기고 사람들이 멋대로 짐작하게 하는 편이 더 쉬워 보였어요. 그래도 웃기는 건…." 길다는 나직하게 웃기 시작했다. "여행길에 적어도 네 번—네 번이요—심지어 바로 동쪽의 작은 마을에서도… 네 번이나 나 같은 사람들을 마주쳤어요. 내 말은 소년처럼 입은 여자들이요. 자유롭게 살고자 여기저기 돌아다니는. 감히 많은 말을 하진 않았지만, 우린 서로 아주 쉽게 알아봤답니다. 네 번이나!"

길다와 앤서니는 함께 크게 웃었다. "한 '친구'와는 근사한 대화를 나눴어요. 그는 캘리포니아에 친구가 있는데 한 여성과 결혼해서 10년째 산다더군요. 그 친구가 아쉬워하는 유일한 한 가지가 향수를 못 뿌리는 거래요. 그래서 생일마다 그녀의 아내에게 값비싼 향수를 선물한대요!"

앤서니가 배꼽이 빠지게 웃고는 길다의 손을 잡고 달리기 시작했다. 그들은 자신들의 웃음을 텅 빈 공기 중에 남겨두고 재빠르게 움직였다. 그들이 멈췄을 때 그들은 만(灣)의 어두컴컴한 부두 근처에 서 있었다. 안개가 그들 주변으로 밀려들어 그들 옷의 온기에 들러붙었다. 조용히 거리와 골목을 걷다가 앤서니가 피를 나눌 한 사람을 발견했다. 길다는 이렇게 공개적으로, 이렇게 많은 사람들 가운데서 탐색하는 데 익숙하지 않았지만 앤서니가 누군가를 가리키자 망설이며 그 뒤를 따랐다.

한 젊은 남자가 어느 하숙집의 입구 근처에 서서 담뱃불을 붙이려는 참이었다. 길다는 그림자들 속으로 들어섰다. 앤서니가 손에 성냥을 들고 남자에게 다가갔다. 성냥불을 붙일 때 그의 시선이 남자를 붙들었고 그는 불빛을 피해 남자를 뒤쪽으로 데려갔다. 아무 소리도 없었지만 길다는 어둠 속을 들여다볼 수 있었고 그 사이로 앤서니가 피를 나누는 은밀한 순간을 관찰했다. 길다는 그들 뒤에서 시선을 돌려 언덕 위로 뻗은 불빛들을 바라보며 기다렸다. 일은 빠르게 끝났다. 그녀는 앤서니가 힘없이 벽에 기대는 남자에게 부드럽게 말하는 소리를 들었다. 그런 다음 그는 성냥불을 켜고 아직도 남자의 손에 들려 있는 거무스름한 궐련에 댔다.

남자는 다소 약한 목소리로 "고맙습니다."라고 말하고 연기를 깊이 들이마셨다. 앤서니가 길다 쪽으로 돌아왔다. 그들은 함께 부두를 따라 더 안쪽으로 침묵 속에 걸었다.

"여기엔 우리가 다른 이들에게 줄 수 있는 공포를 즐기는 이들이 많습니다. 그들은 피만큼이나 그걸 위해 살죠." 그가 갑자기 말했다.

"네, 들었지만 이해가 안 가요."

"안타깝게도, 우리에게 인간의 본성이 남은 것 같아요." 앤서니가 말했다. "그리고 당신이 이 세계에 기초 지식이 없다면, 세상의 불가사의들과 우리가 그저 그 신비한 수수께끼들 중 하나에 불과하다는 것을 이해하지 못한다면 당신은… 어떤 이들은 자신들이 신이라고 느끼겠죠—혹은 악마나."

"앤서니, 당신 말은 너무 불길하게 들려요. 뉴올리언스에서 우리 이야기를 하는 사람들처럼. 우리가 유령이나 부두의 여사제나 구울이라고 말하는 상인들의 얘기를 듣는 것처럼요."

"아마도 구울이겠죠. 여기 일부는 확실히 그렇습니다. 다른 이의 목을 찢거나, 혹은 사람들을 속여 파멸시키거나 노예로 만들며 번창하는 이를 달리 뭐라고 부르겠습니까. 나는 그들이 구울이라 하겠습니다."

"우리 중에요? 여기 이 마을에서 말인가요?" 솟구치는 의문 속에서 그녀는 우다드에서 보호되던 몇 년이 선명하게 보이는 듯 느껴졌다.

"그래요. 그들은 심지어 소렐과 샴페인을 마시는 살롱의 저녁에서도 찾을 수 있답니다."

길다는 움찔했지만 질문을 삼켰다. "길 위에서 나는 네 발 달린 짐승보다 두 발 달린 짐승을 더 많이 마주쳤어요. 내 두려움은 늑대나 살쾡이가 아니었죠. 그것들은 자연의 이치에 대한 이해가 있었어요. 나는 말이 필요치 않은 이치를 공유하는 데서 위안을 찾았죠. 하지만 인간들은 때로 그런 이치가 전혀 통하지 않아요."

"그렇다면 당신은 불합리하게 꼬인 인간의 본성에 대한 내 말을 이해하겠군요." 앤서니의 목소리가 팽팽해졌다. "가까이 다가오는 건 무엇이든 사로잡으려고, 소멸시키려고 기다리면서 작은 불처럼 타오르는 이들이 있어요."

길다는 앤서니의 말에서 다급함을 감지했지만 마차 마부석 위에 혼자 앉아 있는 한 남자에게 정신이 팔렸다. 남자는 몇 시간이고 손님들을 기다리는 데 익숙해져 무심히 말고삐를 들고 있었다. 길다는 앤서니의 팔에 가볍게 손을 올린 다음 앞으로 뛰어나가 꾸벅거리는 남자의 옆자리에 조용히 올라탔다. 그녀는 잠시 남자의 생각에 귀를 기울이며 그 생각들을 따라잡았다.

길다는 안심했다. 앞서 피를 취했던 남자와 달리, 이 자는 생각들과 꿈들로 가득했다. 지금 지배적인 생각은 아내와 아이들에게 갈 수 있도록 주인이 저녁 행사를 일찍 마치는 것이었다.

길다는 너무도 단순하지만 완전한 성취감을 주는 욕망에 기쁨으로 거의 활짝 웃었다. 그녀는 생각으로 그를 붙들고 몸을 숙여 남자의 목에서 목도리를 풀고 그 살을 조심스럽게 절개했다. 그녀는 자기 몫의 피를 취했고 가족에 대한 그의 생각들을 읽었다. 그녀는 앤서니와 으스스한 대화를 나눈 후라 이 남자가 마음속에 간직한 따뜻함에 특히 더 기뻤다. 길다는 피의 교감을 마치며 이 남자의 단순한 즐거움을 강화하고, 그녀 정신의 또 다른 부분을 이용해서 남자의 주인에게 다가갔다. 길다는 마차 뒤에 밀집한 도박장들 안에서 주인을 발견하고 그의 마음에 집에 가서 가족과 함께 있고자 하는 급박한 욕구를 심었다. 그녀는 절개 부위를 닫고 나른한 남자의 얼굴을 응시했다. 그 얼굴에 만족스러운 미소가 가볍게 떠 있었다.

길다와 앤서니는 생명의 온기에 홍조를 띤 채 산책을 계속했다. 그들이 소렐의 집을 향해 북쪽으로 틀어 마지막 언덕을 거의 올랐을 때 길다가 물었다. "소렐을 안 지는 얼마나 됐어요?"

앤서니는 그 직접적인 질문에 놀랐다. 그들의 역사가 지닌 성질 때문에, 그들 대부분은 자신들의 삶이 질문보다는 그들 사이의 대화에서 유추되어 설명되도록 하는 편이었다. 그들 중에 다른 이에 대해, 성이나 출생지와 같은 사적인 것들에 대해, 그렇게 대놓고 질문하는 이는 거의 없었다. 그런 질문은 상대방에게 갑자기 자신의 지난 삶을 설명할 수 있어야 한다고 느끼게 했다.

"여러 해요." 앤서니는 자기도 모르게 의도적으로 모호한 응답이 나왔다고 느꼈다. 그는 다시 시작했다. "우리는 100년간 함께 했어요. 프랑스에서 만났죠. 힘든 시기였습니다. 여기서 막 지나간 것과 다르지 않았죠. 그는 나를 가족으로 합류시켰습니다, 그렇게 하도록 그를 회유해야 했지만요. 그건 다음에 얘기하죠. 우리는 유럽 여기저기서 살았지만 우리가 행복했던 건 여기에서뿐입니다—50년 동안이었죠. 그는 동쪽으로 가자고 얘기하지만 난 여기서 우리가 할 일이 많다고 그를 설득했습니다. 동쪽은 이제 막 서서히 퍼지는 분위기에 정말로 흠뻑 젖은 것 같아요. 대통령을 쏘다니—그것도 뒤에서!" 앤서니는 계속하기 전에 다른 잔혹한 행위들마저 떠올리듯 몸을 떨었다. "은행가들과 정치인들은 저녁 식사 때마다 농부들에게 저당을 잡아 굴종하게 하려고 공모하죠. 그곳에 떠도는 잘난 척하는 분위기는 틀림없이 그를 격분시킬 뿐일 겁니다. 그리고 나도요. 난 우리가 여기서 발견하는 거칠고 단순한 야망을 훨씬 더 선호하는 것 같습니다." 앤서니는 자신의 개인적인 생각을 이렇게 터놓고 공유하는 것에 신이 나서 숨을 깊게 들이마셨다.

길다는 우다드에서 여자들과 부엌 식탁 주변에 둘러앉았던 밤들 이래 이런 정치 얘기를 들어보지 못했다. 여행하는 동안 그녀는 다른 이들과 거의 시간을 보내지 않았고 그런 종류의 대화를 북돋울 만큼 한 장소에 오래 머물지도 않았다. 그녀는 자신과 같은 부류의 동행이 얼마나 그리웠는지 다시금 느꼈다. 질문하는 그녀는 열정적이었다. "여기에 소렐의 다른 가족이 많이 있나요?"

"아니요, 그는 그런 면에서 조심스러운 편입니다. 어떤 이는 어리석다고 하죠. 많은 이들이 자기들 주변에 군대를 모으려는 것처럼 새로운 가족 일원을 만드니까요. 그건 우리가 원하는 의미의 가족이 아닙니다."

길다는 다시 엘리너를 떠올렸지만 그녀에 대해 무엇을 물어야 할지 확신이 없었다. 앤서니는 그녀의 혼란을 알아차리고 말을 이으며 그녀에게 마음을 정리할 시간을 주었다.

"나는 소렐이 옳다고 생각합니다, 가족을 이룰 누군가를 선택하는 것이 커다란 책임이라고 믿는 거요. 그 일은 단순히 당신만의 필요나 욕망이 아니라 상호 간의 필요를 위해 행해져야 하죠. 우리는 그 일이 정말로 필수적인지 알기 위해 우리 자신과 상대방을 탐구해야만 합니다. 달리 행하는 건 중대한 오류이고, 그 결과는 오직 비극이 될 뿐이죠. 당신은 이 생에 실수로 합류하게 된 이들을 만나게 될 겁니다. 자기만족이나 복수 같은 충동적인 순간에…." 그의 소리가 점점 작아졌다. "이들은 위안을 가져오거나 화목하게 지속되는 가족이 아니죠."

"당신은 당신과 소렐이 영원히 함께하리라 생각하나요?"

"물론입니다. 지금처럼 서로 함께이든 혹은 각자의 세계에 따로 떨어져 있든. 다른 이를 가족으로 받아들이고 가족의 의미는 계속 바뀌지만, 피의 결합은 깰 수 없죠. 우리가 항상 함께 살기를 바라지 않을 수 있지만 우린 항상 서로와 함께일 겁니다."

"그 말은 지금 내겐 너무 달콤하게, 그릇된 위안처럼 들려요. 너무 많은 상실이 있었고, 너무 많은 관계가 깨졌어요."

"나도 압니다." 앤서니가 진지하게 말했다. "하지만 우리가 문을 열어 두면 시간이 명료성을 불러오는 것도 사실이죠. 지금 여기 안개 속에 서 있는 우리를 생각해 봐요." 그는 말을 멈추고 다시 길다의 손을 잡으며 그녀의 눈을 들여다보았다. "내가 소렐을 사랑한다면, 그건 여기 당신과 함께 서 있거나, 살롱에서나, 과거에나, 그와 내가 나란히 선 미래 어느 순간에나, 우리가 나란히 서지 않은 어느 미래에도 그건 진실입니다. 그걸 바꿀 건 아무것도 없어요. 내가 그의 옆에 없다 해도 그가 필요하면 나는 그를 부르고 그는 거기 있죠. 내가 지금 그에게 말을 건네면 그는 내게 옵니다. 당신이 해 봐요."

길다는 뭐라고 할지 몰랐다. 그녀는 어리석게 느껴졌지만 마음속으로 소렐을 불렀다. 단 한 마디, 외로워요.

응답으로 그녀는 자신에게 닿는 소렐을 느꼈다. 소렐의 따뜻한 애정이 옆에 선 것처럼 길다에게 흘러들었다. 그녀는 그의 대답을 들었다. *어떻게 그럴 수가 있지? 너에게 내 최고의 남자를 주었는데…. 사실 내 유일한 남자를!* 앤서니와 길다는 다시 웃음을 터뜨리고 집으로 향했다.

길다는 생각이 너무 많다고 느끼며 소렐과의 만남을 뒤로 미뤘다. 엘리너와의 쇼핑을 마친 후 저녁까지 질문들을 미루기로 결정했다. 그녀는 조용히 침대에 누워 이제는 자신에게 당연해진 견고한 어둠 속으로 빠져들었다. 그녀는 오렌지색이 점점이 섞인 녹색 눈을 보았고 엘리너의 눈에서 본 허기가 피에 대한 것이 아니라는 사실을 깨달았다. 그 얼굴을 치우고 버드에 관해 묻고 싶은 것을 생각해 보려 애썼지만 할 수 없었다. 대신 잠들 때까지 그 암흑을 들여다보고 암흑이 자신을 삼키게 두었다.

다음 날 오후 잠에서 깼을 때 길다는 저녁 행사를 준비하는 일꾼들의 움직임을 느낄 수 있었다. 그건 우다드에서 보낸 많은 오후를 떠올리게 했다. 그녀는 몇 시인지 알아보려고 잠시 자신의 몸에 귀를 기울인 다음 일어나 전등을 켰다. 바깥에서 태양이 서쪽으로 기우는 것을 보고 덧문과 두꺼운 검붉은 색 커튼을 열고 오후의 옅은 빛을 들였다. 막 움직이기 시작해서 오늘의 모험을 위해 무엇을 입을지 고르려는 참에 앤서니가 방문을 두드렸다. "소렐의 객실에 목욕물과 새 옷을 준비해 뒀습니다."

길다는 욕조에서 사치를 누렸지만 불안을 느꼈다. 그것이 자신 같은 부류가 물속에 들어갈 때 종종 느끼는 불안인지 혹은 해변이 가까워서인지 확실치 않았다. 하지만 목욕은 기대한 만큼 즐겁지 않았다. 다시 길다는 앤서니의 것이라고 알게 된 저 가벼운 노크 소리를 들었다. "네?"

"내가 들어가서 등을 닦아 줄까요?" 그가 소극적으로 물었다.

길다는 이 복합적인 감정이 무엇인지 확실치 않아 한순간 주저했다.

"네."

그는 수줍게 들어와 길다가 건네는 커다란 스펀지를 받았다. "낯선 곳에서 혼자 있는 건 굉장히 두려울 수 있죠. 나는 당신이 두려워하지 않기를 바랐습니다."

"그랬어요, 앤서니. 당신이 문을 두드릴 때까지는 그걸 깨닫지 못했어요. 그건 내가 완전히 열려 있고 내 옳은 길이 어느 방향인지 확실하지 않았던 과거를 떠오르게 했죠. 그리고 여기서 누구도 위안이 되는 걸 말해 주지 않았고요."

"그럼 그게 내가 온 이유이겠군요." 앤서니는 부드럽고 미끄러운 비누를 그녀의 등과 가슴, 그녀의 검은 다리 아래와 팔에 문지르며 나지막이 흥얼거렸다. 그는 마치 평생 해온 일인 양 길다의 숱 많은 머리카락을 감기고 양동이의 맑은 물로 그녀가 혼자 할 수 있는 것보다 더 쉽게 비누를 씻어냈다. 목욕이 끝나자 길다는 일어섰고, 앤서니가 그녀의 머리 위로 다시 물을 한 바가지 끼얹자 그들은 아이처럼 웃음을 터뜨렸다. 앤서니가 커다란 수건을 펼쳐 들었고 길다는 그의 양팔이 그녀를 감싸고 그의 커다란 손이 그녀의 몸에서 물기를 닦아내는 동안 편안하게 긴장을 풀었다. 그는 그녀에게 형제이자 자매인 것만 같았다.

"여기 가볍게 입을 옷이 있어요." 앤서니는 잠깐 망설인 뒤 계속했다. "당신은 오늘 쇼핑할 계획이죠…. 엘리너와." 그 말은 질문이라기보다 어떤 성명처럼 들렸다.

"그래요. 소렐도 내게 이 환경에 맞는 게 아무것도 없다는 데 동의해요." 길다는 살짝 방어적으로 대답했다. 그의 말에 담긴 무언가가 그녀를 경계하게 만들었다.

앤서니는 자신이 해야 하는 이상의 말을 했다는 걸 알아차렸다. 그는 격려를 담아 대답했다. "그렇다면 상당한 시간을 보내겠군요. 엘리너는 최고의 재봉사들에게 자주 드나들고 자신만 아는 옷감들에 접근할 수도 있죠. 그리고 상인들을 자기 뜻에 맞추게 하는 도전을 즐기고요. 하지만 여기의 모두가 양면성이 있다는 걸 기억해요. 두 얼굴을 다 보는 걸 명심하고요. 그러지 않으면 위험해질 수도 있으니까."

앤서니는 옷을 입는 길다를 두고 나갔다. 실크 블라우스와 부드러운 서지 스커트를 입으며 그의 경고를 생각했지만, 계단을 내려와 살롱으로 향하며 그 말을 완전히 잊어버렸다. 길다는 목욕을 한 데다 새 옷과 새 인생에 대한 기대감으로 완전히 생기를 다시 찾은 것처럼 느끼며 발을 난간에 올리고 바에 섰다. 길다는 샴페인을 두 모금 홀짝이고, 자신이 도착한 이래 눈치채 온 당황스럽고 무례한 시선으로 자신을 쳐다보는 두 신사와 시선을 교환했다. 바텐더는 그녀가 소렐의 특별한 손님이라는 것을 알고 소소한 대화를 나누었다. 하지만 길다를 대접할 필요는 조금도 없었다. 길다는 강인한 느낌이었고 엘리너가 이내 도착했다.

그녀가 방에 들어서자 살롱에 일찍 온 모든 손님들이 다시금 쳐다봤다. 엘리너는 망설임 없이 곧장 길다에게 걸어와 그녀 옆자리에 앉았다.

"샴페인을 주문해 드릴까요?" 길다가 물었다.

"아니요, 당신 걸 마시죠, 그럼 우린 훨씬 더 빨리 우리 모험을 떠날 테니까." 그 말과 함께 엘리너는 고개를 뒤로 젖혀 길다의 남은 와인을 마셨다. 그들은 그곳을 떠나 엘리너의 마차에 올랐고 놀고 있는 어린 소녀들처럼 출발했다.

"난 지금 우리 거리에 전염되는 저 끔찍한 트램들이 싫어요." 엘리너의 사나운 목소리에 길다는 거리에 손을 휘둘러 저 나쁜 것들을 모두 사라지게 하고 싶어졌다. 비록 그녀 자신은 그것들이 흥미로웠고 첫 승차를 고대하고 있었지만. 오후 내내 엘리너는 종종 도시의 변화에 대한 불만을 드러냈다. 길다는 위로를 표했다.

그들이 첫 번째 가게를 방문할 때까지 엘리너는 자신이 정확히 어떤 일을 맡았는지 깨닫지 못했다. "아쉽지만 난 드레스는 아주 잠깐만 편한 것 같아요." 길다는 재봉사가 권하는 드레스들에 별다른 감흥 없이 말했다. "내 생각엔 먼저 평상복을 입어 보는 게 제일 좋을 것 같아요."

"하지만 당연히 드레스를 입어야죠." 엘리너가 의심스러운 듯이 대답했다.

"난 그렇게 생각하지 않아요." 길다가 너무 단호하게 들리지 않게 하려 애쓰며 말했다. 그녀는 자신의 새롭고 흥미로운 친구를 기분 상하게 하고 싶지 않았지만 자신이 가장 편할 옷이 무엇인지 즉시 깨달았다. 바지—소렐이 그녀를 소개해 주겠다고 제안한 사교계에 그게 미치는 영향이 뭐든. 길다는 자신이 이미 그 사교계 바깥에 있다고 결정했다. 대부분은 그녀를 그저 예전의 노예로만 볼 텐데, 왜 자신이 불필요하게 억지로 그들을 모방해야 하는가.

"내가 블루머 걸(미국 여권 운동가이자 여성들이 입을 수 있는 바지 형태의 블루머를 창안한 블루머와 그 활동을 지지한 여성들-옮긴이)을 맡은 것 같네." 엘리너가 재치 있게 말했다.

길다는 자신이 모욕당한 것인지 아닌지 확신이 없어서 어리둥절해졌다. 그녀는 엘리너의 미소에 미소로 답하며 말했다. "그 말이 내가 매일 치마를 입으라는 말만 빼고 당신 말을 뭐든 들을 거라는 의미라면, 그게 당신이 맡은 사람 맞아요."

"흠." 날카로운 대꾸였다. 덕분에 쇼핑이 둘이 기대했던 것보다 더한 모험이 되었다. 재단사들은 번갈아 절망하고, 혐오하고, 도전했다. 세 시간 뒤에 길다는 몇 벌의 옷을 맞췄다. 엘리너의 강철 같은 영향력 아래 길다는 멀리서 보면 치마처럼 보이지만 사실은 바지처럼 갈라져 길다에게 그녀가 포기하지 않을 자유로운 움직임을 제공하는 디자인을 수용했다. 그 위에 그녀의 엉덩이와 긴 다리 아래까지 부드럽게 늘어지는 옷은 마을 여자들 대부분이 입는 꼭 끼는 보디스와 상당히 비슷할 터였다. 하지만 길다는 앞면을 재킷처럼 전부 단추로 채우도록 고집했다. 그녀는 그 아래 부드러운 셔츠를 덧붙였고, 어떤 옷들은 그 스커트/바지의 옷감을 보완하기 위해 어울리는 타이들을 주문했다.

길다가 결국 지쳐 재단사의 긴 의자에서 집에 갈 준비를 하고 있을 때 엘리너가 최소한 두 개의 드레스를 고집했다. 그 옷감들은 화려했고, 재단사는 엘리너의 변덕에 단련된 것 같았다. 엘리너는 살롱에서 대단히 유행하는 깊이 패인 목과 과장된 엉덩이를 극찬했고 길다는 불편해졌다. 결국 길다는 손에 펜을 들고 엘리너의 의지에 살짝 굴복하듯 자신이 원하는 것을 정확히 그렸다. 그 여자 재단사는 수년간 엘리너와 거래한 것이 분명했고 엘리너가 얼마나 밀어붙이든 흔들리지 않았다. 엘리너는 조용해졌고, 길다가 스케치하는 보디스에 점점 주의를 기울였다. 그건 길다가 주문한 다른 것들과 비슷했지만 목선이 좀 더 깊게 파여서, 반짝이는 옷감이 그녀의 가슴과 어깨를 익숙하지 않지만 기꺼이 시도해 볼 만한 방식으로 감쌀 것 같았다. 그녀는 치마 디자인에서 약 2미터 가량의 옷감을 뽑아서 그 천이 자신의 엉덩이를 감싼다기보다는 그 위로 매끄럽게 흘러내리도록 했다.

재단사가 반발하긴 했지만 길다의 지시를 따르리라는 확신이 들자, 길다와 엘리너는 만족스럽게 등 뒤로 문을 닫고 진흙투성이 나무 널이 깔린 산책길로 나섰다.

"당신은 내가 생각한 것보다 더 고집이 세네요." 엘리너가 미소 지으며 말했다. "어디서 차를 마실지도 그렇게 다투려나?"

"전혀요, 난 당신 손안에 있는 걸요." 길다는 상인들과 양장사들을 대하며 활기를 느꼈다. 그건 뉴올리언스에서 그녀와 버드가 장을 보러 다녔던 예전을 떠올리게 했다. 그녀는 엘리너를 따라 마차에 올랐고 이내 해안가에 위치한 소렐의 것보다 훨씬 작은 엘리너의 살롱에 다다랐다.

그들은 티 테이블들과 밝게 천을 씌운 긴 의자들이 갖춰진 품위 있게 치장된 방에 앉았다. 웨이터가 친숙하게 엘리너에게 인사하고 그들의 테이블에 얼음 통을 가져왔다. 그는 잠시 뒤 병 하나를 들고 돌아와 말없이 병을 열고 따랐다.

"난 여기 내 물건들을 가지고 있죠. 물론 소렐의 것처럼 굉장하진 않지만…." 엘리너는 장난스럽게 무기력한 분위기로 공기 중에 문장을 남겼다. 한 남자가 그들의 테이블로 걸어와 대담한 호기심을 품고 길다를 내려다보았다. 그는 자신의 질문을 엘리너에게 던졌다.

"여기 뭐가 있는 거지, 자기?"

"사랑스러운 저녁을 망치는 무례한 남자가 있지, 자기." 엘리너의 날카로운 대꾸가 길다를 놀라게 했지만, 남자의 사나운 시선 아래 그녀가 느낀 불편한 감정 역시 놀라웠다.

"내가 그럴 만큼 오래 여기 있지 않았는데." 그가 나른한 척 응수했다.

엘리너는 초점 없는 눈 위로 숱 많은 금발 머리카락을 아무렇게나 드리운 남자를 올려다보았다. 그 눈은 깊은 파란색이었고, 동공 바로 언저리에서 길다는 오렌지색 반점들을 알아차릴 수 있었다. 길다는 남자를 보내려는 엘리너의 몸에서 솟구치는 분노를 느꼈다. 그는 엘리너를 무시하고 길다에게 직접 자신을 소개했다.

"새뮤얼이오. 당신은 우리가 들은 길다겠군." 남자는 길고 여위고 기분 나쁘게 창백한 손을 내밀었다. 길다는 자신의 손을 내밀었다. 그는 길다가 남자인 양 손을 흔든 다음 망설이며 손을 입술에 가져갔다. 길다는 그가 입을 맞추려는지 검둥이는 어떤 맛인지 알아보려는 건지 알 수 없었다.

"그럼 내가 불리하군요, 난 아직 아무도 모르니까요."

"위대하신 소렐만 빼고요, 그리고 그의 하인도."

길다는 발끈했다. "앤서니를 말하는 거라면, 당신이라도 그게 얼마나 부적절한 호칭인지 분명히 알 텐데요. 우리가 서로를 더 잘 알게 되기 전에 당신이 더 적합한 호칭을 생각하는 편이 좋겠군요." 그녀는 엘리너의 즐거움을 느꼈다.

"나야, 당연히 동지를 말한 거랍니다." 새뮤얼은 히죽거리며 응수했다.

"당연하죠." 길다는 말한 다음 엘리너에게 말을 돌려 의도적으로 새뮤얼을 그녀의 시선에서 가리며 말했다. "무슨 얘기를 하고 있었죠?"

"소렐에게 심부름꾼을 보냈어요. 앤서니가 포장할 당신의 고향 흙을 정확히 알고 양장사에게 전달할 거예요. 흙과 옷감을 거의 하나로 만드는 놀라운 방법이 있답니다. 그 여자는 한동안 내 양장사였으니 어떻게 할지 알 거예요. 그 여자는 그게 약초학과 관련됐을 뿐 아무것도 아니라고 혼자 확신하고 있죠. 여기서는 그게 별난 일이 아니거든. 많은 사람들이 옛 동양 과학의 새 지식에 익숙해졌어요. 하지만 내 예상엔 그 옷들이 시간이 좀 걸릴 것 같아요. 왜냐하면 그 여자가 있는 힘껏 당신 지시를 무시하려 할 테고 그런 다음에야 굴복해서 자기 평생 최고의 옷들을 구상할 테니까요." 엘리너는 샴페인 병을 들어 그들의 잔을 채우며 새뮤얼을 무시했다. 그는 획 돌아서서 성큼성큼 떠났다.

"당신은 멋졌어요. 믿을 수가 없네. 저이는 가끔 저렇게 성가시게 굴어요. 저 사람은 그냥 뭐든 신중하지 못해요. 그 오랜 세월이 지났으니 더 잘 알 법도 한데."

"왜 저 남자는 소렐을 그렇게 싫어하죠?"

"그건 길고 지루한 얘기랍니다. 우리들 대부분이 그렇듯, 새뮤얼은 질투와 증오로 가득하죠. 그냥 그것들을 적절하게 다루는 법을 아직 배우지 못했고. 사실 나쁜 사람은 아니에요. 우리가 좋은 때도 있었지." 엘리너가 정직한 눈으로 길다를 보며 말했다.

"우리와 오래 머물 건가요?"

"한동안은 아무 계획이 없어요. 여기 만족하고 있고, 돌아갈 수 있는 집도 없고요. 한동안 다시 한곳에 머무는 것도 내게 좋을 것 같아요."

"그럼 그 인디언 여자를 급하게 쫓아갈 건 아니군요?"

"버드요? 아뇨, 그런 것 같지 않아요." 다시 누군가 다른 이가 버드를 안다는 사실이 놀라웠다.

"좋아요, 내가 여기 당신이 필요하거든. 가끔 굉장히 지루해지기도 하죠. 황금을 쫓아서 산을 갈기갈기 찢거나 다른 방식으로 부를 추구하는 무례한 남자들밖에 없고. 난 교양 있는 친구가 필요해요."

엘리너는 그 결정이 길다를 위한 것인 양 자신의 의자에 편히 기대며 말했다. 함께 두 시간을 더 머문 뒤 엘리너가 길다를 마차로 안내했고 마부에게 소렐의 집으로 모셔다 드리라고 지시했다. 길다는 이틀 안에 다시 만나기로 약속한 뒤에 떠났다. 길다는 재생적인 침묵 속에 혼자 남게 되어 행복했다. 그녀는 주변을 알아

보자마자 마부에게 내려달라고 부탁했다. 마부의 불안을 잠재우기 위해 동전을 하나 건넨 다음 천천히 집을 향해 언덕 위로 걷기 시작했다.

길다가 소렐의 집 불빛을 향해 진흙투성이 널빤지를 건너 조심조심 걸어갈 때 그녀 주변에서 불빛들이 살아났다. 그녀는 훨씬 작은 집들, 언덕 아래로 서로 겹쳐 굴러떨어지는 것처럼 보이는 목조 건물들을 지나쳤다. 그건 길다에게 정말 비현실적인 풍경이었고 그녀는 매혹되어 거의 깔깔거릴 뻔했다. 축축한 공기를 깊게 들이마시자 기운이 도는 게 느껴졌다.

길다는 새뮤얼이 그녀 앞에 모여드는 어둠 속에서 나타났을 때 놀라 숨을 들이켰다. 그는 이제 덜 거만해 보였지만 길다는 두 발을 단단히 딛고 가만히, 단호하게, 그리고 방어적으로 서 있었다. 마침내 그가 말했을 때, 그 목소리는 먼저처럼 거만하고 분노에 차 있지 않은 것 같았다.

"그녀를 뺏어가려 하지 마쇼. 만약 그러려고 하면 우리 모두에게 문제가 생길 거요."

길다는 안개 낀 거리에서 질투에 찬 경쟁자를 만나는 데 익숙한 것처럼 아무 말도 하지 않았다. 그녀의 침묵이 새뮤얼을 계속하게 만들었다. "그 여자는 당신을 속일 거요, 나한테 그랬듯이, 모든 사람들에게 그러듯이. 그 여자는 달콤함도 빛도 아니지, 당신에게 그 말을 해 주리다. 그녀를 만나기 전에 나는 행복했소. 아무한테나 물어봐요. 내 아내는…." 새뮤얼의 목소리가 메마른 흐느낌에 미어졌다.

길다는 그의 팔에 손을 뻗었다. "무슨 말인지, 혹은 당신이 뭘 원하는지 모르겠어요. 엘리너가 어떻게 당신을 그렇게 상처 입힐 수가 있겠어요. 고의로 그랬을 리가 없…."

"고의였소. 그 여자는 사기꾼이오, 그게 그 여자야. 그 여잔 나를 가지려고 내 아내를 죽였어. 그 여잔 싫증 나기 전에 내 아내를 홀린 것처럼 나를 홀렸어. 당신한테도 똑같이 하겠지. 그게 그 여자한테는 생활이야!" 그는 자신이 공공 도로에 있다는 걸 갑자기 떠올리고 주변을 둘러봤다.

"아마 아프리카에서 온 당신네 사람들은 이런 걸 알겠지. 그건 악마요, 나를 믿어요. 당신이 이걸 알아야 해."

길다는 그의 말을 끊으려고, 그 어리석은 말들을 침묵시키려고 했지만 그는 계속했다. "난 그녀가 부당하게 목숨을 잃었다는 걸 알아…. 부당하게 잃었어. 내가 그런 것처럼. 알겠소? 난 그녀보다 심지어 더 부당하게 잃었어. 나는 예라고도 아니오라고도 하지 않았어." 새뮤얼의 목소리가 귀에 거슬리는 아르페지오로 한층 더 높아졌다. "나는 질문을 받지 않아서 동의하는 대답을 할 수 없었어. 불공정한 거래를 한 거야. 하지만 그녀는 이제 죽었어…. 간섭하지 못해."

길다는 새뮤얼의 말들을 이해할 수 없었다. 그는 안개 속에 제정신을 잃은 듯이 들렸다. 그녀는 달래 보려고 몇 번 시도했지만 그에게는 소용없었다.

"떨어져. 제발."

새뮤얼의 목소리에 깃든 간청이 그가 그녀를 협박하는 상황보다 더 그녀를 두렵게 했다. 그의 불행은 진심이었지만 길다는 엘리너를 그 원인으로 받아들일 수 없었다.

그녀는 그가 지나가도록 한 걸음 물러섰다. "소렐이 기다리고 있어요."

새뮤얼은 갑자기 휙 돌아섰다. 길다는 그의 등을 거의 분간할 수 없었다. 그는 너무 빨리 움직여서 거의 사라져 버렸다. 그녀는 그가 방금 전에 서 있던 자리에 발을 디뎠고 공기 중에서 그의 몸의 열기를 아직도 느낄 수 있었다.

길다는 덜 느긋한 걸음으로 언덕을 마저 올랐다. 불안과 의문 때문에 그녀의 발걸음 소리가 소렐의 집에 가까워질수록 더 빠르게 들렸다. 그들이 약속된 시간에 소렐의 방에 함께 앉을 때면 그녀는 많은 질문들을 할 터였다.

앤서니가 길다의 방문을 부드럽게 두드렸을 때 그녀는 일기장에 쓰고 있던 마지막 문장을 마치기도 전에 펜을 내려놓았다. 그녀는 열의에 차서 방문을 열어젖혔다.

"소렐의 방으로 안내할까요?"

"네, 고마워요."

"혹시 저녁 늦게 지난밤처럼 나갈래요?"

"네, 앤서니, 그러면 좋겠어요." 길다는 그와 나란히 걸으며 뒤쪽 계단을 내려가 집의 앞쪽에서는 접근할 수 없어 보이는 복도로 그를 따라갔다. 앤서니는 크고 무거운 문을 두드린 다음 소렐이 문을 활짝 열자 옆으로 비켜섰다.

"들어오렴. 얘기하는 동안 앤서니가 잔을 갖고 올 거다."

길다는 커다란 의자들, 두꺼운 깔개들, 윤이 나는 은촛대에 꽂힌 무거운 초들 옆에서 환하게 타오르는 전기 램프들이 들어찬 널찍한 거실로 들어섰다. 저녁이 아주 싸늘하지 않은데도 벽난로에 불길이 타오르고 있었다. 소렐은 벽난로 근처의 의자들을 가리키고 가장 가까운 의자에 허물없이 풀썩 앉았다. 그는 넉넉하게 재단된 우아한 푸른색 정장과 같은 색조의 벨벳 신발을 신고 있었다. 그의 커다란 몸은 극히 깔끔하고 활동적으로 보였다. 그 재단의 훌륭함에 길다는 도착할 자신의 새 옷들이 몹시 기다려졌다.

소렐의 눈이 그가 입을 열기도 전에 어두운 근심을 나타냈다.
"네가 새뮤얼을 만났다고 하더구나."

"네, 엘리너와 제가 차를 마시던 살롱에서 그를 소개받았어요." 길다는 부모에게 자신의 행동을 설명하는 아이 같은 느낌이 약간 들었다.

"오늘 저녁에 길에서 그가 네게 접근한 일을 말하는 거다."

길다는 자신의 놀라움을 감추지 않았다. 그녀의 솔직한 표정이 소렐의 분위기를 누그러뜨렸다. 그의 친숙한 웃음이 터지며 그의 눈이, 이렇게 짧은 시간 함께했을 뿐인데도 항상 기대하게 된 방식으로 반짝이기 시작했다.

"너도 이곳이 도시라기보단 마을에 가깝다는 걸 알게 될 거다. 이곳에선 모두가 모든 걸 안단다. 적어도 그렇다고 생각하지. 난 그저 새뮤얼에게 마음 쓰지 말라고 주의를 주고 싶었을 뿐이다. 그자는 매우 불안한 인간이란다."

"그자는 당신에게 반감을 가지고 있어요. 전 그게 불안했어요. 저는 말씀대로 당신과 앤서니를 가족으로 생각하기 시작했어요. 그래서 당신을 향한… 그리고 엘리너를 향한 그의 나쁜 감정들을 이해하고 싶었어요."

"그건 좀 언짢은 이야기란다. 그리고 그 이야기 속 그는 전적으로 무책임하지 않다. 그자는 약하고, 자기중심적이야."

"새뮤얼이 엘리너를 사기꾼이라고 불렀어요. 그녀가 자기 아내를 죽였다고 하더군요."

"그 앤 삶을 다른 이들을 도취시키는 스릴에 쏟게 됐지." 소렐이 말했다. "그들이 자신에게 사로잡힐수록 그 앤 더 강해졌어. 표면적으론 무해한 중독이었지만, 그 애는 그걸 그다지 잘 관리하지 못했다."

"제가 오후 내내 함께했던 매력적인 여자에게서는 이런 점을 전혀 보기 어렵던 걸요."

"나도 안다. 엘리너의 삶이 어떻게 되어 가고 있는지 우리 모두 알기 어려웠지. 우린 작은 공동체야. 만 근처에서 소용돌이치는 바닷물의 저 불안한 끌림을 버텨낼 수 있는 우리 몇몇은 여기 단단히 뿌리를 내렸다고 느끼고 서로를 보호하지. 거기엔 엘리너도 포함된다. 하지만 새뮤얼과 그의 아내 일은 우리 중 대다수에게 매우 당황스럽단다."

"그녀가 어떻게 누군가를 죽일 수 있었죠? 저는 이해가 안 돼요." 또다시 길다는 어른들 사이에 앉은 아이같이 느꼈다. 소렐의 태도에 실린 무게는 그가 진실을 말하고 있다는 걸 알렸지만 그럼에도 그건 그녀가 엘리너에 대해 느낀 모든 것과 상반됐다.

"버드가 분명 네게 공포를, 스릴을 추구하는 삶을 영위하는 이들에 대해 말해 줬겠지. 모두가 사랑에 대한 본능을 품고 있지는 않단다. 엘리너는 기만으로, 정복의 쾌감으로 삶을 살아간다. 성공하면 그 애는 다음으로, 그리고 그다음으로 이동하지. 여긴 항구 도시다. 많은 사람이 그 애의 살롱을 방문한단다."

"저는 전혀 이해가 가지 않아요."

"네가 우리 세계를 더 잘 이해하기 전까진 그럴 게다. 우리에겐 삶이 있지만, 그게 우리가 더 나은 사람이라는 뜻은 아니다. 사실, 우리는 선하게 남기 위해 인간들보다 더 노력해야만 하지. 처벌, 응징, 혹은 지옥이 아무 의미가 없다면 선함에도 의미를 부여하기 어려울 게다. 엘리너가 스릴을 추구하는 걸 선택하거나 새뮤얼이 살인을 선택하는 것은 너나 내가 사랑과 가족을 선택하는 만큼이나 타당한 것이지."

"하지만 새뮤얼의 아내는요? 그리고 새뮤얼이 왜 당신과 앤서니에 대해 그런 감정을 품은 거죠?"

"첫 번째 질문은 나중까지 남겨 두자꾸나. 당장은 내가 죽음에 대한 얘기를 감당할 수가 없구나. 어쩌면 하루나 이틀 안에 우리가 함께 더 많은 시간을 보냈을 때라면. 두 번째 질문에 대해서라면, 그건 외려 간단하지. 앤서니와 나 둘 다 그에게 경고하려 했다. 엘리너에 대한 그의 집착을 떨치게 하려 했어. 매일의 일상에서 자기 어리석음이 살아 있다는 증거를 마주하기란 힘이 들지. 그리고 그 점이 우리를 버드에게 이끄는 거다."

소렐이 그와 함께 시간을 조금이라도 보낸 이라면 누구도 놀라지 않을 유연함으로 의자에서 일어섰다. 그의 미끄러지는 듯한 걸음은 너무도 섬세해서 그의 발이 거의 카페트 위를 스치지도 않는 듯이 보였다. 샴페인 병을 얼음 통에서 뽑는 그의 커다란 손은 우아했다. 소렐은 조심스럽게 코르크 마개를 뽑고 좁다란 잔들에 따르며 그 거품에 감탄했다. 그는 길다에게 돌아와 가볍지만 꾸밈없는 몸짓으로 그녀에게 잔을 건넸다.

"우리는 대부분 음식이나 음료를 참지 못하지만 내 아이들은 모두 샴페인을 즐기지. 그건 유전적인 특성이 분명해, 아마 핏속에 있겠지." 의자에 다시 앉는 그의 눈이 그 거품처럼 반짝거렸다.

"버드는 너를 봤을 때 자신이 얼마나 의무를 다하지 못했는지를 봤단다." 소렐은 시작했다. "그게 버드를 고통스럽게 했다. 그녀는 분별력이 있었기에 스스로 참을 수 없을 만큼 오래 머물며 자신의 고통을 네 안에서 재현하기보다, 너와 떨어져서 자기 자신, 그리고 자신의 사람들과 관계를 새롭게 하려 했지. 그녀는 네가 우리 식으로 훈련됐다고 확신할 만큼 충분히 오래 우다드에 남아 있었다. 결국엔 마을 사람들이 버드의 지속되는 젊음을 의아해하기 시작했을 거야. 너 자신도 그런 걸 봤을 거다."

"그랬어요, 여자들이 때로 제게 안 들리게, 혹은 안 들릴 거라 생각할 때 그런 얘기를 했어요. 그들은 그걸 내 검은 피부 탓으로 돌렸어요. 그들에게 아프리카인은 젊은 외모를 지배하는 마법의 힘이 있죠."

"그렇다면 내 멋진 얼굴이 오래가는 것도 설명이 되겠구나!" 소렐이 웃으며 말했다.

"그럼 당신의 핏속에도 아프리카 혈통이 있나요?" 길다가 창백한 피부와 검은 눈을 더 자세히 살피며 물었다.

"위대한 문명국가 중에 안 그런 곳이 어디 있니?" 소렐이 몸을 숙이고 자신의 잔을 그녀의 잔 가장자리에 부딪혔다.

"버드가 자신의 길로 나아가는 것은 불가피했다." 그는 계속했다. "버드가 그에 대비해 널 제대로 준비시키지 못했던 게 유감이구나. 그건 그녀 자신의 격앙된 감정들 탓이었지. 진정한 죽음으로 나아가길 바라는 연인을 지지하는 자신의 의무를 다하지 못한 슬픔, 그리고 오랜 시간 떨어져 있었던 자신의 사람들을 보고자 하는 욕구. 자신은 잘 살아왔지만, 그들은 그렇지 못했지. 버드는 이런 것들을 설명하기 어렵다고 느낄 수밖에 없었을 거야."

"하지만 우린 항상 서로의 속마음을 얘기했어요. 제가 엄마와 자매들 얘기를 처음 한 것도 버드였어요. 농장에서의 일도. 어렸을 때 제 손가락 끝과 목화 위에 묻은 피가 너무나 무서웠다고 처음으로 설명했던 것도요. 그리고 버드는 자기를 마녀라고 생각해서 그 병에 걸리지 않으려고 자기들 캠프에서 떠나게 한 엄마와 형제들에 대해서도 얘기했어요. 고통이 가득한 그 이야기들을 제게 했어요."

"그래, 하지만 버드는 아이인 너에게 이야기한 거지. 이제 너는 성인이고, 우리의 아이들에게서는 그런 성장을 알아차리기가 종종 불가능하단다. 앞선 몇 년간 버드의 자신감은 한 아이의 치유를 돕기 위해 형성된 것들이었지. 버드는 너에게 조언을 구하는 위치에 스스로를 데려올 수는 없었던 거야. 가능해지면 버드가 네게 올 거다. 혹은 네가 정말로 그녀가 필요하다면. 내 생각에 그동안 네가 정말로 해야 하는 가장 중요한 것은 사는 것이야. 그건 상당한 집중과 연습을 요하는 포괄적인 일이란다."

소렐은 문을 두드리는 소리에 고개를 들었다. 앤서니가 들어와 소렐의 귀에 속삭인 다음 샴페인 병을 들어 그들의 잔에 와인을 더 따랐다.

"앤서니가 내가 직접 맞아야 하는 손님들이 있다는구나. 괜찮다면, 앤서니가 너와 우리 테이블에 있는 포도들을 살롱으로 옮겨줄 거다. 그리고 더 가벼운 주제들로 옮겨가자꾸나." 소렐은 일어나 아주 잠깐 멈칫하며 그녀의 대답을 기다린 다음 묵직한 문 너머로 사라졌다.

"자기 권한의 상당 부분을 허가증들을 내주는데—혹은 안 내주는데—쓰기를 좋아하는 짜증나는 시 공무원이에요. 그자는 항상 너무 일찍 오거나 너무 늦게 떠나서 소렐이 반드시 개인적으로 알게끔 하죠." 앤서니가 말했다.

그는 와인과 얼음을 담은 통을 들었다. "그리고 당신은 아마 살롱에서 우리와 함께하기 전에 당신 방에 들르고 싶겠군요. 당신한테 물건이 배달됐습니다."

"오, 앤서니, 뭔가요? 그게 뭐죠?" 길다가 숨가쁘게 물었다.

"내가 어떻게 알겠습니까? 나는 허락 없이 다른 사람의 물건을 열어 보는 취미가 없답니다."

　길다는 서둘러 그를 지나쳐 중앙 계단으로 이어진 로비로 가는 계단을 올라갔다. 그녀는 도박장에 들어서던 사람들이 서서 입을 떡 벌리고 자신을 쳐다보는 것도 모르고 예의고 뭐고 없이 달리고 있었다. 길다는 우다드에서 처음으로 여자들과 선물을 주고받던 때를 떠올렸다. 포장된 꾸러미들의 미스터리는 여전히 그녀의 숨을 멎게 했다. 길다는 아주 오래전에 첫 크리놀린이나 첫 펜을 받았을 때와 같은 기분이었다.

　방에는 넉넉하게 끈을 감아 단단하게 묶은 갈색 종이 꾸러미가 놓여 있었다. 길다는 아이처럼 한쪽으로 줄을 끌어 내리고, 한동안 그 포장과 씨름하다가 자기 힘을 기억해 냈다. 줄을 끊은 다음 종이를 펼치고 검은 가두리 장식이 달린 연보라색 모직 투피스 드레스를 드러냈다. 그 풍성한 색과 대조적으로 재단은 수수했다. 그 주름 사이에서 쪽지가 떨어졌다.

내가 예전에 입었던 이 오래된 옷이 생각나서 양장사에게 다시 달려갔어요. 양장사에게, 당신의 개인적인 수정사항들을 네 시간 안에 완성할 수 있으면 본래 가격보다 훨씬 더 많이 지불하겠다고 약속했지요. 내가 심부름꾼을 하나 보내서 일하는 내내 지켜보게 했답니다. 아마도 그의 매서운 눈길이 양장사의 바늘을 날아다니게 했겠지요. 다음에 우리가 만날 때 당신이 이 선물을 입은 모습을 보게 된다면 더없이 기쁘겠어요.

그때까지, 영원히, 엘리너.

길다는 손에 그 쪽지를 꼭 쥐고 드레스를 앞에 들었다. 그건 그녀가 전에 입어 본 어떤 옷과도 달랐지만 그 양장사가 분명 길다의 지시사항을 잘 수용한 것이 분명했다. 넓은 치마는 갈라져 그다지 눈에 띄지 않는 바지의 형태를 취하고 있었다. 길다는 자신의 심장이 고동치는 것을 느꼈고 거울에 비친 쪽지의 움직임에서 자신의 손이 얼마나 떨리는지 알 수 있었다. "오, 어머니들이시여, 이게 뭐죠?" 길다는 조용한 방에 대고 말했다.

길다는 그 옷을 안락의자에 걸쳐놓고 다시 계단을 내려가 살롱으로 향했다. 그녀가 소렐의 테이블에 자리를 잡자마자 앤서니가 샴페인을 따라주었다. 길다는 대담하게 자신과 시선을 맞추려는 모든 눈들을 쳐다보며 무심하게 방 안을 훑어보았다. 그녀는 그들의 생각에 귀를 기울이기를, 혹은 자신의 심장 박동에 귀를 기울이며 그들을 훑어보기를 즐겼다. 이틀 뒤에 엘리너를 만날 때까지는 모든 게 그저 시간 때우기였다.

몇 시간 뒤에, 길다와 앤서니는 소렐의 집으로 함께 걸었다. 그는 마을의 역사와 관련된 이야기를 들려주고 지역의 주요 저택들을 가리켰다. 던칸, 랄스턴, 수트로의 집들. 그다음엔 교회, 돌로레스 선교원의 서늘한 고요함이 길다를 사로잡았다. 그들은 안개와 저 아래 먼 만 위의 배들에 귀를 기울이며 교회 마당에 앉아 있었다. "비록 그 이름이 슬픔을 의미하긴 하지만, 난 항상 예배당과 그 땅의 견고한 친근함을 즐겨왔어요. 그리고 그곳은 사생활을 보장받을 수 있는 유일한 곳이죠."

길다는 그의 말 아래 깔린 걱정스러운 어조를 알아차리고 몸을 돌려 앤서니를 바라보았다. "어떤 사생활이 필요하기에 소렐의 집에서 찾을 수 없을까요?"

"어쩌면 정말로 사람 그 자체가 아니라 다른 유혹거리들에서의 고립일지도 모르죠. 와인, 색채, 음악. 이런 것들은 종종 제기되어야만 하는 이슈들을 모호하게 하죠."

"나는 당신을 오래 알진 않았지만, 친구여, 당신이 어떤 언짢은 일을 멀찍이 돌아가는 느낌이 들어요. 당신의 불안이 나 또한 불안하게 하네요." 길다가 말했다.

앤서니는 이제 그녀를 보다 똑바로 들여다보았다. "내가 이 말을 하는 이유는 이제 스스로 나를 당신의 친구로, 당신의 가족으로 여기기 때문입니다. 하지만 난 당신이 우리와 오래 지내지 않았고 우리 방식을 모른다는 걸, 혹은 적어도 우리 중 일부가 선택한 방식을 모른다는 걸 압니다."

"내가 자유를 향해 길을 나선 지 겨우, 음, 40년 남짓일까요? 다른 이들에 비하면 비교적 적은 시간이라는 건 나도 알아요, 하지만 내겐 바랄 수 있었던 것보다 훨씬 더 긴 삶이었어요. 당신이 사랑하는 사람이 채찍질 아래서든, 때 이르게 늙어서든 당신에게서 떠나가는 걸 보는 건 당신을 젊고 순수하게 지켜 주지 못하죠, 당신도 분명 알 거에요. 뉴올리언스를 떠났을 때 난 내 고향 흙을 위한 장소들을 확보하면서, 은행 계좌들을 열면서, 교육받은 대로 시간을 버텨낼 자산을 모으면서 여러 방향으로 수백 킬로미터를 여행했어요. 이제 노예 제도가 더 이상 용인되진 않더라도 우리의 세상이 나나 나 같은 사람들에게 보다 우호적인 장소가 되지는 않았다는 게 분명해졌죠. 우리가 교양 있다고 부르는 사람들에게서 나를 구하는 것이 종종 이 새로운 삶에서 내가 얻은 유일한 선물이었어요. 내가 보낸 가장 안전하고 확실한 순간들은 우리가 짐승이라 부르는 것들과 야생에서 보낸 시간이었죠. 난 이곳에 내가 준비되지 않은 것이 많이 있다는 게 의심스럽군요."

"나는 누구도 인간의 의도적인 살인에 준비될 수 없다고 생각합니다. 여기 몇몇에게 그건 스포츠죠. 내가 지금 이 말을 하는 이유는 내가 소렐을 알기 때문입니다. 우린 오랫동안 서로의 곁을 지키는 즐거움을 누려왔습니다. 야만의 얼굴 앞에서조차 그는 그에 대해 말하기를 꺼리죠, 비록 그가 자신이 아는 모든 것으로 그걸 규탄한다 해도."

길다는 등이 뻣뻣해지는 것을 느꼈다. "우리가 말하는 살인이 정확히 무엇인가요?"

"새뮤얼 아내의 살인입니다."

"당신 말은, 새뮤얼의 말처럼, 엘리너가 이 일을 저질렀다는 건가요?"

"아니요. 그녀가 그럴 능력이 있다고 확신하긴 하지만요." 앤서니는 길다기 끼어들지 못하게 서둘러 말했다. "엘리너의 게임은 검을 휘두르기보다 파괴를 부추기고 그 조각들이 무너지는 걸 보는 겁니다. 그녀는 걷잡을 수 없는 질투심과 경쟁으로 불붙는 에너지를 즐기죠. 그 여잔 얼굴들을 기억하려 애쓰지 않는 부류

중 하나예요."

길다는 숨을 날카롭게 들이마셨다. 그녀는 자신에게 죽음이란 모든 생명체에 불가피한 것이라 말하는 버드의 목소리를 들었다. 죄가 되는 것은 아무 목적 없이 생명을 고의적으로 파괴하는 것이었다.

버드는 존중이란 속삭임으로만 온전히 전달될 수 있는 것처럼 나지막이 말했었다. "죽음이 네 손에 덤벼드는 날이 있을 거다. 이런 일이 생길 때, 네가 스스로나 네가 아끼는 이들을 보호해야만 할 때 진정한 죄는 생명을 쉽게 앗아가는 것일 터. 인간성을 조금이라도 유지하는 유일한 길은 죽은 사람들의 얼굴을 기억하는 거다. 우리 안에 그들을 간직해서 그들의 영혼 속에 남아 있을지 모를 선함이 머물 자리를 찾을 수 있도록. 사람을 죽인 후 그 얼굴을 잊는다는 건, 결국 자신의 일부를 함께 잊는 거야."

길다는 엘리너가 그렇게 냉담할 수 있다고 믿지 않았다. 앤서니는 길다의 침묵 저 뒤에 단단히 자리 잡는 불신을 알 수 있었다. "당신에게 나를 믿어달라는 게 아닙니다. 단지 우리가 신의를 지키는 것들을 기억하고 어떤 이들에겐 신의라는 말이 아무 의미 없을 수 있다는 걸 믿어 줘요. 누군가의 얼굴에서 이걸 보게 되면 당신도 알 겁니다."

"내가 보는 건 우정과 사랑에 대한 엄청난 굶주림이에요."

"그게 당신이 보고 싶어하는 것이기 때문이죠." 앤서니가 계속 말했다. "나는 이런 말로 당신의 새로운 즐거움을 망치거나 당신을 우리에게서 멀어지게 하려는 게 아닙니다. 나는 새뮤얼에게 말했던 것과 같은 이유로 이런 말을 하는 거죠, 그게 진실이기 때문에요. 그의 불신은 그의 아내도 그도 구하지 못했습니다." 앤서니는 완고하게 버텼다. "나는 살롱에서 처리할 일이 많습니다. 소렐에게 그가 잠자리에 들기 전에 당신이 돌아올 거라고 전하죠." 앤서니는 묘비를 지나 흐트러진 저녁 불빛 속으로 사라졌다.

길다는 이 대화 이후 며칠 동안 앤서니와 소렐에게서 떨어져 있었다. 두 남자 모두 길다가 나타날 때마다 걱정스럽게 그녀를 지켜보는 것 같았다. 엘리너가 데리러 오기로 한 오후에 길다는 엘리너가 준 보라색 옷을 입었다. 그 옷은 등 부분이 딱딱하고 허벅지 위로 부드럽게 떨어졌다. 길다는 바람이 그녀를 감싸듯 옷감이 몸을 둘러싸고 움직이는 느낌을 사랑했다. 자신의 혼란에도 불구하고 새 옷을 입고 출발하기 전에 소렐을 찾지 않을 수 없었다. 길다는 살롱의 자기 테이블에서 신문을 읽고 있는 소렐을 발견했다. 그녀가 문에 들어서자 그의 얼굴이 환해졌다. 처음엔 단지 길다가 그를 찾아왔다는 기쁨으로, 그다음엔 그녀의 새로운 모습에 대한 감탄으로. 길다는 머리카락을 뒤로 넘겨 하나로 땋아 목에서 머리 아래쪽을 받쳐 둥글게 감고 양쪽에 작은 진주가 달린 핀을 꽂았다. 더 이상 버드가 말했던 겁에 질린 소녀처럼 보이지 않았고 세련되고 단호한 한 여자였다.

"아, 여기는 서쪽이고 길다는 달이로군!" 소렐이 방 안 가득 넘치는 애정과 찬탄으로 말했다.

길다는 늦은 점심시간의 손님들이 자신을 쳐다보는 걸 깨닫고 재빨리 살롱을 가로질렀다. 의자에 앉으려 했지만 소렐이 그녀의 손을 잡아 자신의 입술에 대며 앉지 못하게 했다. "왕족처럼 차려입었을 때는 서두르면 안 되지. 굶주린 시선으로 너를 응시하는 우리에게 잔인한 일이란다."

앤서니가 항상 손에 들린 듯 보이는 잔을 들고 그들 뒤에서 나타났다. "아마 그녀는 우리 중 일부처럼 관심에 굶주리지 않았을 겁니다." 그는 자신의 좁은 엉덩이로 그들 사이를 비집으며 길다를 긴 의자에 인정사정없이 주저앉게 했다. 길다는 시선들에서 다소나마 비낀 것에 안도하며 웃음을 터뜨렸다. 소렐이 분개한 표정으로 앉았다. "그건 나를 말하는 건가?"

"전혀요. 저 자신을 말하는 거죠." 앤서니가 쑥스러운 듯 말했다. "저야말로 다음엔 제가 어디에 나타날지 온통 궁금해하는 시선을 받으며 온종일 서 있으니까요. 제가 가는 곳마다 대화와 호기심을 일으키죠."

앤서니가 잔에 샴페인을 붓는 사이 그들 셋은 웃음을 터뜨렸다. 그가 물러가자, 소렐이 조용해졌다. 길다는 무슨 말을 할지 생각하느라 잠시 멈칫거렸다. 언제라도 엘리너의 마부가 나타날 거라 예상했지만 오후를 좋은 기분으로 시작하고 싶었다.

"제가 약간 잘못을 저지른 아이 같은 느낌이 들어요. 제 주변에서 벌어지는 모든 일이 상당히 혼란스러워요. 저에겐 새로운 세상이니까요."

"그래, 내가 수많은 다른 길을 택하는 이들에게 지나치게 신경 쓴다고 앤서니가 여러 번 얘기했지. 내가 어쩌면 너의 독립적인 판단을 마땅히 그래야 하는 만큼 솔직하게 받아들이지 못했을까 두렵구나. 아마도 내가 너를 대부분 버드의 어린 너에 대한 회상을 통해 알았다는 것이 내 관점에 너무 영향을 미친 것 같다."

소렐이 숨을 돌리는 사이, 길다가 질문을 품고 몸을 숙였다. "저는 이 질문을 드려야만 해요, 꼭 해야 한다고 느끼지 않는다면 묻지 않았을 걸 알아 주세요. 엘리너가 새뮤얼의 아내를 죽였다고 믿으세요?"

"아니, 아니다!" 소렐의 대답은 격렬했다. "하지만 벌어진 일은, 어떤 면에서 훨씬 더 심각했지. 서글프게도 새뮤얼에게 도외시된 그 아내가 죽은 건 오히려 다행이었다. 죄악은 전적으로 그녀를 가족으로 데려왔다는 데 있었어. 그녀는 젊고, 잘 속고, 엘리너에게 상당히 빠져 있었지, 그리고 그 바보에게 몇 년간 제대로 대우받지 못한 터라 놀랄 일도 없었다. 그건 내가 후회하는, 노력했지만 막을 수 없는, 안타깝고 안타까운 일이었어."

"하지만 엘리너의 역할은요?" 길다가 고른 목소리를 내려 애쓰며 말했다.

"우리가 가진 힘에는 여러 가지가 있다. 다른 이들을 끌어당기는, 그들을 도취시키는 것은 간단한 일이지. 엘리너는 그저 이런 힘을 행사하는 데서 우리 존재의 즐거움을 느꼈단다."

"하지만 저는 관심을 추구하는 평범하고 방치된 아내가 아니에요. 당신과 앤서니는 어째서 제가 그녀를 경계해야 한다고 고집하시는 건가요?"

"얘야, 너는 한층 더한 도전이다. 동등하면서 미스터리하지. 그 애의 욕망의 크기를 과소평가하지 마라."

"하지만 당신은 그녀를 아끼는 듯이 보여요."

"아긴다. 나는 그 애를 어릴 때부터 알았어. 그 애가 오늘날 그리된 건, 판단의 실수, 내 잘못 때문이었다." 소렐은 자신의 불행 속으로 오그라든 것 같았다. "나는 그 애가 보다 성숙해질 거라 생각했다. 우리 방식을 존중하는 법을 배울 거라고. 분명 그 애를 내 곁에 두려는 갈망 때문에, 내가 그 애가 어떤 사람인지 혹은 그 애와 이 세상의 관계가 어떤지 제대로 알아보지 못한 거지. 그 애는 내게 딸과 같지만 항상 받기만 하는 아이란다. 매력적이고, 황홀한 방식이지만 항상 받아만 가지, 결코 주는 법 없이."

소렐은 시종이 그들의 테이블에 다가오자 올려다보고 더 이상 말하지 않았다. 길다는 일어서서 소렐에게 키스하려 몸을 숙였다. 그녀는 검은 한 손을 소렐의 창백한 뺨에 대고 자신의 입술을 그의 얼굴에 눌렀다. 길다는 그의 말이 걱정스러웠고 이 일이 그에게 얼마나 힘들었을지 알아차렸다. 그녀는 속삭였다. "저는 혼자가 아니에요. 제 두려움이 부적절했어요."

길다는 마부가 마차의 문을 열었을 때 엘리너의 열렬한 얼굴을 보고 놀랐다. "잠깐." 그녀는 소렐이 그랬던 것과 상당히 유사하게, 마차에 오르기 전 길다를 잠깐 세워 두며 말했다. "그래, 색과 재단이 당신에게 근사하게 어울려요. 그럴 줄 알았어." 길다는 달아오르는 얼굴의 열기를 느꼈지만 단순히 스커트를 들어 올리고 마차에 오르는 데만 집중했다. "나에게 이 옷을 빌려주시다니 정말 친절…"

"바보 같은 소리. 그건 당신 거예요, 당신이 나를 위해 입으라는 거지." 엘리너는 마차 옆을 두드렸다. "자, 내게 놀랄 만한 일이 있답니다." 그녀는 마차가 늦은 오후의 거리를 가로지르는 동안 더 이상 말하지 않았다. 마차는 부두에서 멈췄고 마부가 가죽 장갑을 낀 손으로 인파 속에 내려서는 그들의 손을 잡아 주었다. 엘리너가 성난 시선들을 무시하며 밀치고 앞으로 나아갔다. 티켓을 사려고 기다리는 사람들의 줄 앞에 서 있던 젊은 남자가 딱딱하게 돌아섰지만 엘리너의 빛나는 존재에 이내 미소를 지었다. 그는 손으로 자기 모자를 슬쩍 만지고 그들이 만을 건너는 페리의 티켓을 구매하도록 옆으로 비켜섰다.

길다는 놀랄 만한 일의 정체를 알아차렸을 때 속이 뒤틀렸지만, 차분함을 유지하며 기다리는 사람들에게서 물러나 페리에 올랐다. 길다의 마음은 그녀의 공포의 원천 때문에 질주했다. 길다는 물의 위험을, 그들에게서 힘을 거두어가는 그 능력을 알았지만, 또한 그들 부류 중에 바다를 여행하는 이들이 많다는 것도 알았다. 소렐과 앤서니 자체가 고향의 흙이 그들에게 제공하는 보호책의 증거였다. 하지만 길다는 자신의 피부 속에서 불안하게 움찔대는 자신을 느꼈다.

길다는 엘리너가 작은 야외 자리로 안내하면서 그녀의 팔에 꼭 매달리는 것을, 그리고 그들이 자리에 앉았는데도 계속 그러는 것을 눈치챘다. 그들은 페리가 꽉 찼을 때도, 만을 가로지르는 축축하고 굽이치는 여행길 동안에도, 말을 하지 않았다. 배가 부두에 닿자마자 엘리너는 똑같은 급한 걸음으로 자리를 떴다. 길다는 바로 뒤에서 따라갔다.

엘리너는 그들이 인파에서 어느 정도 멀어질 때까지 걸음을 늦추지 않았다. "저기가 우리가 가는 곳이에요." 엘리너는 그들이 서 있는 곳의 바로 북쪽에서 날카롭게 솟구치는 녹색 봉우리를 가리키며 말했다. 길다는 어리둥절했지만 다시 단단한 땅을 딛는 것이 기뻐서 그게 산기슭이라 해도 신경 쓰지 않았다.

그들 주변 사람들 일부는 빙 돌아가는 경로로 가는 듯 보이는 작은 열차에 오르고 있었다. 보다 많은 사람들이 페리 쪽으로 걷고 있었다. 길다와 엘리너는 마차 바퀴자국들이 나 있는 널찍한 오솔길을 따라 만에서부터 이동했다. 엘리너는 치마를 단단히 잡고 장난스러운 미소를 지으며 말했다. "당신은 꽤나 우월하게 느끼겠군요, 바지를 입었으니! 오늘은 그게 참 적절하네, 그렇죠?"

"여정이 어떻든 이 옷을 거부할 수 없을 것 같아요." 길다는 옷의 밑단을 끌어올려 그 끝을 허리띠에 집어넣었다.

"타말파이어스산." 엘리너가 급한 걸음으로 몇 분 오른 뒤 말하고 숲 쪽을 향했다. 처음에 그들은 쉽게 거닐었다. 길다는 나무들의 웅장한 크기와 관목의 사향 향기에 매혹되었다. 숲은 어쩐지 우다드에서 떠난 여행길에 그녀가 잤던 소나무 숲을 떠올리게 했다. 삼림 지대로 들어서는 길이 있는 것 같지는 않았지만, 엘리너는 확신을 품고 나아갔다. 그들은 커다랗고 낮게 드리워진 나뭇잎들에 감탄하느라 몇 번 멈춰 섰고 한 번은 점박이 무당벌레들로 두껍게 뒤덮여 마치 살아 움직이는 듯 보이는 작은 그루터기를 관찰했다. 그들은 다른 이들이 이용하는 길은 전혀 따르고 있지 않았기 때문에 아무도 마주치지 않았다. 가끔 늦은 오후의 냉기에 아래쪽으로 향하는 방문객들이 내는 목소리가 들리긴 했지만.

길다는 그 고독을 즐겼다―그리고 그 동행을. 그녀는 자신이 불안과 질문들로 가득 차서 도착했던 도시의 맥박을 느끼기 시작했다. 그녀는 그 아름다움을 볼 수 있었고, 앤서니와 소렐이 왜 여기서 살기를 바라는지 이해했다. 도시의 불빛은 그저 눈요기일 뿐이었다. 이 숲과 이 산이 캘리포니아의 진짜 심장이었다. 그들은 소소한 탐구에도 불구하고 빠르게 꼭대기에 올랐다. 덤불이 짙었지만 엘리너는 길다를 서쪽 비탈의, 분명 전에 와 본 것 같은 지점으로 이끌었다.

그들은 마치 발코니로 나서듯 숲에서 나섰고, 태양의 붉은 공이 그들이 보고 있다는 걸 아는 것처럼 그들 앞에서 우아하게 미끄러져 내려갔다. 길다는 헉하고 숨을 쉬고 반사적으로 나무 그늘 속으로 뒷걸음질 쳤다.

"괜찮아요. 밑단에 당신의 흙이 꿰매져 있어요. 그리고 여기, 정확히 이 시점에는 태양이 지평선에 워낙 가까워서 그 빛이 거의 영향을 미치지 않아요."

엘리너는 길다의 손을 꽉 쥐고 그녀를 끌어당겼다. 그들은 겸허한 침묵 속에서 달라지는 태양의 색을 지켜보았다. 엘리너는 길다의 어깨에 자신의 팔을 보호하듯 걸쳤다. 태양의 희미한 따스함이 자신들을 어루만지게 하면서 그들의 호흡의 리듬이 하나로 맞아 들었다. 태양은 이내 지평선 너머로 사라졌고 어둠이 그들을 둘러싼 숲에 모여들었다. 엘리너가 여전히 길다를 안은 채로, 그들은 한동안 서 있었다.

 말을 할 수 있게 되자 길다가 입을 열었다. "저건 내가 본 가장 아름다운 장면 중 하나였어요. 그런 게 가능하리라고는 생각도 못했어요. 내 말은 가리지도 피하지도 않고… 이렇게 가까이." 그녀의 목소리는 경외감으로 가득했다.

 "이걸 누군가에게, 내가 보듯 봐줄 누군가에게 보여 주고 싶었어요. 그 가까움을." 엘리너는 저 뒤로 옅어지는 색들이 흩뿌려진 이제 희미한 지평선을 향해 몸을 다시 돌렸다. "너무도 가깝지만, 아직 멀죠. 우리는 결코 다른 사람들이 그러듯 순수하고 기쁘게 태양을 올려다볼 수 없을 거예요. 여기선 만에서 밀려드는 안개가 끊임없이 태양을 숨겨진 보물로 만들죠."

 "여기 다닌 지 얼마나 됐나요?"

 "어렸을 때부터요. 부모님이 화재로 돌아가신 뒤 삼촌이 처음으로 나를 데려와 주셨죠. 수십 년 전 크리스마스였지. 너무 많은 사람들이 죽었어요…. 집들이 파괴되고. 삼촌이 지는 해를 가리키더니 그들은 모두 저기 있으니 너무 슬퍼하지 말라고 했죠. 그리고 저기가 머물기에 근사한 곳처럼 보이지 않느냐고."

 엘리너의 목소리가 거의 아이처럼 들렸다. "삼촌은 오랫동안 나를 정말 잘 보살펴 주셨어요. 부모님이 내게 주고 싶으셨을 법한 것들을 주려고 애쓰셨죠. 삼촌은 정말로 열심히 일했어요. 지금 쪼그라들고 쇠약해진 그를 볼 때면 태양이 충분히 가깝게 느껴지는 자리를 찾을 때까지 짧은 칼로 덤불들과 잔가지들을 쳐내며 길을 내던 그를 기억하기 어렵죠. 이제 나는 그가 죽기를 기다리고 있어요, 그곳에서 그들과 합류하기를. 왜 내가 젊은 채로 남아 있고 자신은 늙어 가는지 의아해하며 공포와 혼란이 섞인 눈으로 나를 바라보는 걸 멈추기를."

"아이였을 때의 당신을 기억하는 사람이 아무도 남지 않으면, 그러면 어떻게 되죠?" 길다가 물었다.

"항상 소렐과 앤서니가 있죠." 엘리너가 날카롭게 웃으며 말했다. "돌아갑시다." 그녀가 침울하게 덧붙였다.

그들은 서둘러 비탈을 내려가 페리가 산 위나 그 아래 거대한 삼나무 숲에서 시간을 보낸 몇몇 남아 있던 시민들을 실을 준비를 하고 있을 때 막 도착했다. 그들은 페리가 도시로 돌아올 때 안개 속으로 사라지는 타말파이어스를 지켜볼 수 있는 각도로 벤치에 앉았다. 마차와 마부가 같은 장소에서 기다리고 있었고, 몇 분 뒤에 그들은 무릎 덮개를 덮고 앉아 엘리너의 살롱으로 향하고 있었다.

도착한 뒤 엘리너는 길다에게 자신을 따라오라고 말하고 뒤쪽 복도를 향해 걸었다. 그들은 부엌에 들어서려는, 앞치마를 걸친 한 여성과 마주쳤다. 엘리너는 뜨거운 물과 수건을 지시한 다음, 길다와 거실 뒤 작은 대기실로 들어갔다. 잠시 뒤 그 하녀가 대야와 김이 피어오르는 항아리를 들고 나타났다. 무거운 짐을 드느라 안간힘을 쓰고 있는 하녀의 팔에 두 개의 폭신한 수건이 걸려 있었다. 엘리너는 작은 테이블과 램프 옆에 있는 긴 의자에 무너졌다. 그녀는 여자가 테이블에 물을 준비하자마자 벌떡 일어났다. "가, 가." 엘리너는 참을성 없이 말했고 하녀는 그 방에서 물러났다.

"이 도시는 진흙투성이라 먼지가 산 전체보다 여기에 더 많을 수도 있죠. 그렇지만…." 엘리너는 다른 데 정신이 팔린 듯 말하며 얼굴과 손의 먼지를 씻었다. 그런 다음 치마 밑단의 먼지를 털었다. "다음에는, 우리 둘 다 바지를 입고 모자를 써야겠어요."

그들은 옷에 달라붙은 먼지와 나뭇잎들을 다 털어내고 라운지로 다시 갔다. 엘리너가 말하기 전에 그들의 테이블로 와인 한 병이 왔다. 길다는 이전에 왔을 때보다 한층 더 주의 깊게 그 공간을 둘러보았다. 이른 저녁이라 손님은 거의 없었다. 길다가 이걸 눈치채자마자 엘리너가 말했다. "우린 손님들을 저녁 늦게, 극장이 끝난 뒤에 맞이하는 편이죠. 어느 날 밤엔 한꺼번에 여기 티볼리 전체가 모인 것만 같았지. 와인이며 뭐며 아우성이었답니다."

길다는 엘리너의 목소리에서 희미한 경멸감을 들을 수 있었고 그녀가 그런 걸 즐기지 않는다면 왜 굳이 그렇게 애를 쓰는지 궁금했다. 그리고 엘리너가 다시 대답했다. "사람들과 어울리는 방법들을 찾아야 해요. 소렐이 맞아요, 이게 가장 좋은 방법…."

"부탁이니 그러지 말아 주세요." 길다가 말했다.

엘리너는 놀라 보였다. 이내 표정이 미묘하게 달라지며 상처받은 느낌을 전달했다. 길다는 아마도 자신이 무언가 잘못했나 보다고 느꼈다. 하지만 길다는 다른 사람의 생각을 읽는 능력을 그렇게 무심하게 쓰는 것은 형편없는 상호작용의 대체물만큼이나 무례하다고 배웠다. 그렇더라도 그녀는 자신이 엘리너에게 너무 날카로웠다고 생각하지 않을 수 없었다.

"난 그저 내가 물을지 말지 결정할 기회도 없이 당신이 내 질문들에 대답할 때 불편하게 느껴져요."

엘리너는 누그러져 보이지 않았지만 아무 말 없이 와인을 홀짝였다.

길다는 계속 말했다. "농장에서, 우리의 모든 활동은, 우리 요구들이 모두 충족된다는 전제 아래 통제가 됐어요. 우린 우리가 무엇을 먹을지, 무엇을 입을지, 언제 일어날지, 언제 일을 마칠지 지시받았어요. 엄마는 그 점을 비통하게 생각하고 분개했어요. 엄마는 일상에서, 금지된 것들에서 작은 변화를 만들려고, 그래서 우리 삶이 우리 거라는 어떤 느낌이 있게 하려고 최선을 다하셨어요. 엄마는 이렇게 말씀하시곤 했죠. '그건 선물이다. 우리가 우리 생각을 우리 안에 간직하고 그들 손에서 벗어나게 할 수 있다는 건.' 내 생각들은 종종 내가 자유롭게 거할 수 있는 유일한 장소였어요."

길다의 손을 잡는 엘리너는 깊이 뉘우치는 표정이었다. "나를 용서해 줘요. 소렐은 내가 가끔 버릇없는 아이 같다고 하죠. 난 그냥 우리가 가까워지길 바랐어요. 당신의 삶이 나의 삶과 얼마나 달랐을지 생각해 보지 않았죠. 농장에 대해 말해 줘요. 그곳이 어떨지 궁금했어요." 그녀의 목소리가 다시, 생각 없이 캐묻는 아이 같아졌다.

"내가 말할 수 있는 건 거의 없어요, 정말로요. 나는 그때를 아주 작은 창문으로 본 것처럼 기억해요. 목화가 담긴 긴 자루를 끌고 있는 자매들과 다른 이들의 등, 아이치고 너무 심하게 무거웠던 그들의 숨소리. 취사장에서 땀 흘리고 있는 엄마. 난 집 안 말고 다른 곳에 있는 엄마는 기억나지 않아요. 이상하지 않아요? 부엌에 있거나 병든 사람을 돌보러 갔거나 하던 것만 기억하죠. 하지만 자매들이 자던 오두막 뒤편, 거기 엄마가 있었던 기억은 없어요. 난 전도사가 올 때면 엄마가 오두막집으로 내려갔다는 걸 알지만, 나와 같이 그곳에 있는 엄마는 기억나지 않아요. 난 엄마가 내 손을 잡았을 때 어땠는지 기억하죠. 좁은 세상이었고, 나는 감사하게도 대부분 잊었어요."

"하지만 당신의 탈출에 대해 말해 봐요. 버드가 소렐에게 그 얘기를 했어요."

길다는 그렇게 깊이 들어가고 싶지 않았다. 그녀는 탈출하겠다는 자신의 결심과 그 순박함을 꾸밈없이 사실대로 얘기했다.

"하지만 버드는 당신이 도망치기 위해 한 남자를 죽여야 했다던데?" 엘리너의 질문에는 흥분이 깃들었다.

"그랬어요."

"그때 몇 살이었어요?"

"누군가를 죽여야 하기엔 너무 어렸죠. 당신도 분명히 이해하겠지만 엘리너, 그건 내가 곱씹고 싶은 일이 아니에요. 어쨌든, 우다드에서의 내 삶이 훨씬 더 흥미로웠어요."

그 말과 함께 길다는 우다드의 여자들에 대해서, 자신과 버드가 그들의 언어유희로 어떻게 가게 주인들을 화나게 했는지 말하기 시작했다. 길다와 엘리너는 웃고 떠들며 몇 시간을 더 보냈다. 방 안이 시끄러운 손님들과 연기로 차기 시작했다.

"소렐이 내 손아귀에서 당신을 구하러 자경단을 보내기 전에 당신을 돌려보낼 시간인 것 같군요." 엘리너는 손을 흔들고 웨이터의 관심을 끌어 그에게 마부를 준비시키라고 지시했다. "우리가 함께 다른 모험들을 더 많이 할 수 있길 바라요."

길다는 거의 감지할 수 없을 만큼 낮아진 엘리너의 목소리에 심장이 가볍게 떨리는 것을 느꼈다. "네, 나도 그러면 좋겠어요."

"다음엔 오페라를 보러 갈 계획이에요. 당신이 캘리포니아의 문화를 느껴 보는 것도 좋겠죠. 우리한테 최고의 극장들이 있다고 하더군요. 양장사가 틀림없이 한 달 안에 일을 마칠 거예요. 대중 앞에 우리의 디자인 실력을 시험해 볼 수 있겠죠."

소렐의 집으로 돌아가는 마차에서 혼자, 길다는 오페라 하우스가 어떨지, 그리고 자신이 주문한 옷을 입으면 어때 보일지 상상해 보았다. 살롱에 들어서자 앤서니가 문가에서 그녀를 맞았다. 그 안은 엘리너의 집보다 상대적으로 조용했고 어째선지 자욱한 담배 연기도 없었다.

"소렐은 저녁 동안 책을 읽으러 방으로 갔지만 당신이 원한다면 와인을 들자고 청했습니다." 길다는 소렐이 주변에 없어서 실망스러웠다. 그녀는 몸을 돌렸다. "잠깐 혼자 나갔다 올까 싶네요. 아마 돌아올 때쯤엔."

길다는 앤서니가 입을 열기 전에 자리를 떠나 진입로를 내려왔다. 그녀는 한동안 정처 없이 걷다가 자신이 엘리너와 페리를 타러 왔던 부두에 돌아왔다는 걸 깨달았다. 부두는 거의 비어 있었지만, 인근 술집들에서 들려오는 음악 소리와 목소리들이 완전히 버려진 느낌을 막아 주었다. 길다는 만 건너편을 바라보았다. 안개에 둘러싸인 항구 너머는 거의 보이지 않았다.

길다는 불안을 조성하는 조수의 파도에서 몸을 돌려 어둠에 귀를 기울이며 철책에 뒤로 기댔다. 몇 미터 밖에서 한 남자가 술집 중 하나를 향해 걸었다. 그녀는 정신을 이용해 남자를 부두 아래쪽 자신을 향해 끌고 왔다. 안개 속에서 나타난 남자는 희미하게 놀란 표정을 띠고 있었다. 길다는 남자를 끌어당겨 정신력으로 감싼 다음, 그의 목을 갈라 피를 취하면서 그 생각에 귀를 기울였다. 길다는 자신을 그의 뇌리를 사로잡고 있는 생각 속에 밀어 넣어 자신이 도움을 줄 법한 생각을 찾아보았다. 길다가 그 생각을 남자의 머릿속에 흘려 넣자 그의 무의식이 느슨해지는 것이 느껴졌고, 길다는 상처를 닫고 그를 문에 조심스럽게 기대놓았다. 그녀는 그에게서 빠르게 멀어진 다음 속도를 늦추고 피부에 닿는 축축한 안개의 느낌을 즐겼다. 길다는 자신이 거리의 아주 드문 여자 중 한 명이라는 사실을 무시하면서 무심하게 거닐었다. 그녀 주위를 이동하는 남자들은 호기심 어린 듯했지만 아무 말도 하지 않았다. 그들은 길다의 검은 피부와 성큼성큼 걷는 기세에 깜짝 놀랐다.

살롱에 돌아오자 길다는 소렐의 테이블에 앉아 앤서니를 기다렸다. 바텐더가 인사로 그녀에게 미소를 지었다. 몇몇 손님들은 그녀를 한 번 흘끗 보기만 했다. 길다는 이 집안에서의 자신의 위치를 암시하는 이런 평범함에서조차 위안을 느꼈다.

"괜찮습니까?" 앤서니가 테이블 옆에 서서 물었다.

"네. 그냥 생각들에 귀를 기울이고 있었어요."

"당신이 돌아오지 않아서 소렐이 걱정했습니다."

"미안해요. 걱정하실 필요 없었는데. 엘리너와 나는 우리의 어린 시절을 회상하며 근사한 저녁을 보냈지요."

"엘리너는 그 시기에 대해, 자기 부모님이나 그들이 죽은 화재에 대해 거의 얘기하지 않죠."

"난 엘리너가 달라지고 있다고 생각해요, 앤서니. 엘리너는 그들에 대해, 자기 삼촌에 대해 얘기한 데다 심지어 나를 어린 시절부터 알아 온 비밀 장소로 데려가기까지 했답니다. 엘리너에게 맴돌던 게 무엇이든 그게 표면에 드러난 것 같아요, 그것들을 내보낼 준비가 된 거죠."

"그게 사실이면 좋겠군요. 그녀뿐 아니라 소렐을 위해서도."

길다는 앤서니의 목소리에 깃든 절실한 울림을 듣고 놀랐다.

"엘리너는 소렐에게 의미가 큽니다. 그녀가 그렇게 까다로운 모습을 드러낸 것이 그에겐 아주 큰 슬픔이죠. 엘리너는 행복하지 못했고 다른 이들을 계속 불행하게 했어요. 소렐은 상당한 책임감을 느낍니다. 어떤 면에서, 그에게 책임이 있죠. 엘리너가 그렇게 예측 불가능인 동안에는 어떤 경우든 소렐은 결코 캘리포니아를 떠나지 않을 겁니다. 새뮤얼과 그의 아내 일은 소렐을 거의 파멸시켰죠." 앤서니는 그 말들에 지쳐 길다 옆에 앉았다.

"그리고 새뮤얼의 일이 정확히 뭔가요? 그건 아무도 분명히 하고 싶지 않아 보이는 미스터리 같아요. 내가 뭘 믿어야 하나요? 당신이 빗대어 하는 말인가요, 아니면 소렐의 말일까요?"

"사실들이 존재해요, 길다. 엘리너는 새뮤얼의 아내를 취했어요. 전혀 이유 없이 그렇게 했죠. 그리고 철없이 그녀는 새뮤얼도 취했어요. 우리는 그들 각각에게 경고하려 했지만 소용없었습니다. 그의 아내가 발견됐을 때, 새뮤얼은 엘리너가 그녀의 목숨을 앗아갔다고 주장했어요. 엘리너가 그 여자에게서 마지막 피를 취하고, 그녀의 머리를 몸에서 잘라낸 이는 아니었죠. 하지만 우리는 새뮤얼이 엘리너와 함께하기 위해 이런 행동을 했다고 생각해요. 엘리너는 이런 일이 아무렇지 않은 아이들 게임인 것처럼 그를 계속 조롱하죠. 내가 말하는 위험은 당신이 자신에게 다른 무엇이 있을지 알기도 전에 엘리너에게 묶일 가능성이에요. 그리고 엘리너와 함께라면 새뮤얼이 따라가죠. 그의 공포와 죄책감의 악취는 우리 모두의 것입니다. 당신은 당신 삶에 이런 걸 끌어들일 필요가 없어요."

"하지만 말했잖아요, 엘리너는 현명해졌어요. 그 일들은 끔찍한 사건들이었어요. 네, 하지만 엘리너의 미성숙함, 두려움이 낳은 결과였죠. 내가 농장에서 길을 떠났을 때, 발견되어 우다드로 오기 전, 난 나를 구하기 위해 경솔하게 행동해야 했어요. 난 한 남자를 죽였어요. 그가 죽고 내가 살아남은 것에 후회는 없어요. 그런 선택을 해야만 했던 상황이 유감스러울 뿐이죠. 그렇다고 내가 살인자의 영혼을 가졌다는 뜻은 아니에요. 엘리너는 내가 그렇듯 이 삶에서 자신이 누구인지 깨달을 시간이 필요해요."

"엘리너는 필요한 만큼 충분한 시간이 있습니다. 우리 모두 그렇죠."

밤이 깊어지자, 길다는 휴식을 위해 자신의 방으로 갔다. 그녀는 내부와 외부의 문들을 이중으로 잠그고 창문들을 확인하고 자신의 옷을 의자에 걸쳤다. 책상에 앉아 일기를 쓰면서 길다는 자신이 얼마나 여행 가방을 곁에 두고 싶은지 깨달았다. 우다드를 떠날 때 가방을 창고에 보관했지만 이제 그걸 가지러 사람을 보내야겠다는 걸 알았다. 엄마가 그녀에게 준 금속 십자가, 그녀가 발견되어 우다드로 왔을 때 입고 있었던 닳아빠진 옷들, 우다드의 침대에 있던 이불, 모두 정말로 필요하지는 않은 소소한 물건들이었지만 그녀가 아는 대로의 가족을 대변하는 것들이었다.

길다는 마침내 미시시피 흙을 덮은 위에 누웠다. 그날 저녁에 대한 그녀의 열광은 앤서니와 나눈 대화의 엄숙함에 잠잠해졌다. 하지만 마음속 깊은 곳에서는 설렘과 호기심의 씨앗이—새 옷들, 오페라, 자신의 곁에 있는 엘리너—이 움텄다. 길다는 어렵사리 눈을 감고 밤이 자신을 데려가 주길 부탁했다.

길다의 드레스들이 준비되고 엘리너가 어느 저녁에 그들이 오페라를 보러 갈지 알려 줄 무렵 길다는 남는 시간을 소렐과 보냈고, 그동안 두 여성 간에 싹트는 관계는 주제로 삼지 않았다. 하지만 엘리너나 그녀의 마부가 길다를 부르러 살롱에 나타날 때마다 소렐에게는 드러나지 않는 슬픔이 남아 있었다.

엘리너와 길다는 소렐이 그와 앤서니 역시 같은 날 저녁 오페라에 참석한다며 자신의 살롱에서 만나자고 요청했을 때 놀랐다.

격식을 차린 길다의 드레스가 굉장히 성공적으로 보이긴 했지만, 진홍색임에도 불구하고 단정해 보이도록 디자인된 엘리너의 붉은 드레스만큼은 아니었다.

길다는 허리에 느껴지는 치마의 가벼운 무게감과 그 원단에 반사되는 불빛에 매혹되었다. 이번만은, 길다는 다른 사람들이 자신을 보며 어떤 생각을 할지 전혀 걱정되지 않았다. 극장 로비에서 그녀는 그들을 쳐다보느라 너무 바빴다. 반짝이는 보석들은 그녀가 한 번도 상상해 보지 못한 광경이었다. 그건 저 먼 만의 불빛과 그것을 둘러싼 전깃불들과 어리석은 경쟁을 하는 것 같았다.

그들 넷은 우아한 앙상블이었다. 길다는 소렐, 앤서니, 엘리너와 함께 있다는 사실에 너무 흥분해서 노래에는 거의 관심을 쏟을 수 없었다. 그녀는 귀를 찢는 소리와 무대를 오가는 묵직한 움직임들에서 의미를 이해하려 애썼지만, 자신이 오페라에 조금이라도 감탄한다면 그건 나중에, 보다 집중할 수 있는 환경에서 가능하리라는 사실을 깨달았다. 음악과 움직임은 그녀의 마음을 휘저었지만 그것이 의도한 방식으로는 아니었다. 그건 일꾼들이 농장에서 불렀던 노래들에 대한 오래 묻혀 있던 기억들을 표면으로 끌어냈다.

길다는 자기 삶에서 한동안 잊었던 리듬들과 절박함의 불멸의 우아함을 느꼈다. 그녀는 탈출한 이후로 그런 음악을 듣지 못했다. 때로 우다드의 여자들이 피아노를 둘러싸고 어린 시절 들은 컨트리 노래나 부두에서 들은 야한 노래들을 부르기도 했지만 어디에서도 자신이 도망쳤던 그곳의 노래들처럼 강렬한 소리는 듣지 못했다. 길다는 소렐과 한동안 지낼 이유를 담은, 점차 늘어나는 목록에 음악을 더했다. 그리고 처음으로 길다는 무언가를 고대하게 되었다.

프로그램이 끝난 뒤, 그들 넷은 북적거리는 관객들 틈에서 서둘러 빠져나왔다. 그들은 소렐을 알아보는 많은 이들과 인사를 나누었지만, 누구와도 대화를 나눌 만큼 머물지 않았다. 엘리너는 그녀의 마부와 만났고 마지못해 길다를 소렐과 앤서니에게 남기고 떠났다. 다시 한 번 소렐의 방에 돌아온 그들 셋—소렐, 앤서니, 길다—은 불가에 조용히 앉아 각자 자신들의 생각에 빠져 있었다.

소렐이 먼저 말했다. "우리가 너와 엘리너와 이 시간을 함께 보낼 수 있어서 기쁘구나. 네가 그녀에게 유익한 영향을 끼치는 것 같다."

"엘리너에게 자기 또래의 누군가가 필요했던 것 같아요…." 길다가 입을 열었다.

그들 셋은 떠들썩하게 웃고 오페라와 그 청중들에 대해 얘기하며 한 시간여를 더 보냈다. 길다는 피를 찾아 나갈 필요를 느끼기 시작했을 때 물러났다. 그녀는 음악과 자신이 본 옷들에 대해 생각할 혼자만의 시간을 원했다. 방으로 돌아가 밤에 나갈 때 입는 검은 바지, 재킷, 모자로 갈아입었다. 저녁 행사의 드레스들과 보석들에 열광하긴 했지만, 길에서 입었던 옷으로 돌아오자 마음이 편해졌다.

몇 주 지나면서 길다는 주로 혼자 피를 사냥했다. 이따금 앤서니와 동행할 때도 있지만 단지 도시를 함께 걷기를 즐겼기 때문이었다. 엘리너가 피를 찾으러 가는 길에 한 번 동행해도 될지 물었지만 길다는 안 된다고 말했다. 그 후로 길다는 자신이 왜 그렇게 반응했는지 알 수 없었다. 엘리너와의 외출은 주로 양장사나 기타 상인들에게 그들 중 한 명 혹은 둘 다 무언가를 구매하려는 오후의 일정들이었다.

소렐이 몇 주 이내로 극장 나들이를 또 잡겠다고 약속했지만 엘리너는 대답하지 않고 있었다. 길다는 엘리너의 살롱에 자주 방문했고 그들은 주변의 손님들은 무시하고 함께 앉아 그들의 과거에 대해 몇 시간이고 얘기했다. 엘리너와 함께, 길다는 주변 외곽 지역을 많이 보았고, 약효가 있는 나무들, 꽃들, 도시 경계에 사는 동물들에 대해 배웠다.

어느 저녁 엘리너의 마차를 기다리기 위해 내려오던 길다는 저녁 외출을 하기 전에 소렐과 시간을 좀 보내기를 바라며 살롱으로 들어섰다. 길다의 여행 가방은 온전히 도착해서 방에 안전하게 놓여 있었다. 가방이 도착하자 길다는 여기 자신의 자리가 보호받는다고 느꼈다.

길다는 부드러운 가죽집과 실용적인 칼을 살피며 버드는 이 칼과 바꾸어 자신이 그녀에게 준 것을 어디에 두었을지 궁금했다. 길다의 어머니에게 받은 조잡한 십자가에 그녀는 별난 애착을 품고 있었다. 길다는 그것이 기독교의 상징이라는 것을 알았지만 엄마는 사실 그들의 신을 믿지 않았다. 엄마는 희미하게 기억하는 고향 땅의 신들에게 집착했다. 그 십자가는 길잡이에 가까웠다. 교차로에 세워진 이정표들처럼 삶의 어느 시간을 가리키는. 그녀는 마지막 순간에 정확한 이유는 모르는 채 이불을 집어넣었다. 그건 아가씨 중 한 명이 만든 조잡한 것이었다. 밑단은 채 마무리가 되지 않은 상태였는데 어느 휴일을 위해 이불을 싸야 했기 때문이었다. 길다의 물건들은 이제 그녀의 방에 당연한 부속물들처럼 보였다.

   소렐은 그녀가 거기 있다고 듣자마자 살롱에 나타났지만 길다가 말하기를 기다렸다. 길다는 자신의 충족감을 어떻게 표현해야 할지 확신이 없었지만 어쨌든 말을 꺼냈다. "저는 버드가 어떤 느낌으로 그런 행동을 했는지 이제 더 잘 알아요. 그저 한 굽이일 뿐이라는 걸, 우리의 길이 미래에 서로 만날 수 있다는 걸 알겠어요. 전 그녀를 쫓아갈 필요가 없어요. 제 삶은 어디든 제가 있는 곳에 있어요."

   소렐의 목소리는 평평했지만 이렇게 말하는 그는 어딘지 화가 나 보였다. "그래서 네 탐색을 포기하겠다고?"

   "아니요, 그냥 믿게 됐다는 거예요. 당신이 말했듯이 버드가 준비가 되면 저를 찾을 거라고요. 저는 여전히 소식을 기다려요."

   "그리고 그러는 동안에는?" 소렐이 물었다.

   "괜찮다면, 당신과 같이 머물 거예요. 제게 남은 가르침을 받고요. 제가 적응해야만 하는 면들이 아직 많아요." 길다는 바로 뒤에 앤서니를 느끼고 그를 올려다봤다. 앤서니는 소렐의 입을 다물게 하고 싶은 듯 소렐을 골똘히 쳐다보고 있었다. 길다는 두 남자 간에 다툼이 있어 보이는 것에 불안해졌다.

길다는 최근 자신이 느끼기 시작한 명료성을 소렐이 이해하기를 바라며 계속했다. "버드가 제 삶에 돌아올 걸 의심하진 않아요, 하지만 그때까지 제 발전을 멈추진 말아야죠. 어쩌면 지금 이 순간에는 제가 생각한 만큼 버드가 필요하지 않을지도요."

"한 사람을 다른 사람으로 대체할 생각은 하지 마라. 버드를 엘리너로. 엘리너는 누군가를, 특히나 버드를 대체하기엔 전혀 적합하지 않다." 소렐의 목소리는 걱정으로 팽팽했다. "그 애는 버드가 결코 그럴 수 없는 방식으로 너를 실망시킬 거야."

"엘리너는 저를 떠나려고 하진 않았죠."

"때가 되면 네가 그걸 바랄지도 모른다." 소렐은 계속하기 전에 깊은 숨을 들이쉬었다. "나는 그 애를 내 자식처럼 사랑한다. 하지만 그 애가 마음속에 자신의 이익만을 품고 있다는 걸 너도 알게 될 거다. 그 애 마음속에는 다른 사람을 위한 자리가 없어. 난 그 애가 나와 상관없는 듯이 말할 수 없지만, 그 애를 내가 그랬듯 솔직하게 보거라. 너를 이 세계로 데려온 여자들은 정직하고, 명예롭고, 헌신적인 이들이었다. 그들이 이 가족에 합류하기 전에도 그들에겐 삶의 재능이 있었지. 엘리너는 아름답고, 매력적이고, 영리하지만 그런 재능을 가지지 못했어. 그 애는 아마 결코 그걸 가지지 못할 거다. 우리 중 하나가 된다는 건 단순히 긴 수명이라는 힘을 줄 뿐이지. 삶의 불꽃을 지니지 않은 이들의 삶에 불을 밝혀 주진 못해."

소렐의 말들이 엘리너를 만나러 가는 길다에게 묵직하게 자리

잡았다. 그녀는 그 말들은 제쳐 두고 자신의 관찰력과 본능적인 반응들만을 이용하기로 결심했다. 길 위의 야행성 동물들 사이에서 그랬던 것처럼. 이것으로 그녀의 행동 방식을 결정하리라. 그럼에도 길다는 명백한 진실에 흔들렸다. 그들이 함께한 시간 내내 모든 순간을 주도한 이는 엘리너였다는 것. 길다는 자신이 거의 경험하지 못한 욕망, 감각에 반응하는 자신의 순박함을 느끼기 시작했다.

하인이 길다를 엘리너의 테이블로 안내했고, 엘리너 맞은편에 앉아 그 깊은 녹색 눈을 들여다보면서, 길다는 빠져드는 감각과 싸웠다.

"차림이 완벽하네요, 아름다운 사람. 그리고 그 괴상한 스타일 바지가 그렇게 매력적일 줄 누가 알았겠어요. 모두 얼마나 당신을 쳐다보면서 안 그런 척하려 애쓰는지 봐요."

"네, 지난 몇 주간 당신의 도움에 깊이 감사드려요." 길다는 대화를 계속할 방법을 몰라 침묵했다.

"바보 같기는. 순전히 이기적인 행동이었는 걸요. 모두가 말하듯, 그게 내 유일한 동기랍니다. 당신이 먼지투성이 바지를 입고 있다면 우리가 어떻게 즐거운 저녁 시간에 함께 어울릴 수 있겠어요? 그건 내가 견딜 수 있는 종류의 동행이 아니에요, 장담하죠." 엘리너의 눈이 장난스럽게 반짝거렸다.

그 공간은 길다에게 친숙하게 느껴졌다. 소렐의 방들과 달리 이 방들은 고루하고, 매캐하고, 시끄러워 보였다. 바의 남자들은 조금 시끄러웠고 술을 너무 많이 마셨다. 주변의 대화 속에 서린 긴장감은 이 낯선 이들 속에서 편안하게 느끼기엔 너무 가깝게 느껴졌다. 길다는 실내를 둘러보고 몇몇 얼굴들을 알아보았다. 이곳 단골이었지만 소렐의 집에서는 좀처럼 보이지 않는 이들이었다. 길다는 문밖으로 슬며시 나가는 새뮤얼을 언뜻 봤다고 생각했다. 그의 구부러진 몸에서 격렬함을 알아차렸다. 그는 길다가 있을 때면 종종 언저리를 맴돌았지만 거리에서의 그날 밤 이후 그녀에게 다가오지는 않았다.

깊은 피로가 길다 위로 내려앉아 복잡한 미지의 것보다 고요를, 생각을 중단하기를, 단순한 즐거움을 애걸했다. 그녀는 이 불안해 보이는 사람들 사이에 갇힌 것만 같았다. 길다의 시야에, 그녀와 엘리너와 같은 부류가 적어도 네 명 있었다. 그들의 얼굴에서 길다는 어린아이 같은 집착, 용솟음치는 계략, 혹은 어떤 대가를 치르고라도 즐거움을 누리려는 욕구를 볼 수 있었다.

"우리 잠깐 밖에서 걸을까요? 바람을 좀 쐬고 싶네요." 길다가 말했다.

엘리너는 한순간 어리둥절해 보였지만 어깨 뒤로 손짓했다. 웨이터가 나타났고 그녀는 그에게 망토를 가져오라고 말했다. 그들은 서늘한 안개 속으로 걸음을 뗐다. 그녀는 마부를 물렸고, 두 사람은 해안가를 향해 비탈길을 내려갔다. 엘리너는 길다의 팔짱을 낀 다음 말했다. "무슨 일이죠, 우리 아가씨? 산만해 보이네. 며칠 동안 당신과 함께하길 기다렸는데 당신은 어딘가 다른 곳에 있는 것 같네요."

"그래요, 사실 그런 것 같아요. 내가 여기 있는 동안 배울 게 아주 많고…."

"그리고 내가 기꺼이 당신을 가르칠…."

"소렐과 앤서니가 이제껏 잘해 주신 걸요."

"무슨 일인데요? 당신의 버드에 대해 걱정하나요? 난 우리 모두 각자의 삶을 산다는 걸 당신이 배워야만 한다고 생각해요. 삶은 그런 법이에요."

"아뇨, 버드는 당장은 걱정거리가 아니에요." 길다는 그들이 어둑어둑한 거리를 계속 걷는 동안 침묵했다. 엘리너가 어느 불 꺼진 집 옆의 어둠 속으로 갑자기 그녀를 끌어당겼다.

"왜 내게서 숨는 거죠?" 엘리너는 불같은 눈길로 길다를 사로잡았다. 길다는 자기 몸이 굴복하는 것을, 부드러운, 새틴으로 덮인 가슴에 묻히는 것을 느꼈다. 그녀는 시선을 떼려 했지만 할 수 없었다. 엘리너의 입이 길다의 입을 덮쳤고 길다는 자신의 입을 찾는 그 강렬한 힘 속으로 더 세차게 자기 입을 눌렀다.

그 키스는 길다의 입술을 멍들게 했다. 그럼에도 길다는 이전에 결코 경험하지 못한 자기 안의 욕구를 충족시키며 그 힘에 부응했다. 길다의 손은 헝클어진 붉은 곱슬머리에 얽혀들었고, 그녀는 그 머리채를 끌어당기며 엘리너의 입술을 자신의 입술에 더 꼭 눌렀다. 오직 자기 자신의 숨소리와 엘리너의 숨소리만 들었다. 그들 뒤의 목조 건물이 건물에 기댄 그들 몸의 에너지에 갈라지는 것 같았다. 그 건조된, 낡은 나무가 그들 사이에 오가는 욕망에 불이 붙을 것처럼 소리를 냈다.

길다는 엘리너가 날카로운 이로 그녀의 입술을 깨물고, 입을 계속 포개며 그녀의 피를 마시는 것을 느꼈다. 길다는 자신을 어떻게 보호할지 몰라 혼란스러워졌다. 길다는 이 여자와 피로 묶이기를 원치 않았지만 그녀의 욕망이 파도처럼 밀려들어 자신이 거부하지 못할까 봐 두려웠다.

길다는 그들의 심장 박동과 그들 사이의 거친 숨소리 외에 세상 아무것도 듣지 못했다. 자기 손안의 매끄러운 엘리너의 머릿결과 등을 감싼 그녀의 강철 같은 손길만을 느낄 뿐이었다. 어딘가에서, 아마도 길다의 머릿속에서 쿵 소리가 메아리칠 때까지.

길다는 건물 위층에서 떨어진 무언가에 맞아 정신이 멍해졌다고는 상상하지 못하고 비틀거리며 뒤로 물러섰다. 휘청거리는 무릎에 걸려 넘어지며 건물의 텅 빈 중앙을 올려다보았다. 그녀는 잠깐 눈을 감았다가 이내 공포에 질렸다.

"엘리너." 길다는 비명을 지르며 흐릿한 형체에 초점을 맞추려 애썼다. 엘리너가 거기에, 공포가 번지는 얼굴로 벽에 기대어 있었다. 그리고 거기엔 새뮤얼도 있었다.

"내가 우리를 떠나라고 경고했잖아, 이 검은 악마야. 내가 경고했어." 새뮤얼의 얼굴은 증오심으로 달아올라 있었다. 그는 엘리너를 때리려는 듯 그녀에게 몸을 돌렸지만, 그녀의 두려운 표정이 재빨리 조소로 변했다. 그는 몸을 돌려 계속해서 자신의 분노를 길다에게 쏟아부었다.

길다는 정신을 차리고 벌떡 일어섰다. "새뮤얼, 당신은 어리석은 사람이군요. 이 일로 당신이 얻을 건 아무것도 없어요."

길다는 새 옷의 목깃을 물들이며 머리카락 사이로 떨어지는 피를 느꼈다. 그녀는 충격을 받았지만 더 이상 혼란스럽지 않았다. 길다는 새뮤얼의 눈에서, 거의 그 자신이 확신하기도 전에, 다시 공격할 걸 알 수 있었다. 그가 쇠 파이프를 들고 길다에게 다가왔을 때, 그녀는 허공에서 그걸 잡았다. 그가 잡은 손을 놓지 않으려고 해서 길다는 새뮤얼을 매단 채로 파이프를 휘둘렀다. 그가 엘리너 옆 벽에 부딪히는 힘에 목조 건물이 흔들렸다. 파이프는 바닥에 떨어졌고, 그는 단숨에 길다에게 뛰어들었다.

그가 달려드는 기세에 길다는 뒤로 쓰러졌다. 그는 길다를 깔고 앉아 자기 손을 그녀의 목에 댔다. 그녀는 같은 부류와는 싸워 본 적이 없었다. 오직 그녀의 힘을 알지 못하는 이들과만 싸워 보았다. 잠시 뒤에 길다는 새뮤얼이 목을 조르려는 것이 아니라 목을 가르려고 한다는 걸 깨달았다. 그의 어깨 뒤로 길다는 조용히 서 있는 엘리너를 보았다. 길다는 누가 다가오는지 보기 위해 길을 위아래로 살피는 엘리너의 표정을 보았지만 그 차분함이 새뮤얼의 공격보다 길다를 더 불안하게 했다.

길다는 머리로 새뮤얼의 얼굴을 들이받아 그를 놀라게 했다. 그리고 그를 옆으로 밀치고 몸을 일으켜 새뮤얼의 턱에 주먹을 날렸다. 그는 뒤로 넘어졌다. 그 충격에 새뮤얼의 모든 힘이 빠져나간 것 같았다.

"그를 죽여요, 그래야 해. 우린 그를 제거해야 해요." 엘리너의 낮은 목소리에는 욕망과 약속이 가득했다. 길다는 이제 피로 얼룩진 금발 머리를 내려다보았다. 새뮤얼은 다음 공격을 위해 힘을 모으기 시작했다.

"당신이 죽여요, 엘리너. 그가 죽는 건 당신의 바람이지, 내 바람이 아니에요. 그는 당신이 만든 바보니까."

"죽여요! 당신이 죽이지 않으면 그가 우리의 걸음마다 쫓아올 거예요." 엘리너의 절박함이 그 목소리를 더 날카롭게 벼렸다. "그를 지금 우리한테서 떼놓지 않으면 우리가 어떻게 살 수 있겠어요?"

길다가 루이지애나에서 북쪽으로 향하던 길에 죽였던 한 남자의 얼굴이 그녀의 마음 안쪽 조용한 곳에서 떠올랐다. 그리고 그와 함께 길다가 그 행위에서 느꼈던 혐오감도. 남자는 그 어두운 길에서 그녀를 죽이려 했지만 그 자신이 죽었다, 결코 이유를 알지 못한 채로.

"어떻게 사냐고요?" 길다가 엘리너에게 소리쳤다. "난 우리가 이런 짓을 하고도 살 수 있을 것 같지 않아요." 길다는 이성을 일깨웠다. 엘리너의 얼굴에 떠오른 그 기이한 욕망을 여전히 이해할 수 없었다. 새뮤얼이 불신과 분노가 섞인 얼굴로 엘리너를 보았다. 그는 더 이상 자신보다 우월한 엘리너의 힘에 대해 걱정하지 않고 뛰어올라 마침내 그녀에게 자신의 분노를 터뜨리며 달려들었다. 하지만 엘리너가 앞으로 팔을 휘두르자 그는 나가떨어졌다.

"끝내야 해요, 제발 부탁해요." 길다는 엘리너의 목소리에서 이전에도 느꼈던 꾸며낸 순수함을 들었지만 이번에는 그 거짓이 보다 분명하게 울렸다.

"아니, 엘리너, 난 당신을 위해 그를 죽일 수 없어요." 새뮤얼은 부어오른 얼굴로, 꺼지지 않는 불꽃을 담은 눈으로 다시 일어서려 했다. "조심하는 게 좋아요, 새뮤얼. 나는 그녀를 위해 당신을 죽이지 않겠지만, 빠르든 늦든 누군가 분명 그럴 거예요."

"내 소중한 사람, 부디 이해해 줘요, 저 남자는 아내의 불행한 죽음 이후로 계속 나를 괴롭혔어요. 자신이 자초한 죽음인데. 그가 얼마나 나를 탓하는지 모르겠어요? 하지만 그 여자의 마지막 피를 마신 건 저 남자였어요, 내가 아니라. 난 그를 막을 수 없었어요. 그가 그녀의 마지막 피를 마셨다고요." 엘리너의 목소리가 비통함과 절박함으로 솟구쳤다. "당신이 내가 그에게서 벗어나게 도와줘야 해요. 그래야 해요." 이 마지막 말은 싸늘하리만치 고압적이었다.

길다는 뒤로 물러섰다. "난 더 이상 노예가 아니에요, 미스 엘리너. 우린 해방됐답니다."

길다는 새뮤얼이 그랬듯 휙 돌아섰다. 그 동작과 목적에 담긴 힘이 그녀를 어둠 속으로, 모호한 안개 속으로 나아가게 했다.

그들의 증오의 불길에서 멀어진 길다는 어느 방향으로 갈지 확신이 서지 않았다. 그녀는 이내 돌로레스 선교회 쪽으로 길을 찾았다. 불안정한 다리로 길다는 이전에 앤서니와 함께 앉았던 벤치에 다가가 감사하게 주저앉았다.

길다는 신음하기 시작했다. 이제 그녀의 눈에는 눈물이 고이지 않았다. 이 삶을 받아들인 뒤 적응하게 된 부분이었다. 하지만 그녀는 언젠가 버드가 그렇게 우는 걸 들었을 때처럼 눈물과 맞먹는, 높고 날카롭고 비통한 소리로 울부짖었다. 그녀는 자신을 만든 이의 상실에 대해, 버드의 상실에 대해, 엘리너의 상실에 대해 울부짖었다. 그녀는 자신의 결핍과 욕구의 절실함에 대해, 세상에 대한 자신의 무지한 정도에 대해 울부짖었다.

"제가 알게 될까요?" 길다는 묘비들과 별들에 대고 크게 물었다. 그녀를 둘러싼 바람은 고요했고 안개는 담요 같았다. 교회 묘지들을 바라보면서, 길다는 문득 그들 뒤에 무엇이 있는지 궁금해졌다. 이 조각된 돌들 아래 아직도 누워 있는 것은, 마침내 평화를 찾은 것은 무엇일까?

"그걸 알아낼 준비가 된 것 같진 않은데요, 안 그래요?" 앤서니가 길다 위에서 부드러운 목소리로 말했다. 그는 길다 앞에 무릎을 꿇고 손을 뻗어 그녀의 눈썹에서 거의 말라붙은 피를 닦아 냈다. "다쳤어요?"

"지금은 피가 나지 않아요. 그는 소렐의 말처럼 약한 남자였어요." 앤서니가 코트에서 손수건을 꺼내어 눈물 대신 말을 흘리는 그녀의 얼굴을 닦았다. "그를 죽일 수 없었어요. 그가 나를, 엘리너를 얼마나 죽이고 싶어하는지 보면서도요. 그럴 수 없었어요."

"그럴 필요가 없었죠. 그건 중요한 교훈입니다." 앤서니가 말했다.

"교훈! 내 말 안 듣고 있어요?" 길다가 거의 소리쳤다. "나는 그자를 파괴할 수 있었어요, 기꺼이요. 뭐가 날 그렇게 만드는 거죠? 난 내게 주어진 평생, 오늘 밤만큼 사람을 죽이고 싶었던 적이 없었어요. 그를 구한 건 엘리너의 간청이었던 것 같아요. 최면을 거는 듯한 그 순수한 목소리가 그녀의 말과 달랐어요."

"그를 구한 건 당신이었습니다. 당신은 엘리너나 새뮤얼과는 달라요. 이제 집에 가요. 소렐이 당신과 시간을 보내려고 기다리고 있습니다."

길다는 침묵 속에서 집으로 걸었다. 그녀는 자신의 방에서 얼굴과 손을 씻고 깨끗한 옷으로 갈아입는 동안 복도에 서 있는 앤서니를 느꼈다. 앤서니는 길다가 머리를 풀고 어깨에 느슨하게 검은 셔츠를 걸치고 방에서 나왔을 때 아무 말도 하지 않았다. 그들은 둘 다 말없이 소렐의 방으로 향하는 뒤쪽 계단을 내려갔다. 방 안에는 불이 낮게 지펴져 있었고 소렐은 무릎에 책을 펼쳐 놓고 그 앞에 앉아 있었다. 길다는 그의 맞은편에 앉았다. 앤서니가 그녀 뒤쪽으로 방의 건너편에 섰다.

"그럼 문제가 있었군?"

"네. 말씀하신 대로였어요. 엘리너는…." 길다가 멈췄다.

"그래, 그 애는 참된 방식들을 배우지 못했지. 그 앤 언제까지나 가장 불행한 아이일 거다."

"제가 그들을 두고 온 그 거리에서 새뮤얼이 엘리너를 끝장내지 않는다면요."

"안 그럴 거다. 그는 바보지만 겁쟁이이기도 하지. 그를 이 삶으로 이끈 이의 생명을 앗아가는 건 확실한 파멸이란다. 그건 내게, 우리에게 남을 테고." 그는 앤서니 쪽을 바라봤다. "그다음엔 그를 파멸시켜야 해. 이걸 이해하겠니? 이걸 배우지 않았느냐?"

"네, 배웠죠. 하지만 그건 큰 의미가 없었어요. 거기엔 우리 셋만 있었고…."

"모든 가르침에는 의미가 있단다, 길다. 네가 앞으로 긴 삶이 있다는 것을 이제 알아야만 할 것 같구나. 매일이 이런 가르침들을 살아낼 날이 될 거다."

길다는 버드의 목소리를 들었다. 방 안이 그녀의 존재로 가득 찬 것 같았다. "제 안에 사라지지 않을 슬픔이 차 있어요. 제가 사랑한 모두가 저를 떠났어요."

"모두는 아니지. 앤서니와 나는 떠나지 않았다. 그리고 버드는 여행 중일 뿐이야. 네가 몇 년 안 되는 과거에 살았던 시간의 단순한 개념은 잊어라. 너에겐 이제 다시 사랑할 충분한 시간이 있단다. 언제 사랑해도 안전한지 배울 시간이. 우리가 함께 이런 가르침을 얻을 수도 있겠지."

길다는 소렐의 방을 살펴본 다음, 어깨 너머로 그림자 속에 서 있는 앤서니를 응시했다. 그녀는 그저 하루이틀 머문 다음 다시 여행길에 오를 예정이었다. 밤길의 어둠은 더 이상 끌리는 것 같지 않았다. 쉬고, 치유하고, 배운다는 가능성이 그녀를 끌어당겼다.

훗날, 길다는 이 해안가 마을에서 소렐과 앤서니와 함께 보낸 시간을 돌이킬 때면 늘, 그 시간들이 얼마나 빨리 흘렀는지 놀라곤 했다.

◆◆◆ **3장**

미주리주 로즈버드: 1921

아우렐리아는 오늘 밤 자신의 거실을 이렇게 달라 보이게 만든 정확한 요소를 찾아 방 안을 살펴보았다. 물론, 앨리스 던바를 연사로 모시고 교회 모임을 여는 것이 아우렐리아의 젊은 삶에 있을 가장 신나는 일 중 하나이긴 했다. 남편을 잃고 보낸 지난 얼마 동안의 시간은 말할 수 없이 암울했고 오늘 밤의 행사는 그녀가 익숙해진 일상에서 커다란 일탈이었다. 하지만 그녀는 늘 자기 삶을 만족스럽게 생각했고, 익숙지 않은 자립이 주어진 과부로 살면서 어쩌면 더욱 그랬다. 오늘 밤은 더한 무언가가 있었다.

그녀는 앨리스 던바를 기차로 다시 안내할 참인 에드나 브라이트를 돌아보았다. 에드나의 남편이 밖에서 기다렸고 아우렐리아는 그들 사이의 초조한 연결을 느낄 수 있었다. 그가 '수다와 짹짹거림'이라고 표현하기도 했던 여성들 간의 사교적인 예절에 대한 그의 안달이 에드나의 머리 위에 구름처럼 서려 있었다. 마음속에서, 에드나는 자신과 전쟁을 벌였다―남아서 더 머물고 더 듣고 더 말하고 싶은 그녀의 욕구가 그가 기다리고 있다는 사실과 다투었다. 그녀가 오래 머물수록, 그 여성들의 노력이 과소평가될 터였다. 아우렐리아는 에드나 쪽으로 다가가 앨리스 던바에게 마지막 작별 인사를 했다. 아우렐리아는 그녀의 꿰뚫어 보는 듯한 확고한 시선에, 도전적이면서 동시에 매혹적으로 느껴지는 표정에 다시 사로잡혔다. 잠시 뒤에 던바는 문밖으로 나가 가로등이 켜진 거리 위에서 뒤로 손을 흔들고 있었다.

 남아 있던 교회 모임의 아내들이 떠나고 아우렐리아는 자신이 파악하고자 애써왔던 달라진 점을 알아차렸다. 그 방은 정말로 더 이상 죽은 남편의 거실이 아니었다. 이제 자신의 방이 되어 있었다. 여기 왔던 친구들은 그저 목사의 과부가 아닌, 그녀와 함께 자리하기 위해 여기 있었다. 현관 건너편 좁은 방에 있는 네 개의 기둥 달린 침대는 이제 자신의 것이었다. 남편은 더 이상 그 침대가 정의하는 일부가 아니었다. 그리고 결혼 전에 모은 다락 가득한 장식품들 역시 그녀의 것이었다.

 그리고 길다가 있었다. 그녀는 지금 그 방에 없었지만, 모든 곳에 있었다. 길다가 가장 좋아하는 의자가 화려한 독서용 램프 옆 한구석에 비스듬히 놓여 있었고, 그녀는 처음엔 아우렐리아의 편안한 이웃으로, 나중엔 특별한 친구로 많은 밤들을 그곳에 앉아 있곤 했다. 길다가 선물로 준 책들이 거실 선반을 채웠고 세인트루이스에서 가져온 화려한 풍경이 열린 문으로 몰려드는 바람에 짤랑거렸다. 아우렐리아는 문득 여자들을 내보내고 자신의 집과 친구를 다시 혼자 차지하고 싶은 마음이 간절해졌다.

 마침내 마지막 손님에게 문이 닫히자, 아우렐리아는 주방 작은 탁자 위 거울에 비친 자기 모습을 들여다보았다. 그녀는 자신의 풍만함과 빛나는 눈동자에 감탄했다. "못생긴 여자는 아니지." 그녀는 자신을 공동체의 사교 생활에 다시 끌어들이려 시도하는 이웃들에게서 그런 말을 들은 적이 있었다.

아우렐리아는 냅킨들을 세탁하기 위해 포개면서, 던바가 교회 모임에 방문해서 인종을 위한 활동에 한마디해 달라는 초대장을 받아들였을 때 자신이 얼마나 놀랐는지 떠올렸다. 아우렐리아의 집에 에너지로 가득한 지금 던바가 오다니 안성맞춤이었다. 아우렐리아는 부모님 집 마당에서 놀던 소녀 시절 이래 이렇게 독립적으로 느낀 적이 없었다.

길다는 아우렐리아가 거실에서 들여오는 섬세한 도자기 컵들, 받침잔들, 그리고 작은 접시들을 닦으며 부엌에서 혼자 일했다. 그 일은 그 평범함 덕에 위안이 되었고 길다에게 버니스를 떠올리게 했다. 예전 우다드에서 자기만의 세계로 빠져들곤 했던, 비누 거품에 육중한 갈색 팔을 반짝거리며 혼자 흥얼거리던 그녀를.

아우렐리아는 과부의 검은 옷을 계속 입었지만, 여전히 머릿속에 높은 웃음소리가 맴도는 오늘 밤은 밝고 느긋하게 느꼈다.

"적어도 한 달 동안은 웃음이 멈출 것 같지 않아요." 아우렐리아는 개킨 식탁보를 식료품 저장실로 나르며 말했다. 그녀의 목소리엔 미주리주의 날카로움이 있었지만 델타 지역 특유의 음악적인 둥글림이 있었다. "그 여잔 정말 고무적이었어요. 물론 우리 스스로 이런 일들을 생각하기도 하지만 종종 외부에서 온 누군가가 무언가를 어떻게 하는지 보여 줄 필요가 있잖아요."

"교회 모임의 숙녀분들이 결코 전과 같지 않겠죠." 길다가 냉소적으로 말했다. 그녀는 그 모든 걸 가볍게 여길 생각은 없었지만 앨리스 던바가 약간 거만하다는 걸 발견했다.

"오, 세상에, 당신은 그 얘기가 즐겁지 않았군요, 그렇죠?" 아우렐리아가 물었다.

"아뇨, 즐겼어요." 길다는 반박했다. "즐거운 저녁이었어요, 모임이 고무적이었다니 기쁘고요. 가난한 사람과 일하는 건 중요하죠…." 길다는 아우렐리아가 그토록 명백하게 열의로 불타오르는 지금 비판하고 싶지 않았다. 아우렐리아는 길다가 소렐의 집을 떠난 이래 첫 친구였고 그녀의 길을 찾기는 쉽지 않았다. 길다는 아우렐리아와 많은 걸 나누고 싶었지만 일단 시작하면 무엇이든 감출 수 있을지 확신이 없었다. 길다의 감정 대부분은 안전하게 깊은 곳에 묻혀 일기장 속이나 앤서니에게 쓰는 편지를 통해서만 외부로 나올 길을 찾았다.

두 여자 다 한동안 침묵했다. 길다는 아우렐리아가 거실로 돌아가 쿠션들을 두드리고 정리를 마치는 동안 은식기들을 닦았다. 아우렐리아는 단호한 걸음으로 부엌으로 돌아와 선언했다. "그 여자가 속물인 건 나도 알아요. 그 여잔 눈에 보이는 모든 걸 살핀 다음에야 내가 가치 있는 여주인인지 아닌지 결정했죠. 하지만 그 여자가 말한 건 중요했어요. 그게 다예요!"

길다의 웃음소리가 가득 울렸다. 이것이 아우렐리아를 그토록 매력적으로 만드는 특성 중 하나였다. 그녀는 순진하면서 현명했다. 세상의 앨리스 던바들은 아우렐리아에게 줄 게 많았지만, 위협은 그 일부가 아니었다.

"그보다 더 잘 표현할 수는 없겠네요." 길다가 말했고, 그들은 함께 웃으며 그들의 첫 다툼을 이토록 쉽게 피했다는 데 만족했다.

아우렐리아의 검고 빛나는 얼굴이 그녀의 환한 미소로 더욱 매력을 띠었다. 매끄럽게 편 머리카락은 뒤로 넘겨 숱 많은, 소녀 같은 모양으로 땋아져 있었다. 그녀는 길다보다 무거웠다. 그녀의 가슴은 모직 보디스에 꽉 찼고, 넉넉한 개버딘 치마가 풍만한 엉덩이 주변에서 느슨하게 흔들렸다. 길다는 아우렐리아의 주일학교에서 가장 반항적인 학생들조차 결국에는 그녀의 얼굴을 흠모하게 되리라고 확신했다.

접시들과 식탁보가 정리되자 길다는 떠날 채비를 했다. 시간은 아직 일렀지만 이미 보름달이 서쪽 언덕 위에 느긋하게 걸려 있었다. 그녀의 작은 농가까지는 동쪽으로 몇 킬로미터 가야 했고, 일반적인 이동을 자동차로 제한해야 하는 현실적인 필요성은 로즈버드 경계의 마을에서 농장까지 가는 길을 길다가 그냥 도보로 갈 때보다 더 오래 걸리게 했다.

길다는 자동차의 인기에 경탄하게 되었고 때로 운전이 그녀에게 미치는 차분한 영향력을 즐기게 되었다. 마을 사람들이 운전하는 흑인 여자를 보는 일에 익숙해지기까지 몇 년이 걸렸다. 그리고 결국 길다 ―"워스 농장을 산 과부"―는 그 공동체의 흑인과 백인 모두에게 항상 약간 특이한 사람이 되었다. 길다는 과부의 고루한 색 옷을 차려입고 흑인 공동체의 가장 중요한 주간 행사인 교회 예배에 참석했지만 사교 활동에서 대체로 떨어져 있었다. 세인트루이스로 종종 외출하면서 마을에서는 최소한의 쇼핑만 하는 탓에 그녀를 둘러싼 미스터리한 분위기는 더욱 강해졌다. 그녀는 윤택한 정원을 유지하며 그 작물의 상당 부분을 나누고, 독자적인 수입이 있으며, 아우렐리아나 그녀의 가장 가까운 이웃이며 역시나 다소 외부인으로 간주되는 존 프리먼과 보내는 시간 외에는 혼자 지낸다고 알려졌다. 존 프리먼은 니그로 공장 일꾼들이 전쟁이 끝나 돌아오는 백인 병사들을 위해 해고되었을 때, 세인트루이스에서 서쪽으로 떠밀려와 자신이 번 돈으로 농장을 샀다.

흑인들에게 길다는, 그들 짐작에, 남편의 죽음으로 과하게 이득을 본 별종이었다. 백인들은 그녀를 너무 대담하다고 생각했다. 로즈버드의 유일한 은행 직원들은 길다가 시내 언저리에 있는 농장을 구매했을 때 경계했다. 그들은 그들의 유색 시민들이 보다 간청하는 태도를 취하는 데 익숙해져 있었다. 그들은 빠르게 성장하는 도시에서 은행을 운영하는 덕에 평균보다 다소 넓은 시야를 갖추었지만, 담보 대출을 협상하며 머뭇거리지 않는 여자에게 불편함을 느꼈다. 머뭇거리는 대신 길다는 어느 백인 남자의 보증으로 자신의 자금을 이전하는 지침을 대략 명시했다. 하지만 로즈버드의 시민들 누구도, 흑인이든 백인이든 마을에서 그녀의 존재에 반대할 만한 어떤 특정한 행동을 찾을 수 없었다. 길다의 명백히 탄탄한 경제적 지위와 분명히 우월한 교육 수준이 그들 사이에서 그녀를 호기심 가득한 자리에 놓이게 했다.

길다는 마을 사람들과 이따금 마주치는 데서 상당한 즐거움을 누렸다. 그들의 대단찮은 열망들, 견고한 참을성, 복잡한 사회적 상호작용들이 그녀에게 삶의 활기가 되었다.

길다가 자신의 땅으로 이주한 이래 3년 동안, 그녀 주위에 맴도는 소문들은 순전히 다른 사람들의 상상력을 기반으로 했다. 관습에 얽매이지 않는 태도와 자립성에도 불구하고, 길다는 새로운 마을에 홀로 사는 여느 강직한 여자라면 그럴 법하게 행동했다. 아우렐리아보다 훨씬 연상이던 목사 남편의 죽음으로, 두 과부가 서로를 위로하는 것은 자연스러워 보였다. 아우렐리아는 길다가 어린 시절부터 자신을 알고 지낸 이들의 관례적인 생색 없이도 세심한 배려를 보였기 때문에 그녀에게 의지했다. 길다는 아우렐리아가 전에 결코 들어보지 못했던 장소들과 관습들에 대해, 그것들이 마치 바로 길모퉁이만 돌면 있다는 듯이 쉽게 말했다. 오늘 밤은 아우렐리아가 스스로 준비한 첫 사교 행사였고, 그녀가 할 수 있다고 생각하게 한 사람이 길다였다.

길다의 호리호리한, 차분한 몸가짐과 온화한 유머는 아우렐리아에게 무기력한 느낌을 남겼던 날카로운 죽음의 냉기 사이를 뚫고 들어왔다. 그녀는 길다의 자존감과 모험적인 분위기 쪽으로 열정적으로 이끌려왔다. 그건 리넨 수선부터 경첩 수리까지 모든 면에서 그녀 자신의 실용적인 능숙함과 선명하게 대조되었다.

아우렐리아는 그 지역의 대다수 흑인들이 매일 겪는 고난에서 상당히 벗어나 있었다. 교육자였던 부모님의 위치가 가난이 그녀의 작고 안락한 세상을 지배하지 못하게 막아 주었다. 로즈버드의 남쪽과 서쪽 마을들에서 주기적으로 흑인들을 위협하던 나이트라이더(KKK의 일원으로 야간에 복면하고 말을 타고 다니며 폭력을 행사하던 폭력단-옮긴이)는 그녀의 고향을 결코 장악하지 못했고, 작은 거주지에 모인 해방된 이들은 견고한 삶을 건설할 수 있었다. 외동딸이었던 아우렐리아는 햇살 같은 애정으로 무한한 날들을 누렸다. 결혼생활도 변함이 없었다. 목사로서 아우렐리아의 아버지를 대신한 남편은 그녀를 이미 운명 지워진 사회적 길로 이끌었다. 부모님의, 그런 다음 남편의 죽음은 아우렐리아를 재정적으로 편안하게 했지만, 방향성을 주진 못했다. 그녀는 작물이 부족한 주변 농장들에서 살거나 최저 임금을 받으며 세인트루이스의 공장들에서 일하는 새로 이주한 흑인들에게서 가난과 공포를 보기 시작했다. 길다의 강철 같은 차분함은 이런 새로운 그림자들에 대한 공포를 조금은 지워주었다. 길다는 스물다섯 살인 아우렐리아보다 그다지 나이 들어 보이지 않았지만, 그녀가 움직이는 방식, 그 눈의 진지함은 커다란 지혜를 말했다. 소소한 즐거움들을 함께 즐기면서 아우렐리아는 희망을 다시 불러일으켰다.

길다가 아우렐리아를 교외 드라이브에 데려갈 때면, 그들은 이따금 느긋하게 거닐곤 했다. 하지만 아우렐리아는 종종 공기 중에 먼지를 구름처럼 피워 올려 그들의 코트에 씌우며 거칠게 운전했다. 처음으로 운전대를 잡은 이후로 아우렐리아는 결코 다시 무기력하게 느끼지 않았다.

"자, 집에 가기 전에 나와 셰리주 한잔해요."

"오늘 밤 말고요. 편지 몇 통을 써서 내일 아침이 되자마자 보내야 해요. 게다가 당신 좀 피곤해 보여요." 길다는 아우렐리아의 뺨을 손가락으로 쓰다듬으며 말했다.

"아니에요! 난 너무 흥분해서 일주일은 안 잘 것 같은 걸요."

"내일 아침에 세탁물이 쌓여 있으면 후회할 걸요." 길다가 말했다.

"주말까지 그냥 미뤄 두죠. 아니면 저장고에 쌓아 두고 잿빛으로 변하게 하거나."

"매로즈 스펜서가 소문을 내고 다니고 싶어질 텐데." 길다가 웃으며 말했다.

"원한다면, 토요일에 당신이 염치도 없이 미루고 있는 통조림 만들기를 도와줄게요."

"그럼 그렇게 하죠." 아우렐리아는 자신의 주일 학교 교사용 표정을 지으려 애쓰며 말했다. "그럼 토요일에 통조림이요." 그녀는 길다의 손을 잡았다. "오늘 도와줘서 얼마나 고마운지 모르겠어요. 당신이 곁에 없었다면 앨리스 던바를 여기 우리 집에 부르기는커녕 초대하자고 제안할 용기조차 내지 못했을 거예요."

"그렇지 않아요. 당신은 언젠가 스스로를 놀라게 할 거예요. 어쨌든, 내게도 굉장히 즐거웠답니다. 우린 훌륭한 팀이에요. 어쩌면 우리는 공연 기획자로 나서야 할까 봐요."

"토요일에 당신이 어떤 기획자인지 보게 되겠네요, 부인!"

길다는 자신의 가벼운 망토를 걸치고 현관 계단을 내려왔다. 그녀는 마지막으로 손을 흔들고, 흑인 거주지역 중심가로 기능하는 작은 지선 도로의 끄트머리에 위치한 아우렐리아의 작은 목조 집에서 차를 몰고 나왔다. 마을에 있는 두 개의 주요 도로—하나는 백인용, 하나는 흑인용—는 작은 마을 광장 주변에서 비스듬한 각도로 한데 만났다. 사람들은 포목점, 약제상, 식료품점, 음악당에서 서로를 이웃으로 생각할 만큼 충분히 자주 만났다. 하지만 그들의 삶은 두 개의 메인 스트리트처럼, 세인트루이스를 가로지르는 미주리강과 미시시피강처럼 서로 다른 방향으로 흘렀다.

　황폐해졌다가 전쟁으로 부흥한 아주 많은 도시들을 거친 뒤에, 길다는 흑인들과 백인들이 서로를 수용하는 다양한 방식들에 익숙해졌다. 로즈버드에서 두 세상 사이의 상호 관계는 완벽하게 균형 잡힌 듯 보였다. 그녀는 어떻게 이 작은 마을이 다른 곳에서 목격했던 비통과 경쟁을 벗어났는지 궁금했다.

　마을의 외진 농장들의 정연함과 중심가의 작은 집들이 길다에겐 편안했다. 그것들은 그녀가 약속받았던 미래를 떠올리게 했다. 두 거리는 서로의 야망들과 만족을 반영했다. 모든 집이 아우렐리아의 집과 같았다. 그 안에서, 램프 불빛이 무한한 가능성을 암시했다. 각각의 거리에서 길다는 같은 형태의 램프 불빛과 같은 저녁 무렵의 소리를 발견했다. 하지만 지금 이런 세세한 것들에 대한 그녀의 관심은 몸이 요구하는 것에 의해 사라졌다.

　길다는 마을을 가로질러 그녀의 농장까지 남서쪽으로 이어지는 길을 돌아갔다. 오늘 밤에는 차가 그녀를 조바심치게 했다. 그녀는 드레스와 스타킹에서 벗어나 자신의 검은 남자용 바지와 모직 셔츠를 입고 싶었다. 길다는 피를 사냥하며 로즈버드와 세인트루이스 사이 삼림 지대를 달리는 밤을 늘 고대했다. 주변의 바람이 격렬하게 움직이는 느낌이 오랜 과거를 쓸어 버렸고 그와 함께 소렐과 앤서니가 곁에 없는 외로움도 쓸어냈다. 그 바람과 함께 밤을 틈타 이동할 때면 자신이 아직도 버드에게서 소식을 기다리고 있다는 걸 잊었다.

보름달의 빛과 예리한 시력 때문에 그녀의 집 안에서는 램프가 필요치 않았다. 길다는 응접실과 좁은 복도를 지나 이중 잠금장치가 달린 자신의 침실로 천천히 걸어갔다. 방에 드리워진 어둠 속으로 들어가 보다 친숙한 옷들로 갈아입었다. 그리고 다시 복도로 나가 자신의 책상으로 돌아가 펼쳐진 일기장 앞에 앉았다. 마지막 일기 이후 시간이 꽤 지나 있었다. 마른 잉크 위를 양손으로 쓸며 창문 너머 자신의 현관 포치에서 동서로 구불거리며 뻗어가는 텅 빈 길을 바라보았다. 여기서 3년, 그녀는 생각했다. 얼마나 터무니없이 짧은 시간인지. 얼마나 끔찍하게 긴 시간인지. 마지막으로 버드를 본 지 50년이, 그리고 우다드를 떠난 지 거의 그만큼 긴 시간이 지났다. 하지만 그들의 상실은 그녀에게 묵직하게 지워져 있었다. 그 무게는 길다가 마침내 버드와 이야기를 나누고 평화가 오기까지 누그러지지 않을 터였다.

길다는 일기장을 시작 부근까지 뒤로 넘겼다. 길다와 버드가 단둘이 남아 함께 우다드를 운영할 때, 버드는 그들 둘 다에게 생명을 준 여인의 지혜와 기량에 대해 전해주었다. 그 단조로운 말들을 내려다보면서, 그녀는 그 글들이 빈약함에도 사진만큼이나 예리하게 분명한 기억을 불러일으킨다는 걸 발견했다. 그녀는 사냥하는 법을 가르치던 버드의 짙은 눈썹과 단호한 입을 볼 수 있었다. 햇빛 속에서 살아남는 것, 의심을 피하고 그들 삶의 비밀을 지키는 것에 대해 가르치는 버드의 낮고 고른 목소리가 길다의 머릿속에서 울렸다.

버드가 길다의 첫 일기장이 된, 가늘게 줄이 쳐진 녹색 원장을 주었다.

"여기다 네 생각들을 남겨 두면 좋을 거다. 감정들을, 다가오는 일들을 기억하기 위해서. 누군가 우연히 이 공책을 찾을 경우를 대비해서 다른 언어로 쓰는 게 제일 좋지. 나는 가끔씩 심지어 그게 소설인 양 쓰기도 한단다." 버드가 그 기억에 웃으며 말했다.

길다는 그들의 삶에 대한 질문들, 버드가 답을 준 많은 것들, 답을 주지 못한 많은 것들에 대해 쓰면서 시작했다.

"어째서 다른 자들은 살인할지 몰라도 우리는 안 된다고 해요?"

"어떤 자들은 공포의 에너지를 통해 산다고 말해지지. 나누는 것보다 그것이 그들의 자양분이 된다고. 진실은 우리가 생명과의 연결을 갈망한다 해도 그것이 공포나 파괴를 통할 필요는 없다는 거다. 그것들은 그저 가장 떠올리기 편한 관련성들일 뿐이야. 일단 배우면, 이 가르침은 잊어선 안 된다. 그걸 무시하면, 백인들이 그랬듯 죽음 속에서 뒹군다면, 남는 건 고통뿐일 것이다."

"그리고 우리의 몸은 어떤가요? 정말 전혀 나이 들지 않나요?"

"정신만 나이가 들지. 넌 이미 아이였을 때보다 더 단단하고 견고해. 흰 머리도, 쑤시는 팔다리도, 낫지 않는 상처도 없을 거야."

"그리고 태양은요?"

"위험이지. 그건 너를 약하게 할 수 있어, 심지어 진정한 죽음으로 데려갈 수도 있다. 하지만 네가 스스로를 햇빛 속에 놔 버리거나 이미 아픈 게 아니라면 반드시 그렇지는 않단다. 네가 태어 난 곳의 흙이 너를 지켜 줄 거야. 모든 새 옷들은 신중하게 흙을 담을 주머니를 달 수 있어야 한다. 다른 것들—외투, 신발, 너의 흙을 담은 모든 것이 너를 지켜 줄 거야. 너를 보호하는 것이 없 지 않은 한 약간의 햇빛은 두려워할 필요 없다. 네가 생명을 놓고 싶을 때 심지어 너의 협력자가 될 수도 있지."

늘 그렇듯, 버드는 과거를 떠올리게 하는 무언가를 얘기할 때 면 대화를 끝내고 갑자기 다른 일을 시작하곤 했다. 길다는 버드 에게 왜 다른 한 사람이 그들을 떠났는지 묻고 싶었지만 그녀가 그 질문을 시작할 때마다 버드는 물러섰다. 그래서 길다는 새로 운 삶의 방식들과 새로운 언어에 대한 가르침에 만족했다. 그녀 가 자기 삶의 변화된 리듬, 자기 몸의 속도와 힘, 인간의 이중성 을 꿰뚫는 자신의 시력, 그들의 고립된 현실에 익숙해지기 시작 했을 때, 버드가 떠나겠다고 선언했다.

길다는 버드에게 맞서지 않은 것을, 어째서 버드가 그 사람의 죽음에 대해 자신을 비난하는지 알아야겠다고 요구하지 않았던 것을 쓰라리게 후회했다. 대신에 길다는 버드가 말을 타고 떠날 때 위층 자신의 창문에서 둔감하게 손을 흔들었다. 길다가 시 간이 좀 흐른 뒤에도 여전히 다른 이들 사이에서 버드의 목소리 를 찾고 있는 자신을 발견했을 때, 더 이상 마른 울음 속으로 무 너지지 않고는 버드의 방에서 풍기는 흙과 라벤더 냄새를 견딜 수 없을 때, 그녀는 우다드를 버니스의 막내딸에게 넘기고 북쪽 으로 향했다.

느긋하게 여행하던 셋째 날 밤, 길다는 길 옆 어둑한 공터에 불을 피웠다. 그 불꽃을 바라보며 온기를 느꼈지만 그보다 그 불길한 형태와 그림자에 더 빠져들었다. 그 열기와 빛의 고리 안에서 어둠이, 그녀 삶의 으스스한 형태가 길다를 찾아냈다. 공포가 과거와 미래를 지우며 그녀의 어깨에 내려앉았다. 버드가 없는 그녀는 통제 불능 상태로 위험한 바다 위를 떠다니고 있었다. 다시 한 번 길다는 자신의 이해를 뛰어넘는 세상에 형태를 부여할 필요가 있었다. 엄마가 죽었을 때 억지로 그래야 했듯. 그녀는 길가의 모닥불 앞에서 초점을 맞추려고, 어떤 기대감을 얻으려고 애쓰며 앉아 있었지만 그걸 위한 어떤 토대도 발견할 수 없었다. 바람과 불꽃은 너무도 자유로웠다. 그녀가 지도를 꺼내어 여행 계획을 짜기 시작한 건 그때였다. 어디에 자신의 흙을 숨길지 표시하면서, 보고 싶은 것들을 고르면서. 텍사스의 평원들, 캘리포니아의 높은 나무들, 해방된 흑인들의 여러 공동체. 소렐과 앤서니와 머문 날들을 포함해서, 그녀는 로즈버드에 도착하기 전에 길에서 거의 반세기를 보냈다.

길다는 일기장을 덮고 방 안을 둘러보았다. 그녀의 눈이 우다드에서부터 간직한 몇 가지에 꽂혔다. 알록달록한 퀼트 이불, 그녀가 지금 앉아 있는 작은 책상, 벽에 줄지은 책들. 여행 가방에는 아직도 어머니가 준 금속 십자가와 버드에게 받은 가죽집에 넣은 칼이 들어 있었다. 이 소지품들은 짧은 몇 년이자 다른 인간들 대부분이 알 수 있을 평생보다 더 긴 세월의 유산이었다. 그녀는 침실과 현관문을 닫은 다음, 지나간 시간을 재구성하려 애쓰며 천천히 동쪽으로 걸었다.

소렐과 보낸 시간—금융 투자부터 동양 철학까지, 습득할 시간이 있는 만큼 배운—은 버드와 함께했던 언어 수업들만큼이나 또렷하게 기억되었다. 그녀는 앤서니와 함께 안개 낀 부두를 걷던 저녁 산책길의 축축한 공기를 피부에 느낄 수 있었다. 엘리너의 환영, 램프 불빛을 흐리게 하는 그 빨강 머리는 여전히 길다의 숨을 멎게 했다.

하지만 그 오랜 세월은 그저 길다가 들여다본 어둠을 넓고 길게 늘인 것일 뿐, 거기서 그녀가 끌어낼 수 있는 것은 거의 없었다. 그 세월을 기억하고 싶을 때마다 길다는 방금 그랬듯 일기장을 읽었지만 여전히 그것들은 그녀에게 별 의미가 없었다. 수십 년 세월 대부분이 먼 거리에서 그린 몽롱한 수채화처럼 보였다. 일기는 여정을 꼼꼼하게 서술했지만 느낌은 거의 없었다.

오늘 밤은 보름달이 해 질 무렵처럼 느껴질 만큼 길을 환히 비춰서, 길다는 조심스럽게 덤불 속으로 비켜 움직였다. 길 위에서, 혹은 세인트루이스의 익명성 속에서, 그녀는 자기 몫의 피를 취한 다음 자신의 책과 신문들로 돌아와 기억을 시험할 터였다. 길다의 검은 피부는 버드가 그러리라 말했던 대로 주름 없이 남았다. 지금은 뒤로 바짝 잡아당겨 목뒤에서 둥그렇게 고정한 숱 많은 검은 머리도 여전히 빗질한 벨벳처럼 검었다.

길다는 짐승들이나, 흑인의 목숨이 자기들 스포츠인 양 흑인들을 찾아 돌아다니는 나이트라이더들에 대한 두려움 없이 밤을 틈타 빠르게 이동했다. 속도를 늦춰 달을 향해 얼굴을 들어 올렸다. 그녀의 눈이 감겼다. 그녀는 으스스한 숭배자, 미주리에서조차 아프리카 사람들과 함께 거하는, 유령과 영혼에 대한 비밀스러운 설화의 일부였다. 흐릿한 빛 속에서 길다는 언젠가 한 번 들판에서 등이 햇볕에 타는 걸 느꼈을 때처럼 달의 온기를 느꼈다. 하지만 여기서 그 온기는 매혹이었다. 한 번 받아들이고 나자, 달은 이제 그녀의 궤도의 중심이 되었다.

길다는 버드에게 연락을 취하고픈 충동을, 버드가 어디에 있든 그 무의식을 건드려보고 싶은 충동을 억눌렀다. 그들이 헤어진 이래 너무 자주 길다는 수 킬로미터를 훑어보려 애쓰며 막다른 길까지 나서곤 했다.

캘리포니아를 떠날 무렵 길다는 지금 자신에게 주어진 일은 그저 사는 것이라고 소렐에게 거의 동의했었다. 농장과 작은 도시들의 해방된 흑인들 사이에서 그렇게 살아오며 길다는, 그들을 통해, 자신이 누구인지 더 잘 알게 되었다. 길다의 초자연적인 삶은 그녀를 아웃사이더로 만들었지만, 길다는 여전히 그들이 환기하는 과거의 비밀과 미래에 대한 그들의 절대적인 신념을 즐겼다. 길다는 '그들'이라는 자신의 발상과, 자신의 삶이 그들에게서 자신을 분리하는 방식이 유감스러웠다. 그래도 친숙한 냄새와 소리와 드물게 느껴지는 일체감에서 위안을 느꼈다.

길다는 눈을 뜨며 이런 생각들에서 벗어나 도시를 향해 전력질주하기 시작했다. 그녀가 완전히 움직이기 전에, 또 다른 감각이 그녀를 덮쳐왔다. 버드의 안에서 자랐던 분노의 꽃과 상당히 닮은 어떤 동요가. 그 근원을 알지 못했지만 나아가려는, 아직 확실치 않은 무언가를 위해 어딘가를 찾아보고자 하는 욕구가 길다의 등에 부는 거센 바람 같았다. 내면에서 이는 간절한 허기가 희미하게 동요하며 그녀의 마음을 생명을 다시 채울 피로 향하게 했다. 하지만 무의식적으로, 길다는 어떻게 스스로를 아우렐리아에게서 떼어놓을 수 있을지 생각하지 않고 다음에 향할 방향을 골랐다.

길다가 자기 안의 충동을 채울 생각으로 이미 길 위에 다시 발을 디뎠을 때 서쪽에서 다가오는 말 탄 남자 두 명이 보였다. 그들은 경주라도 하듯 상당한 속도로 이동하고 있었지만 길다를 보자 속도를 늦춰 몇 발짝 앞에서 바짝 멈춰 섰다. 한 남자가 곧장 안장에서 뛰어내렸다. 그의 성난 시선이 길다가 남자가 아니라는 걸 알자 음흉한 웃음으로 바뀌었다.

"여기 니그로 아가씨가 있네. 이 시간에 길에서 뭘 하고 있지?"

길다는 대답하지 않았지만 말들의 냄새를 맡고 그들의 불안과 주인들에 대한 불만을 감지했다. 말들과 그녀 사이에 말 탄 사람들은 알지 못하는 느긋한 대화가 오갔다. 길다는 말들의 견고한 존재와 악의 없는 순수함, 그리고 자신이 그들에게 보내는 위로의 메시지들에 대한 편안한 응답에 든든함을 느꼈다. 다른 남자가 번쩍이는 채찍을 엉덩이 쪽에서 말아 쥐고 말에서 내렸다.

"어이, 쿡, 오늘 밤에 깜둥이 하나 더 가르치는 거 어때?" 길다는 냄새로 보아 피로 까매진 그 꼬인 가죽끈을 응시했다. 그녀는 그들의 최근 학생이 누구였는지 궁금했다.

"그래, 잭, 여기 확실히 수업이 하나 있는 것 같구먼."

길다는 여전히 움직이지도 말하지도 않았다. 그녀는 얼어붙은 듯 서 있었지만, 그녀의 마음은 버드가 해 준 말들로 넘쳐났다. 길다는 오래 전 곡물 창고에서의 그 밤처럼 두렵지 않았다. 그녀는 입안에서 증오의 쓴맛을 느꼈고 그것이 가득 차기를, 배울 필요가 있는 이 둘에게 한 수 가르치기를 원했다.

"벙어린가 봐, 재크. 말을 하는 것 같지 않네, 엉?"

키가 더 큰 남자가 길다 가까이 다가와 그녀의 머리카락을 잡아채 얼굴을 자기 쪽으로 끌어당겼다. 달빛이 그녀의 검은 피부 위에서 반짝거렸다. 그가 자신의 기회를 미처 활용하기 전에 길다가 그의 손목을 움켜쥐었다. 뼈가 부러지는 소리가 밤으로 울려 퍼졌다. 길다는 자신의 머리에서 남자의 손을 떼어 그의 등 뒤로 비틀며 올렸다. 너무 높이 드는 바람에 남자가 비명을 지르기도 전에 고통이 그의 목소리를 잘라 버렸다. 그녀는 강하게 비틀고는 그의 근육이 고통으로 바들거리는 걸 느꼈을 때 놔주었다. 남자가 다시 길다를 향해 달려들었고, 그녀는 주먹으로 그의 옆얼굴을 갈겼다. 그의 몸이 길가 배수로에 뒹굴면서 그의 목이 뚝 하는 소리가 밤을 뚫고 울려 퍼졌다.

남자의 동행이 물러나며 뒤로 손을 뻗어 자기 말의 고삐를 찾았지만, 그의 말이 의도적으로 비틀어 손아귀에서 빠져나갔고 길다는 그가 자기 위치를 깨닫기도 전에 그를 타고 있었다. 길다는 왼손으로 그의 채찍을 잡고 그를 뒤로 밀쳤다. 그는 바닥에 쓰러진 다음 허둥지둥 길을 벗어나 덤불로 달아났고 길다는 그의 뒤를 껑충껑충 달렸다. 그녀는 그의 머리 위로 한 번 채찍을 휘두른 다음 그의 등에 갈겼다. 길다가 그를 그 자신의 채찍으로 때렸다는 것이 그를 고통보다 더 놀라게 한 것 같았다. 두 번째 채찍질에 그는 돌아서서 분노가 가득한 눈으로 길다를 마주했다. 그는 그녀의 소용돌이치는 호박색 눈과 강건한 힘을 보며 자신들이 틀렸다고, 그건 남자라고 생각했다. 인디언이라고, 달빛과 자신의 두려움 때문에 혼란에 빠진 그는 생각했다. 그녀는 이번엔 그의 가슴에, 그다음엔 그의 뺨에, 거의 뼈가 드러날 정도로 살을 찢으며 채찍을 내려쳤다.

길다는 채찍을 버리고 그의 위에 뛰어올라 머리를 비틀어 그의 목에 펄떡이는 정맥을 드러냈다. 이미 충격으로 약해져 있었지만 길다는 그에게 쌓이는 믿을 수 없는 공포를 느꼈다. 그녀는 손톱으로 거칠게 그의 피부를 긁어 목에서 뿜어져 나오는 피를 바라보며 그가 사람들의 살을 갈랐을 때 무엇을 느꼈는지 탐색했다. 그가 공포와 죽음을 요구하면서 경험한 끔찍한 환희를 이해하게 되자 길다의 가슴이 기대감으로 부풀었다. 그녀는 그의 피를 재빨리 들이킨 다음 그를 바닥에 쓰러지게 두었다. 그녀는 그의 목에서 계속 흘러 진흙투성이 배수로를 적시는 피를 바라보았다. 생명이 그에게서 빠져나가는 것을 느낄 수 있었고, 그것이 일으키는 흥분에 충격을 받았다. 하나의 죽음으로 충분했다. 그녀가 이렇게 자신도 모르게 사로잡힌 것은 아주 오랜만이었다. 길다는 그의 곁에 무릎을 꿇고 피가 멈출 때까지 자신의 손을 그의 목과 뺨에 난 상처에 댔다.

길다는 실제 기억의 공포 대신 넘어졌다는 단순한 회상을 남기는 것 외에 그에게 피를 나눈 대가로 아무것도 남기지 않았다. 그의 호흡은 얕았지만 그는 더 이상 위험하지 않았다.

길다는 자신의 분노와 그 대치가 남긴 전율이 역겨웠다. 그건 엘리너의 눈에서 목격했던 악몽 같은 쾌락이었고 자신의 것이 될까 두려워하는 것이었다. 길다는 길 위로 다시 올라가 죽은 남자의 달빛에 얼어붙은 얼굴을 내려다보았다. 길다는 배운 대로 그의 특징들을 기억하고 그의 참된 영혼의 어떤 느낌을 받아들이려 애써 보았다. 이번이 겨우 두 번째였다. 그의 이미지는 길다가 이제 거의 방문하지 않는 그녀의 마음 한구석 다른 이 곁에 자리를 잡았다. 첫 번째 남자도 이 남자와 다르지 않게 길 위에서 죽었다. 인간들이 무슨 짓을 하든 보이지 않는다고 느끼는 것 같은 어둠 속에서. 길다는 그 일에 대해 누구와도, 심지어 소렐이나 앤서니와도 얘기하지 않았다. 버드와 이야기할 때까지 이 죽음을 누구에게도 말하지 않을 것처럼.

길다는 자신의 농장으로 돌아왔다. 평소의 빠른 속도 대신, 길다는 한 걸음 한 걸음 신중하게 디뎠다. 피로로 몸이 무거웠다. 분노가 솟구쳐 재의 맛을 남기며 타 버렸다. 하나의 죽음. 그녀는 그것이 둘이 아니었음에 감사했다. 마침내 집에 도착했을 때 길다는 열심히 손과 얼굴의 피를 문질렀다. 분노와 죽음의 기억이 길다를 떨리게 해서, 책상과 자신의 고뇌를 기록하고자 하는 유혹을 피했다. 대신에 흙이 채워진 이불속에 들어가 꿈도 없는 잠의 품으로 날아갔다.

토요일에 길다는 지도를 보고 일기들을 다시 읽으며 초조하게 집을 서성거렸다. 앤서니와 그와 나누었던, 덕분에 소렐의 고통을 덜어줬던 심각한 대화들이 그리웠다. 그녀는 엘리너와, 새뮤얼과의 싸움 이후 자신을 향해 취했던 저 냉랭하게 유혹적이던 태도조차 그리웠다. 그건 길다가 그 도시와 다른 동족들의 문화를 배우면서 경각심을 유지하는 데 도움이 되었다.

길다는 오후 늦게까지 기다렸다가 엘리너가 그녀에게 주었던, 파인 울 소재에, 햇빛에서 약해지는 그녀를 보호해 줄 미시시피의 흙을 담은 보라색 옷을 꺼냈다. 정원으로 나가 이웃들이 이 흙에서 키우지 말라고 조언했던 마지막 콩들을 수확한 다음, 아우렐리아에게 가져다 줄 옥수수, 딸기, 오이를 바구니 가득 차에 실었다. 이 시간이면 통조림 만들기가 대부분 끝났으리라는 것을 알았다. 그래도 길다는 이 방문을 위한 이유를 만들었고 아우렐리아와 길다 둘 다 예의를 추구하는 것이 즐거운 게임이라는 것을 알았다.

길다가 쓴 넓은 챙 달린 펠트 모자는 얼굴을 푹 눌러 호박색 햇빛에는 그녀의 입술만 드러났다. 치마 밑단에서 먼지를 털고, 마지막으로 정원을 휩쓸고 지나갈 때 자신의 부츠 바닥 가장자리에 생긴 엷은 회색 막에도 불구하고 남 앞에 나설만하다고 결정했다. 거리에서 누구를 만나더라도 망토가 그 정도는 가려줄 테고 아우렐리아는 차림새에 거의 신경 쓰지 않았다. 혹은 보다 정확하게 하자면 아우렐리아는 그녀의 색다른 차림새에 매력을 느끼는 것 같았다. 길다는 나가기 전에 손을 씻기로 했고 막 수건을 수건걸이에 걸 참에 문을 두드리는 소리에 깜짝 놀랐다.

공포의 한순간, 시간이 스스로 기울어 다시 1850년이 되어 버렸다. 길다는 자신을 훑는 공포와 싸우며 누구일지 생각했다. 그녀에게 방문객이 있는 경우는 극히 드물었고 사람들은 이 시간에 예고도 없이 이렇게 멀리 방문하지 않았기 때문에 길다는 아우렐리아가 틀림없다고 확신했다. 그녀는 아우렐리아가 분명 무시당했다고 여겼을 일에 갉아먹는 죄책감을 누르려 애쓰며 서둘러 현관문으로 향했다.

길다는 아우렐리아가 아니라 자신의 이웃, 존 프리먼을 보고 깜짝 놀랐다. 그의 농장은 훨씬 서쪽에 있었다. 그는 키가 크고 홀쭉한 남자로 뻣뻣한 작업복에 밀짚모자를 쓰고 그녀의 문간을 채웠다. 길다는 그의 존재가 마음에 걸렸지만 이유는 확실치 않았다. 그는 혼자 살았고 자신의 농장에서 착실하게 일했으며 아우렐리아 외에 길다의 집에 들어와 본 적이 있는 유일한 사람이었다. 그는 가끔 들러 포치 난간에 기대 서서 농장 생활 의식의 일부인 소소한 대화를 교환하곤 했다. 이따금 길다는 자신의 포치에서 콩 한 꾸러미나 프리먼이 잘 만들기로 유명한 수제 와인 한 병을 발견하기도 했다. 그녀는 아주 따듯한 느낌을 주었던 그 조잡한 와인의 기억에 미소를 지으며 문을 활짝 열었다.

"어머나, 프리먼 형제님, 정말 놀랍네요. 당신의 와인으로 내가 악마의 길을 따르게 계속 설득하려고 방문하신 건가요?" 그녀는 포치로 나서며 이렇게 농담을 던졌다.

그는 햇살 속에서 종일 일하는 탓에 엄격한 태도를 가진, 첫눈에 보기엔 갈대처럼 마른 남자였다. 아주 사소한 부추김에도 그의 눈은 커다랗게 뜨였고, 갈색 눈썹 저 안쪽에서 미소가 수줍게 피어올랐다. 그는 길다에 대해 거의 아는 바가 없었지만 3년 전, 가늘게 뜬 눈으로 지는 해를 보고 있는 그녀를 처음 봤을 때부터 길다를 좋아했다.

"아니요." 그는 그의 긴 목에서부터 기적적으로 울려나오는 깊은 목소리로 말했다. "다음 수확할 때까지는 아니죠. 포도들이 그 어느 때보다 달콤할 것 같더군요." 길다는 등받이에 가죽을 댄 포치의 의자들 중 하나에 앉아 프리먼에게 다른 하나를 가리켰다.

"있잖아요, 미스 길다, 내가 당신 생각을 물을 일이 있습니다." 그가 의자를 무시하며 말했다. "하지만 이런 생각이 났다고 당신이 화를 내지 않았으면 좋겠어요."

"당신이 가졌을 법한 생각 중에서, 프리먼 씨, 나를 화나게 할 건 떠오르지 않는데요."

그는 그들의 세상 밖에 살며, 모자 테 아래 자기만의 우주를 감추고 있는 것 같은 이 독특한 여성을 위해 신중하게 말을 고르며 천천히 시작했다. "음, 당신도 미스 아우렐리아가 머릿속에 가난한 자들을 보살피겠다는 생각을 가졌다는 걸 알 겁니다. 내가 거기 반대하는 건 아니지만, 그 여자가 저 아래 남쪽 바로 위부터 마을 북쪽에 사는 인디언들까지 그자들을 위해 수업을 열거나 학교를 시작하면 어떨지 생각하나 본데 하느님만 아실 일이죠! 심지어 그 여잔 이런 말까지…." 그는 당황해서 잠깐 멈추고 다시 계속했다. "뭐, 당신도 아마 다 알겠죠. 당신들 둘이 수다쟁이라는 건 내가 아니까."

"난, 개인적으로, 좋은 계획이라고 생각해요." 길다는 단언한 다음 침묵을 지켰다.

"나도 동의해요, 미스 길다, 그 점에 대해서는 나도 전혀 반대하지 않지만…."

"그럼 정확히, 프리먼 씨, 뭐가 문제인가요?" 길다는 말하면서 존 프리먼과 가볍게 눈을 맞추며 모자 아래로 응시했다. 그녀는 그들이 앞으로 20분 동안 그의 의도를 찾아 빙글빙글 돌지 않아도 되도록 자신의 힘을 행사해서 그가 속내를 쉽게 털어놓을 수 있게 했다.

"음, 난 그냥 당신이 음… 어… 미스 아우렐리아가 그 사람들을 자기 집에서, 아마도 밤에, 돌아다니게 하는 게 부적절하다고 생각하지 않는지 궁금했어요. 게다가 그녀는 거기 혼자고 그렇잖아요. 마을 사람들이 뭐라고 수군거릴 법한 일이죠. 당신도 그 사람들이 유색인들 일에 신경 쓰는 외엔 달리 더 할 일이 없다는 거 알잖습니까. 그리고 백인들은 누구 남편이 목사고 농부고 자시고 간에 우리를 다 쓰레기라고 생각하는 거 알잖아요!"

길다는 그 말에 크게 웃음을 터뜨렸다. 이 남자에 대해 그녀가 이내 눈치챘던 것이 명확해졌다. 신중하게 감췄지만 분명 열정적인, 아우렐리아에 대한 관심.

"물론, 어떤 면에선 당신이 옳아요, 프리먼 씨. 아우렐리아가 혼자서 이 모든 짐을 지게 두면 안 되죠. 분명 그녀를 도울 누군가가 있어야 해요. 우리는 어쩌면 가끔 여기 내 농장에서 수업하면 어떨지, 혹은 수업을 옮겨 다니면서 다른 사람들에게도 자리를 내줄 기회를 주면 어떨지 얘기해 봤어요, 어떤 면에서, 모든 사람을 끌어들이는 거죠." 길다는 미소를 반짝이며 말했다. "하지만 당장은 막연한 계획들이에요. 그리고 프리먼 씨, 우리는 이웃들 말에 항상 그렇게 신경 쓸 수는 없답니다. 말이란 대부분 소를 먹이지도 비를 불러오지도 않는 쓸데없는 지껄임이죠."

"그 말이 맞습니다!" 존 프리먼은 길다가 자신과 동의하는 듯 보이는 데 안심해서 말했다. 하지만 그는 길다의 참여가 그 아이디어를 더 좋게 하는지 나쁘게 하는지는 알 수 없었다. 모두들 두 여자가 모이면 하나일 때보다 더한 말썽이 생긴다고 하지 않나.

"내가 지금 아우렐리아를 보러 가는 길이었어요, 그러니 아우렐리아와 내가 당신이 제안한 바를 얘기해 볼 수 있겠네요."

그 말과 함께, 길다는 현관문을 꼭 닫고 성큼성큼 걸어 포치를 나섰다. 존 프리먼이 재빨리 뒤를 따라와 길다가 고글을 쓰는 동안 차 문을 열었다. 그녀가 차에 올라 길 위로 나서는 사이 프리먼은 자신의 말에 올랐다. 그는 얼굴을 찌푸리고 자신의 농장으로 향했다. 길다의 말들은 위안이 되긴 했지만, 그럼에도, 그녀에게 상당한 신뢰감을 품은 그에게조차 이상해 보였다.

아우렐리아의 부엌에 앉아 새로운 모험에 대한 아우렐리아의 흥분에 찬 이야기를 들으면서, 길다는 이 상황을 자신이 정리할 수 있을지 확신이 없었다.

"당신이 처음 여기 인사하러 왔던 날 기억해요. 맙소사, 난 너무 수줍어서 거의 문을 열 수도 없었어요, 당신 눈을 맞추지도 못했죠. 황혼이 당신 모자를 후광처럼 보이게 했던 게 기억나요, 난 너무 당황해서 당신이 나를 어떻게 생각하는지도 몰랐답니다." 아우렐리아는 쑥스럽게 웃었다.

"난 그저 내가 당신을 놀라게 했나 보다 생각했어요."

"맞아요, 나를 놀라게 했죠. 그보다 더 놀랐던 때는 생각나지 않아요. 목사님이 내게 청혼했을 때 빼고요. 그때도 내 친구들은 예상했던 것 같으니, 그렇게 놀랄 일도 아니긴 했네요." 그녀는 당시 자신의 선택지가 얼마나 좁게 느껴졌는지, 길다를 아는 지금 그것들이 얼마나 넓은지 떠올리며 초조하게 웃었다. "당신은 정말이지 아주 강해 보여서 내가 두려워해야 할지 안심해야 할지 알 수 없었어요."

"그렇다면 당신 망설임을 잘 숨겼군요." 길다가 말했다. "난 당신이 그저 내가 좋은 도자기 잔을 쓸 만한 사람인지 저울질하고 있는 줄 알았어요." 그들은 그 첫 만남 이후로 종종 그랬듯 함께 웃음을 터뜨렸다.

"거의 3년이나 지난 것처럼 느껴지지 않아요. 당신이 하이네 목사 사무실에 있는 어제의 나를 봤다면, 나를 알아보지 못했을 거예요. 나는 꽉 낀 서랍을 미는 것처럼 등을 꼿꼿하게 하고 그가 뭐라 하건 계속 지껄였어요. 수업을 위해 밤에 교회를 쓰게 해 달라고 요청하자 그는 그저 자기 책상에서 식식거리기만 했어요. 그런 다음 내가 사회봉사를 위해서, 알죠, 음식을 내고 그런 거요, 다른 날 밤도 원한다고 하자 그는 병마개처럼 입을 꾹 닫아

버렸죠. 1년 전만 해도, 심지어 한 달 전만 해도 난 내가 이렇게 대담해질 수 있을 줄 몰랐어요. 그리고 우리가 다른 숙녀분들에게 의지해야 했다면 당신 헛간에서 모임을 열고 있었을 걸요."

길다의 빈 헛간이 부근에서 가장 별로인 시설이었던지라 그들은 함께 크게 웃었다.

"난 목사님이 혼자 생각하고 있었던 걸 알아요, 고마워라, 이 여자가 내 아내일 수도 있었다니! 그래서, 죄책감과 안도감 사이에서 좋다고 한 거죠—아마도요!"

빛나는 자부심이 아우렐리아의 얼굴에 번졌다. 그리고 정말로, 그녀는 그들이 친구가 된 몇 년 새 크게 성장했다. 함께하는 저녁들이 달라졌다. 길다는 더 이상 그저 즐거움을 위해, 수다를 떨기 위해 그 자리에 있지 않았다. 그들은 서로의 대화 취향에 익숙해졌다. 길다는 이 새로운 아우렐리아를 상당히 잘 알게 되었고 그녀의 성공에 놀라지 않았다. 그래도 존 프리먼과 나눈 오후의 대화가 계속 맴돌았다. 게다가 그 일은 마음을 갉아먹는 동요가 되어 그녀가 계속 생각의 뒤편으로 밀어 넣어야 했다.

"그리고 이제 그가—아마도 좋다고 했으니 당신은 뭘 할 건가요?" 길다가 물었다.

길다는 아우렐리아가 자기 앞에 둔 찻잔을 건드리지도 않았다. 대신 아우렐리아가 칼들, 그릇들, 오후에 통조림을 마친 병들을 치우는 걸 지켜보았다. 길다가 가져온 야채들을 뒤쪽 식품 저장실에 집어넣은 뒤 아우렐리아는 앞치마를 얼룩진 행주 더미 위에 던졌다.

"무슨 일이에요, 길다. 뭔가 말을 안 하고 있잖아요." 아우렐리아는 친근한 태도로 꼬집었다. 그러더니 덧붙였다. "거실로 가요. 누구랑 달리 나는 오늘 부엌일은 충분히 했으니까요."

아우렐리아는 길다에게 신랄한 미소를 던지고 기다리지 않고 다음 방으로 앞장섰다. 그녀는 작은 탁자에서 셰리주 병과 잔 두 개를 꺼냈다.

"언짢아질 일인가요?" 그녀는 크리스탈 디캔터에서 술을 따르며 물었다.

"난 당신이 신중하게 계획해야 한다고 생각해요, 아우렐리아, 그게 다예요. 이건 당신이 혼자 할 일이 아니에요."

"난 혼자가 아니에요. 에드나 브라이트가 수업을 도울 계획을 짜고 있고, 그녀의 여동생이 음식 나누는 일을 맡아 주고 당신이 당신 밭의 작물을 나눠 준다면, 꽤 든든한 시작이라고 하겠어요." 아우렐리아는 길다 쪽을 보지 않았지만 자그마한 잔을 홀짝이며 나지막한 긴 의자 앞에서 서성거렸다.

"물론 나도 기부해야죠. 난 항상 내가 쓸 수 있는 것보다 훨씬 많이 가졌었어요, 그리고 다른 사람들도 마찬가지죠, 존 프리먼처럼요. 난 그가 기부를 원하는 걸 알아요. 그를 포함시키면 좋을 거예요. 그 사람이 상당히 도움이 될 거예요." 그 목소리는 길다의 목소리가 아닌 것처럼 들렸다.

"왜요? 난 당신이 있는데."

그들을 둘러싼 방 안이 고요해진 사이 길다의 심장이 그녀의 가슴속에서 크게 고동쳤다. 길다는 이제 자신이 미주리를 떠날 준비를 해야 한다고 확신했지만 그 결정이 그녀 앞에 이렇게 빨리 나타나리라고는 예상치 못했다. 지나간 세월에도 불구하고 길다는 언제 자신이 아끼는 누군가가 이 삶에 적합할지를 어떻게 아는지, 혹은 언제 자신이 다른 이들의 욕구가 아니라 자신의 욕구만을 생각하고 있는지 확실하지 않다고 느꼈다. 새뮤얼의 눈에서 본 불행이 그녀를 따라다녔다.

"하지만 난 항상 여기 있지 않을지도 몰라요, 아우렐리아." 그 말은 침묵을 채우지 못하고 오히려 깊게 만들었다. "말했잖아요, 나중에 언젠가 나는 동쪽으로 돌아가야 할지도 모른다고. 내 가족이 언제든 나를 부를 수 있어요."

길다의 거짓말은 낮게 깔렸다. 속으로, 그녀는 '가족'이라는 말에 당황했다. 아직 버드를 찾지 못했는데, 가족을 위해 아우렐리아를 떠난다는 생각이 길다의 몸을 떨리게 했다. 길다는 아우렐리아의 눈을 피해 그녀 쪽을 응시했다. 아우렐리아를 그들 중 하나로 만들기는 얼마나 쉬운지. 그 지식이 길다의 가슴에 묵직하게 내려앉으며 거의 그녀의 호흡을 멎게 했다. 아우렐리아는 잠자코 동의할 터였다. 열렬하게, 길다가 그들을 영원히 함께 묶을 공유의 의식으로 피를 취하고 피를 돌려주게 허락하면서. 아우렐리아의 관자놀이에서 고동치는 그녀의 피가 길다를 사로잡았다. 여기서 새로운 가족을 시작할 수도 있다고, 길다는 생각했다. 허기와 욕망으로 길다는 거의 거실을 가로지를 뻔했다. 대신 일어나 양해를 구한 다음 자신의 외투를 문가의 고리에서 낚아챘다. 아우렐리아가 그녀를 따라왔다. 놀란 표정이 그 얼굴에 번졌다.

길다는 자신을 진정시킨 다음에야 입을 열 수 있었다.

"난 가야 해요. 내일 더 얘기해요."

"교회에 올 건가요?"

"아뇨. 난 아침에 세인트루이스에 있어야 해요."

"세인트루이스요!" 아우렐리아는 거의 소리를 지르는 자신의 목소리에 오싹해졌다. "이 시간에 출발할 순 없어요. 너무 위험해요!" 아우렐리아는 길다의 소매를 움켜쥐었다. "이건 어리석은…." 그녀는 계속하려 했지만 할 수 없었다.

길다는 그녀의 시선을 붙들고 진정시키며 책을 읽다가 일찍 잠자리에 들라고 암시했다.

"저녁 먹기 전까지 올게요. 그때 드라이브하러 가요." 길다는 소리 없이 말했다. 그녀는 자신의 팔에서 아우렐리아의 손을 떼고 떠나면서 뒤로 문을 잠갔다.

길다가 자신의 농장에 다다라 옷을 갈아입은 후에야 아우렐리아는 자신이 길다의 것이라 생각하는 안락의자에 앉아 있다는 걸 깨달았다. 독서용 램프의 호박색 빛이 위로를 주었고 이내 아우렐리아는 잠자리에 들 준비가 되었다.

길 위로 다시 나서자 길다는 떨림이 가라앉기 시작하는 걸 느꼈다. 그녀는 발이 자신을 동쪽으로 데려가는 동안 자신의 망설임에 대한 열쇠를 찾았다. 그녀는 누구도 변화시킨 적이 없었지만 자신이 그 과정을 안다고 확신했다. 피의 교환, 두 번 취하고, 적어도 한 번은 준다. 그녀는 방법과 때를 알았지만 그 생각에서 뒷걸음질 쳤다. 어째서? 길다가 느끼는 동요는 아우렐리아가 그녀와 함께하면 분명 잠잠해질 터였다. 하지만 아우렐리아의 삶은 지금 수많은 새로운 계획들과 사람들로 가득했다. 그녀는 자신이 아끼는 사람들 사이에 진정한 자리를 만들기 시작했다. 지금 그런 삶을 빼앗는 것은 도둑질이 될 터였다. 아우렐리아를 그녀가 맺은 관계들에서, 그녀가 느끼는 책무에서 떼어 놓는 것은, 그녀에게 이런 것들과 멀리 떨어진 삶을 요구하는 것은 그녀를 속이는 일이 될 터였다. 아우렐리아가 어느 날 새뮤얼의 눈에서 목격한 것과 동일한 불행이 담긴 시선으로 자신을 볼지도 모른다는 생각이 길다의 심장을 고통스럽게 했다.

그녀 뒤쪽에서 무언가 부러지는 소리가 길다의 관심을 다시 길가로 불러왔다. 그녀는 한순간 얼어붙은 채 서서 최근의 그 사건을 반복하지 않으려고 조심스럽게 귀를 기울였다. 길다는 그 소리가 잽싸게 달리는 토끼라는 것을 알아차리고 다시 힘차게 이동하기 시작했다. 세인트루이스 외곽에 다다랐을 무렵 길다는 더 이상 아우렐리아가 아니라 그녀가 불러일으킨 허기만을, 그리고 거기서 벗어날 것만을 생각했다. 도시 언저리를 돌다가 중심부로 들어서면서 모자를 더 깊이 눌러썼다. 토요일 밤의 인파 속에서 그녀는 눈에 띄지 않았다.

길다는 사람들 사이에서 걸으며 그들의 심장 박동에 귀를 기울이고, 그들의 피와 향수 냄새를 스쳤다. 그녀는 자신이 본 어느 집 뒷골목으로 들어섰다. 출입구 그늘 속에서 길다는 위쪽 창문들에서 퍼져 나오는 목소리들에 귀를 기울였다. 쨍그랑거리는 유리잔과 부드러운 간청들과 뒤섞인 높은 웃음소리. 그 소리는 그녀에게 우다드를, 더 이상 존재하지 않는 곳을 갈망하게 했다. 길다는 오래 전에 늙어 버린, 아마도 지금쯤 대부분 마지막 잠에 들어 누워 있을 그 아가씨들이 그리웠다. 열정적인 음악이 흘러나오고 있는 건물의 뒷문은 한 사람이 지나갈 정도로만 열려 있었다. 그 문으로, 비틀거리며 집으로 향하는 한 손님이 빠져나왔다. 길다는 그 친숙한 소리와 냄새를 받아들이며 그 건물을 응시하다가 자신의 동요를 알아차렸다. 아직 끝나지 않았다. 그녀는 버드와 함께하는 삶이 어떨지 알지 못한 채 우다드를 떠났었다. 버드가 그들이 서로에게 무엇인지 말할 수 없는 채로 그녀를 떠난 것처럼. 길다는 버드에게 연락을 하고 싶었지만 그보다 스스로 마음을 정리할 필요가 있었다. 아우렐리아는 그녀가 그러도록 도울 수 없었다. 아우렐리아는 로즈버드에서 성취감을 느낄 터였다. 미지의 길 위에서 자신이 알지 못하는 과거를 캐기보다는. 그건 아우렐리아에게 필요한 여정이 아니었지만 길다에겐 필요한 것이었다.

  소리가 길다의 머리 위에 태피스트리처럼 펼쳐졌다. 그녀의 귀가 그 색채들과 정점을 가려냈다. 벨벳 같은 스트라이드 피아노 소리를 배경으로 놓칠 수 없는 코넷의 끽끽대는 소리가 재빠르게 끼어들었다. 길다는 10년 넘게 듣지 못한 그 근사한 소리를 향해 급히 몸을 돌렸다. 뉴올리언스에서 길다는 이 코넷에 매료되었었다. 그녀는 이것이 녹음일까 생각했지만 아니었다. 그녀는 녹음 과정을 통해 불멸이 되기를 거부하고 대신에 스스로 전설이 되기를 선택한 한 연주자를 떠올렸다.

길다의 허기가 그녀의 몸을 감싸는 그 날카로운 음에 약해졌다. 이런 순간이면 다른 이들과의 일체감이 돌아왔다. 음악의 망이 세대를 넘어, 어둠을 넘어, 그들에게 하나의 미래만이 있을 때까지 그들을 한데 묶었다.

길다는 음악에 의지해서 음악이 자신을 물보라처럼 씻어내게 했다. 그녀의 허기는 잊히지 않았다. 하지만 그 순간 그것은 호른 소리로 충족되었다. 그녀 안의 말라가는 피가 밀려드는 소리에 취해 나른하게 흘렀다. 그 소리가 갑작스럽게 끝나며 피아노가 침묵 속에서 무작위로 떵동거렸고, 이내 박수갈채가 일었다. 그들은 의식적인 박자를 형성하며 음악에 맞추어 환호했다. 그 모든 소리 아래로 길다는 조용한 흐느낌 소리를 들었다. 너무 가까워서 한순간 그녀는 자신이 그 소리를 냈다고 생각했다. 그녀 위로, 건물 모퉁이에서 왼쪽으로 살짝 열린 창문이 커튼 아래 새어나오는 슬픔으로 어두컴컴했다.

길다는 혼란스러웠다. 이내 그녀의 몸이 혼미 상태에서 벗어나 자신의 욕구를 뿜었다. 희열이 사라지고 굶주림의 불길이 그녀의 혈관을 타고 달렸다. 숨죽인 흐느낌이 이제 길다의 귀뿐 아니라 그녀의 모든 감각에 닿았다. 한 여자가 베개에 깊이 몸을 묻고 움직임 없이 누워 있었다. 여자의 침대 시트에는 남자들의 체취가 들러붙어 있었다.

여자의 머릿속에는 체념 가득한 생각들이 뒹굴었다. 길다는 그 생각들을 샅샅이 뒤져 하나씩 정리했다. 잃어버린 아이, 우정에 대한 욕구, 수치심, 이 집에서 자신의 위치에 대한 의구심. 여자는 길다에게 어리게 느껴졌다. 혹은 적어도 앎이라는 면에서 어렸다. 여자는 주변에 보호책이 거의 없었다, 아주 솔직한 참을성만 있을 뿐. 하지만 가장 놀라운 건 그 여자가 꿈이 전혀 없다는 것이었다. 그 여자에겐 매일의 삶을 붙들어 줄 판타지나 꾸며 낸 염원이 전혀 없었다. 오늘은 거의 존재하지 않았다. 여자는 완전히 고립되어 있었다. 길다는 그 젊은 여성의 생각들보다 무한히 더 통제된 자신의 생각으로 그 방으로 들어섰다. 그녀는 여자의 영혼을 어루만지고 그 여자의 가슴 주변을 단단히 감고 있는 끈들을 느슨하게 풀어 여자가 보다 편하게 숨을 쉬게 도운 다음 잠의 베일을 여자에게 드리웠다.

길다는 건물 뒷문으로 들어가 응접실의 손님들과 일하는 아가씨들이 여전히 피아노 연주자와 코넷 연주자를 칭찬하는 소리를 들었다. 그녀는 사람이 없는 부엌으로 슬쩍 들어가 뒤쪽 계단을 올랐다. 그 젊은 여자를 잠 속에 붙잡고 있는 자신의 통제선을 따라갔고 복도의 닫힌 문들을 지나쳤다. 그중 몇몇 문 뒤에서 길다는 절박하고 확장된 열정의 신음들을 들었다. 한 문 뒤에서 그녀는 아무 생각도 꿈도 없는 침묵을 들었다. 길다는 그 어두운 방으로 들어갔고 패배감이 가득 밴 공기에 아연해졌다. 거울은 얼룩졌고 옷가지들은 아무렇게나 흩어져 있었고 침대보는 여러 날 쌓인 더러움을 드러냈다. 그건 아무도, 심지어 여기서 자는 이도 실제로 살지 않는 방이었다.

여자는 등을 깔고 누워 있었고, 헝클어진 적갈색 곱슬머리가 축축하게 달라붙어 있었다. 여자의 얼굴은 험악했고 주먹은 자신이 조금도 신경 쓰지 않는 세상과 싸울 준비라도 하듯 옆구리에 꽉 쥐어져 있었다. 길다는 그 크림색 하얀 이목구비들을 응시하며 여자가 그 짧은 생에 어떤 여정을 걸었기에 꿈을 꾸는 능력을 잃었는지 궁금했다.

새벽의 두려운 시간에조차, 길다가 또 한 번 삶의 밤이 있으리라 확신을 품을 수 없을 때도, 꿈들은 길다의 휴식 속에 스며들어 그녀의 마음과 심장을 자극했다. 길다는 살아갈 힘이 이렇게 쇠약해졌다는 것에 슬픔을 느꼈다. 그녀는 여자를 흔들어 깨워 꿈의 필요성에 대해 설교하고 싶은 충동을 억눌러야 했다. 대신 잠든 여자를 자신의 품에 안았다. 목 옆에 작은 상처. 느리게 배어 나오는 피. 그건 길다와 자매들이 뻣뻣한 가지들에서 목화를 떼어낼 때 그들의 작은 손에 나던 상처들을 떠올리게 했다. 살에 굳은살이 박일 때까지 가느다란 핏줄기들이 손을 뒤덮었었다.

길다는 조금씩 흘러나오는 피에 입술을 대고 자신에게 쏟아져 들어오는 피가 그녀의 심장을 더 빠르게 고동치게 했다. 집요한 길다의 흡입이 새로운 맥박을 형성하며 그녀를 새 생명으로 채웠다. 보답으로 길다는 꿈을 주었다. 그녀는 여자의 몸과 마음을 단단하게 붙들고, 앞으로의 삶에 대한 욕망이, 자유와 도전에 대한 유망한 몽상이 몸과 마음에 가득 넘치게 했다. 여자는 길다의 가족에 대한, 자신과 같은 부류와의 연합에 대한, 새로운 경험에 대한 욕구를 받아들였다. 이것들을 통해서 여자는 무한히 살아갈 능력과 가능성이라는 열린 문을 이해했다.

피가 몸에서 빠져나가자 여자의 정신이 한순간 공포 어린 반응을 보였고, 길다는 그걸 이용해서 자신의 꿈들을 다급함으로 더욱 가득 채웠다. 길다는 꿈의 가장자리에 공포를 덧씌워 꿈을 더욱 간절하게 했다. 길다는 자신의 꿈의 일부가 여자의 것이 되었다고 느낄 때까지 피를 취하는 것을 멈추지 않았다. 여자는 삶에 매달리고 미래로 뛰어들고자 하는 욕구를 경험하기 시작했다. 여자의 마음은 그 집에서 살고 일하는 다른 여자들—자신이 알아차리지 못했던 웃음들, 애정을 담은 말과 성났지만 그래도 서로 나누는 말들에 대한 생각으로 채워졌다.

길다는 편안하게 이 여자의 마음속에 꿈을 심으며 뒤로 물러섰다. 그녀는 이 젊은 여성의 호흡이 정상으로 돌아가도록 포옹을 푼 다음 침대에서 물러나 기대감으로 가득한 얼굴을 내려다보았다. 쥐고 있던 주먹은 풀어졌고 여자는 한 손을 올려 자신의 작은 가슴을 마치 연인에게 다짐하듯 덮고 있었다. 여자는 한숨을 쉬었고 길다는 창문을 더 활짝 열고 그 사이로 빠져나가 뒷골목으로 조용히 두 개 층을 뛰어내렸다. 토요일 밤의 소리가 계속해서 울리는 동안 길다는 길로 걸어 나갔다. 느린 걸음을 유지하며 남쪽으로, 그다음엔 서쪽 도시 경계를 향해 움직이며 저녁 공기와 여자의 부드러운, 창백한 피부에 대한 기억을 즐겼다. 그녀의 되살아난 꿈들이 길다의 삶에 새로운 빛을 던졌다. 꿈을 주면서 길다는 자신의 꿈을 다시 찾았다.

길다는 밝고도 가늘어지는 달을 올려다보며 깨끗한 공기를 들이마셨다. 도시의 경계를 벗어나자 탁 트인 땅 냄새가 기꺼웠다. 길다가 감히 건드릴 수 없는 것은 아우렐리아가 가진 꿈들—어린 시절부터 알아온 마을에서의 생활에 대한, 다른 이들을 위해 할 일에 대한 희망들이었다. 과부로서의 삶에서 해방되는 것 혹은 길다가 제시하는 끝이 없는 모험이 아니라, 이것들이 아우렐리아를 이 땅에 묶어 두는 끈이었다. 길다는 아우렐리아를 자기 옆에 두고 싶은 만큼이나 그녀를 그 꿈에서 떼어놓을 수 없었다.

길다는 소렐과 함께 그의 집 난롯가에 앉아 있던 어느 저녁에 대해 생각했다. 엘리너와 그가 내린 잘못된 결정에 대해 얘기하면서 소렐은 노자(老子)를 인용했다. **밝은 길은 어두워 보이고, 나아가는 길은 물러나는 듯이 보이며 쉬운 길은 어그러져 보인다…**(明道若昧 進道若退 夷道若纇)[명도약매 진도약퇴 이도약뢰],『도덕경』41장). 엘리너 없이 살아가는 것에 대한 소렐의 이기적인 두려움이 그녀를 자신들의 삶으로 이끄는 것이 얼마나 나쁜 선택일지 알아채지 못하게 했다. 아우렐리아 없이 사는 것이 길다가 두 사람 다를 위해 할 수 있는 최선이었다.

다음 날 저녁, 아우렐리아의 포치에 서서 길다는 전날 밤 세인트루이스에서 피를 나눈 여자를 잠시 떠올렸다. 그 만남이 길다에게 새로운 길을 열었다. 길다는 나아가고 싶어서 안달이 났다. 곧 버드를 찾아 자신과 그들의 삶에 대한 이 새로운 이해를 나눌 수 있으리라는 확신이 들었다. 아우렐리아가 문을 열었을 때, 길다는 전날 밤 떠난 일에 대해 눈으로 사과하려 했지만 아우렐리아는 경계했다.

"밤이 서늘해지기 전에 드라이브하러 가요." 길다가 말했다. 그녀는 아우렐리아의 손을 잡고 그 흐린 얼굴에 미소를 보였다. 차에 타고 나자 아우렐리아 역시 거의 웃고 있었다. 어제는 멀게 느껴졌다. 길다는 천천히 마을을 거슬러 서쪽으로 이어지는 길로 빠져나갔다. 마을 경계에 도달하자 그녀는 차의 속도를 높였다. 이내 그들은 둘 다 길에 깔린 돌에서 피어오르는 먼지 속에서 커다랗게 웃고 있었다. 길다는 좁은 계곡 위로 돌출된 언덕 끝에서 시동을 껐고, 그들은 지는 해의 붉은 지붕 아래 비탈진 풀밭을 바라보기 위해 차에서 내렸다. 길다는 불안을 잠재우고자 하는 두 사람 모두의 욕구를 느끼고 다시 아우렐리아의 손을 잡았다.

"당신을 다른 사람들과 다르게 하는 건 뭔가요?" 아우렐리아가 열띤, 어린 음성으로 물었다. 그녀의 검은 얼굴은 차분했지만, 눈은 고통스럽고 머뭇거렸다. 길다는 그림자에서 물러나 아우렐리아의 몸을 돌려 자신을 마주 보게 했다.

아우렐리아의 어깨에 얹힌 길다의 손이 빛을 받았지만 그녀는 손을 치우고 싶지 않았다. 대신 그녀는 아우렐리아의 풍만한 가슴 앞에 떨어지는 모직 코트를 매만졌다. 그런 다음 아우렐리아의 얼굴을 둥글게 감싸는 숱 많은 많은 머리를 쓸었다.

"그건 아마 내가 이 세상에서 당신 말고는 누구도… 다른 어떤 인간도 사랑하지 않기 때문이겠죠. 그게 내게 다른 누구도 알 수 없는 힘과 명료성을 줘요."

"그럼 나를 떠나지 않을 거죠?"

길다는 아우렐리아를 끌어안았다. 그녀는 자신의 망토에 꽉 눌리는 그 젊은 여자의 입술에서 떨리는 눈물을 느꼈다. 길다가 누군가를 그저 안은 것은 아주 오랜만이었다. 아우렐리아는 길다의 품 안에, 그녀 가슴의 굴곡 아래, 그들의 몸이 한 조각에서 잘린 양 꼭 맞았다. 길다가 자신이 방금 말한 명료함을, 자신이 앞서 알았던 명료함을 찾고자 다투면서 그녀의 포옹이 강해졌다.

"나는 말했듯이 떠나야만 하지만, 결코 정말로 당신을 떠나진 않을 거예요. 당신의 삶은 여기 있고, 내 삶은 그렇지 않아요."

"어떻게 그렇게 확신할 수 있어요? 우린 행복했잖아요!" 아우렐리아는 혼자 그토록 자주 되뇌었던 그 말들이 소리 내어진 것에 당황하며 그 말들이 공중에 뱉어진 현실을 증오했다.

"당신은 내가 필요했고 나는 당신 곁에 있어야 했지만 우리의 욕구들은 변하고 있어요. 당신은 이제 할 일이 많죠. 더 이상 미망인의 상복에 얽매이지 않을 테고요. 여기엔 당신이 애도를 끝내고 나오길 기다리는 사람들도 있어요."

"난 애도하고 있던 게 아니에요. 당신과 있었죠!"

"그래도 내가 자신들을 찾길 기다리는 사람들이 있어요."

"그게 누구죠?"

길다는 아우렐리아의 목소리에 담긴 질투심에 미소 지었다.

"나와 많은 역사를 공유한 사람이요. 우린 우리가 자신을 더 잘 알 때까지 가시덤불과 도시들을 헤치며 신중하게 걸어 볼 시간이 필요했어요." 길다는 그 외에 무슨 말을 더 해야 이해가 될지 몰라 말을 멈췄다.

"하지만 왜 가야 하죠?"

"과거는 죽은 동물처럼 누워서 썩어 가는 게 아니에요, 아우렐리아. 과거는 당신이 과거를 다시 찾고 또 찾기를 기다리죠." 길다는 이 여자를 자신의 삶으로 이끌 수 없었다. 그녀의 가족이 되어 줄 다른 이들이 있으리라. 보다 필요한, 혹은 보다 더 지식이 많은. 자신이 이 고독을 끝내기를, 소렐이 그랬듯 동반자를 찾기를 갈망하는 만큼, 지금은 그럴 때도, 아우렐리아에게 그게 최선이지도 않았다.

길다는 아우렐리아를 안고 그들 주변에 번져가는 어둠 속을 들여다보며 그 빛의 부재 속에서 버드를 따르고 아우렐리아에게서 몸을 뗄 힘을 구했다. 길다의 몸은 아우렐리아의 몸에 맞닿았고 그녀의 머리는 쿵쿵 울렸다. 길다는 자신의 입술을 아우렐리아의 관자놀이와 그녀의 귀 바로 옆 뺨에 부드럽게 눌렀다. 길다는 자신에게 굴복하는 그녀의 몸을 느끼고 자신을 억지로 떼어냈다. 길다의 시선은 어둠을 꿰뚫었고 그녀의 턱은 집중하느라 꽉 물려 있었다.

아우렐리아는 길다를 올려다보았다. 그녀의 눈에서 빛나는 작은 오렌지색 반점들에 공포와 흥분의 전율이 뒤섞여 있었다. 숨 쉴 때마다 길다는 울과 피의 머스크향을 들이마셨다. 아우렐리아를 마주 보는 대신, 길다는 눈을 꼭 감았다.

"뭐예요? 내가 뭘 했어요? 제발 돌아와요!" 길다가 아우렐리아를 팔 길이만큼 밀어낸 채 뒤로 물러서자 아우렐리아는 간청했다. 골짜기에서 바람이 올라와 그들의 코트를 펄럭이게 하며 주변의 공기를 식혔다. 길다는 풀밭을 스치는 바람과 덤불 사이로 동물들이 부스럭거리는 소리를 들으며 자신의 욕망에서 물러설 힘을 찾았다. 그리고 버드의 소리를 들었다.

난 여기 있단다, 버드가 바스락거리는 나무 사이로 말했다.

길다는 아우렐리아의 어깨를 놓고 마침내 그녀를 쳐다보았다. "난 당신과 머물 수 없어요." 길다가 말했다. "내가 속한 이들이 있어요. 내게 속할 이들이."

"왜 두려워하죠?" 아우렐리아는 자신이 길다의 과거 안에 깃든 아주 많은 감정들을 알아차렸다고 확신하며 물었다. 길다는 정답을 찾을 수 없었다. 그녀는 말했다. "우린 함께할 수 없어요, 하지만 우리 둘 다 생각처럼 혼자이진 않을 거예요."

길다는 아우렐리아가 자기 안으로 끌려오는 것을 보고 말을 멈췄다. 길다는 안으로 들어가 아우렐리아의 생각에 귀를 기울이며 그녀가 자신의 생각을—자신의 슬픔과 자신의 새로이 발견한 기쁨을 느끼도록 했다. 아우렐리아의 눈을 들여다봤을 때 길다는 그녀의 마음속에 퍼지는 수많은 것들에 대한 혼란을 보았다. 길다는 아우렐리아가 미래를 위한 것들만 기억하도록 의지의 힘을 발휘했다. 아우렐리아의 집으로 오는 길에 둘 다 아무 말도 하지 않았다. 결정은 내려졌고 그들은 각자 앞으로의 그 의미를 따져보았다.

그 뒤의 몇 주는 짐을 꾸리고 상자들을 나르고 세인트루이스의 법률회사를 통해 농장을 처분하면서 지나갔다. 보름달이 다시 뜨기 전에 아우렐리아를 위한 새 증서가 공증이 끝났다. 존 프리먼은 길다가 자신의 집을 정리하고 동쪽으로 간다고 말했을 때 망연자실한 것 같았지만 그 놀라움 아래에는 작은 안도감이 있었다.

더 이상 미룰 수 없어지자, 길다는 자신의 거의 빈 농장 집에 앉아 이번 생을 기록하는 마지막 일기를 썼다. 그녀는 그런 다음 아우렐리아에게 편지를 쓰기 시작했다. 그들의 마지막 몇 번의 만남은 힘겨웠다. 그들 삶의 변화에 대해 언급하지 않으려는 긴장감이 그들이 함께할 때마다 둘 모두를 지치게 했다. 마치 그들 안에서 마지막 이별을 거듭 겪는 것처럼.

오늘 밤도 다르지 않았다. 그 모든 질문이, 하나만 빼고, 답을 얻었다. '왜'만이 답해지지 않았다. 하지만 아우렐리아는 상실과 호기심과 실패에 맞서 마음을 단단히 먹었다.

그들이 문 앞에 섰을 때 아우렐리아가 작은 목소리로 말했다. "내가 정말로 당신을 필요로 하면, 당신이 내게 오리라고, 와서 나를 돕겠다고 말했었죠. 그건 그저 나를 달래려고, 내가 울면서 떠나는 당신의 외투 자락을 움켜쥐게 하지 않으려고 하는 말인가요?"

길다는 어떻게 응답해야 할지, 어떻게 자신의 삶을 전부 밝히지 않으면서 확신을 줄 수 있을지 알 수 없었다.

"그런 거라면 차라리 지금 알고 싶어요. 당신의 헌신을 꿈꾸며 매달리다 결국 나 자신이 바보인 걸, 버려졌다는 걸 깨닫게 되고 싶지 않아요."

"아우렐리아, 나는 당신의 가능성에, 당신의 용기에 무한한 믿음을 품고 있어요. 당신도 나를 믿어 주길 바라요. 그저 나 자신의 위안을 위해 당신에게 거짓말하지 않겠어요. 당신은 나 외에도 많은 꿈이 있어요. 그게 내가 내 믿음을 두는 자리예요. 그게 당신이 당신의 믿음을 둘 자리고요."

아우렐리아는 어리둥절하면서도 길다의 이상한 다짐을 듣고 안도하는 듯 보였다.

빈 종이 앞에 앉은 길다는 아직 모든 걸 간결하게 담을 말을 찾지 못했다. 그녀는 마음속에 깊은 슬픔과 강한 낙관을 동시에 담고 있었다. 사랑과 욕망과 결부되어 그것은 길다가 아는 말로 정의되기를 거부했다. 하지만 그녀는 아우렐리아가 의지할 무언가를, 길다가 자신의 나아갈 필요성을 확신하는 만큼 아우렐리아가 확신할 수 있는 무언가를 남기고 싶었다. 그녀는 아우렐리아에게 그들의 당면한 슬픔과 아우렐리아가 받은 거부당한 느낌보다 더 큰 이해를 남기고 싶었다. 오직 진실만이 그럴 수 있었다. 길다는 소렐과 버드 둘 다 하지 말라고 경고했던 어떤 일—가족 이외의 누군가에게 침묵을 깨는 일을 하기로 결심했다. 길다는 아우렐리아를 위해, 그리고 자신을 위해 그렇게 했다. 사랑으로 잘라낸 길을 신뢰가 이어야 했다.

길다는 펜을 단단히 쥐고 종이 위를 가로질러 현실이 된 전설들을 쏟아냈다. 그녀는 기억할 수 있는 한 오래전까지, 엄마의 풀라니족 얼굴이 주던 검은 위안까지 거슬러 자신의 과거를 밝혔다. 그녀는 자신 이외에 누구를 위해서도 이런 말을 하거나 쓴 적이 없었다—자신이 그들 모두와 달랐다는 말, 그들의 일원이었지만 그들과 동떨어져 있었다는 말. 길다는 아우렐리아에게 희망을, 그들이 실제로 누구인지에서 기인하는 정직한 희망을 남기고 싶었다.

길다는 비밀을 아주 세세하게 공개했다. 그녀는 자신의 첫 목욕, 엄마의 땀 냄새, 자신의 허리를 감던 버드의 팔의 촉감, 우다드의 여자들에게서 터져 나오던 웃음소리, 바람을 타고 달리는 흥분, 자신이 길에 나선 이래 수년간 바람의 냄새가 어떻게 변했는지 묘사했다. 그녀는 심지어 자신이 피를 공유하고 그 대가로 꿈들을 남길 때 느끼는 밀려드는 생명력까지 묘사했다. 그녀는 오래전에 죽은 친구들과 가족에 대한 슬픔을 얘기했다. 그리고 죽지 않는 것에 대한, 다시 우주와 하나 되지 못하는 것에 대한 두려움을.

길다의 비밀은 다른 이들을 공포에서 보호하기 위해 지켜져 왔었다. 그 토로는 길다를 한결 가볍게, 다시 버드를 만날 준비가 되게 했다. 그녀 안의 친숙한 동요는 단순히 불안함이 아니라 기대감이었다. 그녀는 이제 지도가 필요 없었다. 길다는 아우렐리아에게 남길 편지를 봉투에 넣고 동쪽을 보았다.

◆◆◆◆ 4장

사우스엔드: 1955

길다는 자신의 미용실 의자를 느긋하게 돌리며 앉아 라디오 뉴스를 들으며 마지막 손님을 기다리고 있었다. 그녀는 베니션 블라인드 틈새로 매사추세츠 애비뉴를 광분한 속도로 오르내리는 차들의 불빛을 바라보며 차의 라디오 소음 너머 서로에게 소리를 질러대는 여자들과 남자들의 목소리에 귀를 기울였다. 길다의 가게는 비엔엠 철도 선로가 호를 그리며 지나가는 매스 애비뉴—보통 이렇게 불렸다—에 일렬로 늘어선 얕은 현관 계단들과 연립주택들의 끄트머리에 있었다. 선로 이편에는 흑인 이발소들, 장의사들, 공장 노동자들, 가정부들, 음악가들, 그리고 창녀들이 일하고 살았다. 보스턴의 사우스엔드는 고가철도를 기점으로 더 조용하고, 더 하얗고, 이 시간이면 자기들의 벽돌집을 빠져나와 약, 음악, 여자를 찾아 사우스엔드를 서성이는 대학 교수나 의사를 제외하고는 모두 잠들어 있는 백베이로 바뀌었다. 지난 10년 동안, 이 변천하는 동네가 길다의 집이 되었다.

서배너가 잠긴 문을 톡톡 두드렸다. 그녀가 찬 뱅글 팔찌의 짤랑거림이 유리를 두드리는 손가락의 단조로운 두드림을 압도했다. 길다는 일어나 잠금장치를 풀며 자신이 가장 좋아하는 사람 중 한 명을 보고 진심으로 기뻐했다. 서배너의 반짝이는 구릿빛 둥근 얼굴은 더없는 영광에 둘러싸여 있었다. 하얗게 표백해서 유지하고 있는 풍성한 머리카락에. 그녀는 〈내셔널 지오그래픽〉에서 한 원주민 부족 남자를 보고 태양에 하얗게 변색된 머리카락과 극명한 대조를 이루는 검은 피부에 매료되었다. 7년 전에 서배너가 핸드백에서 그 사진을 꺼냈을 때, 길다는 먼저 그 구릿빛과 하얀 형체를 응시한 다음 서배너를 보았다. 그녀는 걸작에 착수하는 예술가처럼 미소를 지었다.

서배너의 충동은 옳았다. 그 모습은 눈에 띄고 우아했으며, 둘 다 그녀의 사업에 필수적인 재질들이었다. 길다는 강박적인 정원사처럼 서배너의 자라나는 뿌리들을 지켜보며 머리카락을 뿌리부터 끝까지 하얗게 유지했다. 재빨리 손질하는 지금도 그 머리는 서배너의 매끈한 갈색 얼굴 주변에서 중세의 후광처럼 빛났다. 길다는 서배너의 나이를 확실히 알지 못했다―서배너가 쓰는 언어와 그녀가 길다와 공유하는 기억들은 서배너가 적어도 15년간 보스턴에 있었다는 것을 암시했다. 하지만 서배너의 피부는 스무 살의 매끄럽고 촉촉하며 무구함으로 빛나는 그것이었고 다만 눈에 깃든 회의만이 이를 배신할 따름이었다. 이 젊음과 나이라는 특이한 조합에서 길다와 서배너는 즉각적인 공통점을 발견했다.

"이 쓰레기 좀 꺼도 돼요? 난 저 아이젠하워를 듣고 있을 수가 없어요. 그가 말하는 전부 다 골프스코어처럼 들려요. 지루해!"

그 말과 함께 서배너는 길다의 대답을 기다리지 않고 라디오를 홱 끄더니 자신의 밍크 재킷을 길다 맞은편 미용 부스에 있는 의자에 던져 놓고, 이제 막 저녁을 시작한다기보다 직장에서 집에 돌아온 것처럼 몸을 털썩 묻었다.

"내 말해 주지, 자기야, 저들이 하는 말은 듣지 마요. 죄다 거짓말이야. 내가 알지, '왜냐면 내가' 바로 가까이서 그들을 보니까, 무슨 말인지 알죠. 저들은 거짓말을 하면서 그걸 알지도 못해요. 정치인들은 복음인 양 종이를 읽으면서 그걸 누가 쓴지도 몰라. 그들이 하는 말은 집어치우고, 하는 짓을 봐요! 맘스 메이블리(1894~1975, 미국의 여성 코미디언-옮긴이)가 말한 것처럼, '신호등은 개뿔, 차를 봐. 신호등은 사람을 치지 않는다고(맘스 메이블리가 아이들에게 길 건너는 법을 설명하면서 한 말이라고 전해짐-옮긴이)!'"

그렇게 길다가 서배너의 머리를 감기고 마사지하는 동안 끊이지 않는 대화가 시작됐다. 길다는 서배너가 주절대는 동안 샴푸로 머리를 감기고 유연제로 헹구며 무심히 일했다. 서배너는 자기 삶의 어떤 부분도 결코 잊지 않았고, 자신의 앳된 포주 스킵의 최근 계획들, 그리고 수년 전 미시시피, 걸포트에서 엄마의 요리에 대한 기억들을 넘나들었다.

그건 길다가 서배너에게 또 다른 유대를 느끼는 부분이었지만 길다는 결코 아는 척하지 않았다. 그녀는 농장에서 탈출한 그날 이후 미시시피로 돌아가지 않았지만 그 흙을 지니고 다녔고 그 냄새는 여전히 그녀에게 그 땅을 현실로 느끼게 했다. 서배너와 그녀의 우정은 그들이 온 그 땅에, 그들의 많은 어머니들이 멍에 아래 처음으로 허리가 굽어졌던 곳을 기반으로 했다.

길다는 눈을 감고 자신의 머리카락을 빗고 땋는 엄마의 손을 느꼈다. 그녀는 머리카락이 뒤로 넘겨져, 두피 위로 줄지은 옥수수처럼 땋아져 가면서 두피가 바짝 당겨지던 느낌을 떠올렸다. 이내 그 손길은 머리 가닥들을 풀고 숱 많은 검은 머리채를 하나로 빗어 길고 촘촘히 땋아 목뒤에서 마무리하던 버드의 손길이 되었다. 그들의 손은 거친, 노동자의 손이었다. 여전히 다정해지는 법을 아는 자급자족적인 손. 길다는 서배너의 빛나는 하얀 머리카락을 부드러운 손놀림으로 풀었다. 그 색깔은 엘리너의 얼굴을 둘러쌌던 빛을 발하는 빨강과 깊은 대조를 이루었다. 자신이 다시는 그 구불거리는 머리에 얽힌 빛을 볼 수 없다는 걸 아는 건 슬펐지만 길다는 현재에 존재하는 서배너와 다른 이들에 대한 애정이 그 과거를 가리기 시작했다는 것을 깨달았다.

어떤 상황에서건 대화를 계속할 수 있는 서배너의 능력은 길다를 놀라게 했다. 그녀는 길다가 머리를 말리고, 펴고, 마는 내내 거의 질문 없이 얘기를 계속했다. 찰나의 침묵이 유리문을 두드리는 커다란 소리에 깨졌다. 길다는 고데기를 걸이에 다시 놓고 성급하게 불을 껐다. 그녀는 자신의 몽상만큼이나 리듬이 방해받는 것을 싫어했다. 노크 소리가 다시 들렸고 이번엔 더 커졌다. 길다는 친숙한 얼굴의 남자에게 문을 열었다. 남자의 눈이 칸을 나누는 칸막이들을 꿰뚫을 수도 있을 정도의 강렬함을 담아 가게 안을 휙 돌았다.

길다는 그의 이름이 기억나지는 않았지만 매사추세츠 애비뉴에 줄지은 가게와 바에서 쓰이는 편안한 목소리로 말했다. "뭘 도와드릴까요?"

그녀는 이것이 일상적인 방문이 아니라는 걸 알았다. 길다는 한결같은 시선과 옅은 미소를 유지했다.

"토야를 찾고 있소." 키가 큰 남자는 말하며 길다를 밀치고 가게 안으로 들어갔다. 서배너가 앞으로 내앉으며 머리를 칸막이 밖으로 내밀었다. 그녀의 머리카락은 한쪽은 깔끔하게 줄줄이 말려 위쪽으로 뻗어 있었고 다른 쪽은 쭉 뻗은 채였다. 그녀는 포획된 희귀 새와 닮아 보이는 번뜩이는 눈으로 딱딱거렸다. "그 여자 건드리지 마시지?"

"신경 꺼, 잡년아!" 그의 목소리는 단조로웠고 그는 그녀를 똑바로 보지 않았지만 빈 칸막이 안을 둘러보았다. "그 여자가 머리하러 여기 온다고 했는데." 거짓말이 분명했다.

길다는 빛나는 긴 곱슬머리를 포니테일로 하나로 묶거나 어울리지 않게 풍성한 금발 혹은 붉은 머리의 가발을 뒤집어쓰는 여자를 기억해 냈다. 헝클어진 머리카락 아래엔 늘 피곤한 눈이 있었다.

"글쎄요, 여기 없는 거 보일 텐데요." 길다가 말했다.

"그 여자가 나타나면 냉큼 데일 스트리트에 엉덩이 도로 붙이는 게 나을 거라고 하쇼. 폭스가 아직은 그렇게 화가 나지 않았으니까. 아직 어디 부러뜨린다는 소리는 안 하고 있거든." 그의 교활한 웃음은 그의 얼굴을 쥐와 닮아 보이게 했다.

그 오싹한 표정에 길다는 그에게 한 방 먹이고 싶었다. 대신에 더 활짝 미소 지으며 가까이 다가갔다.

서배너가 느릿느릿 말했다. "어이쿠, 그냥 놔둬요, 길다, 저 남자는 아무것도 아냐. 그냥 폭스의 똘마니 중 하나지."

"병실 신세 좀 지고 싶어? 너랑 너를 태우고 다니는 약쟁이 동성애자 놈까지 더블로 잡아줄 수 있는데." 그가 비웃었다.

"그런 일이 생긴다면…." 길다는 낮고 고른 어조로 말했다. "당신 운명이 그다지 즐거울 것 같지 않은데."

남자는 길다의 목소리에서 긴장감을 들었고 그녀의 몸을 둘러싼 공기에서 불안감을 주는 서늘함을 느꼈다. 손등으로 길다를 치고 싶은 근질거림이 치솟는 눈으로 그는 문 쪽으로 물러났다. 그는 나가면서 현관문을 유리가 흔들릴 정도로 쾅 닫았다.

길다는 깊은숨을 몇 번 쉰 다음 서배너에게 몸을 돌렸다.

"자기야, 저런 바보들한테는 좀 더 조심해야 해요." 서배너가 말했다. "저 깜둥이는 토끼만큼 미쳤다고, 그리고 폭스, 그 남자는 그냥 완전 악마지. 난 그 남자가 콜럼버스 애비뉴에서 별 이유도 없이 한 여자의 팔을 부러뜨리는 걸 봤다고. 토야가 똑똑하다면, 지금쯤 그 비쩍 마른 엉덩이를 뉴올리언스에 다시 붙였을 거예요."

길다는 몇 년 뒤에 뉴올리언스가 어떤 모습일지 궁금했다. 그녀는 거기 있는 토야를 상상할 수 있었다. 델타 지역의 태양에 반짝이는 그 초로의 피부를. 뉴올리언스라는 말소리를 들으니 또한 그녀의 마음속에 그들이 공부하는 방에 조심스럽게 앉아 있는 버드의 모습이 선명하게 떠올랐다. 길다는 빨갛게 달아오른 고데기를 식히기 위해 공중에 들었다.

"폭스라는 사람이 어떻게 생겼어요?"

"아주 매끄러운 피부에, 밝은 눈을 했지. 검은 유리창이 달린 짙은 녹색 캐디를 몰고 다니고. 폐점 후의 술집들 외에는 그다지 나오지도 않아요. 보면 알 거예요. 영안실처럼 싸늘하다니까."

오랫동안 길다는 그 거리의 여자들과의 친분을 즐겼다. 여러모로 그들은 우다드의 여자들과 닮았지만 이 세계는 종종 더 냉혹하고 더 위험했다. 그들의 동지애와 에너지는 늘 길다에게 힘을 주었다. 서배너는 다시 자기 이야기를 시작했다.

그들이 뒷골목 쪽 창문을 가볍게 두드리는 소리를 알아차린 건 잠시 뒤였다. 길다는 고데기를 다시 내려놓고 작은 창고와 골목 쪽 출구로 열리는 문을 향했다.

"아, 젠장." 서배너는 무슨 일이 벌어지고 있는지 깨닫자 중얼거렸다. 그녀는 가게 앞으로 가 블라인드가 완전히 닫혀 있고 문이 잠겨 있는지 확인했다. 길다는 미용사들이 가끔 손님이 오고 가는 사이에 휴식을 취하는 작은 소파 하나와 상자와 물건들이 가득 들어찬 뒷방 문의 빗장을 풀었다. 출입구에 선 토야는 자그마했다. 촘촘히 땋인 토야의 검은 곱슬머리가 이번만은 그녀의 실제 나이인 10대처럼 보이게 했다. 그녀는 공포로 그늘진 검은 눈으로 얼어붙은 채 불빛 앞에 서 있었다.

"미안해요, 길다. 미안해요. 달리 갈 곳이 없었어요. 그가 사방으로 나를 쫓고 있어요." 길다는 그녀를 안으로 끌어당기고 문을 닫았다. 소파에 앉은 토야는 밤공기가 그녀를 뚫고 지나듯 격렬하게 떨었다. 서배너가 뒷방으로 와 넓은 어깨로 문간을 가득 채웠다.

"저들이 여기 뒤에 보관하는 그 술 좀 줘요."

길다는 소녀의 떨리는 어깨의 연약함에 매료되어 응시했다. 저 안 어딘가에서, 그녀는 자신의 마지막 눈물을, 자신이 마지막으로 이렇게 연약했던 때를 떠올렸다. 버드가 변화를 완성할지 말지 결정하길 기다리던 농가에서의 그날 밤을. 그녀는 버드가 자신에게 인간의 수명만을 남긴 채 두고 가 버릴까 봐 두려웠었다. 길다는 뒤쪽 상자 중 하나에서 진 한 병을 꺼내어 작은 종이컵에 조금 부었다.

"토야, 대체 여기서 뭐 하고 있는 거야? 사라질 생각이면 깨끗하게 사라져야지!"

말은 거칠었지만, 그와 반대로 서배너는 다정하게 소녀의 머리카락을 쓸었다. 토야는 진을 홀짝이며 자신과 폭스의 분노 사이에 선 두 여자를 올려다보았다. 길다는 포스너의 베르가못 상자 위에 놓인 작은 램프를 켜고 토야 옆에 앉았다. 그 순간 길다는 소녀의 뺨에 줄지은 검은 열상들을 보았다.

"이게 뭐지?" 길다가 물었다.

"폭스가 날 때렸어요."

"뭘로?"

"코트 걸이로요. 그는 내가 떠나는 걸 원치 않았어요." 토야는 종이컵에서 한 모금 더 마시고 재빨리 눈을 깜박이며 눈물을 삼켰다. "그런 다음 나를 어떤 방에 가뒀어요. 나는 창문으로 기어 올라서 골목길로 난 포치로 뛰어내렸어요. 그는 내가 짐 없이는 떠나지 않을 줄 알고 창문 걱정은 안 했나 봐요."

그런 다음 토야는 잠깐 웃었다. 그녀의 얼굴에 난 상처들이 주름져 작은 지도가 되었다. "그는 정말 멍청해요, 맙소사! 난 지난 몇 달 동안 물건들을 빼내고 있었어요. 옷이며 다른 물건이 이미 버스 정류장에 있는 로커에 있다고요. 내 돈도요. 내가 자기만큼 멍청하다고 생각한 거죠!" 그런 다음 토야는 다시 울기 시작했다.

"그래, 네가 멍청이는 아니지. 그래서 그레이하운드로 못 가는 거잖아!"

"언제 떠났어?" 길다가 물었다.

"이틀 전에요. 그 뒤로 나를 쫓고 있어요. 난 가까스로 벗어나고 있고요. 그 사람은 그냥 내가 다시 기어들기 전에 얼마나 버틸지 보고 싶은 것 같아요."

"돌아가고 싶어?" 길다가 물었다.

"그 사람이 나를 가질 방법은 관 속에 넣는 것뿐이에요. 난 그냥 집에 가고 싶어요."

길다 안에서 분노가 그녀의 피부를 열기로 달구며 소용돌이쳤다. 소녀의 얼굴에 새겨진 흉터들이 길다에게 그녀의 손가락 사이로 폭스의 목을 느끼고 싶은 갈망을 주었다. 하지만 먼저 길다는 토야가 보스턴을 조용히 빠져나가게 도울 터였다. 길다는 이 폭스라는 자와 공공연히 맞서고 싶지 않았다―자신의 분노의 힘이 그녀를 두렵게 했다.

수년 전에 길다가 죽인 남자들의 얼굴이 그녀의 기억을 부유하며 수면에 떠올랐다. 길다는 이제 그 포식자의 눈과, 기절 정도만 예상하며 가격했을 때 짓던 그 충격적 표정을 제외하고는 그 상황들이 거의 기억나지 않았다. 길다는 자신의 두려움과 분노를 그렇게 자유롭게 풀어 놓은 것에 대해 늘 스스로에게 분노할 날 터였다. 자신이 살아남았다는 사실에는 위안이 거의 없었다.

그 얼굴들은 그들을 그 운명으로 이끈 무지와 분노가 제거된 채 길다 안에 남아 있었다. 길다는 그 갤러리에 또 하나를 더할 생각은 전혀 없었다. 어째선지 그들은 쌍둥이 형제처럼, 하나로 녹아든 것 같았다. 죽음에는 공통점이, 모든 얼굴들을 서로 닮게 하는 방식이 있었다. 자신이 삶에 다시 연결되어 있다고 느끼는 지금, 그녀 곁에 버드를 종종 느끼는 지금, 길다는 죽음과의 동반 관계를 다시 확인하고 싶지 않았다. 그녀는 자신의 가게에서 저 여자들의 웃음과 서배너 같은 사람들과 경험한 가족적 유대를 즐길 수 있기만을 바랐다.

길다는 폭스를 가능한 간단하게, 은밀하게 다룰 터였다. 우다드에서 자신에게 주어졌듯, 토야에게 삶을 새로 시작할 수 있는 기회를 줄 수 있는 자신의 능력에 기쁨을 느꼈다.

길다는 토야의 눈을 들여다보며 말했다. "지금 넌 무엇보다 휴식이 필요해. 두려움을 버려. 쉬고 내일을 꿈꿔, 다른 건 잊고. 내가 저녁에 올게."

토야는 잔을 내려놓고 소파 위에 몸을 말았다. 길다는 얇은 담요로 그녀를 덮어 주었다. 그런 다음 그녀와 서배너는 조용히 방을 나섰다. 길다는 문을 잠갔고 서배너는 자신의 두려움과 분노를 가라앉히며 의자로 돌아갔다. 그녀는 길다의 표정과 말의 최면 효과를 놓치지 않았지만 난동을 부리는 폭스를 목격한 순간들을 잊을 수 없었다.

"그 개새끼, 그 염병할 놈!" 그녀는 거친 말이 자신의 공포를 없애주기라도 하듯 커다랗게 말했다. 그러고는 길다가 머리를 다시 시작하자 조용해졌다.

"내가 저녁에 돌아와서 토야를 살짝 빼낸 다음에 기차에 태울 거예요."

"같이 가요. 시간만 알려 줘요." 서배너가 단언했다.

길다는 거의 안 된다고 할 뻔했지만 1955년에 보스턴에서 원주민 사진을 들고 미용실들을 돌아다니며 그 사진처럼 변신하겠다고 고집하는 사람이라면 설득되지 않으리라는 것을 깨달았다.

"내가 몇 푼이라도 같이 보탤게요. 파산해서 집에 가는 건 의미가 없잖아요. 젠장, 고향 무지렁이들이 온통 입을 털어 댈 텐데!" 서배너가 계속했다.

그들은 만날 시간을 정한 뒤로 둘 다 조용했다. 길다는 깔끔하게 줄지은 하얀 컬들을 완성한 다음, 서배너의 머리카락을 단호하게 빗었다. 서배너는 거울을 두 번 보지 않았다. 그녀는 잠긴 창고 문을 흘끗 보고 마음을 다잡고 거리로 나섰다. 공포에 짓눌린 서배너의 표정은 이제 조금 더 성숙해 보였지만 그녀의 미소는 여전히 눈부셨다.

"난 이제 사라지는 게 좋겠어요. 화장실 몇 번 더 가면 토야는 근사하게 집에 가겠지. 나 갈게요, 고지식 여사." 그건 그들 사이의 애정 어린 용어였다. 서배너는 길다가 과거에 매춘 업소에서 일했던 것을 알았다. 그게 100년 전이었다는 건 알지 못했다.

서배너가 떠나자, 길다는 기계적으로 바닥에서 머리카락을 쓸고 자신의 빗들, 고데기들, 브러시들을 정리했다. 그녀는 이질적인 드라이어들이 등마다 달린 두껍고 차가운 의자들, 메리제인 구두들과 스틸레토 힐들에 닳아 얇아진 리놀륨 바닥에 둘러싸여 편하게 긴장을 풀며 그 특이하게 설비된 공간을 둘러보았다. 크롬 코트 걸이에는 다른 여자들이 집에서 침대 옆에 슬리퍼들을 두듯이 두고 간 스웨터들과 여분의 유니폼들이 걸려 있었다. 가장자리가 말린 〈새터데이 이브닝 포스트〉, 〈브론즈 스릴즈〉, 〈포토플레이〉는 눈부신 조명들과 윤이 나는 거울들만큼이나 붙박이들이었다. 개방적이고 친밀하며, 부엌처럼 실용적이지만 열기와 웃음에 너무도 쉽게 변형되는 여자들의 장소. 여자들은 이곳에 와서 다른 여자들에게 마사지를 받고 다른 여자들 손에 아름다워졌다.

길다는 뒷문을 확인하며 토야에게서 나는 소리를 확인했지만 아무 소리도 들리지 않았다. 그녀가 떠나려던 참에 다른 문에 단호한 노크 소리가 들렸다. 길다는 분노하며 가게 앞문으로 걸어갔다. 그녀는 차분하고 자연스럽게 행동하자는 자신의 다짐을 지킬 수 있을지 확신 없이 문을 홱 열었다. 폭스에게 토야의 얼굴에 난 상처들만큼 깊은 상처들을 남기고픈 충동이 일었다. 하지만 문간에는 갈색 피부의 한 여자가 서 있었다. 그녀는 길다와 같은 키였고 검은 눈은 깜박임 없이 길다의 눈을 응시했다. 그녀의 머리카락은 두 가닥으로 땋아 올려 정수리를 가로질러 고정되어 있었다. 가죽끈이 그녀의 목에 감겨 있었고 가느다란 깃털과 작은 구슬들로 만든 귀걸이가 귀에 걸려 있었다.

여자는 가만히 서서 길다를 응시했다. 둘 중 어느 쪽에도 달라진 흔적은 없었지만 지나간 시간이 어떤 차이의 암시를, 그들이 그토록 오랜 시간 떨어져 있었다는 암시를 표면적으로 드러내길 갈구했다. 길다는 얻어맞은 것처럼 자신에게서 빠져나가는 호흡을 느꼈다. 그녀의 입이 그 이름을 말하려 애쓰며 조용히 움직였다. 버드.

길다는 버드가 안으로 들어와 등 뒤로 문을 닫을 동안 뒷걸음질 쳤다. 길다는 창고 안에 숨어 있는 토야처럼, 몇 년 전의 그 아이가 되었다. 길다는 매일 버드를 생각했고, 언제 그녀를 다시 볼지는 확실치 않지만 이 순간을 맞을 준비는 되었다고 확신했었다. 이제 그 순간에 이르자 길다는 자신이 얼마나 준비가 안 되었는지 깨달았다. 길다는 여기 이곳에서 버드라는 과거의 존재를 받아들이기 어렵다는 것을 깨달았다. 상상 속에서, 앤서니와 소렐이라면, 그들이 종종 편지에서 그러겠다고 협박하듯 쉽게 그녀 가게의 문턱을 넘어올 법했다. 하지만 버드는 항상—길다의 마음 속에서—새로운, 현대적이라 불리는 일시적인 물건들에 훼손되지 않은 곳에서 그녀에게 돌아왔다.

길다는 숨을 제대로 쉬지 못하고 눈물 없이 흐느꼈다. 그들은 그들 사이에서 공기가 하나로 흐를 때까지 함께 호흡했다. 길다는 자신의 검은 뺨을 버드의 구릿빛 얼굴에 맞대었다. 그녀는 작은 방에 잠들어 있는 토야를 잊었고, 폭스에 대한 자신의 분노를 잊었다. 그녀는 버드가 자신을 안아 주기만을 바랐다.

"내가 돌아가길 바라는 곳은 시간을 초월하는 곳, 내가 늘 속하고 싶은 네 마음속 그 장소란다." 버드가 길다의 생각을 듣고 말했다. 그들이 서로를 얼싸안을 때 라코타와 홀라니 사람들의 오랜 리듬이 눈물 없이 고요한 소리를 만들며 그들을 둘러싼 공기에서 진동했다. 그들 사이로 과거에 대한 질문들이 내달렸지만 대답할 여유는 아직 없었다.

깊어가는 밤이 그들에게 이제 피를 사냥할 시간이라는 걸 상기시켰다. 그들은 말없이 불을 끄고 가게를 나섰다. 오랜만에 처음으로 함께 사냥에 나선 길다와 버드에게 특정한 과거나 미래에 대한 계획은 중요치 않았다.

그들은 피로 나른했지만 아직 평화에 들지는 못한 채 가게에서 멀지 않은 길다의 아파트로 돌아왔다. 길다가 자신의 세 개짜리 작은 지하방들의 물건들을 가리키자 버드는 작은 가방과 간이 요를 내려놓았다. 길다는 버드가 이미 여기 와서 그것들을 꼼꼼히 관찰했다는 것을 알아챘다. 길다는 거실과 침실로 이동하면서 자신의 물건들에서 미세한 움직임을 느낄 수 있었다. 브러시, 비누, 리넨 시트, 책들 모두가 움직였다가 제자리로 돌아갔다. 먼지 한 톨도 움직이지 않았고, 자리에서 어긋나지도 않았지만, 길다는 그 차이를 느낄 수 있었다. 어릴 때 그녀는 농장 집의 방들을 거의 마찬가지 방식으로 관찰했었다. 거슬릴까 봐, 들킬까 봐 두려워하면서 모든 걸 들어 올리고 살펴봤다. 그녀는 자신이 무엇을 찾는지 몰랐지만 간절히 답을 구하고 있었다.

이제 버드가 침묵으로 자신의 생각을 가린 채 그 방들을 불안하게 빙빙 돌았다. 길다는 소파에 앉아 등받이에 머리를 대고 방 안을 돌아다니는 버드를 지켜보며 자신의 차분함에 놀랐다. 버드는 땋아 올린 검은 머리를 풀어 어깨에 늘어뜨렸다. 버드의 호리호리한 몸은 그녀가 입은 헐렁한 작업복 속에서 한층 더 작아 보였다. 그녀의 넓은 앞이마를 가로지르는 팽팽한 피부에서 유일한 흠은 길다가 너무도 잘 기억하는 왼쪽 눈썹 위의 작은 상처뿐이었다. 길다는 버드가 없던 이전 시간이 아니라 그들을 모두 사랑했던, 그들을 함께 있게 한, 그런 다음 진정한 죽음을 맞은 그 여성을 생각하며 눈을 감았다.

우다드의 풍성한 색채들과 매일 오후 그들이 서로의 이야기들을 나누던 버드 방의 부드러운 불빛이 길다에게 아직도 살아 있었다. 길다는 그 매춘 업소의 아가씨 중 한 명이 그녀에게 버드를 조심하라고 어떻게 경고했었는지, 그리고 버드의 사랑이 담긴 보살핌에 자신을 맡기기가 얼마나 쉬웠던지 떠올리며 미소 지었다. 길다는 버드가 바느질하는 법을 가르쳐줬을 때 찔려 생겼던 작은 구멍들, 그리고 승마 수업에서 안장에 쓸려 생긴 통증들에 거의 소리 내어 웃었다. 이런 사소한, 어린 시절의 상처들은 그녀에게 그들이 헤어진 이래 알아 온 슬픔을 떠올리게 했다.

그들은 밤이 그들 주위를 감싸는 동안 떨어질 수 없는 것처럼 얼굴을 마주했다. 버드는 마침내 열려 있는 침실로 들어갔다. 거기서 그녀는 자신의 요를 길다의 것 위에 던졌다.

"우린 이제 같이 누워야 해." 버드는 부드럽게 말했다.

길다는 자신의 하얀 작업복을 침대 발치에 떨어뜨리고 실제 키보다 약간 더 커 보이게 하는 부드러운 가죽 구두를 벗었다. 버드는 완전한 어둠 속에서 그녀 앞에 발가벗고 서서 오래전의 그 작고 겁에 질린 소녀를 보듯 길다를 바라보았다. 그녀는 길다를 안고 싶은 자신의 욕구에 충격을 받았다. 자신이 떠나야 했던 이유도 거의 기억나지 않았다. 그 고립은 버드가 자신의 미래가 어떨지에 대한 명확한 비전을 얻는 데 도움이 됐지만 또한 그녀를 불안으로 경직되게 하기도 했다. 길다 외에는 그녀의 과거를 공유할 이가 아무도 없었다. 그녀는 두꺼운 침실 문을 잠그고 그 아래 빗장을 질렀다. 길다는 등을 대고 누워 자신을 활짝 열었다. 그녀는 버드가 무엇을 바라든 이것으로 자신이 무력해질 것을 알면서 눈을 감았다. 길다는 버드가 여전히 그 사람의 죽음에 책임감을 품고 있는지, 혹은 사랑을 주려고 돌아왔는지 아직 확신하지 못했다. 그리고 그 질문에 대한 답을 곧 얻으리라는 것을 알았다.

길다는 가슴에 손을 포개고 자신이 진실로 죽는다면 취할 법한 모습을 취했다. 자신에게 생명을 준 두 사람, 자신의 엄마와 자신을 구한 다른 여자를, 그리고 마지막 변화를 완성하며 자신을 지금처럼 살게 한 버드를 생각했다. 소렐과 앤서니가 그녀의 마음속을 떠돌았다. 길다는 그들을 다시 만나기를, 그들과 함께 산 이후 그녀가 배운 모든 것들을 그들과 함께 나누기를 바랐다. 길다는 너무도 작고 어린, 그녀 가게의 뒷방 안에 갇힌 토야를 생각했다. 길다는 자신의 마음을 살피는, 자신이 아는 모든 것을, 심지어 토야를 안전하게 이끌 계획까지 아는 버드를 느꼈다.

길다는 버드가 삶 혹은 파멸을 결정하기를 기다리며 자신의 마음을 쉬게 했다. 버드에게 생명 이상을 빚졌지만 버드가 어렸던 자신에게 얼마나 큰 의미였는지 전할 말을 찾을 필요는 없다는 걸 알았다. 길다는 눈을 감고 버드의 힘에 자신을 무방비하게 둔 채 그저 기다렸다. 자신의 눈썹 위에 닿는 버드의 부드러운 손길이 한순간 엄마의 손길처럼 느껴졌다. 버드는 이내 그녀의 목을 쓿고 등까지 부드럽게 미끄러져 들어가 털 바로 아래, 신경이 한데 모여드는 부드러운 부위를 문지르며 그녀의 허벅지 안쪽에 간질거리는 흥분을 일으켰다. 방 안에는 그들의 숨소리 말고는 아무 소리도 들리지 않았다. 길다의 호흡은 느리고 거의 감지할 수 없었다. 버드의 숨은 달릴 준비를 하는 것처럼 보다 깊었다. 버드가 길다의 이마에 키스했을 때 길다는 그 친밀함에 충격을 받았다. 지금까지 그녀는 자신이 누군가의 옆에서 잠든 지 얼마나 오랜 시간이 지났는지 생각해 보지 않았다. 버드는 그녀의 뺨에 부드럽게 키스한 다음 그녀의 귀로 옮겼다.

버드는 두 사람 모두 그 힘을 가진, 최면을 거는 시선처럼 길다를 붙드는 낮은 어조로 속삭이기 시작했다. 버드의 말들은 부드럽고 차분했다. 버드는 자신의 삶과 외로움에 대해, 늘 자신이 사랑하는 이들을 밀어내며 아무도 없이 존재하는 것에 대한 두려움에 대해 말했다. 그녀는 말이 거의 의미가 없다는 것을 알고 길다의 귀에서 가슴으로 내려갔다. 길다의 몸은 풍만했고 버드는 그 현실감에 사로잡혔다. 그녀는 오른쪽 가슴 아래를 가르고 그 짙은 검은색 사이, 길다의 검은 피부에 대조되어 한층 더 짙은 그 피를 바라보았다. 버드는 그 몸에 자신의 벌어진 입술을 대고 탐욕스럽게 그 생명을 들이마셨다.

이 욕망은 그들의 피에 대한 욕구와 다르지 않았지만, 그녀는 이미 자신의 몫을 취했다. 그건 갈망과 다르지 않았지만, 더 복잡했다. 버드는 거의 모성애와 닮은 사랑을 느꼈지만 더한 무언가가 있었다. 길다의 몸에서 버드의 몸으로 피가 흘러드는 순간 둘 다 그 필요성을 이해했다—그건 완성을 위한 것이었다. 그들은 함께 했었지만, 결코 가능한 만큼 서로를 완전히 받아들이지 못했었다. 가족적인 유대를 굳히지 못했었다. 길다는 자신에게서 생명이 빠져나가는 것을 느꼈다.

특별한 고요함이 방 안에 내려앉으며 길다의 몸을 단단히 짓눌렀다. 그녀는 자신이 그래야만 하는 운명인 것처럼, 여러 다양한 악의에서 살아남으며, 인간 생명의 나약함과 자신의 책임을 깨닫기 시작하며 살아왔다. 그녀의 근육들은 느슨해졌고, 그녀의 뼈들은 요 아래로 가라앉았다. 버드가 그녀를 살게 할지 어떨지는 더 이상 걱정거리가 아니었다. 길다의 몸은 그녀의 가슴 위에 올려진 버드의 무게에도 불구하고 따듯하고 가볍게 느껴졌다. 그녀는 버드의 손길을 거의 느끼지도 못했다.

길다의 머리는 100년도 전의 기억들부터 밀려드는 만화경 같은 이미지들로 가득 찼다. 현재는 더 이상 존재하지 않았다. 그녀의 삶은 시간을 걸쳐 뻗어 있는, 바람과 함께 웅웅거리는 팽팽하고 섬세한, 강하고 뻣뻣한 선이었다. 그 선 위에서 노래하는 얼굴들은 더 이상 어린 시절의 흐릿한 이미지들이 아니라 선명하고 아주 가까이 있었다. 길다의 엄마도 소녀를 안고 난로 옆 그들의 딱딱한 요에서 재울 때 부르곤 했던 같은 노래를 불렀다. 언니들도 땀방울이 고인 입술로 똑같이 미소를 띠고 가차 없는 태양 아래 끝없이 뻗은 줄들을 내려가며 모두 거기 있었다. 자신들이 잡혀 있다는 걸 알기엔 너무 어려서, 그들은 웃었다. 그녀는 버드가 말없이 길다의 변화를 완성했던, 그런 다음 그녀를 첫 사냥에 데려갔던 농장 집의 그날 밤으로 돌아갔다.

버드는 그날 밤 그랬듯 길다에게서 피를 빨아들였다. 길다는 생명이 자신에게서 빠져나가는 것을 느꼈다. 앤서니, 소렐, 아우렐리아의 얼굴들이 그녀 앞에서 일렁이다가, 사라졌다. 그녀의 몸은 스스로를 비우고 쏟아내고 안팎을 뒤집으며 그릇이 되었다. 피의 냄새가 죽어가는 꽃의 지나친 달콤함처럼 답답하게 방을 가득 채웠다. 버드는 죽음이 요구를 마치기를 기다리며 누워 있는 길다에게서 자신의 무게를 들어 올렸다. 그녀는 버드가 자신의 죽음을 원할 법한 이유를 이해한다고 생각했다. 그 죽음은 과거에 종지부를 찍을 테니까. 지금 그건 중요치 않았다. 그녀 몸의 근육이 뼈에서 사라질 때 무엇도 중요하지 않았다.

이내 길다는 자신이 부드럽게 들어 올려지는 것을 느꼈다. 그녀는 이렇게 빨리 끝날 수 있는지, 자신이 죽어 버드가 자신의 시신을 수습하고 있는지 궁금했다. 버드는 길다를 끌어안고 자신의 가슴 아래 피부를 갈랐다.

버드는 피로 길다의 얼굴을 적시며 길다의 입을 그 붉은 상처에 눌렀다. 이내 길다는 간절하게 피를 마시며 자신을 채웠고,

그러면서 손으로 버드의 가슴을 문질렀다. 처음엔 호기심으로 부드럽게, 이내 거칠게 그 젖꼭지를 만지면서. 자신에게 생명을 준 이 몸을 알고 싶었다. 길다의 심장이 그들의 피로, 두 해안 사이의 조수로 부풀었다. 외부인에게 그 광경은 무서운 것이었을지도 모른다. 빨갛고 번들거리는 얼굴들, 초점 없이 텅 빈 눈, 젖어서 미끈거리는, 생명력으로 팽팽한 그들 몸에서 나는 소리.

하지만 그건 탄생이었다. 마침내 자신의 아이를 세상에 내놓을 수 있는, 그 아이를 돌볼 수 있는 어머니. 길다를 요구한 것은 죽음이 아니었다. 그건 버드였다.

버드는 길다의 몸을 스펀지로 문질러 그 피와 땀을 씻어냈다. 그녀는 아이에게 그러듯 길다에게 시간을 들였다. 연인에게 그러듯 길다에게 달콤한 말들을 속삭였다. 그들은 등을 대고 누워 그들을 둘러싼 어둠을 응시했다.

"그녀의 죽음에서 저를 용서했나요?"

"아니." 버드는 대답했다. "난 용서할 필요가 없다는 걸 배웠단다. 그녀는 항상 죽음과 우리 삶에서 죽음의 역할에 대해 얘기했지. 난 그녀의 말을 듣지 않기를 선택했어. 그녀가 대낮에 자신의 죽음을 환희로 감싸 안는 걸 느꼈을 때조차, 난 그녀에게 귀 기울이기를 거부했어. 난 그 농장 집 거실에서 그녀가 자신을 열어 보일 때까지 그녀에게 귀를 기울이며 서 있었지. 난 이제 그게 내게 파도와 햇빛과 하나 되는 그녀를 들려주기 위한 것이었다는 걸 안다. 그녀는 그 감촉을, 자신의 살이 녹고 의식이 꺼지는 느낌을 갈구했지. 그녀는 행복했어. 하지만 난 너무 이기적이어서 그걸 듣지 못했다. 나는 내내 그녀에게 그녀의 것인 마지막 권리, 자신이 원하는 시간 원하는 곳에서 죽을 권리를 거부하고 있었어. 그건 가장 근원적인 힘이지." 버드는 수치심에 말을 멈췄다.

"어디 갔었어요?" 길다는 버드의 슬픔을 이해하기 시작했다.

"난 항상 네 뒤에 있었다. 끔찍한 세월을 살아남은 내 부족 사람들에게 돌아갔었지. 도움이 될 만한 곳에서 내 지식과 힘을 제공하면서 내 사람들과 함께 지내는 법을 다시 배우려고. 혼자가 되는 법을. 그 들판에서조차, 나는 네게 귀를 기울였다."

"그녀는 내가 당신의 가족이 되길 원했어요. 당신이 나를 용서할 수 없다면 난 그녀를 실망시킬 거였어요." 길다의 목소리는 다시 우다드에서 가르침을 얻는 그 소녀의 목소리였다.

"너는 실망시킬 아이가 아니란다, 내 아이야."

"난 당신이 떠난 뒤 곧 그걸 깨달았어요. 그리고 혼자 사는 법을 배웠죠. 내가 스스로를 의심한 건 내가 다시 다른 이들과 살고자 애쓸 때였어요. 나는 당신이 무엇을 느꼈는지 확실히 알지 못하고는 그럴 수 있을 것 같지 않았어요, 하지만 점점 더 쉬워졌어요. 소렐과 앤서니와 함께 지낸 시간이 과거를 치유하는 데 도움이 됐죠."

"난 우리 수업 첫날에 네가 잘 배우리라는 걸 알았지, 내가 있든 없든."

"그리고 지금은요?"

"지금 나는 여기 가족으로 방문한 거란다."

여명은 아직 하늘가에 머물러 있었지만 그들은 겨우 서로의 곁에 머물 힘만 남아 있었다. 서로의 손을 잡은 채로 밤은 평소의 속도대로 흘러 달과 별이 위로 소용돌이치고 해가 따라잡으려 뒤를 쫓았다.

분홍빛이 하늘에 닿기 전에 길다는 소스라치며 깨어났다. 그녀는 자신의 공포의 근원을 더듬으며 어둠 속에 일어나 앉았다. 버드의 낮은 목소리가 그녀 곁에서 무슨 일인지 물었다.

"가게… 가게예요!"

그들은 재빨리 옷을 걸치고 거리로 뛰쳐나가 미용실까지 몇 안 되는 긴 블록을 내려갔다. 그들은 소방차들이 소방서를 떠나기 전에 타오르는 불꽃 앞에 서 있었다. 붉어지는 유리 창문을 바라보고 선 길다는 목구멍에서 솟구치는 비명을 느꼈다.

"뒤!" 버드가 소리쳤고, 그들은 블록을 돌아 골목으로 뛰어갔다. 24시간 밝은 매스 애비뉴와 달리 골목은 칠흑처럼 까맸다. 그래도 길다는 자신의 가게 뒤쪽 작은 뜰까지 길을 찾는 데 아무 문제 없었다. 그녀는 다가오는 소방차 소리가 그들에게 닿았을 때 울타리를 뛰어넘었고 버드가 뒤를 따랐다. 건물의 구멍들에서 연기가 새어 나왔다. 열기가 그 주변에 물결모양의 기운이 되었다. 길다는 주먹을 들어 뒷문을 내리쳐 딱 자기 손만 한 구멍을 냈다. 그리고 안에 손을 집어넣어 문을 열었다. 버드가 경첩에서 문을 거의 떼어내다시피 홱 열어젖혔다. 토야는 얕은 숨을 내쉬며 여전히 죽은 듯이 누워 있었다. 길다가 그녀를 진정시켜 잠들게 한 주문이 여전했다. 버드가 토야를 안아 올리며 잠긴 보관창고 문 맞은편의 불꽃 소리와 가솔린의 톡 쏘는 냄새에 쵀면에 걸린 듯 선 길다에게 "밖으로!" 하고 외쳤다.

 소방차가 도착할 무렵, 버드, 길다, 토야는 몇 블록 떨어져 있었다. 길다의 아파트에 들어서자 그들은 그 조용한 형체를 바라보았다. 불은 번지지 않았지만 연기는 짙었다. 버드는 토야의 호흡을 듣고 그녀의 맥박을 짚고, 지켜보며 묻는 길다에게 안심시키는 몸짓을 해 보였다. 버드는 소녀에게 몸을 숙여 폐에 호흡을 불어넣어 소녀의 흉부를 터질 듯 부풀렸다. 그런 다음 버드는 여러 번 피로 그랬듯 숨을 다시 빨아들였다. 그녀는 오염된 공기를 빼내고 소녀의 입에 다시 공기를 불어넣었다.

 "아이를 깨우렴." 버드가 말했다.

 길다는 소파 옆에 무릎을 꿇고 소녀의 이마를 흔들며 소녀가 눈을 뜰 때까지 귀에 속삭였다. 소녀는 지난 며칠간의 일이 일어나지 않은 것처럼 길다에게 미소를 짓다가 이내 불안으로 눈이 흐려졌다. 토야는 달라진 주변에 혼란스러운 듯 둘러보았다.

 "우리가 널 여기로 데려왔어. 가게에 불이 났거든."

 "불이요! 난 불에 대해 꿈을 꾸고 있었지만 깨어날 수 없었어요. 난 깨어날 수 없을까 봐 무서웠어요."

 "걱정하지 마, 네가 어디 있는지 아무도 몰라."

 "그 사람이 내가 그 불 속에 있다고 생각한다는 거죠?"

 "그자가 그런 짓을 할까?"

 "폭스가 할 수 있는 짓에 비하면 그건 아무것도 아닌 걸요."

 길다는 버드를 쳐다보며 침묵했다. 버드는 몸을 돌렸다. 그녀의 등을 가로지르는 근육들에서 잔물결이 일어 액체에서 돌로 옮아갔다. 버드가 토야를 향해 결혼하지 않은 이모의 달콤한 미소를 지었다.

"이 일에 대해선 1분도 더 걱정하지 말려무나. 길다와 내가 폭스를 처리하마."

"안 돼요, 제발 그와 맞서려 하지 마세요. 당신들은 그를 몰라요. 그는 당신들을 다 죽이고 웃을 거예요. 그냥 지금 날 보내주세요. 그자가 내가 불 속에 있다고 생각한다면…."

"안 돼, 토야. 여기 있고 무슨 일이 있어도 문을 열지 마."

소녀는 불안해 보였다. 지난 사흘 이후, 무엇도 그녀에겐 현실적으로 보이지 않았다. 토야는 초조하게 웃었다.

토야는 길다의 소파 위에 다리를 올려 몸 아래 깔고 앉아, 멍하니 어둠 속을 응시하고 있었다. 그들이 기다리라 말했으니, 그녀는 기다릴 터였다. 달리 갈 곳이 없었다.

길다와 버드는 매스 애비뉴로 다시 돌아갔다가 길다의 가게였던 연기가 피어오르는 잔재 앞에 모인 몇몇 사람들을 보았다. 그들은 격한 감정들을 드러내며 백인 소방관들을 지켜보는 검은 얼굴들의 무리에서 떨어져 서 있었다. 그들의 동네에는 늘 너무 늦게 도착하는 듯 보이는 백인들에 대한 그들의 분노는 연기만큼이나 매서웠다. 그들에게 주어진 구원자들이 어떻든 사적인 관심은 전혀 품지 않을 걸 아는 그들은 무엇이든 그 불길에서 살아남기를, 잠옷 바람으로 간절히 바라며 서 있었다.

불길은 두려움과 매혹으로 지켜보는 그 얼굴들에 오렌지색 빛을 던졌다. 길다는 웃고 있는 한 남자의 시선을 알아차렸다. 불꽃이 남자의 눈을 반짝이는 보석처럼 호박빛과 붉은 빛으로 보이게 했다. 남자는 움츠러들지 않고 길다의 눈을 똑바로 응시했다. 그녀는 그가 폭스라는 것을 알았다. 그의 미소에는 유머가 없었고 눈은 생기가 없고 강렬했다. 그가 그녀를 응시할 때, 길다는 그의 증오와 그 증오가 그에게 가져다주는 즐거움을 보았다. 그녀의 몸이 깨달음으로 굳어졌다. 버드 역시 그걸 느끼고 폭스가 군중에서 멀어져 매사추세츠 애비뉴를 빠르게 걸어갈 때 길다의 팔을 꼭 잡았다. 길다는 그 물 흐르는 듯한 동작, 불가해한 눈을 알아차렸다. 그 역시 그랬다―그들 중 한 명이었다.

여기서 사는 동안, 길다는 다른 이들을 찾아 탐색했고 아무도 없었다. 혹은 그렇다고 생각했다. 그는 자신의 생각들을 의도적으로 가렸고 아마도 길다의 존재를 단순히 무시하는 것으로 충분히 안전하다고 느낀 것 같았다. 더 이상은 가능치 않을 터였다.

군중에서 멀어지자 폭스는 세차게 몸을 휙 돌려 그 자리에 없었던 듯이 사라졌다. 불의 열기가 그가 남긴 서늘하고 텅 빈 공간을 채웠다. 길다는 그를 따라가려고, 그를 찾으려고 조바심을 치며 버드의 손을 힘껏 떼어냈다. 버드가 말했다. "내일까지 기다리자꾸나. 저자는 죽이기가 좀 어려울 거다."

길다와 버드는 화재와 붐비는 보도에서 멀어졌다. 그들은 길다의 지하 아파트로 이어지는 문에 거의 다다를 때까지 말하지 않았다. 버드가 먼저 말했다. "내가 좀 어리석게 느껴지는구나. 너에게 오기까지 그리 오래 기다리다니. 어떤 순간도 옳아 보이지 않아. 난 네가 날 기다리고 있다는 걸 알았지만 여전히 우리가 서로의 곁에서 편하게 느낄 수 있을지 믿을 수가 없었다. 이제 우린 여기 있지. 정확히 내가 계획한 대로는 아니구나."

"소렐과 함께 보낸 시간이 이해에 도움이 됐어요." 길다가 대답했다. "그 이후엔, 당신이 돌아오길 기다리는 시간이 그다지 나쁘지 않았어요. 난 괜찮은 삶을 살았어요. 누구도 가족으로 들이지 않았지만, 어쩌면 그때가 가까이 왔을지도요. 우리가 우리 사이의 구멍을 고칠 때까지는 그런 기회를 받아들일 수 없었어요."

문간에서 버드가 말했다. "나는 수년간 이 땅에 흐른 내 사람들의 소중한 피를 너무 많이 봤다. 내가 그들에게 돌아가기 전에 이번이 회복의 기회가 되길 바랐지만, 전쟁이 내가 깨달았던 것보다 더 전면에 이르렀다는 걸 알겠구나. 이 폭스라는 자는 우리가 봐왔던 다른 자들과 같다. 그는 수그러들지 않을 거야."

길다가 아무 말이 없자 버드는 덧붙였다. "그녀를 자유롭게 하려면 우린 그를 파괴해야 할 거야. 이해하겠니?"

"네." 길다는 어떤 식으로 일이 흘러갈지 실제로 이해하지 못한 채 말했다.

"다음 몇 시간 동안은 얘기할 시간이 거의 없을 거다. 하지만 이제부터 우린 그저 앞으로 나아갈 뿐이라고 말해 두마." 저녁의 불빛에 비친 버드의 빛나는 갈색 얼굴이 길다를 기쁘게 했고 그녀의 불안들을 거의 쫓아냈다.

토야는 그들이 들어갔을 때 문을 쳐다보며 소파 위에 거의 같은 자세로 앉아 있었다. 길다가 문간에 나타난 순간 토야의 눈에 공포가 서렸다가 이내 안도감으로 변했다.

"가게는 아마 완전히 타 버린 것 같지만 위층 사람들은 아무도 다치지 않은 것 같아." 길다는 무표정하게 있는 토야에게 양팔을 둘렀다.

"네가 뭘 어쩌겠다는 생각은 하지 마." 길다가 계속했다. "우리가 처리할 테니까. 제발 나를 믿어." 토야가 항의하기 시작하자 길다는 그저 자신이 이미 문제를 해결한 것처럼, 그들을 기다리고 있는 공포의 조짐이 없는 것처럼 계속 말했다.

"내 정신 좀 봐. 이쪽은 버드야, 세상에서 가장 오래된 내 친구지." 버드는 그 단순한 설명에 웃음을 터뜨리고 손을 내밀어 토야의 손을 쥐었다.

"길다가 옳아, 우리가 처리하게 두렴. 내일 밤이면 너는 너무 오래 나가 있던 딸에게 수선 떠실 네 어머니 외에는 걱정할 일이 조금도 없이 집에 돌아갈 거다."

토야는 대답할 기운이 없었다. 그녀는 자신이 품은 모든 질문들을 정신없이 내달렸고 얻게 된 유일한 답이라곤 내일 이 시간이면 그들 모두 죽어 있으리라는 것뿐이었다.

"네가 할 일은 네가 너의 어머니와 고향의 다른 사람들을 마주했을 때 어떻게든 집으로 돌아왔다는 걸 기억하는 거다. 네가 이 위에서, 이 삶에서 했던 일은 전혀 부끄럽지 않아. 나도 그 일을 했단다. 오래전이었지만 내게서 어떤 흔적도 보이지 않지. 부디 이 시간을 뒤로 남기렴, 집과 미래만 생각해라." 버드가 부드럽고 음악적인 목소리로 말했다.

그녀는 토야의 눈을 들여다보며 그 손을 마사지했다. 이내 토야는 버드의 의지에 사로잡혀 잠들었다. 그들은 그녀를 소파에 눕히고 이불을 덮어 준 다음 침실로 갔다.

길다가 침실 문에 빗장을 지른 뒤, 그들은 또 다른—그들 중 한 명이 아닌—이가 이토록 가까이에 잠들어 있다는 데 거북함을 느끼며 헝클어진 이불 위에 옷을 입은 채로 누웠다. 그들의 호흡은 고르고 얕았고 그들의 맥박은 거의 감지할 수 없을 정도였다. 이것이 정말 잠이라면 그들은 잘 잤다고 말할 수도 있으리라.

일요일 저녁이면 411라운지의 문이 또 다른 세계로 열렸다. 다른 이웃과 완전히 동떨어지진 않았지만 하나의 판타지에 더 가까웠다. 저녁 7시, 바에는 사람이 거의 없었고 두 흑인 남자가 텔레비전을 보며 스툴에 걸터앉아 있었다. 바텐더가 베니션 블라인드 너머 창밖을 내다보다가 세 여자가 들어오자 그저 잠깐 시선을 올렸다. 버드의 긴 외투가 펄럭거리며 문틈을 채웠다. 그는 토야를 알아차리자, 더 자세히 살펴봤다. 거리에 소문이 무성했다.

여자들은 바를 지나쳐 뒤로 걸어가 테이블들 중 하나에 앉았다. 여기는 거리의 여자들과 남자들이 물러나 자기 자신이 될 수 있는 곳이었다. 포주들과 일하는 아가씨들이 서로 터무니없이 추파를 던지며 삶을 흥미롭게 만들기 위해 구성된 드라마들을 연출했다. 때로 거리 위의 게임들은 위험했지만, 411라운지는 가족이 함께 쓰는 거실 같았다. 사람들이 여기서는 거의 목소리를 높이지 않았다. 사장인 행크가 허용치 않았다. 하지만 그들은, 길다가 버드에게 장담했듯, 관찰하고 소문을 냈다. 그들이 411에서 서배너와 헤어지면 폭스가 알게 될 것이다.

요리사는 그들 셋이 들어오는 걸 보고 주문을 받으러 나가기 전에 타레이턴 담배를 마지막으로 몇 모금 빨았다. 토야를 알아봤을 때 그녀는 일요일마다 웨이트리스를 쓰지 않는 걸 후회했다. 그랬다면 부엌에 머물며 틀림없이 폭발할 일을 피할 수 있었을 터였다.

그녀는 자신의 아이들이 오늘 밤 다른 계획이 있어 저녁을 먹으러 뒷문으로 들어오지 않을 것에 안도했다.

헨리에타가 길다의 테이블에 다가갔을 때 누구도 주문할 준비가 되어 있지 않았다. 토야는 계속 머리를 흔들며 말했다. "나는 기다릴…."

"오늘은 웨이트리스가 없어요. 그러니 바에서 뭐가 필요한 게 있으면 직접 주문해 주겠수?"

길다는 이곳이 어째서 이렇게 차분한지 떠올렸다. 헨리에타는 압도적인 권위의 상징이었다. 여기 있는 모두가 무슨 일이 벌어지고 있는지 아는 게 분명했지만, 헨리에타의 코코아 같은 갈색 얼굴은 무표정했다. 헨리에타의 크고 검은 눈이 찰나의 순간 그녀의 걱정을 드러냈다. 이마에 단단하게 말려 있는 희끗희끗한 곱슬머리는 180센티미터 키에 90킬로그램의 거구 위에 인상적으로 놓여 있었다. 살짝 어깨를 덧댄 그녀의 드레스 선은 풍만한 가슴 주변에 부드럽게 떨어졌다가 허리에서 들어가고 다시 단단한 엉덩이둘레에서 불거져 나왔다. 위에 덧입어 허리에서 단단히 묶은 커다란 하얀 앞치마가 그녀에게 허튼짓이 통하지 않는 인상을 주며 선명한 빨강 립스틱 칠과 자극적인 대조를 이루었다.

그녀는 상황을 이해하고 자신이 아는 유일한 방식으로, 이들 역시 자기 아이들인 것처럼 대응했다. "그 난리통에서 뭐라도 건질 순 있겠어?" 헨리에타가 길다에게 물었다. 이 거리에서는 모두가 모든 걸 알았다.

"자세히 보진 않았지만 아닐 것 같아요."

"보험은 있지, 응?"

"네, 그걸로 대부분은 메꿀 것 같아요. 그냥 아무도 안 다쳐서 기쁘네요. 서배너가 오늘 밤 여기 왔나요?" 길다가 화재와 토야 사이의 연관성을 피하려 애쓰며 물었다.

"아니, 일요일에는 잘 안 오는 거 알잖아. 일요일엔 자기 애들 말고는 누구랑 말도 안 하려고 하는걸. 일요일에는 장거리 전화가 아무것도 아닌 것처럼 애들한테 두세 번씩 전화를 해대지." 헨리에타는 말하면서 전에 한 번도 보지 못한 버드를 재빨리 흘끗 보았다. 그녀는 그 솔직한 얼굴과 불안한 기운에 어리둥절해 보였다.

"그 남자가 9시 이후면 아마 여기 올 거 알지." 그녀는 토야를 보며 말했다.

토야는 끄덕이고 길다를 쳐다보았다. "우린 서배너를 기다리다 나갈 거예요. 하지만 토야는 식사를 해야 해요."

토야가 말하기 전에 헨리에타가 질문을 정리했다. "이 애가 뭘 좋아하는지는 내가 알지. 내가 좀 담아다 주마. 지난밤에 남은 얌

이 좀 있어. 그걸 좀 데워 오지. 저 앤 달콤한 걸 좋아한다우. 자기들은 뭘 줄까? 오늘 밤은 내 닭요리가 진짜 끝내주는데."

길다와 버드 모두 고개를 저었다. 헨리에타는 보통 여자 셋이 한 접시를 주문하면 화가 났지만, 강요하지 않았다.

그녀가 테이블을 떠나자 버드가 일어나 바로 갔다. "소렐이 네 주종을 샴페인으로 만들려고 애썼다는 걸 알지만." 버드가 미소를 지었다. "오늘은 깔끔하게 마셔야 할 것 같구나." 버드가 돌아오자, 그녀와 길다는 묵직한 유리잔을 홀짝이며 술의 열기로 몸을 달구었다. 알코올이 혈류에 흘러들자 그들의 피가 제트 기류처럼 질주했다. 둘 다 그 드물게 느끼는 맛을 즐기며 상기되는 걸 느꼈다. 토야는 침묵 속에서 식사를 했다. 헨리에타가 한 국자 가득 얌을 더 가지고 돌아와 토야의 접시에 아무렇게나 풍덩 붓고는 사라졌다.

길다와 버드는 기다렸다. 주크박스에서 나오는 세라 본의 목소리가 텔레비전의 야구와 경쟁했다. 서배너가 문으로 들어와 세 여자가 앉아 있는 뒤쪽 부스로 곧장 향하자 바에 있던 몇몇 사람들이 놀라 돌아봤다.

서배너는 짧은 토끼털 재킷을 의자 뒤에 걸치고 토야 옆에 끼어 앉았다. 그녀는 거의 무릎까지 헐렁하게 늘어진 남성복 실크 줄무늬 셔츠를 모직 바지 위에 입고 있었다. 그녀의 하얀 머리는 눈부시게 빛났지만 그 얼굴은 팽팽한 선들로 미소를 그린 가면 같았다.

"여자들끼리 일요일에 거리에 나와서 뭐하고 있담? 쉬는 날이라고는 못 들어봤어요?" 서배너는 길다를 보고 말하면서 손으로 토야의 살집 없는 다리를 쥐었다. 그녀의 손가락 두 개에서 작은 다이아몬드가, 세 번째 손가락에선 사파이어가 반짝거렸다. 그건 목에 두른 가느다란 은목걸이에 걸린 스타사파이어와 어울렸다. 그녀는 쉬는 날이면 늘 진짜 보석들을 둘렀다.

길다는 그들이 일요일 저녁마다 411에서 정기적으로 만나는 양 무심하게 버드를 소개한 뒤에 물었다. "애들은 어때요?"

"아이고, 걔네가 어떻겠어요? 달린은 학교에서 전부 A를 맞으니까 숙제를 안 하려고 하지. 데릴은 학교에서 전부 D를 맞으니까 걔도 하나도 안 하려고 하고!" 그 말에 그녀가 크게 웃어서 바에 있는 몇몇 사람들이 돌아봤다. 길다는 테이블에 양해를 구하고 나와 서배너가 바 뒤에 있는 작은 화장실로 자신을 따라오게 했다. 토야가 먹기를 멈추고 마침내 자기 잔의 진을 마시기 시작했다.

화장실 안에서 서배너는 긴장했다. "당신이 오늘 여기 있을 줄 알았어, 어떻게 알았는지는 묻지 마요. 사실, 나한테 아무것도 묻지 마요. 당신이 같이 있는 무뚝뚝한 여잔 누군지, 그 불은 대체 뭔지부터 시작해서. 내가 아는 건 저 애를 여기서 당장 빼내야 한다는 것뿐이니까!"

"들어봐요, 서배너, 당신은 빠져요. 폭스는 당신이나 내가 단독으로 맞설 수 있는 상대가 아니니까, 전부 다 잊어요. 여기 남아서 친구들을 만나서 먹든 마시든 해요."

"미쳤어요? 그 깜둥이는 장난 아니라고. 놈은 지난 5년간 자기

걸 얻으려고 기다려왔고, 그걸 그놈한테 넘겨야 하는 게 우리라면, 그럼 끝난 거야, 알겠어요?"

"서배너, 그만 잊어요. 우린 지난밤에 그자를 봤어요. 그는 진짜 살인자…."

"언니야, 내가 똥 밟기 전에 말해 줄게. 그자는 그 이상이야. 그 남자를 떠나서 무사했던 여자애는 딱 하나뿐이었다고. 그러니까 무슨 말인지 나도 알아요, 알겠죠? 일단 이 염병할 술집에서 나가야 해. 내 재킷에 든 45구경으로도 놈을 처리할 수 있을지 장담할 수 없으니까!"

"당신 말이 맞아요, 서배너, 그걸로 안 될 거예요. 그래서 당신은 빠지라는 거예요."

"사람 죽여 봤어요?" 서배너는 흥분한 손동작에 맞지 않게 차분하게 물었다. 그녀는 길다가 대답하길 기다리지 않았다. "쉬운 일은 아니지만 난 그게 토야가 이 동네를 떠나는 유일한 방법이라고 봐요. 그리고 그 화재가 있었으니 내 말하는데, 그 염병할 놈이 저 애를 죽이려고 하니 놈을 죽이는 게 그 애를 자유롭게 할 유일한 방법이에요."

"나도 알아요." 길다가 말했다.

"음, 해 봤어요?"

"그래요." 길다는 성급하게 대답했다. 방향제의 역겨운 냄새와 근접한 벽들이 길다를 한층 더 초조하게 했다. 얼굴들이 다시 그녀의 마음속에 떠다녔고, 그 순간들의 쓰라림이 그녀 목의 뒤쪽을 태웠다. 서배너는 그 대답과 그 어조에 놀랐다.

화장실 문이 갑작스레 벌컥 열렸다. 헨리에타가 불쑥 들어와 등 뒤로 문을 꼭 닫았다.

"다른 일행이 당신들 다 이제 나오라는데. 그 여자 말이 그가 오고 있대!"

"골목으로 가요!" 서배너가 말했다.

"그 여자가 냈어." 헨리에타는 길다가 손바닥에 지폐 몇 장을 쥐여주자 말했다. 하지만 길다는 듣지 않았다. 그녀는 서배너의 손을 잡고 비상구로 거의 구르듯이 나왔다.

좁은 계단들이 골목까지 어두운 한 층으로 뻗어 있었다. 꽉 찬 쓰레기통들이 한 줄로 벽 한쪽에 서 있었다. 버드는 한 손으로는 토야의 손목을 잡고, 다른 손으로는 서배너의 털 재킷을 들고 조심스레 쓰레기통을 돌아가고 있었다. 길다와 서배너는 그 뒤로 바짝 다가갔다.

"오른쪽으로 돌아서 골목을 올라가요, 서둘러요." 서배너가 다급하게 속삭였다. 버드는 서배너의 말과 자신의 본능을 믿고 자신의 오른쪽 어둠 속을 들여다보았다. 달려가는 그들의 발소리는 거의 고요했다. 길다와 버드 모두 달리기가 아니라 그 골목 뒤의 일에 집중하고 있었다. 이제 안전한 곳이 별로 없었다.

골목 끝의 가로등이 나가 있었다. 어두웠고, 거리로 나가는 입구가 커다란 차에 막혀 있었다. 버드가 갑자기 멈춰 섰다. 세 여자는 만화 속 인물들처럼 거의 차례로 쌓일 뻔했다. 차 문이 벌컥 열렸지만 그 내부는 어두컴컴했다. 길다는 자신에게 무기가 없다는 것에 화가 났다. 테이블에서 칼이나 유리라도 들고 나올 수 있었을 텐데. 맨손으로 어떻게 그 남자의 심장을 갈라 그 박동을 멈추겠는가? 버드는 주변 지형에 대한 자신의 기억을 더듬으며 조용히 서 있었다. 버드는 아직 이자를 대면할 준비가 되어 있지 않았다. 시간이 더 필요했지만 이제 시간이 없었다.

"바로 돌아가." 버드가 속삭이며 토야의 손목을 놓았다.

"아니." 서배너가 말했다. "저건 스킵이에요." 서배너가 차로 달려갔다. 길다는 그녀를 쫓아갔고 운전석에서 보조석으로 옮겨가는 갈색 피부의 빼빼 마른 젊은 남자를 알아보았다. 그의 소년 같은 얼굴에 진심 어린 미소가 번졌다.

"타요, 빨리. 젠장!" 서배너가 운전대 뒤로 들어가며 말했다. 길다가 뒷좌석에 올라탔고, 토야와 버드가 뒤를 따랐다. 서배너는 라이트를 켜지 않은 채 조용히, 느리게 연석에서 차를 떼어 평생 도주를 위해 연습한 것처럼 차를 몰았다. "케이프에 모리스와 함께 쓰는 집이 한 채 있어요. 지금은 문을 닫았으니까 한동안 거기 숨어 있을 수 있어요."

길다와 버드는 숨어 있을 시간이 거의 없다는 걸 알고 서로를 마주 봤다. 폭스는 그들을 쉽게 찾아내서 쫓아올 터였다. 그들의 생각에 귀를 기울이고, 차에 탄 다른 이들의 공포를 냄새 맡으면 그만이었다. 하지만 어디선가는 그를 마주해야만 했고 도시의 눈들에서 벗어나는 편이 나았다. 둘 다 기차역의 군중들 틈에서 그와 대면할 위험을 무릅쓰고 싶지 않았다. 길다는 서배너, 그리고 이제 스킵이 연루되었다는 것이 안타까웠지만 그들의 선택은 자연스럽게 느껴졌다. 버드는 자기 생각을 꼼꼼히 살피는 동시에 이런 생각들을 집어냈다. 버드는 소녀를 꼭 안고 자신의 손길로 그녀를 진정시키려 했다. 소녀는 조용히, 서배너가 아니라 자신의 의지가 차를 몰아 밤거리를 지나는 것처럼 앞을 응시했다.

그러다 토야가 말했다. "난 그가 내게 뭘 원하는지 모르겠어요. 망할, 난 심지어 큰 돈벌이도 아니었는데."

"자기야, 이게 돈 문제가 아니라는 건 너도 알잖아." 서배너가 어깨 너머로 말했다.

"다들 그냥 날 버스에 떨구는 게 나을지도 몰라요, 내 말은 그가 알기도 전에 버스 타고 가 버릴 수도 있다고요. 당신들은 그냥 그를 잡아 둬도 되고요. 심지어 내가 집에 바로 돌아가야 하는 것도 아니에요. 내 말은, 내가 돌아서 갈 수도 있다고요, 알죠, 그래서 그가 나를 쫓아오지 못하게요."

길다가 대답했다. "그는 알 거야, 토야. 우리가 그를 잡아 두거나 알지 못하게 막을 방법이 없어. 네가 어딜 가든, 네가 가면 그가 거기 있을 거야. 서배너가 옳아, 그가 우리에게 올 때까지 가만히 있자, 도시 밖에서 머물자."

차가 밤새 달리는 동안 길다와 버드는 길에 끼는 안개와 점점 멀어지는 집들의 희미한 불빛들을 바라봤다. 스킵은 서배너가 던지는 몇몇 질문에 답할 때 빼고는 운전하는 내내 조용했다.

"네." 그는 차를 위한 우유와 브랜디와 갈아입을 옷을 잊지 않았다. 그녀의 편지들을 부쳤다. 대답마다 자부심이 담겨 거만하게 나왔다. 서배너는 그를 채점하듯이 그저 고개를 끄덕이거나 감탄사만 내뱉었다.

15킬로미터쯤 지나도록 모두가 침묵하고 있을 때 스킵이 느닷없이 말했다. "내가 당신 베개를 가져왔어요, 부드러운 거요."

길다는 서배너의 한쪽 손이 운전대를 떠나 스킵의 다리에 놓이는 것을 보았다. 그녀는 목이 메어 딱딱한 목소리로 고맙다고 말했다. 그들은 다시 침묵했다. 서배너는 저 검은 여자, 버드에 대해 묻고 싶었지만 대답이 없으리라는 걸 알 수 있었다. 백미러를 들여다보는 그녀의 시선이 그 생각을 더 확실히 해 주었다. 두 여자는 그들 사이에 끼어 있는 토야와 함께 돌처럼 앉아 있었다.

서배너가 갑작스러운 큰 웃음으로 침묵을 깼다. 모두가 그 소리에 놀라 그녀를 쳐다봤다.

"맙소사! 나랑 스킵이 해냈네. 뭐랄까, 장례식을 피하면서 이목도 끌지 않는 비상책이랄까. 스킵, 여기 있는 당신 아가씨들이 한 잔해야겠어!"

토야가 먼저 웃음을 터뜨렸다. 마치 서배너가 그녀를 팽팽하게 당겼던 긴장을 핀으로 찔러 터뜨린 것 같았다. 스킵이 휴대용 술병을 뒷좌석으로 넘겼고, 그들 무리에서 몇 순배 돈 뒤야 긴장감이 사라졌다.

그들은 마침내 주도로에서 빠져나와 작은 길로 들어섰다. 그 집은 작았다. 집은 뒤로 물러나 앉아 높은 생울타리에 둘러싸여 있었고 뒷문은 해변을 향해 있었다. 그들은 습한 공기를 피해 서둘러 그 방갈로 집으로 들어갔다. 손전등을 들고 랜턴을 찾아다닐 때 길다는 서배너에게 모든 창문에 나무 덧문을 닫힌 채로 두라고 주의를 주었다. 호박색 불빛이 방에 번지자, 스킵과 토야는 힘차게 숨을 내쉬었다. 운전하는 내내 숨을 참고 있었던 것처럼 들렸다. 길다는 여전히 어두운 뒤쪽 부엌 공간으로 걸어갔다. 그녀는 뒷문 사이로 해변으로 이어진 잡초들과 죽은 풀들이 가득한 작은 마당을 내다보았다. 서배너가 부엌에서 식료품들이 든 가방을 푸는 사이 버드는 방 가운데 서 있었다.

"저 위에는 뭐가 있죠?" 버드가 천장에 난 작은 문을 쳐다보며 물었다. 거기서 사슬이 하나 늘어져 있었고, 그 끝에 달린 작은 놋쇠 고리가 공중에서 흔들렸다.

"다락이요. 작은 침대가 하나 더 있고 여름용 쓰레기들이 엄청나게 보관되어 있어요." 스킵이 대답했다.

버드는 의자에 서서 계단이 펼쳐질 때까지 사슬을 당겨 거실로 내렸다. 버드가 손전등을 들고 다락으로 올라갈 때 한층 더 퀴퀴한 냄새가 방을 채웠다. 그녀는 방을 본다기보다는 느끼면서 그들 머리 위에서 돌아다녔다. 철제 프레임의 일인용 침대가 덧문이 내려진 창문 옆에 놓여 있었다. 그 방은 완전히 설 만한 공간도 없었고, 상자들로 발 디딜 공간도 없었다.

버드는 내려와 말했다. "우리가 이 방 쓸게요."

"그래요. 필요하면 그 위에 침낭이랑 전부 다 있어요." 스킵이 도움이 되고자 열심히 말했다. 버드는 계단을 다시 천장으로 밀어 올리며 스킵을 지켜봤다. 자그마한 체구에, 모카색 피부는 거의 버드만큼이나 짙었다. 짧게 깎은 머리는 파란 샤크스킨 정장과 짙은 파란색 구두 차림에 비해 보수적으로 보였다. 그는 버드가 보기에 스무 살 정도로 보였다. 그녀는 그에게서, 늙은 여자들 사이의 한 소년에게서, 공포의 냄새를 맡을 수 있었지만 또한 서배너에 대한 그의 열렬한 충성심도 알아챘다. 버드는 그에 대해 고작 1초 남짓 궁금해하다 막 현관문을 열려는 길다를 향했다.

"스킵이 해 줄 수 있지 않을까?" 버드가 말했다.

"그래, 스킵, 차를 뒤로, 마당으로 대 줄래? 집이 관심을 끌면 좋지 않으니까." 길다가 말했다.

"물론이죠." 스킵은 사명감으로 가득 차 테이블에서 차 열쇠를 움켜쥐었다. 서배너가 빙그레 웃고 달려와, 그 순간 실제 나이만큼 어려 보이는 스킵이 나갈 때 그의 목 뒤에 키스했다.

"좋아, 난 이제 마실 준비가 됐어요." 서배너가 말했다. "그게 오늘 밤 우리의 작은 모임 주제인 것 같네요." 그녀는 개수대 아래 장을 열어 병들을 거실과 주방 사이에 있는 작은 카운터에 줄지어 놓았다. 길다는 소파에 앉았고 토야는 그 발치에 있는 갈고리 모양 깔개 위에 앉았다. 버드는 그들 맞은편 안락의자에 앉았다.

서배너는 그들 각각을 흘끗 보고 물었다. "다들 브랜디?" 문이 열리자 모두가 고개를 들었다. 스킵이 들어오고 서배너는 술을 따랐다. 토야가 몸을 떨었고, 서배너가 그녀에게 첫 잔을 주었다.

"이건 내 아기야, 그리고 나는 이 말을 아무거에나 안 써." 그녀가 말하며 스킵에게 다음 잔을 건넸다.

방은 낡았다. 벽과 바닥이 이상한 각도로 만났다. 마루널들은 많은 사람이 이 집을 즐겨왔다고 말해 주는 방식으로 닳아 있었다. 얇은 먼지층이 사이드보드 위의 액자 낀 사진들에 덮여 있었다. 오래된 남녀들의 사진 몇 장, 누군가의 부모님의 젊은 시절, 그리고 수영복을 입은 호리호리한 두 남자와 팔짱을 낀 서배너와 스킵의 스냅 사진들.

길다는 매스 애비뉴에서 찍힌 모리스를 알아봤지만 모리스의 어깨에 친밀하게 손을 두른 창백한 남자는 알지 못했다. 버드는 해변에서 달려와 이 따분한 방에 쓰러지는 이 근심 없는 친구들의 웃음소리가 들리는 것만 같았다. 서배너가 소파에 앉은 길다 옆에 앉자 쿠션이 그녀의 무게에 푹 꺼졌다. 스킵이 버드 의자의 빛바랜 커버와 색이 맞는 오토만에 앉았다. 그는 다리를 앞으로 쭉 펴고 팔꿈치를 대고 뒤로 기댔다. 모두가 그 저녁을 어떻게 보내야 할지 몰라 조용했다.

버드가 잠시 뒤 의자에서 자세를 바꾼 다음 말했다. "길다?"

"음, 오늘 밤엔 아무 일도 없을 것 같아요." 길다는 그들의 머릿속에서 이미 대화를 시작한 듯이 대답했다. "그는 동이 틀 때까지 도시를 수색할 거예요. 평소 가던 곳들에 가면서요. 아마 우리 집, 어쩌면 당신 집도요, 서배너, 바에 있는 사람들이 당신이 우리와 같이 나갔다고 말한다면요."

"나는 그렇게 생각하지 않아요. 그 술집 귀신 중 아무도 그놈을 좋아하지 않거든. 내 말은 이자는 그들이 피할 수만 있으면 사막에서도 뒷걸음질 칠 놈이라는 거죠."

"그자는 설득하는 방법이 있어요, 그러니 그가 도심에서 모든 곳을 확인한 뒤에 내일 밤 여기 온다고 짐작할 수 있어요."

"그자가 아침에 오면요?" 스킵이 물었다. "내 말은, 그자가 왜 기다리겠어요? 우리가 그냥 도시를 벗어나 서쪽으로 향하려 할 거라 생각할 수도….”

"아침에 오진 않을 거예요. 그자는 내일 저녁에 여기로 올 거예요. 그때쯤이면 우리에게 계획이 있을 테지만, 당신들 모두가 정확히 우리 말대로 해야 해요. 질문도 안 되고, 망설여도 안 돼요. 폭스를 놀라게 하기는 어려울 거예요. 하지만 방법이 하나는 있을 것 같아요. 어쩌면 두 가지 정도 있을지도요. 중요한 건 우리가 당황하지 않는 거예요."

길다의 마지막 말은 토야를 거의 곧장 겨냥했다. 버드는 히스테리의 조짐을 살피며 토야를 응시했다.

"폭스가 한 번은 내 턱을 부쉈어요." 토야는 살짝 억양이 있는 목소리로 말했다. "그냥 손등으로 나를 날려 버렸죠. 하지만 난 절대 소리 지르지도, 울지도 않았어요. 병원으로 가는 내내 그들은 계속 나를 지켜봤어요, 기다렸죠. 하지만 난 그럴 수 없었어요. 나중에 그자는 이런저런 짓을 했어요, 엄마에게 받은 내 편지들을 버리고, 그다음엔 내가 제일 좋아하는 옷을 자기가 싫어하는 색이라고 찢어 버리고, 그런 못된 짓들을요. 나는 그가 그 짓거리를 해도 울 수 없었어요. 그자가 내가 무너지길 기다리는 걸 알았거든요. 그는 나를 울리려고 그런 짓들을 하고 있었어요. 그래서 난 울 수 없었고, 지금도 그러지 않을 거예요. 난 그가 내게 간섭하지 않을 걸 알게 되면 울 거예요. 그리고 그게 그가 죽어야 한다는 뜻이라면, 그러면 전도사 말대로죠. 신이여, 그의 영혼에 자비를 베푸소서."

"아멘!" 스킵이 말했다.

다른 이들의 동의는 침묵에서 나왔다.

길다가 일어나 말했다. "난 나가서 집 주변을 좀 둘러볼게요. 한 시간 안에 올 거예요."

서배너가 말할 때까지 침묵은 깨지지 않고 있었다. "흥, 난 1940년 이후로 어떤 깜둥이한테서도 숨어야 했던 적이 없어요. 당신들도 프랭클린 얘기 들었죠?" 서배너의 질문은 토야를 향했고 그녀는 고개를 끄덕였다. "뭐, 그자는 자기 머릿속에 내가 자길 못 떠나게 하겠다는 생각을 품었지. 내가 애초에 그자와 한 번도 함께한 적이 없다는 건 차치하고요. 그자는 그냥 바보처럼 내 주변을 맴돌면서 나를 쫓아다니기 시작했어요. 결국 난 바를 떠날 수가 없었는데 그자는 바로 거기 있는 거지. 우리 고객들 절반을 겁먹게 하면서. 난 너무 화가 나서 그자를 죽여 버려야겠다고 생각했어요."

"어떻게 했어요?" 스킵이 잠자리 동화를 듣는 아이처럼 물었다.

"얼마 후에는 아주 질려 버렸지. 하지만 나와 함께해 줄 사람이 아직 아무도 없었고 길에서 남자와 싸울 준비도 안 되어 있었거든. 그래서 프랭클린만큼이나 거물로 평판 난 이 여자를 찾아서 록스버리까지 갔죠. 그 여잔 자기를 대니라고 불러요. 거리에선 그 여자를 팬시 대니라고 하고. 그 여잔 양손에 세 손가락씩 작은 다이아몬드를 끼고 있었고 하나는 귀에 박았어. 시내에서 제일 근사한 옷을 걸쳤고. 난 그냥 대니에게 가서 내가 그녀의 업장에 머물 수 있는지 물었어요. 그 여자는 웃고는 물론이라고 그랬어. 그러더니 나한테 자기네 아가씨 중 한 명이 되고 싶은지 묻더라고. 그래서 내가 네에, 하고 대답하면서 잠깐 좀 초조했지, 알죠. 그리고 그 여자가 말했죠. '난 아직 누구도 묶어 놔야 했던 적이 없어.'"

"어느 날 밤 그자가 바로 왔어, 411로 말이에요. 그리고 나랑 대니랑 다른 아가씨 한 명이 앉아서 저녁을 먹고 있었어. 그가 나한테 나와서 얘기 좀 하자 했어. 대니가 그랬지. '이 테이블에 앉은 사람은 다 가족인데, 그냥 여기 앉아서 얘기하지?' 난 그놈이 틀림없이 온갖 헛소리를 하면서 길길이 뛸 거라 생각했어. 하지만 그저 대니를 물끄러미 보고는 가 버리더라고."

"뭐, 미스 대니는 반지들을 빼더니 자기 목에 둘렀던 긴 실크 스카프로 그걸 싸서는 나오는 길에 바텐더한테 줬죠."

"거스요?" 스킵이 선뜻 이야기에 끼어들었다.

"아, 네가 아는 건, 애, 넌 아직 엄마 집에서 나오지도 않았었다는 거란다." 서배너가 웃으며 말했다.

"그래, 그건 그 크고, 가벼운 거스였어. 그녀는 그 반지들을 그냥 바 위로 거스에게 던져 버리고 프랭클린을 쫓아서 바 밖으로 나갔어요. 그녀는 그렇게 키가 크지 않았어요, 체구가 진짜 크지도 않았어. 하지만 단단했죠. 대니가 화가 났다는 걸 알 수 있는 유일한 부분은 초콜릿색 피부 위의 땀방울뿐이었어, 그게 그녀의 이마를 번쩍이게 했지. 뒤로 당겨 하나로 튼 까만 머리만큼 반짝거렸어. 대니는 10분 뒤에 바 안으로 돌아왔어요, 반지들을 다시 끼고는 마티니를 주문했죠. 절대 그걸 잊을 수가 없어. 오이 속처럼 시원했다니까. 그리고 그걸로 끝이었죠."

스킵은 웃고 있었다. "그래요, 심지어 옷에 먼지 한 톨 안 묻었다니까요!"

"그럼, 먼지 한 톨 안 묻었지. 반지들도 꼈어도 됐을걸! 프랭클린은 결코 나를 다시 괴롭히지 않았어요. 1년 뒤 내가 대니네에서 나온 후에도."

"1년! 왜 그렇게 오래 걸렸어요?" 스킵이 물었다.

서배너가 웃었다. "음, 그녀가 옳았어. 아무도 묶어 둘 필요가 없었거든."

버드는 그들이 도착한 뒤 처음으로 소리 내어 웃었다. 스킵은 어리둥절해 보였지만 역시 웃었다.

밤이 더 짙어졌다. 버드는 문을 보는 걸, 혹은 길다에 대해 궁금해하는 걸 미뤄 두었다. 그녀는 가슴에 살짝 이는 통증을 느꼈다. 그 불편함이 이제 힘들지 않았지만, 곧 밖에 나가야 할 시간이었다.

길다가 들어와 생각 중이던 그들을 퍼뜩 놀라게 했다. 그녀는 버드에게 말했다. "해변의 남쪽을 돌아봤어요. 당신도 돌아보는 게 좋을 것 같아요."

버드가 조용히 일어나 방갈로를 나섰다. 그녀 역시 얼굴에 새로운 피의 홍조를 띠고 돌아올 것이었다. 그 얼굴은 소금기 도는 날카로운 공기와 활달한 산책 때문이라 오인될 터였다. 버드는 어둠 속으로 서둘러 나아갔다. 그녀는 이 사람들과 함께 있는 자리로 돌아가고 싶었다. 이런 식의 사교적인 저녁 시간을 보낸 지도 오래였다.

우다드 이후로는 아니었다. 그 하얀 머리 여자, 서배너와 길다는 버드가 선망하는 어떤 식으로 연결되어 있었다. 수년간 떨어져 지낸 뒤로 버드와 길다가 한때 결속했던 자리에는 빈 공간이 존재했다. 그녀는 소녀였던 길다를 처음 봤을 때를 기억했다. 소녀는 검은 눈썹이며 깊은 눈이 너무도 아프리카인처럼 보였다. 여기 다른 이들의 다양한 색채 속에서 메아리치는 그 모습을 보니 마음이 따스해졌다. 똑같이 꿰뚫어 보는 듯한 시선이 그들의 눈을 채우고 있었다. 마치 고향 땅에서 떨어진 수년의 세월이 그들에게 해를 입히지 않은 듯이. 버드는 자신의 부족에게서도 이런 종류의 부족적인 단합을 발견했었다.

버드는 그림자 속으로 속도를 높여 한 사람 이상이 안에 있는 작은 집에 다다랐다. 안으로 들어가 그 나이대 애들이 그렇듯 깊이 잠들어 있는 10대 소년의 침실을 발견했다. 그녀는 최면을 거는 목소리로 소년을 사로잡아 그의 팔에서 피를 취했다. 그의 욕망은 단순했다. 과학 시험에서 좋은 성적을 받는 것과 다가오는 댄스파티에서의 데이트. 버드는 그의 비밀들 속으로 들어가며 솟구치는 온화함을 느끼고 수학과 과학의 원리에 대한 그의 감각을 살짝 찔러 그가 쉽게 개념을 이해할 수 있게 열어 주었다. 그리고 버드는 그가 동행을 얻든 아니든 중요치 않다는 생각을 남겨 두었다. 그가 친구로서 모두와 즐긴다면 그 저녁은 성공적이리라. 버드가 상처를 닫고 그의 느린 맥박에 귀 기울일 때 그는 움직이지 않았다. 그녀가 그에게서 떨어지자 그는 옆으로 누워

소리 내어 중얼거리며 자신의 꿈으로 돌아갔다.

버드는 방갈로로 뛰어 돌아가면서 문제에 접근할 방법들을 생각하려 애쓰다 이내 그럴 필요가 없다는 것을 깨달았다. 그들이 그 문제였다—폭스가 그들에게 접근할 것이다. 그들은 단지 확실히 준비하기만 하면 됐다. 버드는 사실 그 다락에서 그들에게 약간 유리할지도 모르는 무언가를 발견했었다.

집에 돌아갔을 무렵 길다를 제외한 모두가 잠들 준비가 된 듯 보였다. 서배너는 소파에서 빠져나왔고 길다는 다락에서 침대보를 건네고 있었다. 길다와 버드가 다락으로 올라가면 오토만이 토야를 위한 일인용 침대로 펼쳐질 것이다. 버드는 문들을 잠그고 창문들을 확인한 다음 서배너를 부엌 옆으로 데려갔다.

"우린 오후 늦게까지 위층에 머물 거예요. 부탁인데, 비상 상황이 아닌 한 누구도 올라오거나 우리를 방해하지 않게 해 줘요. 저녁까진 아무 일 없을 거라고 장담하지만 길을 잘 지켜봐요."

서배너는 군인처럼 명쾌하게 고개를 끄덕였다.

"뒤꼍에서 선외 모터가 달린 작은 배를 봤어요. 작동되게 할 수 있어요?" 버드는 서배너의 대답을 기다리지 않고 말했다. "뭘 해야 하든—가스를 채우든, 구멍을 막든—저녁까지요." 서배너는 흐릿한 램프 불빛 속에서 생명을 얻은 청동과 백금 조각상처럼, 다시 고개를 끄덕였다.

버드와 길다는 비스듬한 계단을 올라갔고, 서배너는 그들 뒤로 계단이 천장에 꼭 들어맞을 때까지 닫았다. 버드는 침대보 한 장을 가져와 한쪽 끝은 계단에 그리고 다른 쪽은 방구석의 기둥에 묶어 계단을 닫힌 채로 고정시켰다. 그들은 그 원시적인 예방책에 미소를 지었다. 버드는 침대 위에 자신의 검은 망토를 펼쳤다. 그 두꺼운 밑단에는 미시시피와 다코타 지역(사우스다코타와 노스다코타를 아우르는 명칭. 다코타족 인디언이 살던 지대-옮긴이)의 흙이 채워져 있었다. 두 여자는 누워서 망토로 그들의 몸을 단단히 감쌌다. 집 바로 뒤 바닷물이 부드럽게 철썩이는 소리가 잠든 와중에도 그들을 경계하게 했다.

  동이 틀 무렵 다락방으로 은빛 빛줄기가 새어들었지만 둘 다 오후까지 움직이지 않았다. 버드가 먼저 나무에 닿는 나무망치의 둔한 쿵 소리를 들었다. 그녀는 팔에 길다를 안고 가만히 누운 채 엔진을 살리려는 반복적인 시도에 귀를 기울였다. 엔진이 돌기 시작하자 스킵과 토야의 숨죽인 환호성이 다락까지 닿았.

  버드는 기지개를 켠 다음 길다에게 말했다. "폭스는 우리 둘이 있다는 걸 확실히 알지 못할 거다. 그건 하나의 유리한 점이지. 그리고 그자는 우리를 대수롭잖게 생각할 거야. 두 여자와 남자애 하나가 그다지 대단해 보이지 않을 테니까. 그게 또 다른 이점이야."

  버드의 품에서 움직이지 않고 길다가 말했다. "그리고 바다가 있죠."

  "그리고 하나 더." 버드가 일어나 앉으며 말했다. 그녀는 차가운 마루를 가로질러 낮은 옷장에 갔다가 작은 가죽 주머니를 들고 돌아왔다. 그녀는 주머니를 봉해 둔 가죽끈을 끌러 내용물을 침대 위에 쏟아냈다. 길다는 주사기와 하얀 가루가 든 투명한 봉투를 내려다보고, 이내 깜짝 놀라서 버드를 쳐다봤다.

"스킵 같구나. 적어도 스킵 거였겠지. 그래서 이 위에 숨겨진 거야. 해 질 무렵에 내가 준비해서 주사기를 채우마. 여기 있는 헤로인이면 충분히 놈을 느리게 할 수 있을 거야. 가까이 갈 수만 있다면."

"안 돼요!" 길다가 거의 소리쳤다. "스킵은 끊으려고 정말 열심히 노력했어요. 서배너가 이제 그에게 완전히 확신을 품게 됐다고요. 그녀가 이 일을 알면…."

버드가 초조하게 말을 끊었다. "폭스는 할 수만 있으면 토야, 서배너, 스킵, 너, 나까지 죽일 거다! 아직 이해가 안 되니? 그자는 길을 잘못 든 젊은이가 아니야. 놈은 너와 내가 가진 모든 힘을 다 가지고 있다. 어쩌면 더 나이가 많을 수도 있지, 확실히 더 무자비하고." 버드는 멈췄다. 길다가 당장은 자신의 인간적인 관심사들이 얼마나 무의미한지 깨달았다는 걸 알 수 있었다.

버드는 길다의 이마부터 뺨과 턱선을 쓸어내리며 말했다. "얘야, 인간들은 자기들 걱정거리를 스스로 해결할 거다. 그들과 소통하는 건 좋아, 하지만 넌 네 모습대로 살아야 해. 네가 가진 능력들로 세상에 귀 기울여야지." 길다는 물러나 그들의 임시 침대 위에 앉았다.

버드는 계속했다. "그래서 누구도 이 삶에 들이지 않은 거니? 인간의 세계가 너무 신성해서?"

길다는 말하지 않았지만 그녀의 눈은 깨달음의 충격으로 뜨였다. 버드는 아이를 달래듯 길다의 뺨을 다시 쓰다듬고 한층 온화하게 말을 계속했다. "다른 이들을 사랑하고 아끼는 건 좋은 일이지. 그게 내가 여행하는 이유야, 사람들에게서 배우고 그들이 무엇을 추구하는지 공부하기 위해서. 하지만 우리는 우리다. 우리의 세계는 그들의 세계와 달라. 우리의 가능성을 무시하는 것은 실망만 낳을 뿐이다."

"난 내 사람들에게서 떠나 세상 속으로 100년 동안이나 떠돌았어요." 길다가 말했다. "이제야 나는 그들을 되찾을 수 있다고 느껴요. 내가 전에 그랬듯 그들을 만지고 그들의 손길을 느낄 수 있다고. 가게에서 나는 그들 삶의 리듬을, 그들의 욕망을 이해하게 됐어요. 뒷짐 지고 호탕하게 '안됐어요, 서배너, 우리가 스킵은 실패자라는 걸, 당신이 두려워했던 중독자 거짓말쟁이라는 걸 발견했어요!' 하고 말하기는 쉽지 않아요."

"모든 일에는 배려가 있지. 난 냉담해지라고 제안하는 게 아니란다. 하지만 그들의 질문들은 나중에 답해져야 한다. 그리고 우리가 답할 건 아니지."

길다의 동의는 그녀를 둘러싼 침묵 속에 내포되어 있었다.

다른 질문은 여전히 공기 중에 맴돌고 있었다. 누구도 그에 대해 말하려 하지 않았지만 둘 다 그 묵직하게 내려앉은 질문을 알고 있었다. 일단 진압하고 나면, 그들과 같은 부류를 어떻게 죽이지? 쉬운 것과는 거리가 멀 것이다. 적어도 그들과 맞수일 그의 힘은 분노와 혐오로 타오를 것이고.

"난 살인해 봤어요." 길다가 떨리는 목소리로 말했다. "마땅히 그 얼굴들을 품고 있지만 그건 고의는 아니었어요. 그리고 우리 중 한 명도 아니었죠."

"그리 해야만 할 거다. 그러지 않으면 그자를 굴복시킬 수 없을 거야. 너도 그들을 봤잖니. 파멸과 죽음에 대한 그들의 허기는 끝이 없어. 그는 자신이 즐기는 한 토야를 자신의 놀잇감으로 삼아 괴롭힐 거다. 우리가 그녀에게 이 두 번째 기회를 주려면, 그에게서 벗어나게 해야 해."

"할 수 있을지 모르겠어요…. 고의적으로… 우리 중 하나를."

"여기서 감상에 젖지 마라. 그는 산 자들 사이에 거하지 않아. 우리가 그렇지. 그는 다른 이들을 죽음으로 끌고 가기만을 추구하고 그들의 몰락을 지켜보며 번창한다. 네가 사람들에 대해, 우리에 대해 배운 바를 잊지 마라."

길다는 새뮤얼을 죽이라고 지시하던 엘리너의 냉랭한 미소를 떠올렸고 고개를 끄덕였다.

그들은 계단을 밀어 내리고 사람들과 다시 합류하며 답이 스스로 드러나게 두었다. 스킵이 자신과 서배너가 엔진을 살렸으며, 자신은 씻고 저녁식사를 차리겠다고 알렸다. 서배너는 부엌 개수대에서 손의 기름과 먼지를 씻은 다음 근처에 술병을 두고 소파에 주저앉았다.

"그자가 오늘 밤에 올 거라고 생각해요?"

"그래요, 어두워진 직후에요." 길다의 말에 토야의 몸이 경직됐다.

"당신들은 모두 바닷가로 내려가서 배 옆에 있어요. 출발 준비하고요. 버드나 내가 데리러 가지 않으면 아무도 집에 다시 오지 말고요. 뭘 보든 뭐가 들린다고 생각하든, 나나 버드를 직접 보지 않으면 물가에 있어요."

"당신들 둘이 그 잡놈을 상대하는 동안 내가 수영이나 할 거라고 믿는 건 아니겠죠. 게다가 그 깜찍한 배에는 두 명밖에 못 탄다고요. 스킵이 저 애를 지킬 수 있어요. 난 당신들이랑 여기 있겠어요." 스킵이 반대하려 입을 열었지만 길다처럼, 그도 서배너의 결의를 느꼈다.

길다가 서배너의 눈을 들여다보며 앞으로 나가 입을 열려는 차에 버드가 말했다. "그녀가 옳을지도 몰라. 폭스가 우리가 뭘 하려는지 모른다 해도, 좀 더 놀라게 하면 어때?"

"좋아요, 숙녀분들, 여러분은 인생 음식을 먹게 될 겁니다. 스킵의 집안 대대로 내려오는 레시피로 만든 닭고기 토마토소스 스파게티 나갑니다." 그가 김이 오르는 토마토소스에 남은 닭고기에서 살을 잘라 넣으며 일하는 동안, 토야는 해변을 향해 난 잿빛 마당을 내다보며 뒷문가에 서 있었다.

"깨질 만한 가보라도 있으면 치워 두는 게 좋겠죠, 응?" 서배너가 조잡한 가구들을 둘러보며 크게 코웃음 쳤다. 그녀는 사진들을 서랍 속에 살포시 집어넣었다. 스킵이 깊은 무쇠 프라이팬의 꼭대기까지 아슬아슬하게 보글거리는 소스를 휘젓자 마늘과 토마토 냄새가 방 안을 가득 채웠다.

"이탈리아 빵을 집어오는 걸 깜박했어요. 내가 마늘빵을 끝장나게 만드는데."

버드와 길다는 서로 쳐다보고는 커다랗게 웃음을 터뜨렸다.

"뭐가 그렇게 웃겨요, 나는 요리 좋아하면 안 돼요?" 스킵이 어리둥절해서 물었다.

"염병." 서배너가 말했다. "스킵은 내가 아는 누구보다 더 훌륭한 요리사예요, 우리 엄마 빼고."

버드가 놋쇠 고리를 당겨 계단을 거실로 내리며 말했다. "아니, 그냥 옛날에 하던 우리 농담이에요." 그녀는 아직도 혼자 웃으며 위로 올라갔다. 서배너가 찬장에서 접시들을 꺼냈다.

잠시 후 버드가 그 가죽 주머니를 자신의 벨트에 끼고 다시 아래로 내려왔다. 스킵이 먼저 봤다. 그의 반짝이는 황갈색 피부가 핼쑥해졌다. 스킵은 주머니가 똬리를 틀고 있다 그에게 덤벼들 뱀인 양 그 주머니를 쳐다봤다. 서배너가 그의 반응을 느끼고 버드를 봤다. "그거 어디서 났어요?" 그녀의 목소리는 날이 서 있었다. 버드에게 한 말이지만 그 비난은 공중을 날아 스킵을 향했다.

"난 항상 그 주머니를 간직했어요, 그냥 감상적인 이유로요, 마마. 마마도 알잖아요."

"저 주머니에 묶인 건 감상이 아니야, 멍청아. 저 주머니랑 엮인 건 죽음뿐이라고!"

"그렇다면 오늘 밤에 참 유용하겠네요, 그렇게 생각하지 않아요, 서배너?"

서배너의 눈이 스킵에게 타올랐다. 처음에 그는 눈길을 돌려 이 상황을 모면할 대답을 찾아 시선을 방 안 이리저리 돌렸다. 이내 그는 서배너와 시선을 온전히 맞추고 간단하게 말했다. "난 깨끗해요, 서배너. 우리가 함께 한 이후로 계속 깨끗했어요, 그리고 앞으로도 오랫동안 깨끗하게 남을 테고요."

"그래, 우리가 오늘 밤에 살아남는다면." 서배너가 그 주머니가 집에서뿐 아니라 과거에서도 사라지길 바라며 버드에게 등을 돌리고 말했다.

"그가 와요." 길다가 날카롭게 말했다.

"가요." 스킵이 토야의 손에 스웨터를 쥐여 주며 토야의 팔을 잡아당겼다.

길다는 불빛을 마당으로 쏟아내며 뒷문을 열었다.

"서둘러, 그리고 거기 있어. 올라오지 마. 그냥 거기 있어." 그녀는 어린 강아지들에게 말하듯 말했다. 스킵과 토야는 작은 손전등을 들고 배까지 내려갔다. 그들은 배 안에 올라타고 손전등을 껐다.

"현관문을 열어요, 서배너."

서배너는 시키는 대로 하고 술을 한 모금 가득 들이마셨다. 버드가 천장으로 난 문을 홱 젖혀 계단을 뛰어 올라간 다음 등 뒤로 문을 닫았다.

"이제 어쩌죠?"

"그냥 앉아 있어요. 그는 멀지 않아요. 버드가 위에서 지켜보며 그가 집으로 먼저 오는지 확인할 거예요."

"내가 알아듣게 얘기해 볼 수 있지만 그자가 말귀를 알아들을 인간 같지는 않네요."

"맞아요, 서배너. 우리가 원하는 건 그를 우리가 원하는 위치로 유인하는 거예요."

길다는 방 안을 돌아다니며 물건들을 살펴보고 그것들을 테이블에서 책꽂이로 옮기며 통로를 비웠다.

"그자가 당신을 건드리게 하면 안 돼요, 서배너. 그자는 남자 열 명의 힘을 가졌고 영혼은 하나도 없어요. 과장이 아니에요. 그러니 내 지시를 따르고 그의 손이 닿지 않는 곳에 있어요."

서배너는 퍼 재킷에서 자신의 총을 꺼내어 안전핀을 확인한 다음 소파 위 쿠션들 사이에 밀어 넣었다.

"그건 당신한테 별 도움 안 될 거예요."

"45구경 앞에서 버티는 깜둥이는 한 명도 본 적 없어요."

"이자가 그 한 명이에요, 서배너. 당신이 심장을 쏜다 해도 그저 그를 느리게 할 뿐이에요."

"꼭 그가 무슨 유령이나 된 것처럼 말하네. 지금은 1955년이야, 언니야, 그리고 난 그 농장을 떠난 지 한참 됐다고요." 길다가 대답이 없어서, 서배너는 잔을 들어 쭉 마셨다. 두 여자 모두 모기장 문이 열리는 소리를 들었을 때 가만히 있었다. 자신이 도착했다는 걸 상대방도 안다는 걸 파악한 폭스가 현관문을 조심스럽게 열고 안으로 들어왔다.

그가 서배너를 향해 애송이처럼 웃었다. "흠, 미스 서배너, 여름 별장으로는 좀 이른데 안 그런가?"

서배너는 아무 말도 하지 않았다. 그의 시선이 길다에게 머물자 그의 밝은 눈이 눈꺼풀 아래가 아니라 그 틈으로 그녀를 보듯 고양이처럼 오그라들었다. "놀랍군." 그가 계속했다. "우린 만난 적이 없는 것 같은데. 길다, 맞지?"

길다는 대답하지 않았지만 부드러운 실크 바지와 캐시미어 스웨터 아래 호리호리한 그의 몸을 살펴봤다. 그의 작은 체구는 에너지로 넘쳤고 길고 깡마른 손가락들은 초조하게 비틀렸다. 바짝 깎은 검은 머리가 이마의 예리한 V자 머리 선에서 끝났다.

"이거 정말 재밌겠는데." 그는 문에서 움직이지 않고 그저 방 안을 둘러보았다. "그 애는 어디 있나?"

"여행 갔어." 길다가 입을 열기도 전에 서배너가 말했다.

"정말? 그런 것 같지 않은데." 폭스가 호기심이 번지는 얼굴로 길다를 쳐다봤다. "저 여자부터 시작할까, 아니면 당신?"

"어디든 원하는 데서 시작해. 난 당신의 마지막에만 관심 있으니까."

"마지막? 한동안은 예정에 없는데." 폭스가 희미한 미소를 띠고 말했다.

"재밌네, 난 오늘 밤이 좋은 기회라고 생각했는데."

"이거 봐, 진심은 아니겠지. 그 단순한 어린 여자애 하나 때문에 진정한 죽음을 원한다고? 우리 둘은 이런 하찮은 생명보다 얘깃거리가 더 많잖아."

"아니, 우린 그 애 생명의 가치, 당신 죽음의 필요성 말고는 얘기할 일 없어."

폭스는 짧게 고함치고는 이내 길다의 목을 향해 손가락을 뻗치며 방을 가로질러 달려들었다. 길다는 소파에서 굴러 나왔다. 그녀의 동작은 너무 빨라서 서배너가 거의 볼 수 없을 정도였다. 폭스는 소파 등받이에 기대 균형을 유지하며 팔을 뻗어 길다의 팔을 잡아챘다. 그는 뒤로 끌어당겨졌지만 그녀는 옆차기로 맞서 그를 소파 뒤로 굴러떨어지게 했다. 길다는 뼈가 부러지는 소리를 들었다고 확신하며 웅크린 자세로 그를 지켜봤다.

서배너가 카운터로 이동했다. 그녀의 숨은 가빴고 마음은 날뛰었다. 그녀는 소파 쿠션 사이에 숨겨 놓은 총까지 갈 길을 찾을 수 없었다. 폭스가 바닥에서 벌떡 일어났다. 그의 입이 벌어져 이가 드러났다.

폭스는 길다를 향해 소파 등받이를 뛰어넘어 화살처럼 그녀의 목에 달려들었다. 길다는 자신의 손으로 그의 손을 막고 그 손을 비틀어 그의 몸을 자신의 뒤에 있는 오래된 사이드보드 쪽으로 날렸다. 하지만 폭스는 거의 닿지 않고 그 나무를 부수며 발을 위로 돌려 길다의 턱을 차 비틀거리게 했다. 폭스는 재빨리 안쪽으로 움직여 길다의 얼굴을 정통으로 쳤다. 길다가 뒤쪽 소파로 쓰러지자 폭스는 그녀의 가슴 위에 주저앉아 그 목에 자신의 손을 감았다.

서배너가 달려와 폭스의 등에 올라타 팔뚝을 그의 목에 감고 다른 손으로는 총을 찾아 쿠션 틈을 뒤졌다. 폭스는 길다를 쥔 손을 풀고 서배너를 맞은편으로 날렸다. 그녀는 카운터 밑에 떨어졌고 몸 아래 뒤틀린 팔에서 뼈가 부러지는 것을 느꼈다. 그 고통이 서배너가 기절하지 않게, 그리고 다시 일어서게 해 주었다. 그녀는 자신의 고통으로 울부짖는 목소리를 들을 수 없었다. 다른 두 사람 사이의 침묵의 분투만 들릴 뿐.

길다보다 작은 폭스는 그녀를 들어 올려 현관문에 던지며 활짝 웃었다. 문틀이 흔들렸고 길다의 몸이 나무 이음새를 쪼갰다. 그녀는 벽을 잡고 균형을 잡았다.

폭스가 싱글거리며 서배너에게 돌아섰다. "아직 안 죽었나?"

서배너는 본의 아니게 부엌으로 뒷걸음질 쳤다. 프라이팬의 뜨거운 손잡이가 그녀의 등을 찔렀다. 서배너를 향하는 폭스의 동작은 빨랐지만 서배너에겐 느린 화면처럼 느껴졌다. 그녀는 완전히 돌아서서 행주로 팬을 움켜잡고 그 댈 정도로 뜨거운 토마토소스를 폭스의 얼굴에 끼얹었다. 폭스의 살점들이 흐르는 소스와 함께 떨어져 내릴 때 그 비명은 길고 날카로웠다. 그는 한순간 몸을 떨며 피 묻은 손가락들로 자신의 얼굴을 할퀴었다. 그는 뺨과 이마에서 엿보이는 뼈를 홀린 듯 쳐다보는 서배너에게 계속 다가왔다.

서배너는 길다가 "지금이요!"라고 소리치는 것도, 계단을 부수며 거실로 떨어지는 버드도 보지 못했다. 버드는 폭스가 위에 숨어 있다고 감지한 인간이 토야가 아니라 생각의 힘으로 진정한 본성을 가리고 있던 또 다른 동족이라는 걸 알아차리기도 전에 그에게 올라타 있었다. 버드는 주사기를 폭스의 등에 꽂았다. 헤로인이 천국을 찾아다니는 연인처럼 그의 핏속을 찾아들었다. 서배너는 마침내 비명을 들었다. 한순간이 지난 뒤에야 그녀는 그 소리가 자신의 비명이라는 걸 깨달았다.

목이 졸린 채 스토브 사이에 껴 꼼짝도 못 하던 서배너는 다치지 않은 손으로 쓸 만한 다른 도구를 찾아 등 뒤를 미친 듯이 더듬었다. 빈 프라이팬이 서배너의 발치에 뒹굴었다. 쏟아지는 소스와 피가 서배너의 입에 위장 속 내용물을 게워 올렸다. 하지만 서배너는 그의 손아귀가 느슨해지는 걸 느끼며 그걸 힘겹게 삼켰다. 버드와 길다는 폭스의 무거운 몸을 그녀에게서 끌어내어 코바늘 깔개 위에 얼굴이 아래로 가게 눕혔다. 바닥은 소스와 피로 번들거렸다. 서배너는 비명을 막기 위해 주먹을 입에 쑤셔 넣었다.

"서둘러, 이게 얼마나 오래갈지 몰라." 버드가 그를 일으켜 세우며 말했다.

"서배너, 고기 칼 가져와요!" 길다가 폭스의 어깨를 깔개로 말고 뒷문으로 밀고 나갔다.

서배너는 팔을 타고 오르는 통증을 안고 할 수 있는 최대한으로 움직였다. 그녀는 스킵이 카운터 위에 올려놓은, 바비큐에 주로 쓰는 나무 손잡이가 달린 두꺼운 고기 칼을 움켜쥐었다. 그들 셋은 짐을 들고 서둘러 해변으로 내려갔다.

그들은 조용한 몸부림 속에서 토야를 단단히 안고 있는 스킵을 발견했다. "그들이에요, 그들, 괜찮아요, 괜찮아." 스킵이 자신을 벗어나 집으로 달려가려는 토야를 막으려 애쓰며 말했다.

버드가 어둠 속에서 그들에게 소리쳤다. "당신들 둘은 집으로 올라가. 스킵, 당신은 서배너를 병원으로 데려가야 해요." 그는 토야를 풀어 주고 조심스럽게 움직이는 서배너를 향해 달려갔다. 길다와 버드는 폭스를 배에 두었다.

"여기." 서배너가 그들에게 칼과 소파에서 찾은 총을 건네며 통증으로 떨리는 몸으로 말했다.

"죽었나요?" 토야가 작은 목소리로 말했다. "이제 우리 어쩌죠?"

"저자는 죽은 지 오래야, 토야." 길다가 말하고 스킵에게 몸을 돌렸다. "서배너를 의사에게 데려가, 팔을 보게. 토야도 데려가. 동틀 때까지 돌아오지 마."

그들은 스킵, 토야, 서배너가 차까지 비틀거리며 해변을 거슬러 갈 때 배 안에서 희미한 소리를 들었다.

버드는 폭스를 뒤집고 그의 가슴팍에서 셔츠를 끌어 내렸다. 그의 눈이 뜨여 있었고 멍했다. 그들은 그가 자신들을 봤다는 걸 알았다.

"우리가 할 수 있을까." 길다가 묻는다기보다 진술했다.

"해야 해. 놈은 우리를 전부 죽일 때까지 멈추지 않을 거야." 버드가 그 나무 손잡이 칼을 손에 쥐고 그의 가슴 위로 들어 올리며 말했다.

폭스의 손이 번쩍 솟구쳐 버드의 가느다란 손목을 잡고 그걸 뒤로 비틀기 시작했다. 그는 몸을 움직이지 않고 팔뚝만으로 뼈를 부러뜨렸다. 길다는 버드의 잡힌 손에서 칼을 빼내 그의 가슴에 재빨리 꽂았다. 길다는 그걸 아래로 당기며 살을 삶은 소시지처럼 열어젖혔다. 그래도 그는 텅 빈 눈으로 응시하며, 한데 붙은 것처럼 버드의 손목을 쥐고 있었다. 길다는 고동치는 심장을, 이 몸을 시간에 맞춰 계속 나아가게 하는 그 장기를 볼 수 있었다. 그건 어떻게든 살아남을 힘을 부여받았지만, 그래도 돌로 변해 있었다. 정말로 불가사의한 일이었다. 심장은 공기에 노출되어 아이의 것처럼 순수하게, 자유롭게 뛰고 있었다.

길다는 폭스의 눈을 들여다보았다. 그 눈은 검은 돌들처럼 텅 비어 있었다.

"미안해." 길다가 말했다.

"해!" 여전히 몸부림치며 거칠게 그의 손가락들을 하나하나 부러뜨려 자기 손목에서 떼어내던 버드가 소리 질렀다.

길다는 그의 가슴 안에 손을 넣었다. 그 온기가 그녀를 놀라게 했다. 길다가 손가락으로 그의 심장의 섬세한 옆면을 쓸자 그의 눈이 부드러워졌다. 오렌지빛이 잠시 그 안에서 소용돌이치다가 촉촉한 갈색으로 정리됐다. 그는 인간으로서는 처음으로 그 여자들을 쳐다보고, 이내 눈을 감았다. 길다는 그의 몸에서 심장을 꺼내 기꺼이 그 불길한 리듬을 제거하며 모래 위에 던졌다.

그의 손이 마침내 느슨해졌다. 버드는 그의 구두를 벗기고 그의 검은 얼굴을 다시 봤다. 그는 전혀 살아 있었던 걸로 보이지 않았다.

"마침내 여기 이렇게…." 길다는 그의 얼굴을 변화시킨 소년 같은 침묵을 내려다보며 말했다.

"…저 고귀한 것이 있구나(작가 헨리 제임스가 첫 발작을 겪었을 당시 본인이 말했다고도, 혹은 공중에서 울리는 소리를 들었다고도 전해지는 말. 고귀한 것[the distinguished thing]은 죽음을 의미함-옮긴이)." 버드는 그들이 소렐에게 들었던 인용을 마무리하며 말했다.

"내가 배를 좀 뺄게." 버드는 그 소금물을 헤치고 들어갔다. 끊임없는 물살은 그녀를 불안하게 했지만 그녀에게서 힘을 앗아가지 못했다. 버드의 고향 흙이 구두와 바지 밑단에 아늑하게 들어 있었다. 버드는 칼로 폭스를 보호하는 옷을 그의 몸에서 잘라내고 그걸 배 안에 있는 피투성이 무더기에 남겼다. 그녀는 작은 닻을 모래사장에 꽂고 잠시 자기 몸에 쿵쿵대는 배를 느끼며 서 있었다.

버드는 파도를 헤치고 걸어 나와 뒷마당에서 벽돌로 쌓은 바비큐 그릴에 불을 피우려 애쓰고 있는 길다를 발견했다. 종이와 잔가지에 마침내 불이 붙어 불길이 그 거멓고 살찐 것 아래서 낮게 타올랐다. 그들은 그 빨강이 재로 변할 때까지 불길 속에 잔가지와 종이를 계속 집어넣었다.

그들은 소파에 나란히 앉아 쉬다가 둘 다 그들 몫의 피를 취하러 나가지 않으면 햇빛이 그들을 너무 약하게 만들리라는 걸 깨달았다. 둘 다 지금은 사냥도, 피도 즐겁지 않고 그저 쉬고, 잊고 싶을 뿐이었다. 대신에 그들은 함께 나서서 모여 있는 집들을 향해 남쪽으로 나아가 두 군데로 나눠 들어갔다. 그들은 자신들이 필요한 바를 찾아 안도하고 방갈로로 부지런히 돌아왔다. 그리고 좁은 샤워실에서 몸의 피와 모래를 씻어냈다. 그런 후 소파에 앉아 하늘로 번지는 첫 분홍빛을 보고 있는데, 문간에서 다른 이들의 소리가 들렸다. 서배너의 눈은 의사들이 준 진통제로 몽롱했지만 패닉 속에서 방 안을 둘러봤다. 다치지 않은 손으로는 거대한 깁스를 받치고 있었다.

"끝났어요?"

"그런 것 같아요." 버드가 대답했다. 스킵이 서배너를 의자로 이끌고 조심스럽게 그녀의 발을 오토만에 올려놨다.

"난 이 난장판을 좀 치울게요." 그는 전부 토마토소스인 척하려 애쓰며 붉은 얼룩들을 문질렀다.

"해가 완전히 뜨면, 당신들 중 한 명이 배에 가서 그걸 끌고 와요. 돌아와서 뭘 봤는지 내게 알려 줘요."

서배너가 머리를 의자 등받이에 기댔다. 토야는 스킵이 앉으라고 말할 때까지 덧문이 내려진 방 안을 돌아다녔다. 버드가 소녀의 머리를 자신의 무릎 위에 눕히고 그녀의 이마를 문질러 주었다. 길다는 소파 옆 바닥에 앉아 머리를 뒤쪽 쿠션에 기댔다. 스킵이 바닥에 걸레질을 했다. 모두 눈이 감겨 있었지만, 누구도 잠들지 않았다. 모두 침묵을 깨기 두려운 듯 보였다.

마침내 길다가 눈을 뜨고 말했다. "시간이 됐어요. 누가 배 좀 확인해 줘요."

"내가 갈게요." 토야가 말했다.

"안 돼! 스킵이 가게 해." 서배너가 피 흘리는 얼굴의 기억에 진저리를 치며 말했다.

"내가 할 수 있어요." 토야가 날카롭게 말했다. "정말로 끝났다면 내가 제일 먼저 알고 싶어요. 지금이 끝이 아니라면 누가 가든 상관없잖아요, 그렇죠?" 그녀는 뒷문으로 나갔다. 그녀의 길고 가느다란 땋은 머리가 등 뒤로 늘어져 있었다. 서배너와 스킵은 계단에서, 물살을 헤치고 들어가 닻을 올리고 안을 보지 않고 그 배를 끌고 오는 토야를 지켜봤다. 그녀는 배를 해변으로 끌어올린 다음 자신이 무엇을 보게 될지 확신 없이 몸을 돌려 내려다보았다. 거기엔 피와 소금물로 얼룩지고 딱딱해진 스웨터와 바지의 파편들이 있었다.

토야는 웃음과 말을 뒤로 흘리며 집으로 뛰어 돌아갔다. "아무 것도 없어요! 옷뿐이에요." 그녀는 꽥하고 소리를 질렀다.

서배너의 얼굴에 둘러진 긴장감은 직접 그 광경을 볼 때까지 누그러지지 않았다. 그녀는 배로 달려 내려갔다. 토야는 멈춰서 기다렸다. 그녀의 웃음은 서배너가 그들을 향해 돌아서 "옷이요!" 하고 소리칠 때까지 잠시 멈춰 있었다.

길다와 버드는 다른 이들이 짐을 꾸리는 사이 다락으로 물러났다. 오후의 햇살이 바래지자, 스킵이 차를 집 앞으로 가져왔다. 그는 옷들을 태우고 배 위에 다시 방수포를 덮었다. 그들은 차에 들어가 믿지 못하며 침묵했다.

"난 아직 떠나고 싶어요." 토야가 말했다.

"나랑 스킵이 자길 기차에 데려다줄게." 서배너가 그녀에게 말했다. "자기는 먼저 좀 쉬어야 할 것 같아. 그리고 우리가 옷가지를 좀 마련해 줄게. 약쟁이 고양이 같은 꼴로 보스턴에서 집에 가게 할 수는 없지."

길다와 버드는 그 계획들을 들었다. 차가 사우스엔드로 들어가는 3번가를 돌았을 때 그들은 이제 어디로 가야 할지 몰랐다.

"우린 매스 애비뉴 모퉁이에서 내려줘요." 길다가 말했다. "411에 들러봐야 할 것 같아요."

"왜 이제 파티를 끝내요?" 스킵이 모퉁이를 매끄럽게 돌릴 때 서배너는 웃음을 터뜨리며 반발했다. "내가 내 파우더블루 캐딜락을 박살낸 뒤로 그렇게 재미있었던 적이 없구만."

스킵이 크게 웃었다.

"아이고, 애야, 뭘 알고 웃니? 넌 그 일이 있었을 때 아직 네 엄마 뒤에서 목화 줍고 있었을 거야. 1945년이었지, 아마. 난 그 망할 트럭을 보지도 못했어요. 눈앞에 인생이 지나가는 정도가 아니었다니까. 그때 양팔을 다 부러뜨렸지."

서배너의 웃음에는 전염성이 있었다. 어두컴컴한 그곳에 들어갈 무렵 그들은 모두 웃고 있었다. 바에 앉아 있던 몇몇 사람들이 그들이 들어가자 고개를 들고 토야의 존재와 그들 모두의 후줄근한 차림새에 주목했다. 그들 역시, 그 다섯 명이 그들을 지나 뒤쪽 테이블들을 향해 갈 때 웃고 있었다. 질문하기보다 그게 쉬웠다.

◆◆◆◆◆ 5장

오프 브로드웨이: 1971

길다는 묵직한 열쇠들을 찬 고리를 자신의 벨트 고리에 도로 걸고 자물쇠들을 주머니에 드리웠다. 그것들의 짤그랑거리는 금속성 소리가 그녀에게 미용실 문을 두드리던 서배너의 웨스트인디언 고리 팔찌들 소리를 연상시켰다. 하지만 그건 수년 전이었다. 서배너는 미시시피에 자신의 미용실을 차렸고, 길다가 마지막으로 소식을 들었을 때, 서배너의 머리카락은 더 이상 하얗게 염색할 필요가 없었다. 길다는 손을 뻗어 물 흐르는 동작으로 극장을 보호하는 엄청나게 묵직한 금속문을 끌어내렸다.

"내가 도와주죠."

줄리어스의 목소리에 살짝 놀란 길다는 돌아보지 않았다.

"고마워요." 길다가 나지막이 말하며 녹슨 금속 철창문을 계속 끌어내렸다. 그는 문이 바닥에 짤랑 닿을 때 미소를 지었다. 길다는 그에게 자물쇠 하나를 던졌고 그들은 문을 잠그기 위해 무릎을 꿇었다. 그 뻑뻑하고 낡은 자물쇠들과 씨름하는 그의 등은 교사처럼 곧았다. 그녀는 그를 좋아했다. 그는 돈이 얼마 없는 소수 단체에 무엇이 효과적이고 무엇이 아닐지 감이 있는 유능한 극단 매니저였다. 그는 배우들을 제멋대로 구는 아이들이나 성가신 기술자들처럼 다루지 않았다.

"다 됐네. 이제 한 잔 어때요?" 줄리어스가 길다의 생각을 방해하며 말했다.

"다른 사람들하고 같이 가지 그랬어요?"

"옳지 않은 것 같아서요. 당신이 없었으면 할 수 없었을 첫 번째 리허설을 우리끼리 축하하는 동안 무대 감독은 여기서 혼자 문을 잠그게 하는 게."

그의 짙은 갈색 눈을 올려다보는 길다의 얼굴에 즐거움이 감돌았다. 그는 길다보다 피부색이 연했고 콧잔등에 살짝 흩뿌려진 주근깨들은 바짝 깎은 적갈색의 억센 머리카락과 잘 어울렸다. 가로등이 그의 왼쪽 귀에 빛나는 작은 사파이어에서 반짝였다. 그의 어깨는 넓었고 허리는 가늘었다. 도톰한 입술과 세련된 미소의 그는 관리자라기보다 배우처럼 보였다. 그들은 23번가를 지나 6번가까지 걸어가 줄리어스가 자신의 초대에 대한 길다의 대답을 기다리는 동안 모퉁이에 서 있었다.

"좀 걸어요." 길다가 말했다. 그런 다음, 한 블록 뒤에는 이렇게 말했다. "코넬리아 스트리트에 막 연 카페가 있어요."

그들은 걷는 동안 대부분 침묵했다. 이지러지는 달이 한밤에 옅은 노란 빛을 던졌다. 길다는 리허설을 하는 세 시간 동안 작은 제어실 안에 앉아 있다가 움직이니 기뻤다. 그녀는 얼굴에 닿는 밤공기의 느낌을 음미하면서 살아 있다는—아직 살아 있다는 것에 미소 지었다. 그녀의 팔을 잡는 줄리어스의 눈에서 나는 빛이 다른 빛과 경쟁했다.

그들이 레스토랑에 앉자 그는 아우렐리아가 그랬듯 친근감을 느꼈고, 길다는 긴장이 풀려 안락해졌다. 그는 카푸치노를 주문하고 말했다. "말해 봐요."

"좋아요, 무슨 얘기요?"

"뭐든지요. 고향은 어디인지, 뭘 하고 싶은지. 우리가 국가 건설을 해야 할 마당에 어쩌다 이 작은 백인 극단에서 엉덩이에 불이 나게 일하고 있는지." 그는 그 시들한 비유를 비꼬듯 웃었다.

"내 아버지의 집에는 거할 곳이 많죠(『요한복음』 14장 2절—옮긴이)."

"오 맙소사, 침례교군요!"

젊은 백인 웨이터는 그들을 보지도 않고 주문을 받아 갔다. 열정적인 배우처럼 생긴 그는 그들의 웃음소리에 날카롭게 코웃음을 치고는 휙 돌아서 떠났다. 모두 똑같이 날씬한 몸, 같은 머리 모양, 개성 없는 동작을 취하려 애쓰면서 어떻게 여전히 서로 구별되기를 바라는지, 길다는 늘 그 점이 놀라웠다. 이 도시에 도착한 이래 길다는 자신이 작업한 세 개의 공연에서 오디션을 치르는 그들을 지켜봤다. 날 선 야망으로 가득 찬, 젊고, 근사하고, 덧없이 잘생긴 얼굴의 그들. 다른 누구보다 그들이 그녀에게 자신과 인간들 사이의 차이점을 떠올리게 했다.

길다는 그 말—인간들을 떠올렸을 때 거의 웃을 뻔했다. 그녀가 머릿속에서 차이를 만들 수 있기까지 수년이 걸렸고, 그 구분은 여전히 때로 과도하게, 그다지 뚜렷하지 않게 느껴졌다.

"난 좀 더 자세한 걸 기대하고 있었는데요."

"뭘 알고 싶어요?" 길다는 날카롭게 대답했다. "난 누구도 들어본 적 없고 더 이상 존재하는지조차 모르는 미시시피의 작은 마을에서 태어났어요. 버스 정류장조차 없었죠. 난 극장을 사랑해요. 노래를 쓰고요. 세상은 세상이죠. 그게 우리가 여기 있는 이유고요. 그게 질리면, 우린 다른 무언가를 하겠죠."

"그럼 대화가 끊어지잖아요."

길다는 그렇게 퉁명스럽게 군 것을 즉시 후회했다. 하지만 테이블 너머를 보며 길다는 제대로 그를 보기가 어렵다는 것을 발견했다. 인간으로서 그의 다름이 그들 사이에 보이지 않는 커튼처럼 느껴졌다. 길다는 그 커튼이 존재하지 않기를 바랐다.

"그럴 리가요. 인간사를 흥미롭게 하는 건 그 변주뿐이잖아요, 안 그래요?" 그녀는 그의 열정에 다시 불을 붙이려 애쓰며 테이블 쪽으로 몸을 숙였다. "내 말은, 다 같은 얘기의 반복일 뿐이죠. 하지만 그 세세한 부분들이 볼드윈(제임스 볼드윈, 1924~1987. 아프리카계 미국인 작가이자 활동가-옮긴이)을 헤밍웨이나 셰익스피어나 한스베리(로레인 비비안 한스베리, 1930~1965. 브로드웨이에서 극이 공연된 최초의 아프리카계 미국인 여성 작가-옮긴이)와 다르게 만드는 거예요. 당신은 왜 백인 극단에 있는 걸 불편하게 느끼나요?" 길다는 진심 어린 호기심으로 물었다.

"나는 모든 연좌 농성에 참여했어요. 내가 대학에 있을 때, 시위는 사실상 한 과목이나 마찬가지였거든요! 그런데 문득 고개를 들어 보니, 내 모든 디시키(1960년대 말 미국 흑인들 사이에서 유행한 아프리카 스타일에 영향을 받은 화려하고 헐렁한 셔츠-옮긴이)들은 트렁크 바닥에 접혀 있고 나는 공연을 하고 싶어 하는 백인 중산층 애들을 위해 돈 다루는 일을 돕고 있더군요."

길다가 무언가 더 있다고 느끼고 다른 손님들이 식기를 달가닥거리는 소리가 공기를 채우도록 놔두는 사이 줄리어스는 들어오는 백인 손님들에 불편해하며 앉은 자리에서 꼼지락거렸다. 그 백인들은 그들을 느긋하게 가늠하고 있었다. 위험한가? 시끄러운가? 이국적인가?

"난 죽는 날까지 신문을 안 읽겠다고 마음먹었죠. 너무 화가 나서 앉아 있을 수가 없으니까요. 그러고는 거기 가죠, 그리고 난 거기가 좋아요, 일도, 대부분의 사람들도. 하지만 젠장…."

길다는 이해했다. 아티카가 헤드라인을 채웠다(아티카 교도소 폭동. 1971년 9월, 수감자의 처우 개선을 요구하는 폭동이 일어나 43명이 사망함-옮긴이). 길다 역시 마음에서 죽음의 소식들을 밀어내려 애썼다. 그녀는 교도소 마당에 줄지은, 죽이고 죽임당한 재소자들의 사진들을 보았고 그 이미지는 노예 처소에 대한 그녀의 기억과 늘 같았다. 굴종과 분노로 가득 찬 눈의 검은 남자들. 총탄에 쓰러진 그들의 몸은 벌책으로 묶여 있던 나무들 옆에 쓰러진 이들과 똑같이 잿빛이었다. 그녀는 그의 초조한 불안을 이해했다.

"내가 다른 극단 사람들을 알아요, 흑인 극단들이요. 뉴 라파예트(배우이자 감독인 로버트 맥베스가 1967년 설립한 극단, 흑인 예술 운동의 중요한 상징이자 흑인 인권 운동의 핵심이 됨-옮긴이) 사람들이 아직 근처에 있어요."

"와우! 뉴 라파예트를 알아요?" 그가 의심스러운 듯 물었다.

"그럼요. 그 사람들이 애초에 내가 이 도시에 온 이유인 걸요. 난 그 사람들이 세상을 바꾸리라 생각했어요. 관습들을, 정신을. 그들은 손아귀에 흑인의 삶을 쥐고 있죠. 그들은 어떤 면에서 내 안에 다가왔어요…."

줄리어스는 따라잡으려 열심이었다. "그거 봤어요? ***죽은 자를 일으키고***…."

"***미래를 예언하라!***"(뉴 라파예트에서 올린 연극 제목 'To Raise the Dead and Foretell the Future', 맥베스는 '제의'라고 표현함-옮긴이) 길다가 끼어들었고 그들은 자신들의 기억에 흥분하여 함께 마무리했다.

"그래서 그 사람들한텐 무슨 일이 있었죠?" 줄리어스가 계속했다. "내 말은, 그들이 전부 할리우드에 가고 싶어 죽겠을 수는 없거든요. 그 사람들은 그냥 증발해 버린 것 같아요."

"그 사람들은 다른 사람들처럼 일하고 싶었던 것 같아요. 그리고 백인들이 죄책감을 느끼고 돈을 기부하기를 그만뒀죠. 우리가 함께 발맞췄던 사람들 대부분이 해방에 대한 생각들을 잊었어요. 그들은 자유로운 흑인들에 대한 큰 꿈이 있었어요, 하지만 그뿐이었어죠. 그들은 사실 완전한 비전을 품지 않았던 거예요. 그러니까, 여성들의 자유, 푸에르토리코 인들의 자유, 동성애자들의 자유 같은. 그래서 그 자신들 외에는 일들이 꺾여 버린 셈이죠."

"빌어먹을, 대체 누가 그걸 다 챙길 시간이 있어요…."

"당신이 리허설 끝나고 어울리지 않는 그 친구들한테 누가 시간이 있나 물어봐요. 이 극단들이 삶을 공명정대하게 다루는 것 같아요? 내게 친구가 한 명 있었어요. 누군가 해야 하고 아무도 돈은 주고 싶어 하지 않는 잡일을 하면서 작은 흑인 극단에 평생을 바친 똑똑한 여성이었죠. 그녀는 네이션 타임(미국 흑인 인권 운동의 정치적 슬로건으로 흑인 공동체의 시간이 왔다는 의미. 1972년 인디애나주 개리에서 열린 집회에서 선언되며 흑인 인권 운동의 상징이 됨-옮긴이)이 도래하면 형제들이 준비되리라 생각했어요. 그녀는 지원서들을 승인하고, 감독들이 막히면 무대 조언도 하고 그들이 너무 바빠서 극장에 제시간에 못 닿는다고 말하면 대청소도 해 가면서 미친 듯이 일했어요. 하지만 정작 네이션 타임이 왔을 때 그녀는 그냥 흰 천이나 둘러쓴 유령 취급을 받았죠! 보조금은 그곳의 모든 형제에게 갔지만 그녀에겐 아니었어요. 목화 한 줄은 목화 한 줄이에요. 그러니 당신 생각에 그녀가 당신 감정과 조금이라도 다르게 느끼는 것 같다면, 당신은 정말로 생각이 없는 거죠." 길다는 자신의 감정의 골에, 오랜 세월 흑인 여성들의 얼굴에서 목격한 그 실망감에 대한 감정에 놀랐다.

"빌어먹을, 잠깐. 알겠어요. 그런 말을 하려던 게 아니에요."

길다는 줄리어스의 말을 제대로 듣지 않았다. 그녀는 과거로 미끄러져 가는 자신을 막으려 애쓰고 있었다. 그 뜨거운 이랑, 다리를 핥던 잎이 무성한 줄기들, 머리 위의 묵직한 태양. 그녀의 자매들은 경쟁하며 그 이랑들을 재빨리 내려갔다. 그녀는 따라잡으려 했지만 한 번도 그럴 수 없었다. 그리고 처음으로 그 흙에 얼굴을 처박고, 거의 질식할 듯 넘어졌을 때 그녀는 주변에서 들리던 소리에 익숙해진 채찍질을 기다렸다. 하지만 자매들의 손이 간단히 그녀를 들어 올렸고 그녀가 하얀 목화 부대 같은 또 다른 짐인 양 질질 끌고 갔다.

줄리어스의 눈을 들여다보며 길다는 그가 이런 것들을 알 수 없다는 걸, 그리고 자기 말이 너무 날카롭게 느껴진다는 걸 떠올렸다. 그녀는 그 과거로 돌아가고 싶지 않았다. 너무 멀었고, 그들은 이제 모두 죽었다.

"당신, 나, 그리고 아이린이 이 극단에 붙어 있는 한 그냥 백인 애들 한 무리가 하는 게임이 되지는 않을 거예요. 아이린이 다음 시즌에 극 하나를 감독하기로 예정되어 있어요." 길다가 덧붙였다.

"나도 알아요. 내가 준비가 안 된 것 같아요. 피스크(미주리 주의 도시-옮긴이)는 맨해튼에서 먼 거리고 난 그곳이 그리워요. 당신도 어떤지 알잖아요, 한 번 어떤 그루브에 빠지면 벗어나질 못하죠."

"그럼 새로운 그루브를 찾아요!" 길다는 한순간 자신이 다시 너무 날카로웠다고 생각했다.

하지만 이내 그가 웃음을 터뜨리며 말했다. "민중에게 권력을 (1960~70년대 미국 좌파 운동의 구호이자 1971년 존 레논이 발표한 곡의 제목이기도 함-옮긴이)!" 그리고 과거는 제자리에 있었다.

"당신은 당신에게 살 만한 급여를 지불할 수 있는 어딘가로 가고 싶은가 보군요. 중산층에 걸맞는 임금이요. 이 모든 경험으로 무슨 일을 하고 싶어요?"

"당장은 그냥 당신과 어울리고 싶어요."

길다는 줄리어스를 줄리어스로 만드는 모든 면을 받아들이며 그를 보았다. 그의 태도엔 차분한 확신이 있었다. 또한 무관심으로 읽힐 수도 있는 소극적인 본성도. 그의 눈은 그가 이 도시에서 외롭다는 것을 그녀에게 말해 주었다. 지금 그녀와 함께 있는 것은 그가 오랫동안 원했던 일이었다. 그리고 다른 무언가는 아직 그녀가 판독할 수 없었다.

"줄리어스, 난 잘될 것 같지 않아요. 당신을 좋아하지만, 좋은 우정을 깨지 말죠."

길다는 찰나의 순간 그의 얼굴을 스치고 사라지는 고통을 보았다. 길다는 남자들이 굴욕에서 스스로를 보호하기 위해 태도를 바꾸는 방식을 싫어했다.

"이봐요, 그냥 생각일 뿐이었어요." 그는 길다가 그저 야구 경기 표를 거절한 것처럼 말했다. 그는 자신의 컵을 들어 올렸지만, 길다는 그의 눈을 붙들고 그의 정확한 느낌을 살펴봤다. 위장과 속임수는 이따금 그녀를 너무 지치게 했다.

길다의 시선은 그를 짧게 붙잡았고 그의 슬픔을 드러냈다. 그녀는 그가 사실 얼마나 외로운지 보았다. 그의 부모님은 죽었다. 가까운 친척도 없었다. 그를 남부에 붙드는 것이 아무것도 없기에, 그는 뉴욕 시티로 왔다. 길다는 그가 온 지 2년 만에 처음으로 관심을 가진 사람이었다. 백인 극장 회사에서 일하는 것에 대한 그의 냉소에도 불구하고, 줄리어스는 아우렐리아가 그랬듯 열정적이었다. 그는 세상이 자신의 노력과 자신이 존경하는 이들로 더 나아진다는 입장을 고수했다. 길다는 회사와 감독과 배우들과 소통하던 그에 대한 자신의 기억을 더듬었다. 그녀는 그의 기민한 전문지식과 품위를 떠올렸다. 그는 젊었지만 쉽게 겁먹지 않았다. 그의 자아는 강인했지만 지금 방황하고 있었고 연인보다는 친구가 필요했다.

길다는 살짝 물러나며 줄리어스를 잡고 있던 가벼운 지배력을 풀고 그가 자기 생각을 다시 모으게 한 다음 말했다. "내 오랜 친구가 소호에 바를 소유하고 있어요. 언제 나랑 같이 갈래요? 옛날 배우 얘기들을 하면서 좋은 와인을 마실 수 있어요. 당신은 내게 당신 문제를 얘기하고, 난 당신한테 내 문제를 얘기하고."

"그거 알아요, 당신이 시인인 거?" 길다만큼이나 그들이 쌓기 시작한 우정을 잃지 않으려 열심인 줄리어스는 환하게 미소 지으며 대답했다.

길다는 7번가와 크리스토퍼 스트리트 모퉁이에서 그에게 밤인사를 했다. 길다는 작은 정원이 딸린 자신의 첼시 아파트를 향해 북쪽으로 걸으며 줄리어스가 도시의 혹독함에서 어떻게 살아남았을지 궁금했다. 그가 그들 사이에 꿈꾸는 관계는 결코 있을 수 없지만, 그의 외로움은 길다를 끌어당겼다. 그 외로움은 어떤 면에서 아우렐리아의 우울을 비추었지만 보다 깊었다. 그것은 왠지 거기에 맞서는 그의 투쟁에도 불구하고 왠지 그에게 꽤 어울렸다.

집 앞에 이르자 길다는 생각 속에서 줄리어스를 몰아냈다. 그녀는 그가 자기 안을 휘저은 혼란을 거부하며 자신이 친구로 남는 것이 그에게 최선이라고 결정했다. 작업용 셔츠와 네모진 도장공 바지를 벗은 후 길다는 작은 거실에 놓인 커다랗고 두툼한 안락의자에 몸을 말았다. 묵직한 벨벳 커튼이 외풍과 바깥의 모든 빛을 막아 주었다. 길다는 자신의 오래된 『도덕경』 책을 꺼냈다. 노자의 간결한 글들이 그녀 앞에 우아하게 놓였다. 그녀는 자신이 기원전 6세기에 공자와 동시대인들이 그랬듯 붓글씨를 쉽사리 읽을 수 있다는 데서 위안을 받았다. 그 붓질은 따듯하고 친숙했다. *이름 없는 것이 천하의 시작이다. 이름 있는 것이 만물의 어머니다.* (無名天地之始 有名萬物之母[무명천하지시 유명만물지모], 『도덕경』 1장, 無名, 有名의 해석에 이견이 있으나 여기서는 원서의 영문대로 옮김-옮긴이)

그 섬세한 형태들은 길다의 불안을 달래지 못했다. 그녀는 시계를 봤다. 겨우 새벽 2시였다. 길다는 저녁 6시까지는 극장에 다시 갈 필요가 없었다. 시간이 그녀 앞에 늘어져 있었다. 너무 많은 시간이. 그녀는 다시 옷을 입고 소렐의 클럽에 갈까 생각했다. 이 시간쯤이면 그녀의 친구들이 두어 명쯤 있을 터였다. 낮 동안 자고 밤에 생활하는 그녀 같은 이들이. 일시적으로 가족을 꾸린 서로 전혀 다른, 작은 무리가 늘 그곳에 있었다.

하지만 길다는 한가한 대화에 참을성이 없었고 자신이 앤서니와 소렐과 함께 자신의 감정을 논할 준비가 됐는지 확신이 없었다. 그저 탈출하고픈, 떠나서 한동안 여기 세상을 잊고픈 욕구가 계속 맴돌았다. 하지만 2주 안에 공연이 열릴 예정이었다. 적어도 두 달 동안 길다는 아무 데도 갈 수 없었다.

길다는 욕구불만으로 날카로운 숨을 내뱉었다. 샌프란시스코로 가면 얼마나 기분이 좋을까, 그녀는 생각했다. 그 도시의 거리를 산책하던 일이, 그 옛것과 새것, 그녀 안에 자리한 그곳의 역사를 느끼던 일이 그리웠다. 그것이 길다가 과감히 돌아가 본 가장 먼 과거였다. 그리고 그곳 사람들 사이엔 여유가 있었다. 소렐이 이곳에서 보낸 10년 동안 동쪽으로 끌고 오는 데 성공하지 못한 한 가지였다.

여기서 길다는 야망에 질식되는 것을 느꼈다. 줄리어스에게 그런 것이 없다는 걸 깨달은 길다는 미소를 지었다. 그녀는 책을 덮고 매우 작은 정원으로 나섰다. 가게들 대부분이 저녁 시간에는 문을 닫고, 그곳에는 거주 가능한 아파트 건물이 별로 없기 때문에 그 지역은 밤에 조용했다. 길다의 지주 회사, 결과적으로 그녀의 투자 회사가 소유한 길다의 공동 주택은 항상 작동하는 난방과 뜨거운 물, 그리고 깨끗한 보도 외에는 근처의 다른 곳들과 유사했다. 그곳은 미국적으로 뒤섞여 있었다. 도미니카 공화국 출신의 택시 운전사인 프랜시스코, 15년 동안 이 건물의 관리인이었던 아일랜드인 대니, 그의 아내인 틸리, 그리고 그들의 손주들, 매일 아침 교통국에 출근했다가 저녁이면 어깨에 댄스 가방을 메고 돌아오는 흑인 배우 로드니, 길다 바로 위층에 사는 푸에토리코 출신인 젊은 마시. 그는 이 건물에 사는 길다의 유일한 진짜 친구였다. 마시는 길다를 두어 번 초대했고 그녀는 두 번 생각하지 않고 받아들였다. 길다가 인디언 스타일 침대보와 푹신한 쿠션들에 둘러싸여 그의 침대 겸 소파에 앉았을 때, 그녀는 그가 얼마나 힘든 삶의 연기를 하고 있는지 깨달았다. 낮 동안 그는 전화 회사의 자기 일자리에서 마크라는 이름으로 일했다. 그는 첫 남성 교환원 중 한 명이었고 그걸 훈장처럼 둘렀다. 하지만 그가 가장 잘 두르는 것은 흑담비 속눈썹과 카프리 바지였다.

"난 자유인이에요. 뭘 입는지는 내 맘이라고요!" 길다는 그가 서둘러 나가는 친척 뒤로 문을 쾅 닫은 뒤에 그렇게 소리치는 것을 들은 적이 있었다. 그 후로 길다는 그와 친하게 지내왔다.

주말이면 슬쩍 시내로 나와 마시를 방문하는 여동생 외에 그의 가족은 수년 전에 대체로 그와 인연을 끊었다. 길다는 그가 자신만큼이나 이웃의 친밀함을 환영한다는 것을 알았다.

길다는 별들을 올려다본 다음 마시의 창문으로 눈을 돌렸다. 커튼이 드리워져 있었지만, 그 아래로 희미한 붉은 빛을 볼 수 있었다. 그녀는 그에게 손님이 있는 게 분명하다고 생각하고 그를 방문하려던 생각을 버렸다. 그는 저녁이 시작될 무렵에 늘 혼자 나갔지만 집에 올 때면 반드시 누군가와 함께였다. 아침에는, 본인의 의지로, 대체로 다시 혼자가 되었다. 그들은 길다가 결코 마시지 않는데도 그 향기에 끌리는 커피를 두고 수많은 아침을 함께했다.

길다는 누가 자신의 삶에 함께하기를 원할지 생각할 때 오랫동안 마시를 고려했다. 그는 강하고, 통제되어 있고, 헌신적이었다. 하지만 길다는 아우렐리아처럼 현재의 삶에 너무 매여 있는 그를 보았다. 그의 세계는 지금과 미래 사이의 확장된 시간이 아니라, 지금이었다. 그녀는 그런 지평선을 배경으로 줄리어스를 그려 보려 애썼다.

길다는 자신의 방종을 견딜 수 없었다. 시간을 이용하지도 그냥 두지도 못한 채, 그녀는 자신을 다그쳤다. 길다는 줄리어스가 어째서 그렇게 마음에 걸리는지 이해할 수 없었다. 남자가 자신에게 같이 자자고 한 건 분명 처음이 아니었다. 하지만, 그녀가 너무 쉽게 그들의 제안을 지나치는 바람에 그들은 대체로 자기들이 그런 제안을 했다는 것을 기억하지 못했다. 그럼 무엇이 그녀의 마음을 불편하게 하는 걸까? 길다는 자신의 위안을 여자들에게서 발견했다. 그냥 그런 식이었다. 줄리어스는 남자들이 어떻게든 그들의 죽은 어머니들과 아버지들에게서 물려받는 허세로 가득했다. 젠장! 그럼에도 그는 여전히 밤의 공기 너머 그녀에게 닿고 있었다.

 길다는 안으로 다시 들어가 청바지와 티셔츠로 갈아입었다. 그녀는 스웨터에 머리를 끼고 현관문을 다시 잠그고 남쪽으로 걷기 시작했다. 그녀는 자신이 거기로 가고 있다는 걸 알아차리기도 전에 소렐네 부스 뒤쪽에 앉았다. 앤서니가 그들이 처음 만났을 때와 꼭 닮은 모습으로 테이블 옆에 정중하게 서 있었다. 다소 창백하고, 마르고, 커다란 손을 불가사의할 정도로 가만히 옆에 내린 채. 그는 학생처럼 보였지만, 길다는 자신의 선생님에게 돌아온 느낌이었다.

 "안타깝지만 당신이 소렐보다 훨씬 먼저 도착한 것 같군요. 그는 일주일 안에는 우리에게 돌아오지 않을 겁니다, 어쩌면 2주."

 "알아요, 앤서니. 그냥 여기 있고 싶었어요. 당신을 보러요."

 "멋지군요. 그럼 내가 당신한테 한 병 가져와도 될까요? 당신이 한동안 우리를 방문하지 않아서 소렐이 당신이 시도해 볼 것들을 비축해 두고 있었습니다."

 "당신이 잠깐 나랑 같이 앉으면요."

 앤서니는 고개를 끄덕인 다음 소렐이 개인적으로 아끼는 것들을 저장하는 술집 뒤쪽으로 난 키 큰 문으로 향했다. 종종 그랬듯 길다는 앤서니, 소렐, 그리고 자신이 세상이 제공하기 마련인 새로운 방식들에 쉽사리 적응해 왔다는 것에 위안을 받았다.

여러모로 이 시대의 풍습은 훨씬 더 복잡하고, 모호했다. 놀랄 구석이 상당히 많았다. 길다는 주변을 둘러봤다. 여기서 그녀는 오래전 그랬듯 호기심의 대상이 아니었다. 그녀는 지금 있는 이들 중 몇을 알았고 고개를 끄덕였지만, 그들은 앤서니와 둘이 있고 싶은 그녀의 바람을 알아채고 자신들의 자리에 남았다. 방 안의 소리는 처음 그녀가 소렐과 자리했던 곳보다 훨씬 조용했다. 인간들은 이곳에 거의 오지 않았고 여긴 도박장이 없이 긴 바와 몇몇 칸막이 자리들, 그리고 당구대 하나가 있을 뿐이었다. 바텐더가 그녀를 향해 자신의 잔을 들어 올렸고, 그녀는 편안한 동지애 속에서 미소를 지었다. 앤서니가 돌아와 부르고뉴 와인 병을 열며 소렐이 그 지역에서 그의 와인 소작지를 얼마나 늘렸는지 설명했다.

"어머, 오늘 밤은 샴페인이 아니에요?"

"난 그게 과대평가된 술이라는 걸 소렐에게 이해시키려고 애써왔죠. 수년간 소렐은 내게 맞장구를 쳐 줬지만 여전히 그 거품들을 사랑해요. 나는 서늘한 밤 내내 남아 있어 주는 따스한 술을 선호합니다." 그 말과 함께 앤서니는 검붉은 와인을 입이 넓은 유리잔에 따른 다음 벽이 높은 부스 안 길다의 맞은편에 앉았다.

그들은 이따금 앤서니가 중얼대는 작은 감탄 소리 외엔 조용히 홀짝거렸다. 길다는 자신도 모르게 클럽의 앞쪽에 선 자신을 발견한 것처럼, 어떤 말이 나올지 정확히 알기도 전에 입을 열었다. "친구가 하나 있어요, 젊은 남자인데, 소렐의 환영 모임에 데려올까 해요."

앤서니는 성급히 말하지 않고 길다가 계속하길 기다렸다. 길다는 테이블 너머로 손을 뻗어 둘 모두의 잔에 와인을 더 따랐다.

"난 소렐의 뉴질랜드 이야기가 정말 기다려져요. 그와 버드가 그곳 지주들 사이에 상당한 소동을 일으켰을 것 같아요. 버드가 그와 함께 돌아오면 좋겠어요. 어쨌든, 내 친구는 당장은 자기 자신과 다투고 있는 젊은 남자예요. 하지만 당신들이 정말로 그 사람과 만났으면 좋겠어요." 길다의 목소리가 속삭임으로 잦아들었다. 이내 그녀는 말했다. "그리고 난 두려워요. 아우렐리아나 엘리너 같은 상실을 또다시 감당할 순 없어요."

앤서니가 테이블의 윤기 나는 원목 테이블 위로 손을 뻗어, 유리잔 주변에 단단히 감겨 있는 길다의 손에서 손가락 하나를 쓰다듬었다.

"그리고 이 친구 이름은?"

"줄리어스."

"그가 당신 마음속에 자리했나요?"

"친구로요, 네. 엘리너와 함께일 때 내 시야를 흐리게 했던 압도적으로 몰려들던 욕망은 전혀 느껴지지 않아요. 아우렐리아에게서 느꼈던 숨 막힐 듯한 예감도. 하지만 아직 잘 모르겠어요. 실수를 저지르기는 너무 쉽죠. 지독한 공포를 야기하는 것도요. 난 그러지 않을 거예요." 길다는 목구멍 깊숙한 곳에서 솟구치는 두려움을 느꼈고 앤서니가 그걸 알아차렸다는 걸 알았다.

"그런 결말이 있기 전에, 엘리너가 거의 매일 저녁 소렐을 만나러 온 거 알아요? 사실, 그건 꽤 다정했죠. 당신이 동쪽으로 간 뒤에, 엘리너는 그의 테이블에 앉아서 살롱에 방문한 수많은 사람들을 그와 함께 지켜보곤 했어요. 그들이 처음 만났던 그녀의 어린 시절을 얘기하곤 했습니다. 그리고 소렐은 그녀에게 유럽에 대해 얘기했죠. 엘리너는 그 대화만으로 유럽에 가고 싶다는 강렬한 욕망을 품게 됐어요. 적어도 몇 년간은 신선한 변화가 자리 잡은 듯 보였습니다. 소렐은 엘리너가 평화를 찾으려 애쓰고 있다고 생각했어요. 당신이 우리와 머문 날들은 엘리너를 우리 중 누구도 보게 할 수 없었던 무언가와 마주 보게 했죠. 엘리너의 창조는 실수였고, 그녀는 자신을 둘러싼 고통에 계속 기여하고 있었다는 걸. 자기 삶에 아무 책임도 지지 않았다는 걸. 난 엘리너가 그게 얼마나 낭비인지 알게 됐다고 생각해요. 소렐은 그녀와 보내는 시간을 정말로 아주 행복해했습니다."

"그래도 그녀는 진정한 죽음을 택했죠."

"그래요, 하지만, 내 생각에, 소렐 쪽에서 판단 착오가 있었던 탓은 아닙니다. 그보다 엘리너 자신의 탓이죠. 그녀는 자신이 새뮤얼과 그의 아내에게 어리석은 짓을 했다는 걸 알았어요. 항상 자신을 쫓아다닐 무언가에 시동을 걸었고, 새뮤얼은 그가 살아 있는 한 절대 누그러들지 않을 테죠. 진정한 죽음을 받아들이자는 엘리너의 결정은 그를 파괴하지 않겠다는 결정이기도 했어요. 그녀는 그 일이 있기 전에 비슷한 말을 했어요. 가끔 당신 안부를 묻기도 했죠." 앤서니는 부드러운 목소리로 말을 맺었다.

길다란 등줄기를 스치는 불길한 한기를 느꼈다. 그녀는 와인을 크게 한 모금 들이켰다. "하지만 소렐은 엘리너의 죽음에 엄청난 충격을 받았잖아요. 어떻게 그렇게 쉽게 말할 수 있어요? 소렐은 분명 당신이 생각하듯 쉽게 안도감을 느끼지 않을 거예요."

"나는 쉽게 안도하지 않습니다. 소렐에겐 자신의 슬픔이 있습니다, 우리 모두 그렇듯이. 하지만 그는 그 슬픔으로 끝을 내지는 않을 거예요. 그는 자기 판단의 실수를 떠안고 살 수 있습니다. 당신이 그 가능성을 기꺼이 받아들이지 못한다면, 당신은 남은 삶을 어떻게 보낼지 다시 생각해야 할 겁니다."

잠시 뒤에 앤서니는 다시 말했다. "당신은 누군가를 우리 중에 데려오고자 하는 자신의 바람이 버드를 약간 배신한다고 느끼는 것 같군요. 그럴 필요 없습니다. 당신이 버드에게 기회를 준다면, 그녀 역시 같은 말을 하리라 난 확신합니다."

"당신이 옳을지도요. 그래도 전 뭔가에 막힌 듯이 느껴져요, 내가 제자리에서 빙빙 도는 바퀴의 일부인 것처럼요. 무엇을 해야 옳을지 안다면…."

"완벽한 선택을 하려고 하지 말고 당신의 본능을 좀 더 믿어 봐요. 지난 시간 당신은 아주 잘해 왔어요. 난 당신이 늘 그래왔 듯 훌륭한 학생이라 확신합니다."

"평생 학생일 순 없어요!"

"우린 평생 학생입니다, 우리가 운 좋게 그걸 알 수만 있다면 요. 하지만 그렇다고 당신이 진정한 삶을 살기 전에 버드가 특별 허가를 내주길 기다려야 한다는 의미는 아니죠. 그녀는 엄마일 수도, 아빠일 수도, 자매일 수도, 연인일 수도 있어요. 하지만 당신을 위해 가족을 만들어 줄 순 없습니다. 당신은 우리 가족의 일원이고 다른 이를 그 일원으로 만들어야 해요. 이건 누구도 아닌 당신 자신의 임무입니다."

"버드가 보스턴에서 나를 찾아왔을 때 난 그녀가 머물 거라 믿었어요."

"그녀가 안 그럴 거라고 말했을 때도요?"

"네."

"그걸 당신을 피하고 있다고 생각하는군요. 버드에게 그건, 그저 가장 중요한 다른 것들로 달려가는 건지도 모릅니다. 당신은 독립적이에요, 당신의 세계는 안정되어 있죠. 버드에게 세계는 여행이에요, 자신의 민족, 자신과 인연이 끊긴 다른 이들에 대한 지식의 가닥들을 한데 모으는 거죠. 당신은 그녀 삶의 한 부분이지만, 우다드 시절은 지났습니다. 결코 다시 오지 않을 겁니다."

"그날 그 농장 집에서, 버드가 우다드에서 돌아오길 기다리며 침대에 누워 있을 때, 나는 그녀가 그 과정을 마치지 않겠다고, 나를 인간으로 살게 내버려 두겠다고 결정할까 봐 가장 두려웠어요. 내가 알게 된 이 세계에서 사는 법을 결코 배우지 못하리라 확신했죠. 그건 내가 경험한 가장 큰 두려움이었어요. 농장 생활의 끊임없던 공포 빼고요."

"하지만 버드는 그러지 않았어요. 버드는 당신이 이 삶에서 뛰어나리라는 걸 알았고, 당신이 잘 배우리라는 걸 알았습니다…. 우리가 그렇듯, 살아 있는 역사를요. 당신은 이 삶에 버드를 옆에 둘 필요 없어요. 앞으로 나아가기만 하면 됩니다, 당신이 농장을 탈출하기로 결정한 날 그랬던 것처럼."

길다는 대답하지 않았다. 앤서니는 그녀가 대답한 듯이 계속했다.

"그러지 않을 강력한 이유가 없으니, 줄리어스를 소렐의 환영 파티에 데려오지 그래요. 당신은 그 바보 같은 샴페인을 저녁 내내 마신 뒤에, 더 선명하게 알아볼 의무가 있어요." 앤서니의 얼굴에서 환히 빛나는 미소가 길다를 웃게 했다. 그들은 와인을 마시며 더 이상 줄리어스에 대해 얘기하지 않았다. 길다는 묵직한 오크 나무 문으로 나섰다.

길다는 아침을 부르는 선선한 밤공기를 즐기며 동쪽으로 걸었다. 줄리어스의 아파트 앞에 서자, 그녀는 칠이 벗겨진 비상계단이 달린 오래된 건물을 올려다봤다. 이스트 1번가에는 사람이 거의 없었고, 환한 가로등 빛이 홈통의 부서진 유리에 비쳐 반짝거렸다. **올라가는 거야, 의심 없이.** 그녀는 생각했다.

길다는 허술한 자물쇠를 쉽사리 열고 그의 아파트로 들어갔다. 그곳은 무너져 가는 상태의 건물임에도 불구하고 깨끗하고 정연했다. 그의 책상은 깔끔하게 쌓인 문서들, 줄줄이 쌓인 책들로 뒤덮여 있었다. 바닥에 깔린 요 위에 벌거벗은 채 이불을 덮고 누운 줄리어스는 잠 속에서 불안하게 들썩거렸다. 그를 내려다보면 그가 얼마나 어린지 알기 쉬웠다. 밤새 자란 수염으로 그의 턱은 부드러웠고, 살짝 벌어진 입술 아래 그의 하얀 이가 유혹적이었다. 길다가 그 꿈속에 들어서자 그의 몽상은 그녀였다.

길다는 침대 옆에 놓인 액자 속 가족사진과 벽에 걸린 앤절라 데이비스, 체 게바라, 맬컴 엑스의 거대한 포스터들을 힐끗 보았다. 길다는 줄리어스의 몸에서 이불을 걷었다. 그는 뒤척이며 눈을 떴고 그녀는 그가 뗄 수 없는 시선으로 붙들어 두었다.

"꿈이 끝날 필요는 없어요." 길다는 부드럽게 말한 다음 그의 옆에 누워 손가락으로 세월이 그녀의 주름 없는 얼굴을 스치듯 가볍게 그의 피부를 쓸었다. 그녀는 그를 안고 그의 만족스러운 중얼거림을 들으며 그의 두툼한 입술에 키스했다. 그의 눈이 이게 꿈이라고 확신하며 다시 감겼다. 그녀는 그의 몸을 어루만지며 그의 살을 들뜨게 했다. 줄리어스는 자신의 입술로 길다의 입술을 찾아 더듬으며 그녀를 끌어안았다. 그의 몸이 남자의 그것으로 반응했고 그녀는 그의 호리호리한 허벅지와 안락한 느낌을 주는 가슴에 가로누웠다. 길다의 손은 그녀의 눈만큼이나 최면을 거는 듯했다. 그의 마음이 그의 몸이 갈망했던 만족감을 제공하는 순간이 오자 그녀는 손톱으로 그의 목의 피부를 갈라 서서히 표면에 배어 나오는 피를 바라보았다.

길다는 그 상처에 열정적으로 입술을 대고 그의 몸이 자신의 상상 속 환희로 폭발하는 사이 그에게서 생명을 빨아들였다. 그녀는 줄리어스의 마음속에 귀를 기울였고, 놀랍게도 그는 침대 옆에 쌓인 책들 맨 위에 놓인 사진을 떠올리고 있었다. 길다는 약해지는 그의 맥박을 느끼고 멈추어 손을 그의 가슴에 올리고 그의 몸에서 자기 몸을 들어 올려 호흡을 편하게 했다. 그는 느긋하게 만족감에 빠져들었다. 길다는 그의 호흡이 고르게 변할 때까지 그의 귀에 나지막이, 최면을 걸듯 속삭였다.

"잘 있으렴, 사랑스러운 아가." 그녀가 속삭였다.

길다는 몇 분 만에 다시 거리로 나와 마치 떠난 적이 없는 것처럼 빨리 집으로 돌아왔다. 그녀는 옷을 벗고 재빨리 샤워했다. 벽 안을 길다가 가는 곳마다 들고 다니는 미시시피의 흙으로 메웠는데도 흐르는 물은 그녀를 살짝 불안하게 했다. 수건이 길다의 피부에 기분 좋게 느껴졌고 그녀는 후회가 없었다. 아침이면 그는 그녀처럼 만족해서 깰 것이고 둘 다 여전히 따로일 수 있었다.

길다는 발가벗은 몸 위로 실크 이불을 당겼다. 그녀 아래 침대 프레임 안에 채운 흙이 시원하고 친숙하게 느껴졌다. 길다는 자신의 가족이 어땠는지 떠올려 보았다. 그녀는 택(tack, 승마에 필요한 마구를 의미함-옮긴이)의 아이였다. 길다는 그것이 아버지의 진짜 이름이 아니라 아버지가 말들을 잘 다뤘기 때문에 사람들이 부르는 이름이라는 걸 알았다. 그는 마구간에서 일했고 그녀가 태어나기 전에 팔렸다. 어머니의 얼굴이 길다가 유일하게 선명히 기억하는 얼굴이었다. 모두 말하길 자매들과 달리, 길다는 그녀의 어머니를 닮았다고 했다. 엄마는 키가 큰 편이었고, 그녀의 매끄러운 진갈색 피부 위에는 여주인에게 누가 되지 않도록 끝없이 애써 손질하던 풍성한 머리카락이 얹혀 있었다. 어머니는 짙은 색 피부의 여자로서는 드물게도 집 안에서 일했다. 요리 실력에 더해 약초를 다루는 뛰어난 솜씨 덕분에 그들은 어머니를 들판과 태양 아래 내보내길 꺼렸다.

대신에 어머니는 병에 걸린 수많은 백인 여자 중 하나를 돌보다 걸린 유행성 감기로 죽었다. 이제 자신이 쉽게 팔려 나갈 그저 또 다른 노예라는 걸 알기에, 길다는 도망쳤다. 그녀는 자신이 아버지가 그랬듯 사라지리라는 것 외에 팔려 나간다는 게 정확히 어떤 의미인지 알지 못했다. 길다는 자매들을 떠난 것을 후회했지만 그들 역시 팔려 나가는 건 시간문제일 뿐이라는 것도 알았다. 그건 너무 오래전이었다.

길다는 그때 그랬듯 지금도 여전히 살아남기로 결정했다. 그녀는 말리와 가나에 있는 흑인들의 왕국에 대해 알았다. 그리고 비록 당장은 희망이 많지 않은 듯했지만, 그녀는 기다리고 일하고 미래를 향해 세상을 돌아다닐 터였다. 거울을 볼 때면, 자신을 마주 보는 엄마의 눈을 보는 것이 위안이 되었다. 그녀의 걸음에 깃든 버드의 존재, 그녀의 웃음에 깃든 버니스의 웃음소리, 모두가 삶과의 연결을 덜 미약하게 했다. 자기 안에서 자신이 사랑하는 이들을 발견하는 것이 시간의 흐름을 홀가분하게 했다.

삶은 정말로 끝이 없었다. 인종 같은 인간적인 문제들에 대한 동족들의 무관심이 길다는 마음에 들지 않았다. 그녀는 과거가 쉽게 버려질 수 있다고, 혹은 그래야 한다고 믿지 않았다. 길다와 낮의 세계와의 연결은 그녀의 검은 피부에서 왔다. 엄마의 얼굴만큼이나 또렷한 주인의 채찍에 대한 기억, 중간 항로(아프리카 서해안과 서인도 제도 사이의 항로. 수백만 명의 아프리카인들이 노예화되어 이 항로를 통해 아메리카 대륙으로 유입됨-옮긴이)의 전설들, 그녀가 막을 수 없었던 폭력들, 청소용 솔들 위로 구부러진 흑인 여성들의 이미지, 그 모두가 그녀의 야망을 부채질했다. 길다는 이미 몇 번이나 자신을 죽이려는 남자들의 공격을 받았지만 당연히 죽지 않았다. 그녀는 그들의 증오를 그 어떤 인간보다 사적으로 느꼈다. 그 순간들의 몸부림치던 에너지가, 어떻게든, 그녀를 지탱했다.

길다는 이제 쉬려고 노력했다. 진짜 잠은 아니었다, 땅이나 바다가 그녀와 그녀 몸의 파편들을 감쌀 마지막 순간까지는.

길다는 어째서 줄리어스에게 형제나 자매가 없는지 궁금했다. 어째서 그가 이 세상에 그다지도 명백하게 혼자 남았는지. 1960년대의 운동들은 미래에 대한 줄리어스의 비전에 박차를 가하기도 했지만 길다가 보기엔 지난 9월 조지 잭슨(교도소 내에서 급진적 흑인 갱단 블랙 게릴라 패밀리를 조직한 인물. 탈옥을 감행하던 중 사살되었으며 앞서 언급된 아티카 교도소 폭동 사건의 동기를 제공함-옮긴이)의 죽음이 이 시기의 종말을 알렸다. 앤절라(앤절라 데이비스. 조지 잭슨과 함께 흑인 인권 운동과 감옥 개혁의 중심적인 인물로 활동함-옮긴이)는 대의는 있지만 공동체는 없이 저 바깥 어딘가에 홀로 있었다. 노예 제도의 공포가 무한한 수확을 거둬들이는 듯했다.

길다는 무엇이 옳은 행보일지 파악하려는 자신의 거듭된 시도를 알아차렸다. 인간이 친 덫들을 떨치려는 그녀의 욕구는 강했지만 지난 삶과의 유대는 한층 더 깊었다. 길다는 마음속에서 그 생각들을 떨치며 어떻게든 서부 해안으로 여행을 떠나자고 다짐하면서 혼란을 잠재우려 했다.

방의 어둠은 완전했다. 잠긴 문 뒤에서 장난치는 그림자들은 없었다. 길다가 자신의 안식 없는 무덤에 누웠을 때 그녀 위의 모든 것이 고요했다. ***죽되 사라지지 않는 것은 영원히 존재하는 것이다*** (死而不亡者壽[사이불망자수], 『도덕경』 33장). 노자의 이 말이 길다의 마음속에 울리며 그녀를 잠으로 이끌었다. 길다는 자신을 둘러싼 세계가 깨어날 준비를 하는 사이 새벽의 고요에 무릎을 꿇었다.

 공연이 개막하기 일주일 전 리허설에서 쉬는 사이, 길다는 자신이 쓰고 있는 노래의 가사를 급히 살피는 동시에 조명과 음향 신호들을 확인하며 각본을 훑고 있었다. 그녀는 감독이 배우의 동선을 다시 작업하는 동안 차분하지 못하게 서성이고 있는 출연진을 내려다봤다. 그들은 장면이 전환되는 순간 그들의 위치에 어떤 효과를 줄지 저울질하며, 한 의자에서 다른 의자까지 가는 길에 모두의 관심을 쏟고 있었다. 이 극은 순진한 희망과 시끄러운 음악으로 가득한 정치적 비판으로, 당시 오프브로드웨이 판에서 공연되는 수많은 다른 공연과 별다르지 않았다.
 댄스 팀장인 데니스는 뛰어난 댄서이자 카리스마 있는 가수였다. 제2 남자 주연인 데이비드는 타고난 코미디언이었다. 하지만 극 자체는 스케치에 불과했다.
 감독은 부분적으로는 인기 있던 반전 뮤지컬을 감독한 유명세 때문에, 그리고 또한 그가 감정적인 문제를 겪고 있다는 소문 때문에 이 극단에 초대되었다. 그는 한 해 전에 브로드웨이에 기반을 둔 제작사에서 교체되었다. 그런 것들이 그가 이 무정부주의적인 작은 단체를 거부할 수 없게 한 요소들이었다. 길다는 그가 동작들에 대해 빠르고 명확하게 결정을 내려야 한다는 압박감으로 한순간 허둥대는 걸 느꼈다.

길다는 부스에서 소리쳤다. "미안해요, 찰스. 하지만 배우 조합 규칙에 따르면, 배우들은 지금쯤 쉬어야 해요."

그녀의 목소리에는 웃음기가 섞여 있었다. 그들 모두 자신들의 배역이 무대에 오를 필요가 없을 때가 돼서야 허겁지겁 먹어가며 끝날 때까지 몇 시간씩 일했던 때를 알고 있었다.

찰스는 그 방해를 고마워하며 대답했다. "우리가 다수의 압제에 조아려야 한다면, 내가 커피를 사죠." 누군가가 델리에 다녀오기 위해 주문을 받았고, 길다는 전선들에서 다리를 풀었고, 음향을 담당하는 소니아는 부스에서 내려왔다. 줄리어스는 얼굴에 수줍은 미소를 띠고 사다리 아래에 서 있었다.

"뭐 먹으러 가나요?"

"아뇨, 찰스와 연출 관련해서 얘기하고 싶어요."

"리허설 끝난 다음엔 어때요?"

"오늘 밤 말고요, 줄리어스, 다음에 꼭이요." 길다는 그의 얼굴에 나타난 실망한 표정을 조심스럽게 무시하며 자리를 떴다.

그날 밤 문을 내린 뒤에 길다는 상쾌한 공기를 즐기면서, 그리고 줄리어스의 얼굴에 대한 기억을 마음에서 지우려고 애쓰면서 시내로 향했다. 그녀는 14번가를 가로질러 웨스트스트리트에 이를 때까지 걸었다. 근처에 남성 전용 바들이 허물어져 가는 부두 지역의 지저분한 랜드마크로 박혀 있었다. 길다는 도시의 이쪽은 거의 가지 않았다. 그 위험한 분위기—흥분과 고통—는 보통 그녀에게 매력적이지 않았다. 길다는 웨스트사이드 고가도로 아래를 가로질러, 대체로 수염을 손질한 젊은 남자들이 걸어 다니며 다른 남자들을 유혹하는 부두로 향했다. 여기서 피를 취하는 건 위험했다. 이곳 남자들의 몸은 종종 약과 알코올에 흠뻑 절어 있었고 길다는 그것이 무엇인지 혹은 어느 정도인지 몰랐다. 하지만 오늘 밤엔 위험만이 그녀를 만족시킬 전부였다.

길다는 누구도 자신의 여성성을 눈치채지 못하도록 손을 주머니에 찌르고 큰 걸음으로 뻣뻣하게 걸었다. 그녀는 파란색 단추 달린 셔츠를 허리춤에 쑤셔 넣고 살짝 불거진 허리 위로 조끼를 여미며 다급히 거리로 향하는 중년의 백인 남자를 지나쳤다. 그는 자신에게 만족감을 준 남자가 언제고 등에 올라타 자신을 파괴하기라도 할 것처럼 어깨 너머로 재빨리 돌아봤다. 길다는 말뚝에 기대서서 병에 든 맥주로 입을 헹구고는 허드슨 강에 뱉는 곱슬머리의 젊은 남자를 보았다. 그는 맥주를 손에 조금 붓고 청바지에 손을 닦은 다음 거리를 향해 출발했다. 거의 망설임 없이 입에 알약 한 개를 털어 넣고 마지막 남은 맥주로 삼켰다. 병은 그의 뒤쪽 버려진 창고 건물에 내던져졌다.

유리가 다른 깨진 병들 사이에서 쨍그랑거리는 사이, 그는 자신에게 다가오는 길다를 알아차렸다. 그는 새로운 인물을 확인하고자 열의에 차서 조금 더 크게 걸었다. 그가 그녀가 여자라는 걸 막 알아차렸을 때 길다가 자신의 눈으로 그를 붙잡았다. 아니, 오늘 밤은 사랑의 밤이 아니었다. 먹이를 잡는 밤이었다.

길다는 시선으로 그를 붙잡고 그의 마음을 선명하게 닦아냈다. 그녀가 황폐한 창고의 그림자 속으로 그를 밀고 들어가자 그의 보이지 않는 눈이 커다랗게 뜨였다. 그녀는 그의 얼굴을 벽으로 돌리고 그의 등과 목에서 재킷을 끌어내렸다. 그녀는 그의 몸을 거친 건물 벽에 세차게 밀어붙이고 그의 목 피부를 갈랐다. 그는 자신의 몸에 느껴지는 압박감에 옅게 신음했다. 길다는 그의 마음속에 무엇이 있을지 거의 생각하지 않고 그의 피를 쉽게 취했다. 사실, 그가 생각하고 있던 건 아주 사소한 것이었다. 그는 아픈 친구를 방문하고 싶었지만 어째선지 결코 동기를 발견하지 못했다. 그는 죄책감을 느꼈다. 길다가 자기 몫의 피를 취하고 그를 놓아줄 무렵, 친구를 방문하고자 하는 그의 결심이 확고해졌다. 그의 피를 묽게 한 약이 길다의 혈관을 통해 고동쳤고 그녀의 머리에서 빛이 폭발했으며 그녀의 호흡은 위험할 정도로 빨라졌다. 그녀는 신경 쓰지 않았다. 단지 자신의 망설임과 허물어져 가는 부두에서 자기 몸을 파는 남자를 잊고 싶었다.

  길다는 물러나 상처에 손을 얹었다. 피에 섞인 약물 탓에, 그녀의 눈에는 초점이 없었고 그녀의 손은 납처럼 무거워졌다. 그의 청바지 앞주머니로 손을 뻗은 길다는 가느다란 앰플을 발견했다. 그의 호흡이 얕은 채 나아지지 않아서, 그녀는 앰플 뚜껑을 홱 열고 그 병을 그의 코 아래 재빨리 댔다. 그의 심장 박동이 빨라지더니 이내 그의 맥박이 솟구쳤다. 그의 몸이 의식을 찾고자 하는 몸부림으로 뻣뻣해졌다. 길다는 앰플을 어깨 너머 강으로 던지고 끈기 있게 삶에 매달리는 그를 거기 건물에 기대놓고 떠났다. 길다는 약물이 그녀를 뻣뻣하고 불확실하게 느끼게 만드는데도 불구하고 빠르게 달렸다.

  일단 그 지역에서 벗어나자 길다는 보다 느리게 걸으며 거리에서 빛의 움직임들을 즐기는 사람들을 쳐다봤다. 주변 건물들에서 나오는 소리들이 그녀의 귀에 스테레오로 들리게 프로그램된 양 울렸다. 저 위 펜트하우스에서 들리는 음악이 가게 앞 식당에서 접시들이 쨍그랑거리는 소리만큼 선명했다. 그녀는 집에 도착해서 샤워를 하고 도시의 냄새를 씻어내려 했다.

  길다는 뒤꼍에 앉아서 별들을 바라보고, 마시의 집에서 들려오는 음악 소리를 들었다. 오늘 밤엔 파란빛이 새어 나왔다. 그건 한 명 이상의 손님이 그와 함께 있다는 뜻이었다. 그녀는 흘러드는 웃음소리와 살사 리듬을 들었다. 길다는 부두의 남자가 이런 친구들에게, 예기치 않고 도전적인 이들에게 돌아갔을까 궁금했다. 그녀는 별빛이 흐려지고 여명이 하늘을 넘겨받을 때까지 별들을 지켜봤다.

  공연은 일주일 뒤에 열렸다. 잘못된 부분이 거의 없어서 찰스는 의기양양했고 출연진은 그들이 영원하리라 자신만만했다. 출연진 파티에서 그들은 특별한 순간들을 다시 체험하고 몇 주간 쌓여왔던 긴장감을 풀며 찰스 웨스트 97번가의 아파트를 서성거렸다. 길다는 좁은 카운터에 앉아 젊은 얼굴들을 바라보았다. 그녀는 그 공연이 만족스러웠다. 공연은 뚜렷한 주제와 좋은 재능을 선보였다. 그들은 이만큼 성공했다며 서로의 에고를 어루만지며 앉아 있었다. 사흘 안에 비평가들이 올 터여서 긴장감이 완전히 풀리진 않았지만 그들은 훌륭했고 그들도 그걸 알았다. 줄리어스가 카운터 뒤쪽으로 다가와 길다에게 술을 한 잔 따르겠다고 권했다. 길다는 거절하고 다른 사람들을 돌아봤다. 커튼 없이 커다란 창문들 너머 밤이 찬란한 사이, 줄리어스는 커다란 잔의 스카치를 홀짝였다.

"술은 당신한테 안 좋아요." 길다가 작게 미소를 지으며 놀렸다. 그는 그 말을 무시했고 그들은 다시 침묵했다. 그러다 줄리어스가 말했다. "요전 날 밤에 당신에 대한 꿈을 꿨어요. 당신이 내 잠자리로 와서 나를 깨워 사랑을 나눴죠. 나는… 음… 행복했어요. 하지만 그런 다음 당신은 떠났고 나는 숨을 쉴 수 없었죠. 난 내가 죽어간다고 생각했어요. 나는 잠에서 깰 수가 없었고 계속 당신을 불렀어요. 죽어가면서, 당신에게 나를 떠나지 말라고 빌었죠. 하지만 그 말을 입 밖으로 꺼낼 수 없었어요."

길다는 가만히 앉아서 줄리어스를 지나쳐 그의 뒤 벽에 걸린 그레타 가르보의 사진을 응시했다. 그녀가 그와 눈을 맞추었을 때 그 눈은 호기심을 담고 있었다. 길다는 자신을 기다리고 있는 그를 느끼며 방 안을 둘러봤다.

"당신이 나와 엮이지 않으려고 애쓰는 건 알아요. 내가 완전히 바보는 아니죠, 시스터후드(여성들 사이의 연대와 지지를 뜻하는 페미니즘 개념. 길다에 대한 줄리어스의 존중으로 보임-옮긴이). 당신은 자신을 상당히 명확하게 밝혔어요. 하지만 난 그게 내게 어떤지 당신에게 알려야겠어요. 당신이 내 옆 어딘가에 없는 삶은 상상할 수 없어요. 그게 친구로서이고, 연인으로서는 아니라면 그런 걸로 해요. 그냥 나를 무시하지만 마요."

길다는 자기 잔의 술을 홀짝거리는 그를 보았다. "당신은 이 세상에서 너무 외로워서 정착하려는 건가요?"

"난 정착하고 있지 않아요. 우리 어머니가 늘 말씀하시길 좋은 친구 한 명이 천 명만큼 가치가 있… 당신도 알겠죠. 난 공연이 끝나거나 극단이 가 버리거나 내가 다른 직장을 잡아도 우리 우정을 잃고 싶지 않을 뿐이에요."

"내 친구가 된다는 게 어떤 의미인지 당신은 몰라요."

"모를지도요, 하지만 내게 알아낼 기회를 줘요. 내가 혼자 삶을 보낸다면 내가 이 사업에서 하는 일이나 내 직업이 아무 의미도 없어요. 당신은 그걸 모르잖아요, 네?"

한순간 길다는 그날 저녁 케이프 코드의 그 별장에서 자신은 약을 하지 않는다고, 자신은 사과할 것이 전혀 없다고 단언하던 스킵의 목소리를 들었다. 그의 목소리와 줄리어스의 목소리가 그 다급함에서 하나가 되었다.

"난 혼자된다는 걸 당신이 상상할 수 있는 것보다 잘 알아요. 난 혼자되는 걸 감사하고 친구를 신중하게 고르는 법을 배웠죠." 그녀의 말이 줄리어스의 갈색 피부를 핑크빛으로 물들여 검은 주근깨들을 드러냈다.

내가 제공하는 삶은 당신을 위한 게 아니에요. 당신에 대한 내 감정은, 내게 사랑하는 형제가 있다면 느낄 법한 거예요. 당신이 이 세상 어디에 있든 내 도움이 필요하다면 그걸 믿어요, 당신이 부르기만 하면 내가 당신 옆에 있을 거예요. 그렇게 우리는 결코 헤어지지 않을 거예요.

이 말들로, 길다는 자신이 이렇게 약속한 마지막 순간을 떠올렸다. 아우렐리아의 눈에서 빛났던 저 쓸쓸한 동의가 길다가 바란 전부였다. 줄리어스는 그런 묵인을 내놓지 못했고 다만 그 쏟아지는 말에 놀라 눈에 눈물이 고였다. 그는 눈을 깜박여 눈물을 삼킨 다음 재빨리 방을 둘러봤다.

아무도 안 들어요. 이 말은 당신만을 위한 거예요. 길다가 말했다.

그제야 줄리어스는 그녀의 입술이 움직이지 않았다는 걸 깨달았다. 하지만 그는 그녀의 말을 분명히 들었다. 길다는 바 스툴에서 미끄러져 빵과 치즈가 놓인 테이블 근처에 홀로 서 있는 찰스를 향해 걸었다. 그녀는 재빨리 작별 인사를 한 다음 환하게 불 켜진 방과 줄리어스의 요구를 물리치길 바라며 떠났다.

브로드웨이를 향해 걷던 길다는 울 수 있다면 지금 그럴 거라는 걸 알았다. 그녀는 어퍼웨스트사이드와 첼시 사이에 생각을 돌릴 만한 광경이 있기를 고대하며 시내로 향했다. 96번가에서 그녀는 레드애플 수퍼마켓과 출판물이 넘쳐 나는 가판대의 화려함에 사로잡혔다. 광분한 스페인어로 지껄이는 도시의 커플들이 묵직하게 덧문을 내린 보석 가게 위에 위치한 댄스 홀 앞에 모여들었다. 리비에라와 리버사이드 영화 극장들이 이 교차로에 묵묵히 선 유일한 것들이었다.

길다는 95번가에서 멈추지 않고 탈리아의 짙은 차양을 흘끗 올려다봤다. 어디서건 상영 중인 〈쥴 앤 짐〉이 보였다. 길다는 한가하게 자신이 그 영화를 몇 번이나 봤는지 생각했다. 그건 〈바보들의 배〉와 같이 상영 중이었다. 길다가 오스카 수상작 상영 주간이 틀림없다고 생각하는 순간 줄리어스가 숨을 헐떡이며 그녀 옆에 멈춰 섰다. 그는 모퉁이 주류 가게의 불빛을 막으며 그녀 앞에 섰다.

"당신은 나를 너무 잘 이해해요…. 정말로 공감해 주고요, 하지만 떠나 버리죠. 난 그걸 받아들일 수 없어요." 줄리어스가 자신이 그녀가 앞서 한 말들을 정말로 들었는지 이제는 확신하지 못하는 채 말했다.

"당신에겐 선택권이 없어요." 근심으로 초조해진 길다가 말했다. 그는 그녀의 팔을 잡았다. "제발." 그 말은 단순하고 애처로웠다. 길다의 팔에 놓인 그의 손은 강하고 다급했지만 그녀는 힘들이지 않고 그의 손을 뿌리쳤다.

"어째서 우린 달라질 수 없죠? 당신이 어떻게 알아요?" 완전한 미지의 세계를 마주하는 그의 목소리는 아이 같았다. 그 안에 담긴 힘이 길다에게 정직한 답을 요구했다.

"날 방해하지 마요. 이게 내 결정이에요. 당신한테 할 말은 그것뿐이에요!" 길다의 눈과 목소리는 최면을 걸고 있었다. 그녀는 당황하고 상처받은 채 모퉁이에 서 있는 그를 떠나 리버사이드 드라이브로 향했다. 그녀는 서둘러 다운타운을 걸었다. 그녀의 속도가 너무 빨라서 근처의 사람들은 그녀를 보지도 못했다.

길다는 자신의 아파트로 달려가 문을 잠그고 뒤꼍으로 나가 위안을 찾아 무한하고 친숙한 별들을 향했다. 별들은 오랜 세월 내내 그녀 옆에 있어 준 친구였다. 길다 뒤로 창문이 열리고 마시가 자신의 아파트에서 외쳤다.

"어이 언니, 그 밖에서 대체 뭐해요? 올라와서 한잔해요."

"고맙지만 됐어요. 오늘 밤은 충분히 마셨어요. 파티해요?"

"아뇨, 그 친구들은 벌써 갔어요. 그냥 심야 영화 보고 있었어요. TV 볼래요?"

길다는 소리치지 않아도 되도록 2층 창문으로 올라갔다. "아뇨, 잠깐 쉬고 싶어요. 개막일은 항상 경주 끝 같죠."

"잘했어요?"

"그래요." 길다가 만족감을 드러내며 대답했다. "보고 싶으면 내가 입장권 두 장 챙겨놓을게요."

마시의 갈색 눈이 반짝거렸다.

"오, 오, 좋아요, 토요일 어때요? 토요일에 가도 돼요?"

"그럼요, 매표소에 당신 앞으로 표 두 장 맡겨 둘게요.

"좋아요, 진짜 멋지게 차려입을게요, 알죠! 솔직해지자고요!"

"당신도 공연을 좋아할 거예요. 그냥 고루한 타입들은 데려오지 마요, 알죠…. 정치나…."

"허니, 난 원칙이 있어요. 난 당신이 코트를 벗기도 전에 어떻게 투표할지 알았다고요!" 마시가 창문을 닫고 텔레비전으로 돌아갈 때 길다는 그의 세계의 투명성에 감탄했다. 마시만큼 삶에서 스스로 내린 결정에 만족하는 사람은 누구도 만난 적이 없었다. 길다는 다시 안으로 들어가 나머지는 완전히 기억할 수 없으리라 확신하며 책을 한 권 들고 앉았다.

소렐의 환영 파티 밤에, 길다는 극장에 갈아입을 옷을 가져갔다. 그녀가 공연이 끝난 뒤 여자 화장실에서 땀에 전 청바지와 티셔츠를 벗고 있을 때 줄리어스가 문밖에서 자신의 이름을 부르는 소리가 들렸다.

"음, 내가 당신을 구석으로 몰았어요. 모든 사람이 가 버린 참이라 아무도 당신을 구할 수 없죠. 난 여기 당신을 광란의 디스코와 기타등등 별별 타락거리들의 밤으로 초대하려고 왔어요, 시스터러브(흑인 커뮤니티에서 자매 같은 정을 표현할 때 쓰는 호칭-옮긴이)."

그의 어린애 같은 두려움은 허세로도 가려지지 않았다. 길다는 아무 말 하지 않고 계속 옷을 갈아입으며, 작업복을 조명 부스에 쑤셔 박을 비닐봉투에 넣었다.

길다는 연보라색 저지 블라우스, 그에 어울리는 바지, 부드러운 가죽 부츠에 립스틱을 살짝 바르고 화장실 문을 열었다.

"오, 맙소사!" 줄리어스가 할 수 있는 말은 그게 전부였다.

"그게 비평적인 의견인가요 아니면 여기 들어오려고 기다리고 있나요?" 길다가 웃으며 말했다.

"당신은 이미 데이트가 있나보네요." 줄리어스가 자신은 작업복 외에 다른 옷을 걸친 길다를 본 적이 없다는 걸 알아차리며 말했다.

"사실 난 소중하고 오래된 내 친구를 위한 파티에 가요." 길다가 대답했다. 지난 일주일간 수없이 결정을 내리고 다시 번복하면서 그녀는 마침내 그날 저녁이 어떻게 흘러갈지 그저 두고 보기로 결정했다. 공연 중에는 줄리어스와 말할 기회가 없었기에,

길다는 무슨 일이 벌어질지 마음을 열어 두었다. 그녀는 그가 자신을 찾아와서 기뻤다.

"당신도 같이 갈지 물어보려고 했어요. 잠깐 같이 어울려요. 좀 나이 든 사람들이고, 백인들이라 디스코 출 일은 별로 없을 거예요. 하지만 난 당신이 소렐과 앤서니를 만나 보면 좋겠어요."

줄리어스의 얼굴에서 혼란이 미소로 쓸려나갔다. "좋죠! 가고 싶어요. 하지만 내가 옷을 갈아입어야 할까요? 그래야겠죠?"

"좋아 보이는데요. 어쨌든 당신은 항상 누군가의 부모님을 만날 준비가 된 것처럼 옷을 입잖아요."

길다는 줄리어스를 시켜 사다리를 올라가 조명 부스에 자신의 옷이 든 봉투를 던져 넣게 한 다음 묵직한 문을 끌어내리고 자물쇠를 채웠다. 그들은 택시를 잡았고, 길다가 자신의 결정에 대해, 혹은 자신이 결정을 내렸는지에 대해 제대로 생각할 기회도 없이 소렐의 펍 앞에 내리고 있었다. 그녀가 마지막으로 소렐을 본 지 1년이 넘게 지났다. 그는 뉴질랜드에서 대부분의 시간을 보냈고 그녀는 극장에서 일하고 있었다. 그녀는 엘리너의 죽음에 대해 더 듣게 될까 두려워서, 자신이 어느 정도 책임을 느끼게 될 것이 두려워서 그와의 대화를 피해왔다. 줄리어스가 그녀의 팔을 부드럽게 잡았다.

"괜찮아요?"

"난 괜찮아요. 그냥 오늘이 얼마나 길었는지 깨달았거든요. 하지만 그게 다예요." 길다는 극장에서 도는 문구를 인용하며 웃었다. 몇 분 뒤 길다는 묵직한 오크 문을 밀어젖혔다. 그들이 들어

가자 사람들이 고개를 들었다. 그녀는 모든 이들의 목소리 위로 소렐의 감탄사를 들었고 친구들을 헤치고 나오는 그를 보았다. 그는 나무랄 데 없이 재단된 옷에, 부드럽고 화려한 구두를 신은 커다란 몸, 그가 그토록 좋아하는 샴페인처럼 반짝이는 눈까지 여전해 보였다.

"아, 우리 아가, 기다리고 있었다."

"우리 중 몇은 직장에서 일을 하잖아요. 세계를 깡총거리는 게 아니라." 길다는 자신을 감싸는 그의 품에 안기며 웃었다.

"너는 그걸 일이라고 부르느냐, 종일 사다리를 오가며 밤새도록 노래하는 걸? 내가 늙었다고 무시하는구나!"

"조심하세요, 당신에게 정확한 정보를 주려고 내 상사를 모시고 왔으니까." 줄리어스는 활짝 웃으며 당황스러워 보이지 않으려고 노력했다.

그는 백인들로 거의 가득한 공간에 있을 때면 느끼는 희미한 불편함을 느꼈다. 둘러보지 않고도 그는 그들의 평가를 느낄 수 있었다. 그는 소렐이 길다를 안으로 끌어당기기 시작했을 때도 그녀의 손을 잡고 있었다. 줄리어스는 그녀의 손이 자신의 손을 떠나 홀로 서게 되자 예리한 공포의 순간을 느꼈다. 다른 이들이 그를 계속 돌아보았고 몇몇은 미소를 짓고 있었다. 그는 여전히 치밀어 오르는 서늘한 냉기를 누그러뜨릴 수 없었다. 이 분위기에 압도되어 약간 어지럽게 느꼈지만 왜인지는 알 수 없었다. 줄리어스는 자신의 팔에 와 닿는 손길에 펄쩍 뛰었다.

"오시죠, 소렐의 테이블에 앉아요. 길다가 제대로 소개하길 원할 겁니다." 줄리어스는 그를 수월하게 방 안으로 안내하는 커다랗고 창백한 손을 내려다보았다. 젊은이의 불편함을 알아차린 앤서니는 자신의 생각들로 줄리어스의 생각들을 달래려 했다.

길다 옆에 앉자 줄리어스는 덜 초조하게 느껴졌다. 특히 그녀가 미소 띤 얼굴을 그에게 돌리고 자신을 소렐과 앤서니에게 소개했을 때는.

"만나서 반갑습니다. 오늘까지 길다의 친구들을 한 명도 만난 적이 없으니, 정말로 특별한 대우네요."

"오랜 세월 끝에 우린 가족 같다오." 소렐이 말하고 앤서니를 돌아봤다. "내가 아까 차게 해 둔 그 병을 가져오겠나?"

앤서니가 테이블에서 떠났고 소렐이 요란하게 웃었다. "그는 내 여행이 샴페인에 대한 내 갈증을 끌지도 모른다고 생각했지? 집착이 뭔지 모른다니까!"

주변 사람들이 웃음을 터뜨리고는 자신들의 대화로 돌아갔다. 앤서니가 다시 나타나자 소렐이 계속했다. "우리 역시 길다의 최근 친구들은 거의 만나 본 적이 없어요. 축배를 듭시다. 우리 둘레에 모인 친구라는 가족들을 위해서. 영원히 살며 사랑합시다!"

그는 앤서니에게 받은 길고 세로로 홈이 새겨진 유리잔을 든 줄리어스를 향해 자신의 새 잔을 들어 올렸다. 모든 사람이 그 축배에 동참했고 대화 소리는 느긋하게 오르내렸다.

"소렐과 앤서니는 여러 면에서 내 스승이었어요." 길다가 장난스러운 눈길로 줄리어스를 보며 말했다. 여기 이 사람들 사이에서 보니 길다가 거의 학생처럼 어려 보인다고 그는 생각했다. 그들 사이의 공간이 줄어드는 것 같았다.

"그리고 넌 우리의 스승이었지. 샌프란시스코에 가 본 적이 있습니까, 줄리어스?" 소렐이 물었다.

"아뇨, 전 이제 막 여기 뉴욕에 왔습니다. 아직 시골 촌놈이죠."

"시골 얘기라면 내가 하리다!" 소렐이 대답했다.

그 말을 시작으로 뉴질랜드 여행에 대한 이야기들이 한바탕 시작되어 이른 아침까지 계속됐다. 줄리어스는 소렐과 길다가 샴페인에 드러내는 수용력에 놀랐다. 그는 새벽 2시 이후 언젠가에 술 마시는 걸 멈췄다. 그 둘은 계속 마시면서도 여전히 어떻게든 일관성을 유지하고 있었다. 동이 트기 직전에 줄리어스는 손님들 대부분이 떠났고 바텐더와 앤서니는 잔들을 닦았다는 것을 알아차렸다.

"우린 가는 게 좋겠어요, 자기." 길다가 줄리어스에게 말했다. 그는 그녀의 애정 어린 손길에 온기를 느끼며 부스에서 일어섰다.

"혹시 우리가 두 분을 우리 공연을 보시게 업타운으로 모시면 어떨까요." 줄리어스가 수줍게 제안했다. "그냥 오프브로드웨이 쇼케이스일 뿐이지만, 꽤 열심히 했거든요."

"들었나, 앤서니? 우리 동굴에서 벗어나 북쪽으로 가 볼까?" 앤서니는 그저 잠깐 미소 지을 뿐이었다.

"당연히 그래야지! 실험의 가마솥, 퀴퀴한 냄새 나는 관습들을 버리고? 날만 잡아요, 그러면 우린 맨 앞줄에 앉아서 브라보를 외칠 테니."

"그럼 다음 주말에 오시죠." 줄리어스가 대답했다.

길다는 자신이 소렐과 앤서니를 직접 초대한 적이 없다는 것이 어색하게 느꼈다. 줄리어스가 그랬을 때는 너무나 자연스러워 보였지만, 그녀는 오늘 밤까지 이 세계들을 교차시킬 생각은 한 번도 해 보지 않았다.

그들은 안녕을 고하고 사람 없는 거리로 나섰다. 줄리어스가 택시가 좀 더 천천히 돌아다닐 것 같은 거리까지 서쪽으로 걷자고 막 제안하려는 참에 택시 한 대가 마치 불려온 듯 그들 앞에 멈춰 섰다. 길다는 안으로 들어갔고 업타운까지 짧은 거리를 가는 동안 조용했다. 그들이 줄리어스의 집에 멈췄을 때 길다는 그의 뺨에 가볍게 키스했다. 그는 차에서 내려 택시가 움직이기 전에 창문 안으로 몸을 숙였다.

"당신 친구들을 만나게 해 줘서 고마워요. 당신이 그랬다는 게 내게 아주 큰 의미가 있어요. 그 사람들은 진짜 가족 같은 느낌이 더군요, 안 그래요?"

"그래요, 앤서니와 소렐이 여기서 내겐 가족이었던 것 같아요."

"그리고 그가 계속 얘기하는 버드도요. 그녀는 진짜 대단한 사람인 것 같아요. 이렇게요, 그 여자가 나타나면, 저 아래쪽(down under, 영국을 기준으로 뉴질랜드와 오스트레일리아를 가리키는 말-옮긴이) 지주들은 모두 나가떨어질지어다!" 줄리어스가 터뜨리는 순수한 영혼의 웃음이 길다를 전율시켰다. "그녀가 이쪽 해변에 다시 올라서면 미국 정부가 수렁에 빠지겠죠."

길다는 크게 웃었다. 그의 눈을 통해 보는 버드는 본인의 호기심으로 만들어진 영웅이었다.

"나중에 봐요, 시스터러브." 그는 택시를 두드려 세우라는 신호를 보낸 다음 자기 쪽 문을 향해 몸을 돌렸다.

다음 날 극장에서 길다에게 상자가 하나 배달됐다. 그녀는 상자를 열고 파티에서 주지 못해 미안하다는 소렐의 쪽지를 발견했다. 부드러운 박엽지에 쌓인 것은 크고 평평한 돌이었다. 그리고 따로 포장된 꾸러미 안에 버드의 쪽지와 오래된, 조각된 화살촉이 있었다. 길다는 화장실에서 은밀하게 그 시원한 돌을 쓰다듬고 버드에게서 받은 편지를 나중에 집에서 읽으려고 주머니에 넣었다.

길다는 그날 밤 안락의자에 앉아 버드의 편지를 열었다. 그건 한 장짜리 편지로 버드가 살고 있는 곳을 설명하는 빡빡한 글씨가 꽉 차 있었다.

마지막 단락이 갑자기 변했다.

네가 누군가를 우리의 삶으로 데려오는 일을 고민하는 것 같더구나. 나 역시 이 일을 생각해왔지만, 나는 네가 가르침을 받았던 것과 같은 방식으로 누군가를 가르칠 만큼 오래 안주하는 법을 결코 배울 수 있을 것 같지 않다. 소렐과 앤서니는 잘 해줬고 한결같았지만 나는 네가 걱정이다. 넌 네 자신을 위해 뿌리를 만들어야 해. 네가 나의 뿌리니까. 내가 네 생각들에 귀를 기울일 테고, 너무 많은 시간이 지나기 전에 너를 보러 갈 거다.

길다는 지난 몇 달 동안 자신의 생각이 얼만큼이나 버드에게 이미 닿았을지 궁금했다. 그녀는 뒤뜰로 나가 1, 2분 정도 서성거렸다. 마시의 창문들은 완전히 어두웠고, 뜰을 둘러싼 골목은 여느 때와 달리 고요해 보였다. 그녀는 별들이 자신들의 연결고리가 될 거라 말하던 버드를 떠올리며 별들을 다시 올려다보았다. 세상 어디에 있든 그들은 같은 별들을 올려다볼 터였다.

길다는 아파트 안으로 다시 들어가 현관문을 나서 로어 이스트 사이드를 향해 빠르게 움직였다. 줄리어스의 아파트 안으로 들어섰을 때, 그녀는 줄리어스가 거기 없다는 걸 발견했다. 길다는 침대에 조용히 앉아 기다렸다. 그가 돌아왔을 때는 거의 새벽 1시가 되어 있었다. 그의 눈은 술을 약간 마신 것처럼 반짝거리고 있었지만 술에 취한 것처럼 움직이지는 않았다. 길다는 그가 가죽 재킷을 벗고 책상에 가방을 올려놓는 동안 가만히 있었다. 그가 침실에 들어섰을 때 길다는 요 위에 앉아 있었고 그녀의 눈은 명상하듯 감겨 있었다. 줄리어스는 자신이 정말로 그녀를 봤는지 확신하지 못했다.

그는 방 안의 커튼들이 모두 처져 있는 것과 모든 것 위를 감도는 이상한 침묵을 알아차렸다. 혼란스러움에 아무 말도 할 수 없었다. 그는 침대 발치에 말없이 서서, 눈을 뜨고 말하는 길다를 내려다보았다.

"당신을 속이거나 유혹하고 싶지 않아요, 줄리어스. 난 당신이 내가 당신을 데려갈 가족을 보기를 원해요. 나는 100년이 넘게 그 가족에 속해 있었지만, 나 역시 아직 혼자였어요." 줄리어스는 가볍게 압박하는 그녀의 정신을 느꼈다. 그의 경계심이 느슨해졌고 그녀가 한 말은 낯설면서도 자연스럽게 느껴졌다.

"난 동료가, 형제가 필요해요. 당신이 원한다면, 삶이 당신의 것이 될 수 있어요. 그리고 우리는 시간을 초월해 남매가 되겠죠. 우리의 사랑은 눈물들, 공연들, 불빛들, 이 오래된 건물들보다 더 오래 갈 거예요. 당신이 희생해야 하는 것이 너무 많을지도 모르지만, 한 번 이뤄지면 그건 최종적이에요."

"당신은 무슨 다른 언어로 말하고 있네요."

"네, 그래요." 길다는 그의 마음이 그들을 둘러싼 세상을 잊게 만들며 그의 눈을 응시했다. 그는 그 말들에 마음을 열었고 그녀가 소리 없이 하는 말도 이해할 수 있었다.

그는 말했다. "난 당신과 함께 있고 싶어요. 그게 내게 중요한 전부예요."

"그걸로 충분하진 않을 거예요. 난 청중이 마지막 장에 가서 달콤하게 한숨짓는 멜로드라마적인 로맨스 따위를 제시하는 게 아니에요."

"나도 알아요."

"하지만 당신은 사실 알 수가 없죠, 누구도 알 수 없어요, 그 일이 일어나기 전까지는. 너무 늦기 전까지는. 그건 당신이 항상 환상을 품었던 헌신이에요. 대학 기숙사에서 혁명을 말했을 때, 극장에서 사람들이 세상의 변화에 대해 말할 때. 그 실상은 결코 상상과 같을 수 없어요."

줄리어스는 흥분된 동시에 두려워 보였지만 길다 말의 엄숙함은 그가 그녀의 눈에서 본 다정한 사랑으로 상쇄되었다. 그녀는 경고하는 동시에 그에게 간청했다. "내가 당신에게 주는 건 당신이 끝이라고 결정할 때까지 살 수 있는 능력이에요. 그 세월 동안 당신을 사랑할 사람이 많죠. 난 그저 한 사람일 뿐이고요." 길다는 눈을 감고 가장 다정한 목소리로 말했다.

줄리어스는 침대 위에 무릎을 꿇고 벽에 붙은 얼굴들을 둘러봤다. 그는 이 방을 자신의 것으로 특정 짓는 책들과 다른 소소한 것들을 들여다보았다. 그의 어머니와 아버지의 사진이 그들이 처음 결혼했을 때 그랬듯, 그가 사는 내내 그의 침대 곁에 서 있었다. 그는 그들이 죽은 뒤에 너무도 여러 번, 그 사진 속에 자신을 투영해 보려 했었다. 그들의 사랑이 주는 위안을 다시 느끼고자.

길다는 참을성 있게 그의 생각들에 귀를 기울이며 이제는 죽고 없는, 한때 그녀가 사랑했던 이들을 떠올릴 때면 여전히 밀려드는 슬픔을 느꼈다. 그녀는 눈을 뜨고 팔을 벌렸다. 줄리어스가 아이처럼 그 품에 누웠다. 길다는 그의 얼굴과 목을 손가락으로 부드럽게 쓰다듬으면서 그의 피부의 부드러움을 즐기고 그의 코와 뺨에 돋은 주근깨들에 웃었다. 그가 길다의 머리에 손을 올려 그녀의 얼굴을 감싸는 짧고 곱슬곱슬한 머리카락 속에 손가락을 집어넣으며 그 얼굴을 자신의 얼굴로 끌어당겼다. 그녀는 양팔로 그를 감싸 안으며 그의 눈과 코에 키스했다. 그녀는 손으로 그의 가슴을 스치며 솟구치는 그의 맥박을 느꼈다.

길다는 자기 안에 너무나 오래 눌러왔던 흥분으로 가득한 몸짓으로 그의 입술에 자신의 입술을 눌렀다. 열정적이면서도 순수한 그 키스에 그녀의 품에 안긴 줄리어스는 아이이면서 여전히 남자인 것처럼 느꼈다. 그녀가 그의 목의 피부를 갉았을 때 그는 놀라서 눈을 떴지만 밀치려 하지 않았다. 그의 몸은 떨렸다가, 그에게서 그녀에게로 생명이 빠져나가면서 이내 잠잠해졌다. 길다는 멈추어 자신의 혀를 깨물고, 그의 입술 안쪽 피부를 찢으며 세차게 키스했다. 그녀는 자신의 혀를 그의 입안에 밀어 넣었다.

그는 그 부드러운 감촉에 목이 막힌 채 이제 그녀의 피와 섞인 자신의 피를 다시 받아들였다. 길다는 다시 물러나—두 번 더—그의 목에 난 상처에서 피를 빨아들였다. 매번 그녀는 그를 삶의 경계에 더 가까이 끌고 가 줄리어스가 그 한계와 그 너머의 심연을 느끼게 했다. 그녀는 그의 생명을 빨아들이고 그가 거부를 할지 기다렸다. 그러면 그녀는 그를 그의 인생에 내버려 두고 이 순간을 그의 기억에서 지울 터였다. 하지만 그는 그녀를 더 활짝 받아들일 뿐이었다. 그의 눈은 초점을 잃었고 몸은 늘어졌다. 길다는 자신의 셔츠를 끌어내리고 가슴 아래쪽을 갈랐다. 그녀는 줄리어스를 끌어당겨 자신이 주는 생명을 힘껏 받아들이는 그의 입을 느낄 때까지 기다렸다.

그는 마침내 그들 사이를 오가는 힘을 이해하며 곧장 피를 빨기 시작했다. 강렬한 감정이 그에게 차올랐다. 그의 안에서 길다의 말을 들을 때까지, 그의 머릿속이 쿵쾅거리며 모든 생각을 차단했다.

이제 당신은 대가로 무얼 남길 거죠? 이게 첫 번째 수업이에요. 절대로 무언가를 남기지 않고 당신 몫의 피를 취해선 안 돼요.

길다는 그의 순간적인 혼란을 느꼈다. 그는 피에 취해 있었고 아직 그들의 방식을 이해하지 못했다. 그녀는 자신의 질문을 되풀이했고 그 즉시 부모의 품에 안겨 누운 아이만이 느낄 수 있는 행복감이 밀려들었다. 길다는 눈을 떠 줄리어스의 엄마 사진을 바라보며 그가 아이 때 느꼈던 완전한 기쁨을 느꼈다. 그는 길다의 가슴에서 몸을 떼며 자신의 선물을, 이 가장 아름다운 감정을 그녀에게 남겼다. 그녀는 환희 속에서 눈을 감고 그의 손을 그의 상처에 대어 스스로 상처를 치유하도록 도왔다.

길다는 너무 낮아서 이 세상 누구도 듣지 못할 말들을 속삭이며 자신의 붉어진 입술을 그의 콧대와 이마에 댔다. 그가 말하려 할 때 그녀의 생각이 그를 침묵시켰다. *자요, 내일은 할 일이 많아요.*

길다는 등을 얇은 쿠션에 기대고 그가 편안히 잠들 때까지 그를 안고 있었다. 그녀는 그의 꿈속에 자신이 돌아올 때까지 그를 평화로운 잠 속에 붙들어 줄 차분한 생각들을 심었다. 그녀는 밖으로 나오며 그 가려진 창문들을 잠깐 올려다본 다음 자신의 아파트로 돌아갔다. 그녀의 마음은 해야 할 일들을 정리하려 내달렸다.

길다는 옷장에서 두 개의 커다란 더플 백을 꺼냈다. 자신의 고향 흙을 덧댄 부츠에 소렐이 수년 전 그녀의 새 옷을 만들었던 재봉사를 시켜 만들어 준 망토 차림으로 갈아입었다. 길다가 실제로 이렇게 햇볕이 가득한 시간을 바깥에서 보내는 건 드문 일이었다. 별로 수고롭지 않은 일상적인 일들이 드물지는 않지만 이 여행에는 길다의 자원이 전부 쓰일 터였다. 택시를 기다리지 않기로 결정하고 길다는 공항을 향해 도보로 출발했다. 정오 무렵이면 버지니아에 있을 테고, 그의 버지니아 흙으로 가방들을 채워 극장에 제시간에 도착할 수 있을 것이었다. 그녀는 터널, 공장들, 묘지들, 선박 회사들을 지나쳐 도시를 빠르게 이동하며 목적지에만 집중하려 했지만 머리 위에서 울리는 비행기들의 소음과 방해로 무수히 많은 생각들이 그녀 안에서 우르릉거렸다.

그녀는 자신이 내렸던 선택의 진실에 자신이 어떻게 반응했었는지, 줄리어스가 어떻게 반응할지 상상해 보려 했다. 그가 우정에 대해 뭐라고 했든 자신이 이제 어떤 세계에 속하게 됐는지 정말로 이해하고 나면 거기에 위안은 거의 없을 것이다. 그녀는 그를 자기가 알던 삶에서 멀어지게 하고 있었고, 이 삶이 어떨지 명확한 답을 내놓을 수 없었다.

노자의 말이 떠올랐다. **성인이기를 포기하고, 지식을 버리면…**(절성기지[絶聖棄智],『도덕경』19장). 공항 터미널이 바로 앞이었다. 단순한 진실은 그 일이 이루어졌다는 것이었다.

그들은 이제 서로의 가족이 될 것이었다. 그 단순함을 보는 것이 더 중요했다. 그녀는 자신의 판단이 옳았기를, 그것이 줄리어스에게도 좋은 선택이었기를 바랄 수밖에 없었다. 그녀는 의심의 문을 닫고 줄리어스가 그 세계를 보게 될 밤을 고대하기 시작했다. 그들은 자신들이 자연의 방식인 그 원천, 그 고요와 그 움직임으로 돌아갈 때까지 서로를 보살필 것이다. 그들 사이에는 버드와 그녀 사이에 아직도 존재하는 슬픈 과거가 없을 것이다. 그들이 따로 여행할 준비가 되면 그들은 그 일이 일어나기에 적절한 시간이라 확신하게 될 터이고 그늘진 분노나 공포로 가득 차지 않을 것이다.

길다의 미시시피 흙은 신발 속에 편안하게 깔려 햇빛이 그녀를 약하게 하지 못하도록 보호하고 있었다. 그녀는 엄마가 주인 여자의 빈번한 두통을 위해 습포와 혼합물을 준비하는 동안 불렀던 부드러운 곡조를 혼자 흥얼거렸다. 길다는 엄마의 검은 얼굴을 떠올리며 미소 지었고 비행기에 앉을 때는 혼자 웃기 시작했다. 길다는 줄리어스가 어떤 친구가 될지 상상했다. 그의 열정과 이상은 그녀가 영원을 마주하기 위해 필요한 것이었다. 그녀는 멀어지는 도시에서 반짝이는 수천 개의 작은 불빛들을 내려다보며 자신이 처음 전기로 빛나던 도시를 봤던 때를 떠올렸다. 그 불빛들은 별들의 너무도 천박한 모방이었다. 길다는 목을 빼고 창문 밖으로 구름 사이를 내다보았다. 하지만 도시 위에 여명이 내렸고 별들은 움직였다. 길다는 버드 또한 지금 이 별들을 올려다보고 있는지 궁금해하다가 창문 덮개를 끌어 내리고 머리를 뒤로 기대며 귀를 기울였다.

잠시 뒤 그녀는 귓가에 버드의 속삭임을 들었다. 위로를 주는 나지막한 중얼거림, 말이 아니라 평안을 끌어낼 의도인 소리. 길다는 긴장을 풀고 자신의 메시지를 보냈다. ***우린 마침내 제 형제를 얻었어요.***

◆◆◆◆◆◆ **6장**

리버사이드 아래: 1981

(장 제목 Down by the Riverside는 해방을 노래한 흑인 영가의 제목이기도 함-옮긴이)

길다는 그 어린 여자, 에피가 자신에게 추파를 던지고 있던 게 분명하다고 생각하며 파티를 떠났다. 길다는 아이샤가 여는 파티에 자주 가긴 했지만, 자신과 다른 이들 사이의 구별을 받아들였다. 그녀는 그들 삶의 흥분을 이해하고자 간절히 바라며 그들을 찾았다. 그들을 둘러싼 에너지가 그녀에게 옛 세상과 새 세상의 냄새가 공기 중에 한데 있었던 이전 시대를 떠올리게 했다. 아이샤, 신시아, 카린, 그리고 다른 이들은 신랄한 재치 면에서 우다드의 그녀들과 상당히 닮았지만 또한 길다가 처음 소렐의 집으로 여행했을 때 길에서 만났던 남자 복장 여성들의 순수한 영혼과 강인함도 지녔다.

    길다가 아이샤의 커다랗고 검소한 거실에 있는 피아노에 앉았을 때, 에피는 방 건너편에 움직임 없이 서 있었다. 그녀의 시선은 길다를 절대 떠나지 않았다. 그것은 황홀하면서도 불안했다—많은 여자들 사이에서 오고 가는 그것들처럼—그리고 그 노골적인 유혹이 길다를 경계하게 했다. 그래도 그녀는 아이디어와 계획들로 가득한 이 매혹적인 여성들을 위해 노래하는 것을 소중히 여겼다. 그건 구름처럼 피어나는 담배 연기와 찰랑이는 얼음 소리 가운데 무대에서 노래하는 밤들과 다른 방식으로 그녀를 충족시켰다. 빌리지나 강 건너 뉴저지에 있는 클럽들에서 받은 수표는 길다의 등에 닿는 여자들의 부드러운 손길이나 그들이 오늘 밤 그랬듯 길다에게 보이는 환한 미소만큼 그녀를 풍요롭게 하지는 못했다. 할렘에 있는 숌버그 센터의 사서인 아이샤는 자신의 커다란 모닝사이드 하이츠 아파트에 음악이나 시를 들으러, 혹은 그저 함께 식사를 하러 오라고 친구들, 대부분 여성들을 초대하는 이런 주말들을 위해 살았다.

20년 전 흑인 인권 운동의 열광적인 선언은 이 환경에 흥미진진한 다양성을 부여했다. 바로 여기서, 길다는 줄리어스가 간절히 바랐던 웅변 뒤의 본질을 발견했다. 아이샤 자신은 극을 썼고 음악가들, 시인들, 화가들을 자기 팔의 절반까지 채워 올린 서아프리카의 알록달록한 구슬 팔찌처럼 자기 주변에 끌어모았다. 길다는 아이샤와 그녀의 친구들의 얼굴들 속에서 아우렐리아를, 버니스를, 자신의 엄마와 자매들을 보았다. 그것이 그녀가 새로이 사는 장소마다 찾아 헤매는 연결고리였다. 이주할 때면 끊어내기 아쉬워하는.

사실 에피의 눈에서 길다가 본 것은 서배너의 얼굴이었다. 단순한 경험을 넘어선 앎. 에피는 늘 토요일 밤이나 일요일 오후 모임에 왔다. 따로 서 있는 그녀는 젊고 열정적이지만 어딘가 부담스러웠다. 그녀의 옷은 소박하게 디자인되어 있었고 대체로 한 가지 색이었다. 그녀는 적갈색이나 밤색처럼 짙은 흙 색깔을 선호했고 밝은 천 조각이나 커다란 보석으로 악센트를 주었다. 그녀의 차림새는 젊은 외양에 비해 절제되어 있고 세련되어 보였다. 길다는 주기적으로 에피 쪽을 흘긋거렸지만 거의 그녀와 얘기를 나누지 않았다.

일단 밖으로 나서자 길다의 부츠 굽 소리는 숨죽었고, 커다랗고 낡은 아파트의 대리석 계단을 내려가는 그녀의 동작은 재빨랐다. 길다는 첼시에 있는 자신의 아파트를 향해 리버사이드 드라이브를 내려가기 시작했다. 10월의 공기가 그녀의 얼굴에 상쾌하고 신선하게 와닿았다. 그녀는 뉴저지의 스카이라인을 쳐다보며 에피에 대한 기억에서 벗어났다.

길다는 햇빛이 여명을 하늘로 밀어내기 시작할 때 공기 중에서 거의 감지할 수 없는 변화를 느꼈다. 강의 물결은 보스턴 찰스 강의 잔잔한 표면과 달랐다. 그 넘실대는 움직임은 그녀에게 만(灣)과 그 물에 잠긴 이에게 그게 어떻게 보이고 들릴지 떠올리게 했다. 하지만 그 끊임없이 전진하는 흐름은 믿을 수 없게도 죽음이라기보다 해방을 암시했다. 강을 따라 걸으며 길다는 교통 소음을 차단하고 강물 소리로 머리를 채웠다.

자신의 아파트 안에서 길다는 문의 빗장을 지르고 샤워하기 위해 옷을 벗었다. 그리고 너무나 자신다운 작은 공간을 둘러봤다. 극장 일을 그만뒀을 때 구입한 피아노가 한구석에 서 있었고, 그 자리는 피아노를 둘러싼 책들의 무더기에서 거의 두드러지지 않았다. 밝은 천이 천장과 벽에 늘어져 가짜 나무 벽판을 가리고 있었다. 묵직한 파란 벨벳 커튼이 창문을 가렸고 창유리에는 줄리어스가 도시 풍경을 그려놓았다.

에펠 타워가 유리창 반쪽의 꼭대기를 장식했다. 아크라의 시장이 다른 창문을 생동감 있게 만들었다. 보스턴의 비콘 힐이 뒷마당으로 이어지는 유리문을 빙글빙글 돌아 올랐다. 이건 줄리어스가 그녀의 삶에 가져온 변화 중 하나에 불과했다. 채색된 유리창의 화려함이 커튼을 젖힐 때마다 기분 좋은 놀라움이듯, 그의 존재도 뜻밖의 즐거움을 제공했다. 동이 트기 직전에 집에 도착해서 그녀에게 자신이 몸담고 있는 공연이나 새로이 열정을 쏟고 있는 미술을 얘기하려고 계단에 앉아 기다리고 있는 그를 발견하는 일은 길다가 삶에서 잃고 있었던 친밀함에 대한 욕구를 깨닫게 했다.

줄리어스는 길다와 함께 도시를 구경하거나 소렐 혹은 버드와 함께 세계를 돌아다니며 자신의 새로운 삶에서 꽃을 피웠다. 길다는 커튼을 치고 옷을 안락의자에 걸치며 그가 지금 어디 있을지 궁금했다. 그녀는 샤워로 김이 서린 욕실에, 부츠가 없어 그리 크지 않은 키로 전신 거울 앞에 섰다.

길다는 자기 몸의 절묘함에 감탄했다. 갈색 피부는 윤이 나는 돌처럼 빛났다. 동그란 배와 긴 다리는 조상들의 그것에서 변함이 없었다. 이는 부드러운 입술 사이에서 빛났고 뿌연 김 사이로 그녀의 검은 눈은 길다가 150년 전에 거울에서 자신을 처음 봤을 때 그랬듯 생동감 있게 반짝이며 자신을 마주 보았다.

길다는 장미향 비누로 몸에 비누칠을 하고 깨끗이 헹구며 이 생각들을 씻어내고 마음을 잠으로 돌렸다. 침실 문을 잠그고, 팔을 장식한 구슬로 꿴 주주(서아프리카의 주술-옮긴이) 팔찌 외에 발가벗고 누웠다. 팔찌는 아이샤의 선물이었다. 그녀는 그림자 없는 천장을 몇 분간 조용히 바라본 다음 눈을 감고 에피를 생각하지 않겠다고 결심했다.

대신 그녀는 다시 한 번 줄리어스를 마음속에 떠올렸다. 그는 몇 주 동안 도시를 벗어나 있었고 길다는 그가 그리워질 참이었다. 늘 농담과 장난으로 가득하고, 모험할 준비가 되어 있는 줄리어스는 너무도 쉽게 그녀 존재의 일부가 되었다. 줄리어스는 사람들에게서 그들의 문화를 새로이 배우며 여행을 다녔지만 길다는 미국의 거리에서 그녀를 스쳐 가는 세상을 선호했다. 버드, 앤서니, 소렐이 아무리 자주 여행의 미덕을 극찬한들 길다는 결코 그들처럼 그 매력에 휩쓸리지 않았다. 그녀는 캐나다를 가로질러 북쪽으로 가 보았고 아메리카를 가로질러 남쪽으로 향했지만, 다른 이들에게는 그저 조금 두려울 뿐인 광활한 바다가 자신에게는 몸을 마비시킬 정도라는 것을 깨달았다. 마치 그녀의 조상들이 그랬듯 중간 항로를 건너라고 요구받고 있는 것처럼.

줄리어스가 곧 슬라이드들과 이야기들을 가지고 돌아올 터였다. 그녀는 그걸로 족했다. 동틀 무렵 나른함이 뼛속으로 스며들기 시작해서 그의 귀환에 대한 기대감과 에피에 대한 호기심을 씻어냈다. 길다는 눈을 감고—움직임 없이 안전하게— 죽은 듯이 잠을 잤다.

잠에서 깼을 때는 토요일이었다. 그날 저녁은 뉴저지에서 노래하는 여느 늦은 밤과 달리 이벤트가 될 터였다. 아이샤와 그녀와 주말을 보내는 다른 여자 몇이 차를 빌려 길다의 공연을 보러 올 예정이었다. 그녀는 전화 한 통을 걸어 앤서니에게 소렐이 언제 돌아올지 묻고는 오후 시간을 독서를 하며 보냈다.

그녀는 프랭크 여비의 『해로우의 여우들The Foxes of Harrow』을 다 읽었고 줄리어스와 그 책에 대해 얘기하고 싶었다. 그들은 몇 시간이고 애써 여비 같은 자가 흑인 문학 목록의 어디쯤 들어맞을지 알아볼 터였다. 길다는 그의 말들을 짓누르는 겹겹의 현실에 피곤함을 느꼈다. 그녀는 그가 스스로―거의 배타적으로 남부 사회 백인에 대해서만 쓰는 흑인 남자―를 어떻게 생각할지 짐작해 보려 오래된 책 표지 위 그의 부드러운 갈색 이목구비를 응시했다. 저 세심하게 구성됐지만 과장된 태도들 속에서 그는 누구인가?

그 인물들은 정말로 누구인가? 길다는 그를 그녀의 삶 어디에, 지난 세기의 경험 중 어디에 끼워 맞출 수 있을까? 그가 그녀에게 얼마나 가치가 있을까, 아이샤와 다른 이들에게는? 그녀는 그 책을 자신의 안락의자 옆에 쌓인 무더기 위에 도로 던져 놓은 다음 자신에게서 결코 떼어 놓은 적이 없는 노자의 다 낡은 책을 찾기 위해 바닥까지 뒤졌다.

길다는 무엇을 찾는 게 아니라 그저 눈에 들어오는 문구들에 멈춰 가며 종이를 넘겼다. ***귀한 것들이 사람을 타락하게 한다***(難得之貨令人行妨[난득지화령인행방], 『도덕경』 12장) 그녀는 그 책 역시 옆으로 던졌다. 때로 길다는 의미를 원했다. 서로 꼭 들어맞는, 그리고 과거 혹은 미래를 향한 길을 가리키는 퍼즐 조각들을 갈망했다. 그런 순간들에 노자는 위안을 얻기엔 너무 광활한 공간에 그녀를 남기며 그저 화가 나게 할 뿐이었다. 그리고 그런 순간들에조차 그녀는 그 일부를 기억했다. *자신을 완전히 비우라. 마음을 고요히 하라*(致虛極 守靜篤[치허극 수정독], 『도덕경』 16장).

길다는 다리를 뻗고 한동안 건물에서 나는 소리에 귀를 기울였다. 해가 서쪽으로 기울었을 때, 길다는 작은 정원으로 나가 마시의 창문들을 올려다보았다. 그는 이내 커튼 뒤에서 나타나 기뻐하며 창문을 벌컥 올려 열었다.

"그 아래서 뭐해요, 언니야? 왜 이 시간에 그 정원에서 서성이고 있어요?"

길다는 가벼운 화장이 더해진 그의 갈색 얼굴을 웃으며 올려다보았다. "출근할 때까지 시간 죽이고 있어요. 정말 끔찍한 말이네. 시간 죽이기! 욱!"

"여기, 당신한테 줄 거 있어요. 지난주에 이걸 샀는데, 내 게 아니더라."

마시는 자신의 아파트로 도로 사라졌고, 그의 창문에서 밝은색 천이 펄럭거렸다. 길다는 흥분과 호기심을 느꼈다. 그는 현란한 차림으로 옷을 입으면서도 길다가 감탄하는 독특한 멋이 있었다. 그가 자신이 구입한 무언가를 '입을 수 없다'는 걸 상상할 수 없었다. 그가 75달러를 지불하고 산 이틀 뒤에 치명적이라고 선언하고는 쓰레기통에 던져 버린 12센티미터짜리 은색 구두를 제외하고는.

그는 다채로운 녹색 음영의 아주 고운 스카프를 들고 창문에 다시 나타났다. 마시가 우아하게 떨어뜨린 스카프는 길다의 어깨를 비추는 신화 속 새처럼 보였다. 그녀는 손을 뻗어 잡으며 거의 투명에 가까운 그 빛깔에 감탄했다.

"정말 아름다워요, 마시. 내가 당신에게 돈을 줘야겠는데?"

"바보같이 굴지 마요, 언니야. 그 스카프는 딱 당신이에요. 난 나가 봐야 해요. 나가는 길에 그냥 당신 문고리에 두고 가려고 했었죠. 데이트가 있거든요…. 자세한 얘기는 기다려요." 그는 입술로 커다랗게 뽀뽀 소리를 내고 창문을 닫고 고리를 건 다음 사라졌다.

 길다는 희미하게 남은 그의 향수 냄새를 맡으며 스카프를 얼굴에 대고 자신의 숨소리를 들었다. 그래, 이것이 그들이 이웃한 10년 동안 그녀가 다시 그 가치를 배우게 된 친밀함이었다. 사람들이 서로의 습관, 좋아하는 것, 싫어하는 것에 익숙해지게 되면 서로 함께할 수 있었다. 발걸음 소리로 당신 삶의 일부가 되는 누군가에게 스카프를 던져 받게 되는 것은 위안이 되었다. 그녀는 프랭크 여비에 대해 논의할 수 있게 줄리어스가 빨리 돌아와 주길 더 기다리게 되었다.

 나중에, 클럽 무대 뒤에 박힌 작은 옷 방에서 길다는 새 스카프를 몇 가지 다른 방식으로 둘러보았다. 그 녹색 빛이 그녀가 입은 황갈색 바지와 셔츠에 대비되어 살아났다. 무대 위 재즈 트리오의 날카롭고 달콤한 소리가 방 안까지 침범했다. 그녀는 그들의 리프를 알아차린 자신에게 미소 지었다. 그건 그녀가 즐기는 또 다른 친밀함이었다. 음악가들과 일하는 것은 극장의 탁월한 대체물이 되었다. 극장은 일이 너무 많아서 너무 많은 사람에게 집중해야 했다. 노래하고, 가사를 쓰고, 가사에 멜로디를 붙이는 건 길다가 자신을 위해 일군 삶의 중심이 되었다.

그건 극장 일을 하는 것보다 개인적으로 소모가 덜할 뿐 아니라, 이스트 코스트를 따라 길다가 너무 많은 관심을 끌지 않으면서 정기적으로 공연할 수 있는 작은 나이트클럽과 카바레들이 아주 많았다. 그리고 미용실에서 일하는 것과 달리 클럽에서 클럽으로 돌아다니는 것은 길다가 자신과 다른 이들 사이에 필요하다는 걸 마지못해 이해하게 된 거리를 보장해 주었다. 그녀는 자기 삶이 다른 이들과 거의 맞물리지 않는다 해도, 자기 삶을 만들어가기를 즐겼다.

버드는 과거에 그랬던 것보다 이제는 훨씬 연락을 잘 유지했지만 여전히 각 대륙을 도전으로 여겼다. 소렐, 앤서니, 줄리어스는 결코 시티(the City, 뉴욕에 사는 이들이 맨해튼을 칭하는 말―옮긴이)에서 오래 떠나 있지 않았지만 시티에 오래 머물지도 않았다. 소렐은 자신의 가게를 닫고 북쪽으로 이동해 캐나다를 향하겠다고 종종 얘기했다. 하지만 그는 실제로 어떤 계획도 세우지 않았다. 매년 길다는 세상을 자신의 문밖에 두기가 점점 더 힘들어진다는 걸 알아차렸다. 공동체들이 역사적으로 관찰했던 작은 문화시설들이 서서히 사라졌다. 전자장치들이 소통을 빠르게 만들어 언제나 친밀감이 기대되었다. 점점 더 자주 길다는 사람들에게서 떨어진 삶을 생각했다. 하지만 당장은 클럽들이 그녀에게 맞았다.

길다는 그룹의 마지막 곡이 울리는 동안 무대 옆으로 걸어가,

집중하면서도 그녀가 나타나길 초조하게 기다리며 관중석에 앉아 있는 여자들을 보았다. 머릿속으로 그녀는 우다드에서 첫날 밤 그랬듯이 버드의 목소리를 들었다. 그 목소리는 낮고 매력적이었지만 공연—높고 청명한 목소리로 노래하는 민타, 혹은 패니와 세라의 듀엣에 대한 존중이 담긴 신중함으로 가득했다. 버니스의 부엌에서 들리는 목소리와 음악 소리는 길다의 상상력을 영원히 사로잡았었다.

거기엔 빨강 매니큐어와 하이힐의 멋쟁이 카린이 앉아 있었고 그 옆엔 그녀의 연인, 이마에 드리운 곱슬머리로 엄격한 얼굴을 누그러뜨린 크리스가 있었다. 풍성한 색깔의 가느다란 가나의 켄테(화려한 색깔의 손으로 짠 직물-옮긴이) 천으로 숱 많은 머리를 여러 가닥으로 꼬아 묶은 아이샤는 살짝 떨어져 앉아 있었다. 그녀가 미소로 입을 열었을 때, 빛이 그녀 잇새의 감질나는 틈을 비췄다. 그녀 옆의 신시아는 나이지리아 예술품의 정교한 박물관 모형처럼 자그마하고 갈색이었다. 라번은 다리 때문에 한데 밀쳐진 작은 테이블들 사이 좁은 통로로 긴 다리를 구겨 넣고 살짝 미안한 표정으로 등을 곧추세우고 앉아 있었다. 길다는 수줍음 많은 앨버타가 그들과 함께 나와 있는 걸 보고 반가웠다.

"잘됐네." 길다는 음악가들을 위한 박수갈채를 들으며 생각했다. 그녀의 친구들은 열정적인 관객이었다. 그들 대부분은 박수를 치며 발을 구르고 있었다. 사람들에게 무엇이건 주기를 꺼리는 마리안느만이 박수에 까다로웠다. 그녀의 눈은 위험 혹은 출구를 찾아 방 안을 두리번거렸다. 하지만 다른 이들은 길다에 대한 기대감으로 왁자지껄했고 자신들의 흥분을 트리오에 쏟아냈다. 그 박수갈채를 이끄는 것은 고개를 빼 들고 의자 끝에 걸터앉은 에피였다.

길다는 피아니스트가 무대를 떠나기 전에 자신을 소개하는 소리를 들었다. 그녀는 몇 번 눈을 깜박이며 팬들이 그녀에게 기대하는 의식적인 미소를 지었다. 그녀는 무대에 올라 청중을 내려다보며 무반주로 노래했다. "사랑해요. 감상적인 이유들 때문이죠. 믿어 줘요. 당신에게 내 마음을 바쳤다는 걸."

한순간 그들은 홀로 울리는 그녀 목소리의 호소력에 잠잠해졌다가 이내 거세게 박수를 쳤다. 길다가 피아노에 앉았을 때는 이전에 종종 그랬듯 그녀와 그 여자들뿐이었다.

눈에 비치는 조명 탓에 그들을 선명하게 알아볼 수 없이 길다는 방 안을 둘러봤다. "오늘 밤 전에는 누구에게도 불러 본 적이 없는 제가 쓴 노래를 부르고 싶어요. 당연히 누군가에게 바치는 노래지만, 아직 누구인지는 확실하지 않네요." 그녀는 씁쓸하게 말했다.

길다의 긴 손가락들이 수많은 오래된 세계들의 리듬과 멜로디를 모으며 건반 위에서 춤을 췄다. 그 음들이 산발적인 대화들을 침묵시키며 연기가 자욱한 공기를 갈랐다. 길다가 노래할 때, 그녀의 목소리는 마이크에 닿기 전에 공기를 어루만지며 부드럽게 흘러나왔다.

"내 사랑은 이 땅을 풍요롭게 하는 피,

태양은 당신과 나를 거부하는 별이죠.
하지만 당신은 내가 헤매이다 찾은 생명,
그리고 달은 우리의 반쪽짜리 꿈이에요.
낮이 너무 길지도 밤이 너무 자유롭지도 않으리니.
그저 와요, 나와 함께 여기 있어요."

박수갈채가 길다를 휘어잡았다. 부르는 노래마다 그녀를 청중에게 가까이 끌고 갔다. 이런 순간들이야말로, 인간 세상의 경계에 사는 그녀가 그 인간 세상에 가장 평화를 느끼는 때였다. 그녀는 무대에서 내려서기 전에 주변의 허공에 키스를 보냈다. 길다는 자신의 성공을 기꺼이 받아들이면서도 그들의 동경의 물결을 약화시킬 방법을 생각했다. 그것이 노래가 그녀에게 주는 기쁨을 느긋하게 즐기면서 삶을 의심스럽게 할 수 있는 집중적인 관심을 피하는 유일한 방법이었다. 그녀는 곧 다시 환히 빛났다가 사라진 저 수많은 가수들―셜리 오스틴, 마고 실비아, 로니 다이슨―, 결코 기억되지 않을 저 이름 중 한 명이 되어야 했다.

이제 그녀는 바텐더에게 자신이 주문한 샴페인 병들을 가져오라고 손짓하며 테이블에 앉은 친구들에게 합류했다. 여자들이 길다를 축하하는 동안 웨이터가 한껏 잔을 채웠다.

"자기 새 노래는 정말 좋네요. 왜 혼자만 간직했어요?" 기획과 홍보를 좋아하는 아이샤가 그 사실을 굳이 숨기지 않고 말했다.

여자들은 길다의 성공과 그녀에게 인사하려 다가오는 낯선 이들의 동경을 듬뿍 누렸다. 길다는 그녀들이 자신들의 목소리로 공간을 채워가며 나누는 풍성한 이야기들에 감탄했다. 길다 맞은편에 앉은 에피는 이따금 말을 보탰지만 스스로 이야기를 시작하지 않았고 결코 길다에게 직접 말을 건네지 않았다. 테이블을 둘러싸고 대화가 오가는 사이, 길다는 자신이 에피에 대해 아는 모든 것을 떠올려 보았다. 그녀는 뉴햄프셔에 있는 작은 집에서 살았다. 잡지에 글을 썼다. 이스트코스트에 친척이 전혀 없었다. 아이샤에 따르면 그녀는 새 일자리를 얻어 올해 안에 남부로 이주하길 고대하고 있었다.

에피는 자신에 대해 거의 말하지 않았고, 길다는 의식적으로 캐묻기를 피했다. 가는 뼈에 큰 키, 바짝 깎은 짧은 머리는 그녀를 청소년기를 막 벗어난 호리호리한 새를 닮아 보이게 했다. 그녀는 그들 테이블을 둘러싼 모임 중에 가장 어렸지만 이야기마다 점잖게 미소를 지었다. 그녀는 길다의 몸짓을 보고 그녀의 목소리에 귀 기울였다. 그들의 눈이 마주칠 때면 오가는 눈빛에서 강철에 부딪는 부싯돌만큼 날카로운 불꽃이 튀었다.

저녁이 길어지자 아이샤가 소지품들을 챙겨 시티로 다시 출발하자고 그들을 재촉하기 시작했다. 길다에게 떠나는 순간은 준비되지 않았지만, 그 대본에서 어떤 마지막 장만큼이나 확실했다. 앰프와 마이크의 전원이 뽑히고 팁이 모였다. 여자들이 초대했다. 길다는 거절했다. 그녀가 사라질 적절한 핑계로 써먹는 일반적인 약속이 그녀의 입에서 튀어나와 청중 위로 그 그림자를 드리웠다.

길다는 누군가에게서 반발을 느끼고 자신의 에너지를 긴장시켰다가 다시 거두며 여자들이 앉은 테이블 너머에서는 감지할 수 없는 긴 한숨을 내쉬었다. 그녀의 숨은 장미수처럼 달콤했다. 그 향이 1초도 안 되는 사이 그들의 마음을 선명하게 씻어냈다. 그 여자 중 누구도 저항하지 않았다. 그들은 홀로 밤을 보내고자 하는 그녀의 욕구를 받아들였다. 에피만이 손을 재킷 주머니에 집어넣은 채 거북하게 움직였다. 주차장으로 걸어 나가는 그녀의 딱딱한 걸음걸이는 평상시의 천진난만함과 놀라울 만큼 달랐다. 길다는 어리둥절해서 떠나는 그들을 바라보았다.

길다는 곧이어 터널을 통과해 허드슨 강을 지날 때만 사용하는 작은 차를 운전해서 떠났다. 그녀는 맨해튼 부두에 위치한 장기 주차 구역의 꼭대기 줄까지 차를 몰고 갔고, 차 문을 잠갔다. 강 위로 부는 바람의 순수한 소리에 잠시 귀를 기울였다. 그림자들 속에서 누군가를 느꼈다고 생각한 순간 그녀의 고개가 재빨리 들렸다. 평소엔 길다를 둘러싼 미묘한 기운이 말썽꾼들과 거리를 유지해 주는 덕에 도시의 거리들에서 여성들 대부분에게 닥치는 불상사를 겪는 일이 드물었다. 그것은 길다가 기꺼이 피하고 싶은 수준의 불안이었다. 그래도 그녀는 예리한 눈으로 늦은 밤의 어둠 속을 응시했다. 모든 것이 고요했다. 길다는 재빨리 맨 아래 층으로 내려서서 나가며 경비원에게 손짓했다. 그는 늘 그러듯 자신의 손질된 수염을 비틀며 마주 손짓했다. 이런 단순한 교류 조차 이제 그녀에게 의미가 있었다. 그는 그녀를 알았다, 그녀를 이 세상에 받아들였다.

길다는 자신의 뒤뜰에 앉아 주변에 솟구친 공동주택들을 쳐다보며 허공에 떠도는 소리에 귀를 기울였다. 아기 침대에서 자는 아기들, 싸구려 스테레오 컴포넌트 너머로 노래하는 이즈마엘 미란다, 연인들의 낮은 소리들.

그녀는 어딘가에서 에피를 느끼기를 기대하며 밤의 어둠 속을 더듬었지만 아무것도 없었다. 사방으로 뻗어가는 감각 속에서 도시의 밤이 그녀에게 밀려왔지만 에피는 발견되지 않았다. 길다는 팔에 털들이 곤두서는 것을 느꼈다. 그녀는 당황스러움을 떨치며 자신을 갉아먹는 듯 느껴지는 욕망에서 멀어져, 밤에서 물러나 방으로 돌아왔다. 촛불이 비치는 거울 앞에 앉아 자신의 혼란에 대한 어떤 결정을 찾아 자신의 눈을 들여다보았다. 그날 저녁은 미해결 상태였지만 길다는 과거로 더 나아갔다.

분명 과거에 다른 친구들이 있었다. 그녀가 사랑을 공유했던 친구들, 그들의 무덤을 꽃으로 장식했던 친구들이. 그녀는 엘리너의 죽음을 알았을 때 소렐에게 보낸 화환을 생각했다. 장례식도, 무덤도 없었지만, 그녀가 여전히 엘리너를 생각한다는 걸 소렐이 알 수 있도록 그 꽃을 보냈다. 그녀의 강렬한 빨강 머리, 그녀의 집요한 키스는 지금까지도 길다 안에서 타오르며 에피에 대한 생각을 더 불안하게 했다. 길다는 촛불을 끄고 위로를 전혀 주지 않는 실크 이불 아래로 기어들었다. 천장은 그녀 위에 텅 빈 공간으로 남아 있었다. 길다는 다 아는 것처럼 그 노래를 흥얼거리던 소녀의 얼굴을 빼고는 어떤 이미지도 상상할 수 없었다.

안정을 찾지 못하는 데 익숙하지 않은 그녀는 옆으로 몸을 돌렸다. 길다는 아이가 된다는 것이 어땠는지 흐릿하게 떠올리며 무릎을 가슴까지 끌어당기고 발가락을 말았다. 아침의 첫 햇살이 그녀의 그림이 그려진 창문들을 막 건드리기 직전에, 그녀는 잠들었다.

길다는 방이 많은 우다드에 돌아온 꿈을 꾸었다. 소렐, 앤서니, 버드, 줄리어스 각각이 그들의 방을 가지고 있었고 그 집이 호텔인 듯이, 자주 방문들을 잠그고 그 방문들을 열면서 돌아다녔다. 그녀는 우다드가 실제로 그런 것보다 훨씬 더 시티에서 먼 듯 보였기 때문에 안심했다. 길다는 방마다 확인하며 돌아다녔다. 그녀는 자신이 모든 손님이 다 들어왔는지 확인하는 중이라고 생각했다. 이내 그녀는 자신이 누군가를 찾고 있다는 것을 깨달았다. 자신을 잡고 있던 꿈에서 깨어난 늦은 오후까지 낮 동안 내내 끝없이 문들을 열었다.

그날 저녁 옷을 입기 전, 길다는 그림자놀이를 하고 있는 창문 가장 가까운 구석에 있는 자신의 피아노에 앉았다. 해가 허드슨강을 지나 서쪽으로 떨어지며 하늘 사이를 훔쳤다. 해가 그녀의 방들 맞은편 트인 골목을 가로지를 때 희미해지는 노란빛이 그녀의 창틀에 불투명한 금빛으로 반사됐다. 창문에 그려진 에펠탑이 신호등으로 변했고 반사된 불빛이 바닥에 그림자들을 던졌다. 그녀는 사냥감에게서 몸을 숨긴, 팽팽하게 긴장하고 자신감이 넘치는 고양이처럼 피아노 의자에 자세를 잡고 앉아 바라보았다. 그리고 그 떨어진 빛으로부터 세상을 되짚어갔다. 그녀는 그 햇살이 쏟아지는 공원을 상상했다. 햇살 아래서 노느라 땀 흘리는 아이들을. 그들의 높다란 목소리들을 듣고, 공기 중에서 그들의 아이다운 땀 냄새를 맡았다. 수천 개의 작은 거울들을 만들며 강물 위에서 춤추는 그 눈부신 빛을 상상했다. 그녀가 마음속에 그 그림들을 새기기 전에 빛은 사라지고 밤이 시작되었다.

그날 밤 길다는 동네 주민들과 버몬트의 경마장 우승자들을 맞이하는 퀸스의 나이트클럽에서 노래했다. 노래는 쉽게 나왔지만 그녀의 마음에서 끔찍한 기억을 지우지는 못했다. 그날 저녁 그녀가 취한 피가 한 생명을 거의 희생시킬 뻔했던 일을.

길다는 앞서 시내로 가던 중에, 낮이면 트럭이 밀집해 있는 거리를 지나다가, 지금은 빈 거리에 차를 대놓고 담배를 피우고 있는, 튼튼한 한 흑인 남자와 마주쳤다. 창문으로 그녀는 그가 강하다는 걸 알 수 있었기에 그에게서 수십 그램쯤 생명을 취해도 그가 아쉬워하리라는 두려움이 없었다.

길다는 그의 마음속으로 들어가 그를 움직이지 못하게 붙들면서 그의 차 문을 조심스럽게 열고 그에게 팔을 둘렀다. 그의 눈에 서린 공포가 그녀의 진정시키는 시선에 잠잠해졌다. 길다는 그의 귀 뒤를 작게 절개해서 천천히 피를 들이켰다. 그의 생각에 집중하지 못하는 채로 그녀는 그들이 연인인 양 남자를 가슴에 안았다. 따듯하고 위로가 되는 그의 피가 그녀에게 밀려들었다. 생명으로 가득한 불꽃이 그녀의 혈관에 다시 불을 붙였다. 길다는 한동안 눈을 감고 다른 생각에 잠겼다. 그녀의 모든 생각들이 겹겹이 쌓였다. 보통 그 거래가 일어나는 동안 길다에게 다채로운 색과 소리가 있는 자리에, 지금은 진공으로 빠져드는 감각 외에 아무것도 없었다. 길다는 남자의 살을 입 안에 느꼈고, 자신이 피를 마시며 내는 소리를 들었지만, 그 모두가 그녀의 의식이 닿는 범위 너머에 있었다.

길다가 애써 자제하며 거래를 마치려고 그의 마음속을 뒤질 때 그녀 안에서 공포가 솟아났다. 그녀가 발견한 것은 오직 침묵뿐이었다. 그의 의식이 너무 고요했다. 그녀가 너무 많이 앗아갔다.

그의 눈꺼풀이 보지 않는 눈 위로 파닥거리며 그녀를 놀라게 했다. 자신의 탐닉과 부주의에 대한 분노가, 이내 당혹감이 밀려들었다. 거래를 해왔던 오랫동안 이런 실수를 한 번도 한 적 없었다. 다른 이들은 희생자가 죽는 순간을, 포만감을 한껏 즐기는 순간을 즐겼지만 길다는 죽일 필요도 없었고, 그걸 즐기고 싶지도 않았다. 그녀는 그를 바짝 안고 절박하게 그의 맥박을 더듬었다.

길다는 그에게 자신의 피를 주고픈, 그의 생명을 보장해 줄 빠른 거래를 수행하려는 충동을 참았다. 준비 없이 낯선 이를 그들의 생활로 데려오는 것은 그를 죽게 하는 것보다 더 중대한 범죄 행위였다. 그녀는 상처를 닫고 기다렸다. 그의 맥박이 일정해지자 그녀는 그의 눈꺼풀을 들어 올려 동공에 초점이 돌아왔는지 확인했다. 그녀는 그를 일으켜 앉히고 그의 머리를 자동차 좌석에 받혀 놓았다. 그의 얼굴은 매끄럽고 검었으며 그 코는 전형적인 아프리카인이었다. 길다는 그에게 답례로 아무것도 남기지 않았고 자신이 도둑처럼 느껴졌다. 하지만 그녀는 그의 얼굴을 죽은 자들이 거하는 저 슬프고 사적인 장소에 보태지 않아도 된다는 것에 안도감을 느꼈다. 그의 호흡이 정상에 가까워지자 그녀는 재빨리 차에서 내리며 혀로 자신의 화장하지 않은 입술을 훑어 마지막 붉은 흔적을 지우고 자신의 공연용 미소를 찾았다. 그녀의 피부는 달아오른 동시에, 마땅히 그래야 하듯 따뜻하지 않고 서늘하게 느껴졌다. 그녀는 척추 아랫부분에 자신을 불안하게 하는 따끔거리는 감각을 느꼈다. 어두운 거리를 내려다보니, 특이한 건 아무것도 보이지 않았고, 보는 이도 아무도 없어서 그녀는 자신의 길을 계속 갔다.

그날 밤 길다의 노래는 그녀가 자신의 부주의함에 느끼는 분노로 가득 차서 잔인하게 울렸다. 그녀는 웃는 얼굴들에 그 노래들을 뱉어냈고 웬지 그들은 그녀의 고통을 흥분으로 받아들여 그 고뇌에 박수갈채를 보냈다. 두 번째 곡을 부르면서도 길다는 여전히 자신의 마음속에서 그 사건을 지울 수 없었고, 그런 일이 일어난 이유도 찾을 수 없었다.

놓칠 수 없는 죽음의 무게가 그의 몸을 그녀의 품 안에 축 처지게 했고, 그 기억은 떨칠 수 없는 혐오감으로 길다를 채웠다. 그녀는 자신에게 그가 살아 있다고 계속 다짐했지만, 그녀의 마음속에 자리한 그의 얼굴은 잠들었다기보다 죽음에 든 듯이 보였다. 저녁이 끝나자 그녀는 뒷문으로 서둘러 클럽을 빠져나왔다. 쓰레기와 부패의 썩은 냄새가, 총총히 오가는 동물들의 소리가 그렇듯 골목을 메웠다. 그녀의 발걸음은 그 가운데 조용했다. 거리로 돌아가 그의 차가 있던 곳을 지나쳤다. 그는 가고 없었다. 그곳엔 경찰의 바리케이드나 특별한 일이 일어난 조짐들은 남아 있지 않았다.

도시는 낮 동안 자신들의 관—사무실, 가게, 공장 들—속에 갇혀 밤의 자유 속으로 풀려나길 기다리던 사람들로 활기가 넘쳤다. 무슨 일이 벌어진 건지 이해할 만한 누군가와 간절히 얘기하고 싶은 길다는 휴스턴 가와 소렐의 가게를 향해 성큼성큼 걸었다. 흐릿하게 불이 밝혀진 안에 들어섰을 때 앤서니는 보이지 않았지만 바텐더가 길다에게 친근하게 손짓했다. 그녀는 소렐의 뒤쪽 부스에 앉으며 그의 방향으로 고개를 끄덕였다. 몇 분 안에 앤서니가 테이블 옆에 나타났다. 길다는 자신이 원하는 것이 무엇인지 확신이 없었지만 늘 그렇듯 앤서니는 그녀의 혼란을 감지했을 때 준비가 되어 있었다.

"오늘 밤에 와줘서 기쁘군요. 밤늦게 메시지를 보내려 했습니다. 소렐과 줄리어스가 곧 돌아올 겁니다."

"그리고 버드는요? 그들과 함께 올 거라고 하던가요?"

"버드? 아뇨, 그녀는 아무 말도 하지 않았습니다. 버드가 혼자 일종의 집을 꾸렸다고 소렐이 암시하긴 했지만요. 버드가 온다면, 당신이 우리 중 누구보다 먼저 알 겁니다. 확신합니다."

앤서니는 소렐의 개인 저장품을 보관하는 방들과 그의 사무실로 이어지는 문으로 다시 향했다. 길다는 가죽으로 덮은 쿠션들에 기대어 머리를 팔에 묻고 싶은 욕구를 참았다. 대신 그녀는 그 방을 둘러봤다. 다른 셋이 바에 앉았다. 한 명은 그 시설이 무엇인지 모르는 채로 들어선 것이 분명했다. 바텐더가 이 방문이 정말로 우연인지 세심하게 확인하고, 다시는 그 손님이 부러 소렐의 가게를 찾을 수 없도록 망각의 씨를 심으며 그 남자와 활발히 대화를 이끌고 있었다. 다른 둘은 그들 모두가 그렇듯 피를 나누는 자들이라는 걸 그녀도 아는 친숙한 손님들이었다.

앤서니가 찻주전자와 컵들을 가지고 다시 나타났다. 그는 길다가 거의 100년 전에 서부에서 그를 처음 만났을 때와 같아 보였다. 수수한 갈색 머리카락을 뒤로 모아 묶는 대신 이제 앞으로 늘어뜨려 다소 젊어 보였다.

향이 좋은 차가 마음을 달래주었다. 길다는 감사하게 자신의 차를 홀짝였다. 한동안 일어난 일을 어떻게 설명할지 생각하고 있었지만 앤서니는 그녀가 질문들을 만들어 내기도 전에 말하기 시작했다.

"안타깝게도 당신에게 즐겁지만은 않은 소식을 전해야겠군요. 당신도 알다시피, 엘리너가 우리를 떠난 슬픔이 소렐에게 아직도 무겁게 자리하고 있습니다. 그는 진정한 죽음을 맞아야 하는 엘리너의 필요성을 이해하지만 그럼에도 그녀의 상실이 깊은 영향을 미치지요. 당신 역시 엘리너와 관계가 있는 한 누구든 지닐 감정의 깊이를 이해하기에 당신도 그에게 커다란 위안입니다."

그 목소리의 중립성은 신중하게 조절되어 있었다. 하지만 그가 말을 계속할수록, 길다는 그의 말들 뒤에서 긴장감을 눈치챘다.

"그녀를 잃고 얼마 후에야 나는 동쪽으로 오는 것이 우리의 최선의 경로라고 소렐을 설득할 수 있었습니다. 그리고 나는 이것이 좋은 선택이었다고 믿습니다. 우린 당시의 사람들을 많이 접하지 않죠. 그리고 이 도시의 모든 것들은 우리 과거의 도시들과 너무 달라서 소렐은 이 새로운 삶을 배우는 데 완전히 열중해 있답니다."

"지난 몇 해 동안 그가 한 세계 여행으로는 이 도시를 거의 배울 수 없었을 것 같은데요!" 길다가 목소리에 웃음을 담고 말했다. 길다는 지구본을 종종거리는 소렐과 줄리어스의 이미지가 그녀 안에 일으킨 깔깔거림을 참았다.

"뭐, 그렇겠죠. 그가 다시 서쪽으로 돌아가거나 북쪽 시골을 답사하자고 말하긴 하지만 그는 사실 여기를 사랑해요. 하지만 난 그 기쁨이 오래 못 갈까 걱정입니다."

길다는 앤서니의 목소리에서 의구심을 들었고 그들 주변에 몰려드는 불안을 느꼈다.

"새뮤얼이 여기 있습니다."

그 말은 거의 억양 없이, 단조롭게 나왔지만 그 무게는 놓칠 수 없었다. 길다의 척추 맨 아랫부분에 냉기가 돌아왔다.

"우린 그를 꽤 오래 보지 못했죠. 그는 엘리너를 잃은 뒤 자포자기했어요. 누구도, 그중에서도 새뮤얼은 그녀가 진정한 죽음을 맞으리라 결코 예상하지 못했죠."

길다는 그 목소리에서 엘리너를 너그럽게 말하고자 하는 앤서니의 노력을 들었다. 그는 이런 어려움을 거의 드러내지 않고 계속했다. "엘리너는 여러모로 이 세계에 연결되어 있었어요. 이 세상의 아름다움에 대한 감탄 덕에 종종 내비치던 까다로운 태도에도 불구하고 엘리너는 자기 삶을 소중히 여기게 됐죠. 새뮤얼에게 어느 방향이 최선일지 설명하기 위해 할 수 있는 바를 다 했지만, 그의 위약함이 이겼습니다. 당신이 목격한 행위는 그 이후의 난폭함에 비하면 약과였어요. 결국 그는 그 지역을 떠났죠."

길다는 앤서니의 말을, 새뮤얼이 공공의 안전을 위협한 그의 무분별한 행위 때문에 강제로 그 도시를 떠나야만 했다는 뜻으로 해석했다. 그녀가 그 안에서 목격했던 저 아이 같은 잔인함을 떠올리자니 그가 얼마나 까다로워졌을지 상상하기 쉬웠다.

"누구나 그래야 하는데도 새뮤얼은 자신을 이곳에 드러내지 않았어요." 앤서니는 계속했다. "하지만 다른 이들에게 목격됐죠."

"그렇군요." 깨달음이 머릿속에서 자리 잡은 길다가 말했다. "그는 나를 따라다니고 있어요." 그녀는 앤서니의 놀란 얼굴을 보며 계속했다. "밤에 나설 때마다, 내 힘이 채 닿지 못하는 곳에서 무언가를 느꼈거든요. 그리고 오늘 밤, 내가 피를 취하고 있었는데… 어째선지… 내 마음이 텅 비게 지워졌어요. 난 그 거래를 거의 제어할 수 없었어요. 이해가 안 되더군요. 새뮤얼이었던 게 틀림없어요. 정신이 들긴 했지만 그 위험성이 날 흔들어 놨죠."

앤서니는 팽팽하게 긴장된 손가락들로 자신의 컵을 움켜쥐었다. 길다가 손을 뻗어 그의 손을 쓰다듬었다. 늘 그렇듯 그녀는 다른 이들의 흰색 피부 옆에서 자신의 피부가 얼마나 검은지 경이를 느꼈다. 그건 특별한 선물처럼 보였다—이 다채로운 질감들과 색깔들은. 그녀는 그것이 어떻게 다른 이들에게 그런 충격과 공포를 불어넣는지 이해하지 못했다. 앤서니의 손아귀가 느슨해지며 도자기의 목숨을 구했다.

하지만 자신의 목소리를 통제하려 애쓰는 그의 눈은 불안으로 어두웠다. "소렐에게 귀환을 더 이상 지체하지 말라고 부탁했습니다. 하지만 부탁인데, 제발 그때까지 안전하게 지내요.

새뮤얼은 우리 세계를 제대로 이해하지 못합니다. 그게 엘리너가 그에게 내린 저주예요. 그의 적합성을 고려하지 않고 그를 데려온 것이. 엘리너가 자기 목숨을 버리며 그의 목숨을 살렸는데도 그는 여전히 그걸 이해하지 못해요. 그건 그녀의 유일하게 진정한 이타적 행위였습니다. 난 그게 그릇된 선택이 아니었는지 의문이지만요."

"새뮤얼이 나에게 무엇을 원할까요? 난 아주 오래전에 엘리너와 헤어졌는데요."

"그의 머릿속에서는 매한가지예요. 시간은 우리에게… 그에게 거의 의미가 없죠. 당신이 엘리너의 존재에 전환점이었어요. 새뮤얼조차 그걸 알았습니다. 당신은 우리를 떠나기 전에 엘리너에게서 미묘한 변화를 봤잖아요."

"하지만 새뮤얼은 엘리너에게 아무 의미도 없었어요. 그가 엘리너에게 접근하려 할 때마다 그녀의 눈에서 그게 보였어요." 길다는 자신에게 그녀를 위한 살인을 종용하던 엘리너의 차가운 목소리에 대한 기억에 몸을 떨며 말했다.

"당신들 사이의 열정은, 당신이 그 열정에 사로잡히지 않을 때조차, 그녀에게 그의 목숨 대신 자신의 목숨을 앗아가도록 했죠." 앤서니가 덧붙였다. "그는 당신을 비난하는 일 외엔 아무것도 할 수 없어요. 놀랄 일도 아니죠."

앤서니는 길다가 최면에 빠진 듯 느껴지는 아주 고르고 낮은 어조로 모든 것을 얘기하고 있었다. 진실은 그 말들 자체—그녀가 이미 아는 것들—보다는 그 소리에 있었다. 길다는 자신이 다시 그가 누군가의 죽음에 대한 책임을 지울 사람이라는 깨달음에 떨었다.

길다는 새뮤얼의 이미지들을 뒤졌다. 그것들은 엘리너에 대한 바래지지 않는 열정적인 기억에서 나타났다. 논리가 통하지 않을 정도로 혼란에 빠진 왜소한 남자의 윤곽들이. 그에 대한 이런 인상들이 그의 육체적인 외모보다 더욱 생생했다.

"그가 내게 원하는 게 뭐죠?"

"어쩌면 그 자신도 확실하지 않을 겁니다. 아마 자신을 괴롭히는 의심들로 당신을 괴롭히는 것이겠죠. 피를 나눌 때, 보다 잘 골라야 할 겁니다. 특정한 이미지들에 집중하고, 절대 마음이 흐트러지지 않게 해요. 분명 새뮤얼은 어떤 반발에도 준비되어 있지 않을 겁니다. 아니라면 이렇게 유치한 게임을 하지도 않겠죠."

앤서니의 말은 위안을 주었지만, 길다는 여전히 질문으로 가득했다. 그는 그걸 눈치채는 듯했고 말을 이었다. "난 새뮤얼이 정말 쫓는 것은 당신이 아니라 소렐이 아닐까 생각합니다. 소렐은 창시자, 아버지입니다. 그는 소렐이 강제로 균형을 맞춰줄 필요가 있을지도 모릅니다. 그가 도피를 포기하고 우리에게 온 건 심지어 좋은 일일지도 모르죠. 난 그저 당신이 조심하라고 얘기하는 겁니다. 이제 당신을 이용해서 자신이 하러 온 일을 할 수 있을 때까지 그 분노를 표출하고 있어요."

길다는 자신의 불안이 돌아오는 것을 느꼈다. "하지만 그가 소렐에게서 무엇을 원할까요?"

"처벌, 용서, 진정한 죽음? 그가 우리 집 문간에 나타나 우리에게 말할 때까지 알 수가 없죠. 그리고 나는 이것이 소렐이 돌아오면 할 바로 그 일이라 확신합니다."

소렐과 함께 줄리어스가, 그리고 버드의 소식이 올 터였다. 길다는 자리에서 긴장을 풀고 차를 홀짝였다. 에피 문제는 이제 덜 다급하고, 덜 두려워 보였다. 그녀는 새뮤얼의 길에서 어떻게 비켜설지 상상할 수 없었다. 시티는, 그 규모에도 불구하고, 작았다.

"길다, 소렐이 여기 있다면 이렇게 말할 겁니다." 앤서니가 길다의 눈을 깊숙이 들여다보고 그녀가 계속 그의 손을 잡고 있게 했다. "당신은 새뮤얼의 행동을 이성의 빛을 통해, 인간의 경험을 통해 보려고 해요. 새뮤얼은 이성적인 사람도 인간도 아닙니다. 당신은 그에 대한, 우리 모두에 대한 이 이해를 거부하죠."

앤서니는 그 모든 말에 대한 거부를 숨기듯 경직되고 거의 얼어붙은 길다의 표정을 지켜봤다. 그는 계속 말했지만 어둑하게 불 밝힌 방의 그림자들 속으로 시선을 피했다. "당신은 감탄스러 우리만치 당신의 인간성을 찾아왔어요. 사실, 이건 우리 삶에서 발견되는 즐거움의 열쇠죠. 살아 있는 것들의 사슬과 우리의 연결을 유지해 주는. 하지만 우리는 더 이상 그들과 같지 않습니다. 우린 더 이상 한때의 우리 자신과 같지 않아요. 당신도 당신의 친구들과 함께 있을 때 이걸 알죠. 그걸 무시하지 마요. 그들에게 그들의 인간성을 기대하는 건 잘못이 아니지만 당신의 삶은 우리와 함께입니다. 우린 당신과 함께 세월을 보낼 거고, 당신은 그들 모두를 당신과 함께 데려갈 수 없어요. 모퉁이는 여기서 돌아야만 하고 안 그러면 당신은 새뮤얼만큼이나 충족되지 못한 채로 남을 겁니다."

앤서니는 자신의 말에 담긴 다급함이 주변의 에너지를 모으고 있다는 것을 깨닫고 말을 멈췄다. 다른 이들이 그 강렬함을 눈치채고 그가 하는 말을 수용하지 않으려 애쓰고 있었다.

"난 당신이 알 수 있는 것보다 이 구별을 더 잘 깨닫고 있어요." 길다가 대답했다. "아이샤나 서배너처럼 내가 믿는 여자들의 얼굴들을 들여다볼 때, 여전히 나는 우리 사이의 격차를 봐요. 난 계류장 없이 이 세상을 떠돌고 있어요."

"그렇다면 붙잡아야 합니다. 아니면 당신은 늘 당신이 그리될까 두려워하듯 뿌리를 내리지 못할 겁니다."

길다는 남은 말이 거의 없다는 걸 알면서 한동안 앉아 있었다. "환영 파티에 있을 건가요?" 앤서니가 떠날 준비를 하는 길다를 보며 물었다.

"물론이죠."

"가끔 난 그가 그저 우리에게 축하할 구실을 주느라 떠나는 것 같아요!" 앤서니가 웃으며 말했다. 그 웃음 뒤로 길다는 그의 걱정을 볼 수 있었다.

"나쁜 구실은 아니라고 하겠어요." 길다는 자신이 대화하는 내내 앤서니의 손을 잡고 있었다는 걸 깨달았다. 그녀는 부스에서 일어나기 전에 잠깐 그 손을 꼭 쥐었다.

길다는 앞만 보고 집을 향해 걷는 동안 거리 위 주변의 모든 소리를 들었다. 그녀는 아무것도 느끼지 못했지만, 새뮤얼이 자신의 위치를 알아내지 못하게 그의 생각을 차단할 수 있다는 것을 알았다. 하지만 그녀는 특이한 존재는 전혀 알아차리지 못했고 웨스트 빌리지에 붐비는 행인들을 피하며 빠르게 북쪽으로 향했다. 14번가를 건너자 분주한 분위기가 현저히 사라져 거리에 사람도 없고 화려한 가게 창문들도 줄었다.

길다는 집으로 향하는 모퉁이를 지나쳐 강으로 갔다. 무너져가는 부두가 도시의 쇠퇴에 대한 허허로운 증거로, 거의 가까스로 서 있었다. 사람들은 여전히 쾌락을 쫓거나 혹은 그저 탁 트인 분위기를 즐기며 강가를 거닐었지만 창고들은 대부분 무너졌거나 막혀 있었다. 남자들은 그녀의 존재에 호기심이 덜했다. 여자들은 지난 10년 새 거의 남자들만큼 많이 거리에 나서기 시작한 듯했다. 길다는 아직 남아 있는 잔교의 끝까지 걸어가 어둠과 강물 소리에 둘러싸인 채 서 있었다. 그녀는 불안하게 밀려드는 물살에 사로잡혀 몸을 움켜쥐는 그 차가운 손가락들을 상상해 보려 했다. 누군가에게는 그것이 구원이자, 삶이라는 짐에서 벗어나 자유로워지는 길이었다. 자신이 그들의 죽음에 책임이 있을까? 그 물을 내려다보며 길다는 어째서 이런 방법을 택하는지 이해했다. 그리고 이걸 깨달으며 그녀는 이런 선택을 내렸던 이들을 보다 선명하게 떠올렸다. 그들은 이끌 필요가 있거나 잘못 인도된 여자들이 아니었다. 그들의 선택은 오롯이 그들의 것이었다.

길다는 강물의 불안한 매력을 뒤로하고 자신이 사는 거리로 향했다. 자신의 텅 빈 거리로 돌아가며 그녀는 다시 집에 돌아온 것에 안심했다. 자신의 문으로 이어지는 두 계단을 성큼성큼 내려갔다. 문을 열던 길다는 뒤쪽에서 소음을 듣고 재빨리 돌아섰다.

"길다?" 에피가 계단 위에 서 있었다. 길다는 그녀의 갑작스러운 등장에 깜짝 놀랐다. 길다의 마음은 혼란 속에서 그녀를 보낼 구실들을 찾아 빠르게 질주했다.

"당신이 돌아오길 기다리고 있었어요. 괜찮았으면 좋겠네요."

"그럼요, 당신을 봐서 기뻐요." 길다의 말이 정직하게 들렸다.

"잠깐 들어가도 될까요?"

길다는 어째선지 눈치채지 못했던 희미한 억양을 알아차렸다. 그림자로 자신의 어린 얼굴을 감추고 계단에 선 에피는 키가 커 보였다. 길다는 안 된다고 할 수 있는 가능한 이유들을 생각해 본 다음 문을 열고 에피가 먼저 들어갈 수 있게 옆으로 비켜섰다. 그녀는 두툼하게 속을 채운 안락의자 옆에 있는 둔탁한 붉은 빛을 내는 램프를 켰다. 길다는 어색함을 느꼈다. 그들 가족을 제외하고 누구도 전에 이곳에 들어온 적이 없었다.

"마실 것 좀 줄까요, 차 한 잔?"

"아뇨, 괜찮아요. 그냥 잠깐 당신과 얘기하고 싶었어요."

에피는 자신의 짧은 재킷을 벗고 의자에 앉았다. 길다는 불편하게 방 안을 서성였다. 그녀는 에피가 왜 자신과 이야기하고 싶은지 알고 싶다기보다 자신이 어디서 사는지를 에피가 어떻게 알았는지 더 묻고 싶었다.

길다는 손을 씻겠다고 양해를 구하고 화장실에 들어가 질문들을 생각할 시간을 벌었다. 길다가 마침내 에피가 앉은 의자 앞 작은 트렁크에 앉았을 때, 에피가 즉시 말했다.

"당신이 나를 아이로 생각하는 것 알아요."

그녀는 살짝 웃으며 말했다. "당신이 안다고 생각해요…." 한순간 흔들리며 그녀의 말들이 짙은 침묵 속으로 잦아들었다. 에피는 계속하기 전에 방 안을 훑어보았다. "당신도 내가 당신을 어떻게 느끼는지 알 거예요, 알 수 있어요. 하지만 난 직접 말해야 했어요. 당신이 나를 신경 쓰지 않는다고 말하면 난 가겠어요."

길다는 램프 불빛 아래 빛나는 에피 얼굴의 검은 피부를 바라보며 트렁크 위에 뻣뻣하게 앉아 있었다. 그녀의 입술은 꽉 다물려 참고 있었다―무엇을?―. 길다는 탐색하려 애쓸 때 공허를 마주했다. 그녀는 아무 생각 없이 트렁크 가장자리에 줄지은 징들을 만지작거렸다. 그 뚜껑 아래 그녀의 유산들을 구성하는 몇 가지 보물들이 놓여 있었다. 농장에서 달아났을 때 입었던 옷들, 그녀의 나무 손잡이 칼과 바꾸어 버드가 준 가죽 케이스에 든 칼, 미주리를 떠날 때 아우렐리아가 조심스럽게 싸 준 찻잔과 받침, 서배너와 스킵에게 받은 조그만 은제 브러시와 빗 장식이 달린 팔찌. 그 옆에 어머니가 그녀를 위해 만들어 준 녹슨 금속 십자가와 루이지애나에서 그녀를 발견한 여인의 것인 가장자리가 갈색으로 변한 일기장. 이 보물들 위로 버드가 짜 준 짙은 색 망토가 펼쳐져 있었다. 그 두께는 밑단에 든 보호용 흙으로 무거웠다.

"오랜 기억들은 나눌 수 없을 때 참 공허하죠." 에피가 놀라는 길다를 지켜보며 부드럽게 말했다.

"무슨 뜻이에요?" 길다가 트렁크에서 일어서 보호책을 찾으려는 듯 피아노로 걸어가며 물었다.

당신의 냉정함은 나를 물리치려는 도구죠. 난 그게 당신이 원하는 바가 아닌 걸 알아요. 당신은 나의 생각과 함께해야 하는 때에 자신의 생각 속에서 맴돌고 있어요.

길다는 처음 소리 없이 나오는 말을 들었던 때를 떠올렸다. 아주 오래전이었지만 그녀의 놀라움은 빠르게 돌아왔다. 길다는 돌아서서 에피를 마주하며 처음으로 그녀의 눈을 똑바로 들여다보았다. 램프 불빛이 그녀를 안으로 끌어들이며 최면을 걸듯 소용돌이쳤다. 이 소녀, 에피는 그녀보다 몇 백 살 더 나이 많은 여자였다! 짧은 순간 에피의 역사가 그녀의 눈 뒤에 펼쳐졌고 길다는 자신이 만나 본 누구보다 더 오래 살아온, 어린 동시에 나이 든 한 여자를 보았다. 길다가 그녀에게서 달아날 이유가 없었다. 이 여인 역시 자신처럼, 같은 방식으로 보다 오랜 세월을 살아왔다는 것이 기적적이면서도 친숙했다. 길다는 자신이 그걸 볼 수 없었다는 사실에, 에피가 그들 부류가 종종 그러듯 스스로의 생각을 보호하기 위해 이용한 미묘한 장막을 알아보지 못했다는 것에 충격을 받았다.

에피는 너무 빨라 보이지 않는 동작으로 길다를 품에 안았다. 그들은 거실에서 작고, 어두운 침실로 함께 걸었다. 길다는 그들 뒤로 문을 잠그고 에피가 자신의 재킷 밑단을 뜯는 걸 지켜봤다. 그녀는 한 줌의 진하고 촉촉한 흙을 꺼낸 후 이불과 요를 걷고 그 흙을 이미 깔려 있던 흙 위에 뿌렸다. 그들은 함께 이불 아래로 미끄러져 들어갔다. 길다는 자신의 보다 풍만한 몸 위로 겹치는 에피의 호리호리한 몸의 무게를 느긋이 즐겼다. 그녀가 자신의 입 위로 에피의 입을 세차게 끌어당길 때 불과 한 시간 전의 질문들은 모두 사라졌다. 그녀는 욕망의 그늘진 꿈들을 뒤로하고 꿈들을 현실로 만드는 단단한 몸을 끌어안았다.

  에피의 입과 손은 보다 부드럽고 집요했다. 길다의 쾌락이 그 방식을 따르도록 요구했다. 길다는 그 굴복하는 감각을 즐겼다. 그녀는 새뮤얼에 대한 걱정을, 버드에 대한 생각을, 그리고 자신이 과거에서부터 지고 다녔던 욕망을 놓았다. 길다가 자기 안에서 분출하는 열기를 느꼈을 때, 그녀는 그 해방이 자신이 전에 알았던 무엇보다 더 거대하리라는 것을 알았고 눈을 떠 에피의 시선을 붙들었다. 에피의 검은 얼굴 속에서 열의가 빛났다. 그녀의 부드러운 흔들림이 점점 고조되며 그들을 감각의 거미줄로 감쌌다. 그녀의 욕망의 힘이 그들을 감싸고 분출하는 마지막 순간에 길다는 눈을 감고 자기 안으로 빨려들었다. 공기가 그들의 무게로, 그들 피부 위의 축축한 움직임으로 가득 찬 것 같았다. 길다는 눈을 꼭 감고 그들의 호흡이 느려져 거의 감지할 수 없을 때까지 귀를 기울였다. 길다는 다시 에피를 보고 그녀의 눈 속에 소용돌이치는 오렌지색 반점들에 감탄했다.

  그들은 그 오렌지색이 갈색으로 흐려질 때까지 서로를 바라봤다. 에피가 길다의 어깨에 머리를 기대며 말했다. "새뮤얼에 대해서는 내일 얘기해요."

  길다는 자신의 생각들이 에피의 입에서 나오는 걸 듣고도 놀라거나 당황하지 않았다. 그들이 결합한 사실은 에피의 마른 몸만큼이나 쉽게 그녀 위에 얹혔다. 그녀는 눈을 감고 자신의 잠긴 방문 너머, 아파트 벽을 지나 바깥에 귀를 기울였다. 건물, 거리는 마땅히 그래야 하듯 고요한 밤 같았다. 길다는 아침의 빛은 안전하게 몰아내고 자신의 잠긴 방의 완전한 어둠 속에서 편안하게 에피를 품에 안았다.

이어진 오후에 길다는 에피에게 줄리어스가 자신의 창문들에 그린 그림으로 창조한 빛의 속임수를 보여 주었다. 에피는 정신없이 지켜본 다음 말했다. "내 생각엔 당신이 여길 잠시 떠나야 할 것 같아요. 당신이 말했던 앤서니의 판단이 합리적으로 보여요. 그리고 지난 몇 주 새뮤얼이 그래왔듯 당신을 따라다니고 당신에게 귀를 기울이면서 내가 느낀 새뮤얼 본인도, 여기 들어맞아요. 하지만 난 그가 모두가 믿을 수 있는 것보다 더 예측 불가하다고 믿어요."

길다는 자기 안에서 다시 솟구치는 불안을 느꼈지만 그 일부는 여기 그녀의 삶에 침입한 것에 대한, 엘리너의 죽음에 기여한, 새뮤얼에 대한 분노였다.

"엘리너가 새뮤얼에게 우리의 삶을 사는 법을 배울 기회를 기꺼이 주려 했다면, 당신도 그래야겠죠." 에피의 목소리가 살아온 세월로 깊어졌다. 길다는 계속 말을 잇는 에피의 나직한 단호함에서 세월의 무게를 느꼈다. "그를 도울 수 있는 건 소렐이에요. 그는 소렐을 만나야 해요. 당신은 그저 편리한 장애물일 뿐. 당신이 스스로 사라지는 게 좋을 것 같아요."

길다는 자기 안에서 솟구치는 불분명한 공포를 느꼈다. 마침내 여기 사랑하는 이들 주변에 집을 두었는데. "내가 배운 모든 것에도 불구하고 난 그다지 여행가가 아니…."

"그럼 여행할 필요 없어요. 그냥 거처를 옮겨요. 나와 북쪽으로, 뉴햄프셔에 있는 우리 집으로 가요." 에피가 말했다. "그곳은 조용하고, 풍경은 아름답고, 배울 게 많죠."

"왜 내가 새뮤얼 때문에 내 집, 내 가족에게서 도망쳐야 하죠?" 길다는 자신이 줄리어스와 소렐의 귀환을 얼마나 기다려왔는지 생각하며 말했다.

"나라면 그걸 도망이라고 생각하지 않겠어요. 이동은 우리에게 생활이죠. 당신은 혼자서 삶을 꾸리려 해왔어요. 난 당신이 하는 말마다 그걸 느꼈어요. 하지만 아이샤나 다른 이들과는 함께할 수 없어요. 당신이 그들 중 한 사람을 당신의 삶으로 끌어들이고 싶은 게 아니라면요."

길다는 가까스로 고개를 저었다. 말하는 그녀의 눈썹이 찌푸려졌다. "누군가는 우리의 삶이 그런 결정들을 쉽게 만들 거라 생각하겠죠. 하지만 그들의 얼굴을 봐도 아무 답도 내게 오지 않아요. 혹은 그 답이 아니던가. 난 결코 확신할 수 없어서 물러나고, 다시 다가서고, 그리고 물러나요. 난 계속 그들의 눈에서 줄리어스와 그랬듯 이 삶에 대한 욕구를 보길 바라죠. 하지만 그들의 욕구는 단순히 오래 사는 것보다 더 큰 것 같아요."

"그 단순성이 당신을 헛디디게 만드는 것 같네요. 너무 어렵게 보고 있어요." 에피는 단호한 목소리로 계속했다. "당신은 누군가 이끌어 줘야 한다고 고집하죠. 당분간 내가 이끌게 해 줘요.

나를 따라와요."

 길다는 이것이 불가능할 이유들을 생각하며 침묵했다―버드, 줄리어스. 에피는 그녀의 목소리 자체가 확신을 줄 것처럼 계속 얘기했다. "오래전에 나는 다른 이들을 찾았어요, 그들을 찾을 것도, 찾지 못할 것도 두려웠죠. 난 그리스로 끌려가서 값싼 장신구로 팔렸어요. 선물로 주어졌죠. 내 주인이었던 여자는 날 자기 친구들에게 자랑할 때 말고는 거의 날 보지 않았어요."

 에피 얼굴의 잔잔한 표정에도 불구하고 그 말에는 쓰라린 비탄이 서렸다. "내게 이 삶을 준 이가 나를 훔쳐 갔을 때 그 여잔 분명 비통해했을 거예요, 가장 아끼는 보석을 잃은 것처럼. 하지만 난 어떤 이들처럼 운이 좋지 않았어요. 날 훔친 남자는 친절하지도 지적이지도 않았죠. 그자는 그저 자신의 갈증을 해소하기 위해 나를 이용했을 뿐이었어요. 아마 내 안에서 그 허기가 자라기 시작했다는 것도 깨닫지 못했을 거예요. 내 피부색이 그를 너무 두드러지게 한다는 게 두려워졌을 때, 그자는 나를 아무 생각 없이 버렸어요, 에게해에 있는 섬에. 하지만 난 거기서 친구를 얻었고 내 굶주림을 다스리는 법을, 세계를 돌아다닐 용기를 얻기까지 사람들 사이에서 사는 법을 배웠어요. 난 우리가 발견될 수 있는 모든 곳에서 우리의 많은 동족들 중에 있었어요. 내가 이 나라에 처음 왔을 때 아이샤와 그 친구들을 만난 건 내게 큰 기쁨이었어요. 그들이 나를 내가 결코 완전히 알지 못했던 나의 일부와 다시 연결해 주었어요. 소렐과 당신에 대해 알게 된 건 더 큰 기쁨을 주었고."

에피는 길다의 놀란 표정에 미소 지었다. "당연히 소렐을 알죠, 그 역시 나를 알 테고. 내 이름은 아니지만, 내가 이 시티에서 살아왔다는 건 알겠죠. 난 그런 정보가 우리 사이에서 아주 빠르게 돈다는 걸 발견했답니다. 그가 거주지에서 멀리 있대도 분명 내 존재를 깨닫고 있을 거예요, 새뮤얼의 존재를 아는 것처럼."

에피는 길다에게서 저항이 사라지기 시작하는 걸 느낄 수 있었지만 더 깊은 걱정거리가 감춰져 있다는 것도 알아차렸다. 그녀는 그 걱정들이 형태를 맺을 시간을 길다에게 준 뒤 말을 꺼냈다.

"새로운 집을 만드는 건 모진 일이 아니에요. 그리고 그곳은 당신이 사랑하는 모든 이들이 환영받는 곳이 될 거예요. 당신이 노래할 때 난 당신 생각들을 들어요. 말과 음악이 한데 얽힌 흐름이 되지만 그 아래엔 내가 항상 당신을 통해서만 알 수 있는 사람들이 있어요—버드, 줄리어스, 앤서니. 우리가 처음 만났을때 난 당신이 보이는 것처럼 단순한 인간이 아니라는 걸 알았어요." 에피의 얼굴이 순간 소녀처럼 보였다. "내가 살았던 땅들과 시간들에서는, 다른 이들의 마음을 탐색하는 것이 오늘날, 특히 이 나라에서처럼 가능성이 희박한 일이 아니었어요. 그래서 당연하게도 내 생각들이 차단되어 있는 거죠. 난 내 방어막을 당신이 우리를 위해 노래할 때만, 혹은 당신에 대해 더 알려고 당신이 공연하는 클럽들 뒤쪽에 숨어 서 있던 밤에만 내렸어요."

"하지만 왜 당신을 나나 앤서니에게 드러내지 않았죠? 왜 숨어 있었어요?"

"내 존재를 소렐에게 직접 알려야 했을 뿐이에요. 여기선 그가 유일한 어른이니까." 다시 수년간의 경험이 그녀의 목소리에서 울렸다. 길다는 그들의 삶의 전통들에 대한 이해가 자신이 아는 것보다 더 깊다고 느꼈다.

에피는 계속했다. "나는 여러 나라를 여행했고 일정 기간 이상 머물지 않았어요. 내가 북쪽에, 뉴햄프셔에 마련한 집은 개인적이고 안전하면서 도시에서 그다지 멀지 않죠. 그리고 물론 소렐과 다른 이들도 그곳으로 당신을 방문할 수 있고."

에피는 계속되는 저항에 놀랐다. "이해 못하는군요, 그래요?"

그녀는 물러나 앉아 방을 훑어보고 계속 말하기 전에 다시 길다를 보았다. "우리의 삶은 인간 삶의 변화에 따라 변해야 해요. 그게 우리 삶의 속성이에요. 우리는 그들 가운데 살지만 결코 그들 중 하나가 될 순 없죠. 도시들과 대부분 사회들의 기반이 되는 원칙들은 타락했어요. 그런 점이 우리에게 큰 걱정이지만 우린 우리 자신을 보호하기 위해, 그들을 보호하기 위해 거리를 두어야만 해요. 우리는 모두 안전한 장소들을 마련해야 해요. 우리가 그들을 저버려야 한다는 말이 아니에요—우리들의 삶은 불가분하게 한데 얽혀 있으니까. 다만 이 세상에서 우리가 속하는 곳은 어디일지에 대한 보다 넓은 시각이 매우 필요하다는 거죠."

길다는 불확실함을 느꼈다. 세계는 그녀에게 이제 막 뚜렷해지고 있었다. 그녀는 에피가 그랬듯 미래의 변화를 눈앞에 떠올릴 수 없었다. 새 시대는 매번 어떻게든 길다 주변에 스며들었고 그녀는 자신을 시대와 별개로 생각하기보다, 역사의 또 다른 흐름의 일부로 시대에 적응해왔다.

"그 땅을 보고 싶어요, 그곳에 있는 당신의 집을." 길다는 자신에게 거의 놀라며 말했다. "하지만 소렐의 환영 파티를 위해 돌아와야 해요…." 길다는 그렇게 움직이기 전에 버드의 말을 들어봐야 한다고 덧붙이려다가 멈췄다. 그녀는 자신이 누구와도 상담할 필요가 없다는 걸 깨달았다. 버드는 모든 걸 아는 것처럼 이 움직임도 알 터였다. 에피의 짙은 피부색과 머리 뒤쪽으로 바짝 당겨 땋은 머리카락의 복잡한 짜임새를 바라보며 길다는 애초에 그녀가 그토록 매력적으로 다가왔던 친숙함을 알아차렸다. 그녀는 평범하면서도 빛을 발했고, 어리면서 나이가 많았고, 그들의 세계가 의미하는 모든 것을 구체화하는 대조들로 가득했다. 그녀의 정체에 담긴 모순—살아 있으면서 동시에 살아 있지 않은—이 그녀에게서 새어 나왔다.

"그리고 새뮤얼, 그자는요?" 길다가 물었다.

"그건 그와 소렐이 다룰 문제죠. 그 결과는 이미 정해져 있어요, 적어도 실존적으로는. 소렐이 돌아와서 실행에 옮길 일만 남았죠."

길다는 밀려드는 물살처럼 자신을 훑는 감정의 파동들을 알아내려 애썼다. 분명 줄리어스는 이 세상에서 그녀보다 훨씬 쉽게 자신의 자리를 찾았다. 그의 눈은 늘 지평선에 걸려 있었지만 그는 모두가 바랄 수 있는 이상으로 길다에게 충직했다. 그는 버드처럼 삶의 리듬을 쉽사리 바꾸어 인간의 유한한 시간이 아니라 자신에게 맞추었다.

길다는 아이샤가 에피를 위해 연 고별 파티에서 자신의 새 노래를 불렀다.

"내 사랑은 이 땅을 풍요롭게 하는 피,
태양은 당신과 나를 거부하는 별이죠.
당신은 내가 헤매이다 찾은 생명,
그리고 달은 우리의 반쪽짜리 꿈이에요.
낮이 너무 길지도 밤이 너무 자유롭지도 않으리니.
그저 와요, 나와 함께 여기 있어요."

그 말들은 길다의 마음속에서 크게 자라나 카린, 마리안느, 신시아, 라번, 다른 이들의 밝은 얼굴 위에 쏟아졌다. 그녀는 노래와 함께 자신의 마음을 열었고 에피는 그녀의 생각들을 들었다. 그들 주위를 맴돌던 여자들과의 작별에서 그들 둘 다 느끼는 서운함이 이제 뒤섞였다. 하지만 그 감정은 더 커지지 않고 그들의 기대감으로 메워졌다. 길다는 새로이 사귄 친구들을 떠나야 했던 다른 시간들을 떠올렸고 처음으로 슬픔을 느끼지 않았다. 그들의 삶은 그들의 본성인 순환 안에서 계속됐다. 줄리어스가 그녀의 형제가 된다면 에피는 그녀의 자매가 될 것이다. 처음으로 앞으로의 날들이 정당하게 자신의 것으로 보였다.

◆◆◆◆◆◆◆ 7장

뉴햄프셔주 햄프턴 폴스: 2020

길다는 수화기를 제자리에 떨궜다. 그 요란한 소리는 비인간적이고 단호했다. 그녀는 모니터 전원을 다시 켜고 재생을 눌러 내셔널 매거진 쇼를 보았다. 길다는 정지를 눌렀다. 거기 그녀가 총천연색으로 등장해 있었다. 밀짚모자와 안경으로 가리긴 했지만 너무도 분명하게 그녀의 이미지였다. 지난 이틀 동안 그녀의 문학 에이전트는 회의 중이라는 말을 남겼고, 그녀는 자신의 사생활에 대한 이런 관음증적인 침해에 대한 분노를 터뜨릴 곳이 없었다.

길다는 다시 주먹을 내려쳐 이번엔 정지 버튼을 해제했다. 거기엔 그녀가 알아차리지 못하는 사이에 찍힌 게 분명한, 짜증 날 정도로 또렷한 자신의 사진도 있었다. 방 안이 애비 버드, 길다의 문학적인 자아를 '수수께끼' 같고 '은둔하며 지낸다'고 즐거운 듯이 설명하는 아나운서의 매끄러운 목소리로 가득 찼다. 결국, 이런 것들이 중죄는 아니니까. 그리고 이내 다시 나타나는 저 문장—"매스컴의 관심에서 페티시즘적인 도피."

그는 길다를 국내 최고의 인기 로맨스 소설 작가라고 불렀다. 길다는 비록 그가 그렇게 말하진 않았지만, **정말로 색다르고 정말로 야하다**는 그의 생각을 들을 수 있었다. 길다가 특별히 그 장르를 선택한 이유는, 그것이 여전히 인기 있는 문학의 한 형태였기 때문이었다. 신문과 잡지는 2010년 〈뉴욕 타임스〉가 문을 닫은 뒤로 과거의 향수가 담긴 쓰레기통 속으로 쑤셔 박혔다. 그리고 문학 고전 중 하나를 실제로 손에 들었던 때를 기억하는 사람들은 드물었다. 또한 그녀가 그 분야를 택한 이유는 그 익명성과 드물지 않게 필명을 사용하는 관례 때문이었다. 애비 버드를 조명하는 이 쇼는 그녀의 삶에 대한 일련의 가차 없는 공격 중 시작일 뿐이라고 길다는 확신했다.

로맨스를 쓰는 것은, 노래를 쓰는 것이 그랬듯, 길다에게 자신이 오랜 세월을 통해 모아 온 수많은 이야기 중 일부를 나누는 한 방식이었다. 수년간 소중히 간직한 일기장들과 그 안에 담긴 가르침들이 캐릭터들과 아이디어들을 수확하기에 훌륭한 밭이 되었다. 많은 이들에게 그녀가 쓰는 이야기들은 그 배경이 150년 이상 지나지 않는데도 불구하고 흥미롭고, 예스럽게 보였다. 과거를 잊기로 공모한 세대들은 서부 개척지가 별들 사이에 존재한다는 듯 웬 신화 속 미래를 향해 전속력으로 앞으로 나아갔다. 길다는 그들의 역사에 대한 이야기들을 모험과 신화로 은폐하며 써냈고, 그것들이 팔렸다.

지금까지, 그 일은 간단했다. 10년 전에 길다는 자신의 침묵의 힘들을 이용해서 자신을 대리할 에이전트와 자신의 모험담 시리즈를 구입할 출판업자를 쉽사리 설득했다. 그들은 결코 그녀를 직접 보지 못했고 사회 구조가 서서히 해체된 탓에 은둔은 딱히 주목할 가치가 없었다. 애비 버드의 책들은 돈을 벌어들이며, 출판사가 완벽한 프라이버시에 대한 그녀의 고집을 받아들이도록 부추겼다.

에피가 먼저 그 이야기들에 중독되어 길다에게 그것들을 팔라고 설득했다. 길다의 작업실에서 키보드가 딸깍거리는 소리를 들으며 거기 있을 때조차, 에피는 그 글을 쓰는 사람이 자신의 길다이며 애비 버드라는 이름의 다른 사람이 아니라는 사실을 스스로에게 계속 상기시켜야 했다. 그들의 성공이 에피의 마음을 편안하게 해 주었다. 길다는 작은 마을에서의 자신의 삶에 아무 불만을 표하지 않았다. 그녀에게, 그 이야기들은 다급한 메시지—머나먼 곳들, 그녀가 가 봤던, 혹은 미래에 가 보고 싶은 곳들에 사는 수천만의 사람들에게 말을 거는 방식이었다. 그녀는 스스로를 그들의 집과 그들의 생각 속으로 밀어 넣었고 그들은 그녀를 환영했다. 그것은 또한 햄프턴 폴스 바깥의 변화하는 세상과 접촉을 유지하는 방법이기도 했다.

길다는 글을 쓰기 시작했을 때 오래 머무를 각오를 했다. 자신의 디지털 섬에서 그녀는 종이에 책과 편지를 쓰고 영상으로 성명을 내며 자신의 책을 읽는 대다수 사람과 소통했다.

햄프턴 폴스는 매사추세츠와 메인 사이에 바다를 굽어보며 위태롭게 걸터앉아 있었다. 천 명 정도의 주민 중 대부분이 이 마을에서 200년 이상 살아온 집안이었다. 연간 관광업은 대부분 해변이 심하게 오염된 탓에 거의 아무것도 남지 않을 정도로 쇠퇴했다. 어업을 기억하는 사람들은 둘러앉아 그 얘기를 나누었다. 너무 젊어서 기억하지 못하는 이들은 가능한 일찍 마을을 떠났다.

마을은 길다의 도착으로 살짝 달라져서 그들의 사회생활 속에 그녀를 위한 작은 자리를 내주었지만 그들은 여전히 그녀와 에피를 이방인들로 생각했다.

하지만 애비 버드가 소통하는 팬들에게 그녀는 이방인이 아니었다. 많은 이들이 그녀가 쓴 모든 책들을 읽었고 다른 이들은 그저 그녀에게 편지들을 보냈다.

길다는 자신의 가족과 계속 연락했다. 길다가 필명의 일부로 그 이름을 차용한 버드는 여전히 독특한 글씨체로 종이에 편지를 써서 외국의 우표들로 뒤덮인 피지 봉투에 담아 우편으로 보냈다. 버드의 편지들은 종종 간결했다. 아마도 그런 소통의 덧없음이 고통스러울 터였다. 그녀는 상황을 보고했다. 현재 원주민 지도부의 지위, 벨기에 레이스 장인들의 비밀, 페루의 고고학적 발견. 각각의 정보마다 모든 것들이 연결되어 있다고 암시하는 다급함이 담겨 있었다. 종종 그녀는 편지에 방문하겠다고 썼고, 수 주일 뒤에 편지가 도착할 즈음에는 벌써 왔다가 다시 가 버리곤 했다.

에피는 여행을 다닐 때면, 오려낸 조각들, 가사들, 나뭇잎들, 조개껍데기들, 때로는 새 옷에서 뜯은 흥미로운 라벨들까지 손에 닿는 모든 물건을 보내기를 좋아했다. 그녀는 습관적으로 자신을 위한 별도의 꾸러미를 보내서 자신이 집에 돌아왔을 때 열어 볼 선물도 마련해 두었다.

소렐과 앤서니는 예측 불가였다. 때로는 장식적인 글씨가 가득한 거대한 두루마리—그들의 모험을 이야기하고, 그녀의 일을 묻고, 철학적인 질문들을 논하는 공식적인 서한들—가 도착했다. 다른 때는 그들의 채널에서 종종 연출된 녹음 영상들이 방영되곤 했다. 앤서니를 인터뷰하는 소렐, 혹은 그 반대로, 혹은 토론하는 두 사람. 그들은 거의 절대 영상에 실시간으로 등장하지 않았다. 소렐은 그것이 무례하고 조잡하다고 생각했다.

줄리어스는 소통광이었다. 2주마다 어김없이 그의 신호가 비밀스러운 노크처럼 울리곤 했다. 길다가 화면을 켜면 그의 환한 얼굴이 녹화 영상으로 등장하거나 때로는 그녀가 전혀 예상치 못한 곳에서 실시간으로 화면에 등장하곤 했다.

하지만 소설이 진정한 기쁨이었다. 그것들은 그녀가 소통할 새로운 사람들을 찾도록 도왔다. 특히 세인트루이스의 신인 작가인 젊은 흑인 여성 나딘이 정기적으로 편지를 보냈다. 첫 편지를 받았을 때 글씨체를 알아본 길다는 손이 떨렸다. 그 봉투의 느낌이 그 편지가 누구에게서 왔는지 길다에게 말해 주었다. 아우렐리아의 증손녀. 비록 길다가 그녀를 이전에 알았고, 그녀의 생각들을 쫓긴 했지만 정말로 그녀와 연락을 하리라 기대하지는 않았었다. 길다는 아우렐리아의 자손들을 모두 알았지만 어떠한 직접적인 소통도 의도적으로 피해왔다. 아우렐리아의 딸은 뒤늦게 결혼할 때까지 계속 미주리의 엄마 곁에서 살았다. 차례로, 그녀의 딸과 손녀딸은 아칸소에서 자랐다.

아우렐리아의 증손녀, 나딘은 태어났을 때부터 귀가 들리지 않았고 묘한 언어적—말이 어떻게 들리는지보다 어떻게 느껴지는지에 대한—감각을 지녔다. 그녀의 글씨체와 유머 감각은 아우렐리아가 그랬던 것과 상당히 닮았다. 그녀는 길다에게 자신이 사는 도시의 소식들과 자신의 풍성하지만 고립된 삶으로 가득한 윤색된 이야기들을 보냈다. 아직까지 다른 누구에게도 보일 용기를 내지 못했지만, 가끔 자신의 소설 중 한 편을 담기도 했다. 그녀는 자신이 결코 모를 미래에 대해 썼다. 유토피아적인 평등과 신화적인 모험으로 가득한 이상적인 세계를.

나딘의 편지들을 통해 길다는 아우렐리아의 성공담들을 즐겼다. 나딘은 자신의 증조할머니의 행동주의, 그녀가 자신의 도시에서도 이어가고자 하는 전통에 대해 열정적으로 감탄하며 말했다. 지방자치제적인 자원들은, 길다가 그곳에 살았던 때 아우렐리아의 공동체의 그것보다 그다지 높지 않은 수준까지 대폭 감소된 것 같았다.

길다는 항상 나딘에게 답장을 썼다. 자신을 너무 많이 드러내게 될까 두려워하면서도 한 마디 한 마디에 공을 들이며 편지에 몇 시간씩 소비하곤 했다. 나딘의 이름은 길다가 핑크빛 아침 시간에 잠자리에 누워 떠올리는 이름이 되었다.

나딘은 결코 영상통화를 이용하지 않고 편지로만 연락했기 때문에, 길다는 자기 집에 있거나 동네를 산책하는 나딘을 그려 보며 만족했다. 길다가 에피의 뉴햄프셔에 있는 은신처로 이사한 이래 세상이 많이 달라졌기 때문에 어려움이 있었다. 경제는 가파르게 꺾였다. 도시들은 쇠퇴했다. 많은 사람이 살균된 콘크리트 골짜기를 버리고 신선한 공기와 물을 찾아 언덕과 계곡으로 떠났다. 많은 이들이 날씨를 읽지 못해서 혹은 작물의 순환 주기를 알지 못해서 그곳에서 굶주렸다. 어떤 이들은 이미 과중한 그들의 땅에서 사람들을 쫓아내려는 이들의 손에 죽었다. 많은 것이 변했다.

길다의 머리카락은 여전히 회색으로 물들지 않았고 그녀의 얼굴엔 주름도 없었다. 거울을 볼 때면 친숙한 자신의 이미지가 금세 나타나 풀라니족 사람들이 늘 알고 있었던 사실을 떠오르게 했다. 영혼은 바로 그런 것—육체와 함께 죽지 않는 무형의 것이라는 사실. 아프리카인으로서 길다의 본질이 그녀의 부드러운, 넓은 이목구비에서 여전히 풍겨 나왔다.

길다는 자기 자신뿐 아니라 시간이 흐르며 그녀의 일부가 된 다른 이들의 오랜 계보를 보았다. 어린 시절 갈망했던 가족은 이제 그녀의 것이 되었다. 가족은 전 세계에 흩어져 있었지만 그녀가 상상한 이상으로 가까웠다. 그녀는 뉴햄프셔 해안가의 자기 삶을 대체로 편안하게 느꼈다. 약간 남아 있는 삼림 지대 일부는 북쪽으로 너무 멀지 않았고 바다의 움직임은, 그 모든 불안감에도 불구하고 여전히 그녀에게 강한 흥미를 일으켰다. 많은 사람이 악취 나는 해안가에서 물러났기에 뉴햄프셔의 삼림 지대에 위치한 길다의 거주지는 그녀의 사생활을 보장해 주었다. 그리고 가족들이 여행을 마치고 휴식을 원할 때면 모두를 환영할 만한 시설도 갖추었다.

길다는 그 가능성을 북쪽으로 이주하자는 미끼로 써먹은 에피에 대한 오랜 기억에 미소를 지었다. 그곳에서 보낸 처음 몇 해 동안 그들은 한적한 산비탈에 아무렇게나 자리한 작은 집 안에서 가능한 많은 시간을 각자 다른 곳에서 보내며 머뭇거렸다. 조금씩, 길다는 도시에 있는 자신의 아파트에서 물건들을 그 집으로 옮겼다. 거의 2년이 지난 뒤에야 그녀는 자신의 트렁크를 가져왔다. 세심하게 손질한 이불이 지금은 벽난로를 마주하고 놓인 의자 등받이에 걸려 있었다. 그녀는 버드가 들어왔듯, 스스로 이 삶에 파트너를 들일 수 있을지 고민하기를 그만두었다. 대신 그녀는 에피가 미국의 흑인들과 길다의 과거에 대해 알고 싶어 하는 모든 것에, 그리고 자신의 글에 집중했다.

에피는 길다에게 시골 여자를 위한 모든 착장을 갖추어 주었다. 플란넬 셔츠, 하이킹 부츠, 우비. 그들은 함께 주변 세상의 미묘하지만 불길한 변화들을 관찰했다. 해안가의 잦은 폭풍은 그중에서도 중요했고, 길다의 밝은 노란색 우비와 고무장화는 그녀가 예상한 것보다 훨씬 자주 이용되었다. 그래도 그들이 만든 집은 조용했고, 그들이 사는 마을은 대체로 변하지 않았다. 로즈버드에서 그랬듯 길다는 다시금 마을 사람들에게 괴짜로 통했다. 하지만 자신의 이주를 후회하지 않았다. 종종 도시로 돌아가긴 했지만 그녀는 늘 벽난로 앞 의자에 묻히길 갈망했다.

그 모든 것이 이제 위험해졌다. 길다는 영상통화의 딸랑거리는 소리에 화들짝 놀랐다. 언론이 이렇게 빨리 그녀를 쫓을 수 있을까? 하지만 이내 줄리어스의 신호라는 걸 알아차렸다. 그녀는 책상에서 콘솔로 몸을 돌려 신중하게 자기 쪽 화면은 그림자로 둔 채 버튼들을 눌렀다.

"어이, 시스터러브. 사인 연습하고 있어?" 줄리어스의 주근깨

돈은 갈색 얼굴에 환한 미소가 서리더니 이내 웃음이 터졌다.

"그 쇼를 봤어?" 길다가 화면 버튼을 누르며 말했다.

"시스터, 미국의 모든 사람이 그 쇼를 봤지. 당신은 아직 당신 팬들이 얼마나 당신을 파는지 모르나 보네. 아가씨야, 당신은 연예인이나 마찬가지라고—알아?"

길다 역시 웃음을 찾을 수 없었다. 줄리어스는 이제 최소한 20개국 언어를 하는 데다 거의 그만큼 많은 다른 나라들에서 살았으면서도 여전히 흑인들의 슬랭을 사용하는 타고난 재주를 유지하고 있었다. 그의 짧은 아프로 헤어스타일, 맹렬한 헌신, 그리고 다채로운 어휘는 50년이 넘도록 변하지 않았다.

줄리어스는 처음 이 시골집을 방문했을 때 길다를 가차 없이 놀렸다. 숲속에 살면서 하이킹 부츠를 신는 길다는 그에게조차 시대착오적인 것 같았다. 길다는 그가 놀리게 그냥 두었다. 이 변화에 대한 그의 모든 불안을 방출하도록. 그녀가 있는 곳에 여전히 그의 자리가 있다는 걸 그가 이해할 수 있도록. 줄리어스에게 그런 깨달음을 자아내면서, 그녀는 버드가 본인의 삶을 살아가는 방식을 받아들이게 되었다.

"들어봐, 줄리어스, 당신이 이걸 즐겁게 생각하는 건 알겠어. 하지만 이건 우리에게 위협이야. 난 여기서 안전했어. 우린 이 시골집에서 모두 안전할 수 있었어. 파파라치가 독점 인터뷰니 그 모든 미친 짓을 하겠다고 나를 추적하기 시작하면 어쩌지? 우리가 TV 다큐멘터리로 남을 위험을 무릅쓸 순 없잖아!"

"어이, 이건 어때? '죽지 않는 자의 라이프스타일!'" 줄리어스는 웃음을 멈추지 않고서 계속 말했다. "당신은 보르살리노(이탈리아 브랜드명-옮긴이) 모자에 검은 안경을 쓰고, 인터뷰어는 불안하게 그 뒤를 따르면서 집을 구경하는 거야…. 그리고 마당이랑." 이 마지막 말에 그는 몸을 접고 웃음을 터뜨려 그의 얼굴이 화면에서 사라졌다.

"줄리어스, 제발 들어. 당신은 이 일의 심각성을 못 알아듣는 것 같네. 그들은 나를 찾아내면, 모든 걸 알아낼 때까지 멈추지 않을 거야. 남의 사생활을 캐는 건 병과 같아. 뭐든 진짜 문제들에 관심을 두는 걸 막지. 우린 우리 자신을 서서히 죽음에 이르도록 중독시키고 있어. 그리고 장담하는데 나에 대한 이 이야기는 어느 채널에서건 헤드라인으로 다뤄질 거야."

길다는 도시를 떠났을 때 새뮤얼의 잠재적인 폭력에서 벗어났지만 그건 한 개인에게서 도망친 것에 불과했다. 그녀는 폭탄, 강간, 기아에 관한 신문 기사 수집을 멈췄고 그녀가 단절로 얻은 안락함이 이제 이 시골집이 딛고 선 바위들처럼 묵직하게 그녀를 짓눌렀다. 수십 년 동안 그녀는 영상으로 역사를 지켜봤다—행진들, 운동들, 더 많은 폭탄들, 강간들, 살인들, 더 많은 운동들. 이 장소는 늘 안전해 보였다. 그녀는 줄리어스가 이 일을 그렇게 가볍게 여기는 것을 믿을 수 없었다.

줄리어스가 진정하려 애쓰면서 그의 얼굴이 다시 나타났다. "들어봐, 길다, 당신의 취지는 이해해. 하지만 당신은 그 깊은 요새에 너무 오래 있었어. 시스터러브, 당신은 저 바깥 경계에 대해 잊었다고. 내 말은 세상은 당신네 집 바깥에도 존재한다고, 알겠어? 내 말은, 내가 지금 아이오와에 있는 것처럼. 당신한테 문제가 생긴 것 같아? 여기 사람들은 아직도 흑인과 백인이 한자리에서 먹어도 될지 결정하려고 애쓰고 있어. 그럴 만큼 먹을 게 많지도 않은데 웃기는 일이지. 풀뿌리연합은 어느 시위고간에 사람들을 조직하는 데 애를 먹고 있어. 당신과 나, 우리는 운이 좋지. 우린 이 땅에 대한 우리의 의존성을 결코 잊을 수 없으니까. 인간들은 그런 통찰력이 없어. 그건 중대한 결합인데 그들은 이제 막 거기 주목하기 시작했다고. 우리는, 뭐랄까, 한동안 연습해왔고. 그건 여러모로 어려운 일이야, 아가씨."

"그래서 무슨 말을 하려는 거야?" 길다는 에피가 자신을 북쪽으로 오라고 설득하기 위해 쓴 모든 말들을 잊고 말했다.

"모든 건 상대적이다, 소렐이 그렇게 말하지 않았어? 오랜 시간은 당신이 길다고 생각할 때만 긴 거지. 요지는 이거야. 텐트를 접고 바람을 타. 전화 같은 건 다 넘기라고."

길다는 침묵했다.

"들어봐, 나한테 안전이나 정체된 상태가 살아 있는 존재들의 자연적인 방식이 아니라고 가르쳐 준 사람이 당신이잖아. 당신은 뭐든 할 수 있어. 버드와 합류하는 건 어때? 버드는 중앙아메리카의 간척지에서 일하고 있어. 아니면 아이오와는 어때?" 줄리어스는 계속했다. "당신이 인용하던 그 늙은 친구 누구더라, 그 줄에 대한 거?"

"파파 왈렌더(미국의 유명 공중곡예사―옮긴이). '인생은 높은 줄 위에 서만 존재한다. 그 외에 모든 건 그저 기다리고 있을 뿐이다.'"

"옳소!"

길다는 말을 하려다 이내 멈췄다. 줄리어스는 잠시 침묵하며 그녀의 검은 얼굴에 그림자들처럼 지나치는 생각들을 그저 바라봤다. 길다는 자신의 마음속 이미지들을 움켜쥐려 해 봤다. 수십 년간 끊임없이 여행해 온 버드는 다음 여행이 임박할 때까지 좀처럼 행복하지 못했다. 그리고 그녀 자신은 흑인들이 전 세계에서 어떤 식으로 두각을 나타내는지 보며 새로운 도시들을 알아 가는 것을 좋아했다. 어째서 여기, 이 작은 고립된 장소에 자신들이 뿌리를 내렸다고 생각했을까? 뿌리가 꽉 찼다고, 줄리어스는 말하리라.

길다는 전화를 끊고 불을 피우기 위해 작은 거실로 물러났다. 그녀는 장작을 하나씩 세심하게 쌓으며 그 일에 정신을 집중했다. 아무 생각 없이 성냥개비를 들어 잔가지들 바닥에 대고 뒤로 물러나 피어올라 타 버리기 시작하는 불꽃들을 즐겼다. 오래된 의자에 앉은 길다는 등에 느껴지는 이불 매듭에서 위안을 얻었다. 벽난로 불의 열기와 빛은 햇살과 너무 닮아서 그녀는 눈을 감고 엘리너와 타말파이어스산에 갔던 놀라운 방문을 떠올렸다. 그녀의 일부는 다시는 그곳으로 돌아가 지는 해를 보지 못하는 것을 후회했다. 그녀는 그런 곳이 아직도 존재하는지, 혹은 모두 불가능하리만치 무성해졌을지, 혹은 더 심각하게는 포장이 깔렸는지, 쥐가 들끓는지 궁금했다. 몇몇 뉴스에서 캘리포니아가 지난 10년 동안 아주 심각한 상황을 겪었다고 들었다. 인구 과잉은 경제 붕괴를 낳았다. 그녀는 소렐의 살롱을 떠난 이후로 아직 돌아가 보지 않았고, 자신이 아는 것과 다른 방식으로 상상하기는 어려웠다. 길다가 과거의 단편들 속으로 깊이 빠져들고 있을 때 영상통화 벨소리가 그녀를 놀라게 했다.

길다는 의자에서 벌떡 일어났지만 전화기 옆에 얼어붙은 채 서서 기자일까 두려워하며 수화기를 들지 못했다. 길다는 기다렸고 전화벨 소리가 멈추며 음성 녹음이 시작됐다. 에피의 목소리를 듣자마자 그녀는 중지 버튼을 누르고 전체 화면을 눌렀다. 에피가 걱정스러운 얼굴로 전화기 속에 서 있었다.

"아, 다행이다, 거기 있네." 에피는 길다가 아직 집에 있는 것에 안도하며 말했다. "난 여기다 메시지 남기는 게 싫더라. 보니까 그 쇼 얘기 들은 줄 알겠다."

"들었지, 봤고."

"그리고?" 에피는 길다가 지금쯤 어떤 계획을 마련했기를 기대하며 물었다.

"줄리어스는 내가 한동안 사라지길 권해. 하지만 여기엔 내가 마음 쓰는 게 정말 많아. 난 애비 버드가 도망치기 시작하면 다시는 멈추지 못할까 봐 두려워. 그리고 난 여기서 행복했어."

"당신이 햄프턴 폴스에서 행복했다면 다른 어디에서도 행복할 수 있어."

"하지만 여긴 당신이 만든 집…."

"만들었고 다시 만들 수 있지. 당신이 처음 이 시골집에 왔을 때 기억나? 당신은 산비탈과 건물과 숲을 바라보고 말했지, '정말 완벽하게 평범해!' 당신은 당신이 원했던 삶을 대변하는 무엇에 대해 아이 같은 기쁨을 품었어. 음, 햄프턴 폴스는 더 이상 그럴 수 없어. 그리고 그건, 결국, 삶의 표상일 뿐이야. 그 주변에서 국가가 와해되고 있어. 난 당신이 그걸 당신 눈으로 직접 봐야 한다고 생각해. 다른 사람들의 눈이 아니라."

"하지만 난 이 장소를 제대로 알 기회가 없었어. 바다를, 숲을, 당신을."

"당신, 버드, 우리 모두는 이 우주의 일상적인 활동 밖에 자연적으로 존재하는 네트워크의 일부야. 함께하는 것과 물러서는 것 사이의 균형—노래하되 수퍼스타는 되지 않는 법, 글을 쓰되 유명 인사는 되지 않는 법—을 찾는 건 어렵지. 당신도 언젠가부터 그 균형을 이해했어. 당신이 이미 아는 걸 잊지 마. 소렐과 앤서니는 여러 집을 만들었어. 이 집은 이 대륙에서 내 첫 번째였지. 난 분명 다른 집들도 갖게 되기를 늘 바라 왔어."

그들은 그들을 연결하는 전자 장비 너머 서로를 제대로 보려 애쓰며 침묵했다.

길다는 에피가 영상으로 말하는 걸 얼마나 싫어하는지 알았기에 자신의 망설임과 고집이 불편하게 느껴졌다. "어쩌면 내가… 미주리를 가면 어떨까, 아니면 줄리어스가 아이오와에 있으니까…."

"그것도 좋은 생각이야." 에피는 길다의 얼굴에서 구름이 걷히고 대신 환한 미소가 자리하는 걸 보고 멈췄다. 그녀의 검은 피부가 다시 빛나고 있었다.

"있지, 에피, 나 가야겠어. 지금 할 일이 백만 개야. 연락할게."

길다는 화면을 끄고 정리를 시작했다. 갑자기 모든 것이 너무도 단순해 보였다.

길다는 이틀 동안 서류를 준비하고 미래에 원할지도 모를 물건들을 보관소에 보내며 미친 듯이 일했다. 다시 한번 그녀는 우다드에서부터 가지고 다닌 낡은 트렁크를 열어 눈으로 그 물건들을 어루만졌다. 그 안에는 거의 일관되지 않은 신문 기사들이 접혀 있었다. 길다는 그걸 펼쳐 보지 않았다. 그녀는 그 안에 담긴 말들을 알기에 그저 쳐다보기만 했다. 그것은 그 일대 여러 마을의 흑인 공동체들에서 존경받는 지위 덕에 긴 찬사를 받아 마땅한 미주리주 로즈버드의 아우렐리아 프리먼의 부고였.

가난한 이들, 그리고 교육받지 못한 이들에 대한 아우렐리아의 활동은 1966년 그녀가 사망하기 전에 수많은 시민과 시민 권리 기구에게 주목을 받고 보답을 받았다. 길다는 이런 기억들에 세차게 뛰는 자신의 심장을 느끼며 한동안 앉아 있었다. 수년 동안 길다는 여러 번 아우렐리아에게 귀를 기울이며 그녀의 성공들에 대리만족을 느끼곤 했다. 아우렐리아의 생각들 속으로 들어갈 때면 그녀의 내적인 평화와 길다가 언젠가 돌아오리라 믿는 그녀의 작은 일부를 느낄 수 있었다. 꼭 한 번 길다는 연락을 취했다. 꿈을 통해서 길다는 두 사람 모두의 삶에 가득한 선량함에서 느끼는 즐거움을 전하려 했다. 길다는 어디로 떠나든 아우렐리아의 딸과 손녀의 삶들에도 귀를 기울였다. 나딘에게서 첫 편지를 받기까지 길다는 실제로 연락을 취하진 않았다. 마치 그녀가 그 소녀에게 편지를 쓰라고 의지를 발휘한 것만 같았다.

길다는 자신의 물건들 위에 알록달록한 이불을 접어 넣고 운송에 대비해 새 가죽끈으로 묶어 트렁크를 닫았다. 그리고 자신의 에이전트와 출판사에게 보낼 간단한 편지와 마을에 있는 보육원을 위한 큰 수표를 보관한 책상 서랍 뒤에서 서류 한 장을 꺼냈다. 그녀는 재빨리 자신의 유언장을 고치고 영상으로 인증한 다음 풀뿌리연합의 본사 사무실 주소를 찾아봤다. 애비 버드의 기타 법적인 서류들이 집 안의 눈에 띄는 곳에 있는 것을 확인했다. 마지막으로 대다수가 나딘이 보낸 편지인 보관하던 편지들을 낱낱이 살핀 다음 장작이 타고 있는 벽난로에 그 편지들을 던졌다. 그녀는 던지기 전에 마지막 봉투 중 하나를 열어 안의 편지들을 잠깐 살피다 나딘이 1년쯤 전에 쓴 한 문단에 눈길이 갔다.

사람들은 내가 귀가 안 들린다고 나를 바보라고 생각해요. 나를 귀머거리라고 놀리지 않으니까 자기들이 나를 사랑한다고 생각하죠. 그들은 그게 사랑이라 불리기에 충분치 않다는 걸 알지 못해요. 아무것도 하지 않는 건 결코 사랑이라 불릴 수 없어요. 엄마 말씀이 할머니가 그걸 가르쳐 줬대요. 우리 모두는 우리 이름 어딘가에 나딘이 붙어 있다고 말했던가요? 엄마는 할머니가 오래전에 누군가 할머니에게 드린 특별한 선물 때문에 엄마에게 그런 이름을 지어줬대요….

그 편지는 다른 이야기들로 계속됐다. 길다는 그 종이를 접어 자신이 들고 갈 작은 꾸러미에 집어넣었다.

몇 가지 물건들을 가지고 길다는 밖으로 나왔다. 그녀는 진입로 끝에 있는 우체통에 편지들을 넣고 절벽을 향해 불어와 그들의 땅 뒤 대서양으로 떨어지는 세찬 바람을 맞으며 길로 걸어 내려갔다. 그녀는 저 아래 격동 치는 바다를 굽어 보는 벼랑 위에 셔츠, 바지, 양말을 깔끔하게 개어 놓았다. 바다의 끊임없는 움직임이, 그녀가 알았던 수많은 강물이 그랬듯 그녀를 끌어당겼지만, 바위에 철썩이는 파도 소리는 위로가 되는 울림이었다. 그것은 전설적인 애비 버드에게 걸맞은 종말 같았다. 다시 세상을 돌아다닐 생각에 길다의 맥박이 빨라졌다. 그녀는 깊어가는 황혼 속에서 집 근처 숲을 가로질러 가볍게 산책했다. 바다와 숲의 소리에 오롯이 귀 기울이고 싶어서, 해야 할 일 목록을 거듭 떠올리지 않으려 애썼다. 길다는 부츠 아래서 바삭거리는 낙엽들과 더 이상 자신의 집이 아닌 곳을 향해 나아가는 그녀의 등을 찰싹거리는 잔가지들의 느낌을 즐겼다.

어두운 시골집 안에 다시 들어왔을 때, 길다는 위험을 느꼈다. 그녀는 거실 불을 켜지 않고 침실까지 성큼성큼 걸어가 침실을 안전하게 지키는 두 개의 빗장 중 하나를 풀었다. 그런 다음 의도적으로 무심한 걸음을 계산하며 부엌으로 향했다.

길다가 등을 돌리자마자 그림자 속에 숨어 있던 남자가 그녀의 침실로 슬며시 들어가려 했다. 길다는 조용히 그에게 뛰어들어 그의 목깃을 잡고 그를 바닥에서 들어 올렸다. 그녀는 그를 문에 밀어붙인 채 전등 스위치를 찾아 어깨 뒤를 돌아봤다. 조명이 저절로 켜지며 그녀의 왼손에서 꼭두각시처럼 달랑거리는 젊은 남자를 비추었다. 남자의 발치에 카메라가 뒹굴었다. 그녀의 목소리는 불타는 말을 토했다. "누구야? 뭘 원하지?"

"애비 버드에 대한 이야깃거리요. 그자들이 돈을 준대요!" 그 젊은 남자는 필자 이름 한 줄 때문에 자신의 목숨이 위험해졌다는 걸 깨달았지만 너무 늦었다. 그 냉소적인 젊은 기자는 처음으로 클리셰를 믿었다. 그의 삶이 실제로 그의 눈앞에 주마등처럼 펼쳐졌다.

"얘깃거리는 없어." 길다가 낮게 말했다.

그 젊은 남자는 벽을 차지 않으려 애썼다. 이미 자신이 어리석게 느껴졌다. 그는 항상 그걸 어리석은 아이디어라고 생각했다. 연애편지니 편집자들이 구독자를 모으리라 생각하는 기타 등등을 뒤지러 어느 유명 작가의 집을 살금살금 돌아다니는 일은. 그들 주변에서 다른 진짜 뉴스들이 가려지기 때문에 특히 어리석었다. 그는 살아남을 기회를 따져보는 동시에 숨을 내쉬며 자신의 위태로운 위치에도 불구하고 믿음직한 전문직업인다운 표정을 유지하려 애썼다.

"하지만 그렇다면, 한 번 더, 이야기가 있을지도 모르지." 길다가 움켜쥔 손을 풀어 그의 발을 바닥에 내리며 말했다. 그녀는 막 그에게 차를 권하는 애비 버드인 양 반갑게 웃고 부드러운 자장가를 흥얼거렸다. 시선으로 그의 눈을 붙들고, 그의 마음속으로 들어가 무의식까지 조금씩 움직였다. 숙련된 몸짓으로 그의 혈관을 깔끔하게 갈라 재빨리 그 피를 들이켰다. 그녀는 자신을 지탱할 정도로만 피를 마셨고, 그가 그녀에게 나누어 준 생명의 대가로 그가 쓸 이야기를 남겼다.

유명한 소설가이자 존경받는 자연주의자인 애비 버드가 오늘, 대중들에 의한 환경 파괴에 대한 항의로 스스로 목숨을 끊었다. 그녀는

자신의 예상되는 저작권 수익과 광범위한 구독자층(메일링 리스트)을 포함한 전 재산을 국제적으로 알려진 활동 조직인 풀뿌리연합에 남겼다.

  길다는 자신이 저명한 애비 버드를 위해 마련한 묘비명에 미소 지었다. 저자가 서명한 책들에 느끼듯 자부심을 느꼈다. 그녀는 상처를 조심스럽게 닫고 그의 맥박이 보다 정상적인 속도로 돌아올 때까지 맥을 짚었다. 남자를 바깥으로 옮기기는 쉬웠다. 숲 사이를 누비던 그녀는 집에서 3킬로미터 떨어져 세워진 그의 차를 발견했다. 그는 이내 자신의 네트워크를 위한 특종 거리를 찾았다는 만족감을 품고 깨어날 터였다. 그녀는 서둘러 자신의 집으로 돌아가 덧문을 내려 안쪽에서 꼭 닫았다. 마지막으로 영상 화면을 켜고 일반 메시지 보드로 전환했다. 집에 온 걸 환영해요, 길다는 글자를 쳤고, 글자는 화면 위에 큰 글씨로 나타났다. 길다는 그 메시지를 안에 잠그고, 가족들에게 나갈 메시지를 그들이 그녀에게 연락할 때까지 저장되도록 암호화했다.

  길다는 오랜 세월 자신이 버렸던 모든 집에서 그랬듯 집 안을 거닐었다. 뒤에 남겨질 물건들을 바라보고 기억들이 손가락 끝으로 흡수될 것처럼 표면들을 쓰다듬었다. 그 근사하게 커다란 장작 난로와 그 주변에 둘러앉아 샴페인을 홀짝이던 소렐의 웃음소리가 그리울 터였다. 겨울에 그 집에서 비스듬히 기울어진 언덕 위에 눈이 쌓이는 방식은 어딘가 우다드를 지나 뉴올리언스로 나가는 길에 있던 오래된 농장을 떠올리게 했다. 버드 역시 그걸 눈치챘다. 이 집에 왔을 때, 그녀는 루이지애나가 보이기라도 하듯 그저 바깥을 쳐다보며 한참을 언덕 위에 앉아 있었다.

그리고 그 장소 전체에는 버니스를 떠오르게 하는 자연 그대로의 단호한 특성이 있었다. 길다는 모든 기억이 자신의 생각 꼭대기까지 길을 찾도록 했다. 그 상실이 그녀를 아쉽게 만들긴 했지만, 이번엔 거의 슬픔이 없었다. 하나의 집을 만들어 봤으니 다른 집도 만들 수 있었다.

다시 한 번 길다는 집을 나왔다. 이번엔 미시시피 흙을 채운 요, 배낭, 작은 리본으로 묶은 편지 한 묶음을 들고. 그녀는 전자장비를 통하기보다 직접 사람들의 소리를 들으며 혼자서 이리저리 여행 다니는 것이 어땠었는지 떠올리며 길을 내려다보았다. 그녀의 마음 저 뒤편에서 그 첫 번째 여행의 위험들은 거대한 그림자들 속에 자리하고 있었다. 그녀는 여행마다 다르다는 걸 자신에게 상기시키기 위해 그것들을 자세히 응시해야 했다. 그녀가 아주 오래전에 겪었던 공포들이 지금 자신을 괴롭힐 필요는 없었다.

길다는 방향을 결정하기 위해 잠시 망설였다. 한때 캐나다로 불렸던 곳을 향해 북쪽으로 갈까, 아니면 남쪽으로? 그녀는 아칸소 주가 이 무렵 근사하리라 생각하며 남쪽을 향해 목적지를 걱정하며 천천히 이동했다. 그런 만남으로 무엇을 얻게 될까? 그녀는 자신이 누구인지 나딘에게 설명할 수 없을 것이다. 그럼에도 아우렐리아의 증손녀를 보는 것이 길다를 흥분과 조바심으로 채웠다. 잠시나마 과거의 이 부분을 건드리는 것은 그녀를 앞으로 나아가게 도울 터였다. 그녀는 풀뿌리연합에 대해 더 듣고 싶었고, 자신과 다른 이들이 무엇을 할 수 있을지 더 알고 싶었다. 아무것도 하지 않으면서 불만을 느끼는 것으로는 더 이상 충분치 않았다.

길다는 고속도로에서부터, 이젠 거의 망해가거나 완전히 버려진 여러 마을에 둘러싸인 수풀이 우거진 경계들까지 움직이며 속도를 높여가기 시작했다. 길다는 희망을 뜻하는 이름을 가진 소녀를 간절히 만나고 싶었다. 그녀의 텐트는 접혔고, 바람은 높았고, 전화는 모두 넘어갔다.

◆◆◆◆◆◆◆◆ 8장

마법의 땅: 2050

길다는 자신의 커다란 동굴 입구 너머 입을 벌린 작은 동굴에서 비치는 초록과 자주가 섞인 빛에 시선을 둔 채 거의 숨을 쉬지 않고 서 있었다. 그 훈훈한 인광은 그녀가 나딘을 발견한 애처로운 작은 마을의 경계를 표시하던 표지판에서 깜박이던 불빛들을 떠올리게 했다. 그 깜박이는, 극적인 전구들은 나딘의 기쁨이자 그녀가 마을 사람들에게 버티라고 밀어붙이는 동기로 택한 상징이었다. 길다는 나딘과 함께 머무는 동안, 거의 모든 사람이 포기한 것을, 음식, 일자리, 모든 위안거리에 대한 희망을 놓아버린 것을 목격했다. 마을 사람들은 사는 방식을 바꿔야 한다고 주장하는 나딘과 풀뿌리연합의 다른 회원들을 비웃었다. 나딘은 모든 이들에게 맹렬하게 신호를 보냈고 그들이 그녀를 이해하기를 거부하면 숨죽여 깔깔거리며 웃었다. 이내 나딘은 그들이 따라오리라 확신하며 다시 시작했다. 나딘이 사람들에게 편의시설들 없이도 비천해진 느낌 없이 사는 법을 가르치는 전단지들 위에서 고생할 때, 길다는 모든 움직임에서 아우렐리아의 구부러진 머리와 그 단단한 결심을 보았다. 그 불빛들은 나딘이 모두에게 필요하다고 느끼는 유일한 사치였다.

 길다는 마지막으로 떠날 때 나딘의 신호를 다시 한 번 볼 수 있도록 같은 길을 택했다. 이 동굴로 돌아올 때마다 나딘과 아우렐리아의 기억이 그녀와 함께 돌아왔다.

곧 보초들이 제 위치에 설 테고 길다는 낮의 빛과 헌터들을 피해 빗장 달린 자신의 침실 문 뒤로 숨을 수 있었다. 누워 쉴 수 있으리라. 길다는 비싼 값을 치른 자신의 보초들에 별 믿음이 없었는데, 헌터들이 제공하고 있는 대가를 생각하면 그럴 만했다. 그래서 일단 그 문 뒤로 들어가면 그녀는 숨겨진 패널을 통해 나가, 지하 밀실을 둘러싼 바위투성이 복도의 미궁 속으로 들어섰다. 그런 다음 정처 없이 거닐다가 안전하게 느껴지는 틈새를 발견하면 미시시피 흙으로 부드러운 캔버스 침낭을 펼치고 자신의 가느다란 몸을 눕혀 밤을 기다렸다. 남서부의 동굴들과 수직 갱도들은 수없이 많았고 구불구불했고 여전히 흥미로웠지만, 공기는 답답했고 감옥만큼이나 그녀를 죄수처럼 느끼게 했다. 작은 동굴의 습기는 그녀의 모든 옷에 곰팡이가 슬게 했다. 참을 만한 생활을 영위하려면 매일 모든 걸 북북 문질러야 했다. 길다는, 이제는 없는, 그녀의 작은 해안가 집의 평화와 안락함이 그리웠다.

더 이상 머물게 되면 헌터들이 자신을 발견하고 보초 중 한 명을 매수할 것이 분명했다. 때로, 눅눅하고 거친 복도들을 거닐면서 그녀는 그들에게 자신을 넘기는 것도 가치가 있을지 모른다고 생각했다. 소문들이 많았다. 생명을 제공하는 건 봉사지 노예나 파멸이 아니라고. 피를 나누기를 거부하는 이들만이 거칠게 다뤄진다는 말이 있었다. 길다는 그렇게 어리석지 않았다. 이 행성이 쇠퇴해가는 가차 없는 방식에 비추어 그녀는 어떤 소문에도 귀를 기울이지 않았다—줄리어스가 그녀와 다른 이들에게 전하는 약간의 정보 외에는.

길다와 그녀의 가족을 잡으려고 약물과 기타 무기들로 무장한 헌터들에 대한 생각들이 길다를 농장에서 탈출하던 기억에 떨게 했다. 수상한 낌새가 없는 순간들에도, 그녀는 자신의 아이마냥 가느다란 발목에 그 건초더미 아래서 자신을 끌어내던 현상금 사냥꾼의 손길을 느꼈다. 지금 오는 이들은 더 조용하고 더 전문적이었지만 기본적으로 다를 바는 없었다. 그들의 접근은 그녀를 익숙한 공포로 채웠다.

대서양의 나무가 우거진 연안에 사는 동안은 모든 살아 있는 존재들—나무들, 바다, 사람들—을 위협하는, 생명이 소모품처럼 버려지는 공기를 놓치기 쉬웠다. 나딘을 만나러 가는 길에 길다는 황무지가 되어 버린 나라를 보았고 자포자기의 열병과 너무도 많은 이들을 감염시키는 자기중심주의에 의해 나라가 얼마나 먼 후방까지 내동댕이쳐졌는지 깨달았다. 기억 속에 기쁨은 거의 없었다.

그녀가 신성시하는 것들은 더욱 적어졌다. 엄마의 넓적한 풀라니족의 얼굴, 와인을 두고 다투는 앤서니와 소렐의 목소리, 그녀의 머릿속에 울리는 버드의 목소리, 에피와 살면서 익혔던 안락함, 그리고 줄리어스와 피를 나눈 것. 그것이 자유로이 주어진 삶이었다. 지금 그들에게 요구되고 있는 졸렬한 모방이 아니라. 이 공포는 다시 살아난 노예제였다. 숙고할 먼 미래가 없다는 심리적인 영향은 충격적이었다. 사람들은 점점 불안해졌고 서로에게 참을성이 없어졌으며 무례하고 무자비해졌다. 마침내 그들은 뱀파이어의 존재를 발견했다. 그들은 어린 시절 그들이 오싹한 즐거움을 느끼며 들었던 전설들을 믿기 시작했고 무한히 재생하는 힘을 가진 존재들에 자신들의 믿음을 쏟기 시작했다.

길다와 그녀의 가족은 필요보다 적게 피를 섭취하고 자신들 같은 존재들을 거의 창조하지 않으면서 사회에서 물러났다. 희생자들의 공포를 먹고 사는, 그들 가운데 가장 노골적인 테러리스트들조차 발각되지 않기 위해 살인을 멈췄다. 그들의 피를 완전히 수혈하면 영원한 생명을 얻기에 저 굶주린 부자들은 헌터들을 보내 그들을 포획하려 했다. 하지만 일단 변화가 이루어지면, 그 부자들은 그녀의 동족이 지키는 유일한 계명을 파괴했다. 자신의 창조자를 절대 죽이지 마라. 평생 그녀는 그런 무모함을 꼭 한 번 목격했었다―새뮤얼.

길다는 줄리어스나 에피가 자신이 자기 전 보낸 부름에 응답하기를 바라며 바위 틈새 속 자신의 서늘한 요 위에 마침내 자리 잡았다. 그녀는 눈을 감았고 아무도 느끼지 못했지만 그들이 대답하리라는 걸 알았다. 이내 그녀는 그들의 안전을 확인하고 그들에게 갈 수 있을 터였다.

길다가 깨어났을 때 그녀의 몸이 저 위 세상은 땅거미가 질 무렵이라고 알렸다. 그녀는 보초 중 한 명인 휴스턴이 자신이 숨어 있는 장소의 입구에 서 있는 것을 보고 깜짝 놀랐다. 그의 넓은 어깨와 좁은 엉덩이는, 그의 머리카락만큼 길고 밝은색 스카프로 묶은 금발만큼이나 눈에 띄었다. 길다는 움직이지 않았지만 등으로 그녀의 시선을 받으며 불안하게 움찔거리는 그를 지켜봤다.

"왜 여기 있지?" 길다가 물었다.

그는 돌아서지 않았지만 앞을 똑바로 보며 말했다. "순찰을 돌던 중에 당신을 발견했습니다. 당신이 때로 우리에게서 벗어나는 건 알지만 이 장소는 너무 노출되어 있습니다."

"내가 자는 장소를 안다는 게 죽음을 의미한다는 걸 알지?"

"네."

"그럼 왜 여기 남아 있지?"

"전에도 주무시는 걸 본 적이 있습니다. 다른 사람이 발견할까 봐 당신을 여기 두고 떠날 수 없었습니다."

휴스턴의 등은 그가 어떤 생각을 하는지 실마리를 주지 않았다. 길다는 자신이 그를 쉽게 제압할 수 있다고 확신했다. 그저 눈길로 그를 붙들기만 하면 그는 그녀 앞에 무너질 터였다. 그러면 그녀는 오늘 밤 누군가에게서 생명을 취하러 나가지 않아도 되리라. 아마도 그것이 그가 등을 돌리고 있는 이유일 거라고 길다는 생각했다.

"나를 봐."

휴스턴이 그의 얼굴, 매끈한 눈썹, 털이 없는 피부, 그리고 치아를 덮은 도톰한 입술의 부드러운 윤곽과 대조적인 커다란 체구를 그녀에게 돌렸다. 그는 길다의 눈을 쳐다봤다. 다른 보초들은 하지 않는 일이었다.

"당신은 헌터가 된 건가? 나를 사냥하나?"

"아닙니다."

"그럼 본인을 위해 내 생명을 원하나?" 길다는 자신의 말이 사실이 아니라는 걸 알면서 물었다. 그는 냉담하지 않았다. 지구를 물려받은 부유한 자들과 달리 그는 호기심이 많고 확신이 없었다. 그것이 그를 좋은 보초이자 강한 동맹으로 만든 요소였다.

"대답해."

"아닙니다."

"그럼 뭐지? 지금 내 인내심이 바닥나고 있어!"

"당신의 보초죠, 늘 그렇듯."

길다는 그가 거짓말을 하는 거라면 틀림없이 나타날 긴장감을 찾아 그의 눈을 계속 응시했다. 그녀는 그의 생각들 뒤를 들여다보고 대다수의 남자들이 여자 주변에 있을 때면 풍기는 본능적인 동물 냄새와 뒤섞인, 이제는 익숙해진 호기심을 발견했다. 그녀는 살짝 웃고 그의 얼굴에 떠오른 어리둥절한 표정을 보았다.

"야간 보고는 내 방에서 받지." 길다가 말했다. 그녀는 그를 건드리지 않도록 조심하며 지나쳐 무뚝뚝하게 걸어 나갔다.

길다는 방에 들어가 촛불들을 켰다. 구석구석 비추는 형광등 불빛보다 촛불이 좋았다. 그녀는 뻣뻣한 브러시로 자신의 까칠한, 짧게 자른 머리를 빗었다. 과거가 밀려들려 했다. 커튼을 젖히고 그녀의 가슴에 밀려와 그녀를 쓸어 버리고 피로와 공포 속에 삼켜 버리려 했다. 하지만 길다는 눈을 번쩍 뜨고 현재의 무언가에 집중했다. 불빛에 반짝이는 디켄터의 반쯤 찬 레드와인에. 그녀는 그 병에 다가가 빈티지 와인의 매끄러운 감촉에 빠져들며 그 위안이 주는 서늘함을 느꼈다. 길다는 이 와인이 무엇인지 기억해서 소렐에게 와인이 얼마나 만족스러웠던지 알리고 싶었다. 병 위에서 장난치는 불빛이 그의 터지는 웃음을 떠올리게 했다. 그녀는 움직이는 소리에 마지못해 등을 돌릴 때까지 넋을 잃고 서 있었다.

휴스턴이 그녀가 동굴 내부를 지키라고 고용한 다른 두 명과 함께 들어왔다. 한 명은 말랐고, 가장 연장자였지만 아직 쉰 미만이고, 그 눈과 몸이 영원히 굶주림의 경계에 있는 듯 보이는 남자였다. 하지만 그는 기민하고 빨랐다. 아마도 자신이 삶의 마지막 단계에 있다는 걸 아는 것이 그를 그리 만드는 듯했다. 두 번째는 열일곱 살 정도의 젊은 여자로 통통하고 똑똑했다. 그녀는 결코 잠을 자지 않는 듯이 보였고 늘 미소 띤 얼굴로 사방에 존재했다. 길다는 그녀가 때로 오후에 빠져나가 누군가를, 연인이나 가족을 만난다는 걸 알았지만 그녀는 결코 자신의 의무를 게을리하지 않았다. 길다는 그들에게 공정하게, 가능할 때는 심지어 넉넉하게 돈을 지불했지만 동굴과 주변 일대의 보안에 대해 이렇게 보고 받는 경우를 제외하고는 스스로 거리를 유지했다.

그들은 북쪽과 동쪽으로 수 킬로미터 떨어진 반쯤 버려진 도시들에서 무슨 일이 있었는지 보고하면서 자신들이 땅 아래 동굴 안에서 영원히 살 수 있는, 혹은 쉽게 그들을 죽일 수 있는 한 여성과 앉아 있지 않은 것처럼 무심하게 말하려 애썼다. 길다는 그들을 자신에게 묶어 둘 거라 아는 한 가지를 제공했다. 자신의 피를 나누는 것, 그녀는 마지막으로 그들을 떠날 때 그렇게 하리라 약속했다. 연장자 쪽은 거절했다. 그의 폐는 그의 친구들이 모두 그렇듯 이미 나빠져 있었다. 젊은 여자 쪽은 아마도 좋다고 하리라. 아직 스스로 말하지는 않았지만. 그녀는 가족들을 돕기 위해 끊임없이 일했지만 쫓기는 삶이 두렵다고 말했다. 그녀는 보디가드로 버는 돈에 꽤 만족한 듯 보였다. 휴스턴은 아무 말 없이 그저 임금을 받았고 항상 주변을 서성였다.

길다는 바깥으로 나가 리오 브라보의 메마른 바닥을 거니는 어둠 속의 자유를 갈망하며 초조하게 귀를 기울였다. 그녀는 오래전 밤의 느낌을 떠올려보았다. 가능성으로 가득한, 유혹적인 그림자들. 에피와 팔짱을 끼고 그들이 둘 다 봐왔던 풍경에서 완전히 멀어질 때까지 걸었던 밤들. 새 도시들과 사람들을 발견하면서, 그러다 밤이 다시 그들에게 올 때까지 태양을 피해 숨던. 그들은 거의 10년 동안 그러지 못했다.

길다는 보다 최근에 줄리어스를 만났다. 헌터들을 피한다는 도전이 그의 모험 감각을 일깨워 돌발적으로 그를 그녀 쪽으로 이끌었다. 그는 다른 이들의 이야기를 하고 인간의 정신이 여전히 번영하고 있다는 증거로 나라 주변에서 모은 새로이 창작된 민속 음악을 녹음한 것들을 재생하며 재회 시간을 보냈다. 그러다 밤이 그의 출발을 감췄다.

길다가 위험을 무릅쓰고 유일하게 개인적으로 접촉하는 보초들과 여기에 앉아서 보내는 밤은 더 이상 전과 같은 의미를 띠지 않았다. 저 위에는 자유가 없었다. 잠자는 곳들을 찾기 위해 텔레파시, 음파 신체 탐지기, 그리고 유인책들을 쓰는 헌터들이 사방에 있었다. 더 이상 기다리지 못하고 길다는 휴스턴의 보고 중에 불쑥 모임을 해산했다. 길다는 재빨리 그녀가 좋아하는 암녹색 원피스와 짧은 재킷으로 갈아입었다. 동굴 입구까지 완만한 경사를 오를 때 그녀의 부츠는 바위 위에 조용했다.

어느 쪽으로도 도시의 불빛들은 없었다. 사막은 작은 호버크래프트를 숨기는 위장 방수포의 희미한 부스럭거림 외에는 고요했다. 달은 없었다. 오염된 대기 탓에 달빛이 지구의 잿빛 담요를 뚫고 들어오는 일이 드물었다.

길다는 어둠 속에서 동쪽으로 돌아서서 이내 그녀를 보이지 않게 할 속도로 달리기 시작했다. 호버크래프트로 걸리는 시간의 4분의 1만에 100킬로미터의 거리를 돌파하는 속도였다. 그녀는 마을에 들어서며 자신이 너무 눈에 띄는 것을 느꼈다. 거리의 거의 모두가 둘, 혹은 서넛씩 모여 있었다. 동행 없이 나온 이는 드물었다.

길다는 지켜보고 귀를 기울이며 서성이다가 자기 몫의 피를 취하러 갔다. 그녀는 어느 아파트 창문으로 쉽게 들어가 약간 불편한 꿈을 꾸는 잠들어 있는 남자에게서 피를 취했다. 현관문 여는 소리를 들은 길다는 그의 잿빛 꿈들 속에 기분 좋은 아이디어를 흘려 넣고 달아났다.

밤은 서늘해졌고 그녀가 나갔을 때 거리엔 사람이 거의 없었다. 아파트들 다수가 버려져 도시의 어둠을 거의 완전하게 만들었다. 북쪽 경계에 높이 솟은 두 개의 화려한 타워들이 어둠 속에서 텅 빈 채 도시 전체의 묘비로 기능하는 장엄한 오벨리스크들이 되어 있었다.

마을 경계로 이어지는 대로로 접어들기 전에 그녀는 자신의 뒤에 어떤 존재를 느꼈다. 속도를 늦추고 귀를 기울였다. 가게 창문에서 굴절된 전등불이 둔중한 빛을 드리웠지만, 거리는 대부분 어두웠다. 그건 틀림없이 잠행하는 헌터였다. 그들을 쇠약해져 가는 사람들보다 빠르고 강하게 만들어 주는 반사 작용 흥분제가 그자의 아주 조용한 발걸음에서 분명히 드러났다.

그는 길다와 보조를 맞췄지만, 잠자는 곳까지 그녀를 추적해서 제압하기를 바라며 거리를 유지하는 것 같았다. 길다는 작은 건물들과 낮은 현관 계단들이 늘어선 좁은 골목으로 접어들어 몇 계단 뛰어오른 다음 다시 출입구로 나와 빈 캔을 골목에 던졌다. 그 소리가 쨍그랑거리며 거리에 딱 적당한 만큼 울려 퍼졌다. 헌터가 모퉁이를 돌아 달려왔다. 길다가 다가가 그의 목덜미를 움켜쥐고 그의 명치와 목소리를 차단했다. 그는 작게 숨 막히는 소리를 냈지만 움직일 수 없었고 움직이면 길다의 손가락들이 그의 성대를 찢을 터였다. 그는 그녀의 손아귀에서 벗어나기 위해 손을 들어 올려 빠르게 찍어 내렸다. 그의 힘은 상당했지만 길다의 힘이 더 컸다.

길다는 그가 다시 그녀를 치기 전에 그를 밀쳐냈다. 그는 장난감처럼 반대편 벽에 부딪혀 앞으로 튕겼다. 어둠 속이라, 그가 마른 체격에 강단이 있고 사납다는 것 외에 그 헌터에 대해 알기란 불가능했다.

그가 고대의 무술을 쓰기 위해 낮게 웅크렸을 때, 길다는 부드러운 목소리로 말했다. "날 내버려 둬. 당신을 죽이고 싶지 않아."

길다에게 계속 다가오는 그는 그녀의 말에 반응을 보이지 않았다. 그가 자신의 방향을 눈치채기 전에 사라질 수 있다고 확신한 길다는 달리려고 몸을 돌렸다. 하지만 그는 길다의 동족 중 하나처럼 빠르게 그녀의 팔을 잡았다. 그가 움켜쥔 힘과 그 저항력에 그녀의 팔이 어깨에서 빠졌다. 통증이 길다의 어깨에서 뒤통수까지 뻗쳤다. 그녀의 입이 벌어졌지만 숨결만이 빠져나갔다.

길다의 발이 우아하게 솟구치며 그녀의 부츠 끝이 그의 턱을 덮쳤다. 그 발레 동작에 유일한 오점은 그의 머리가 뒤로 홱 꺾이며 코에서 분출한 피뿐이었다. 한순간 그의 눈에 공포의 표정이 서렸다. 뱀파이어의 전설은 헌터들에게조차 여전히 힘이 있었다. 이자는 이미 공격하기 전에 그녀가 잠들 때까지 기다리지 않은 것을 후회하고 있었다. 바이페타민들로도 그는 그녀만큼 빠르거나 강하지 못했고, 피의 냄새가 공기 중에 퍼졌다.

길다는 왼손 주먹으로 그의 얼굴을 정통으로 치며 그의 살의 미끈거리는 상처를 느꼈다. 그는 휘청거리며 물러났지만 쓰러지지 않았다. 그는 비틀대며 다시 다가왔고, 길다는 부서진 얼굴에 낭자한 피 너머 그의 흐릿한 눈을 응시했다. 길다는 약물 기운이 그를 꼿꼿하게, 의식이 있고 그녀의 의지를 거부할 수 있게 붙들고 있다는 걸 알 수 있었다. 하지만 이것 역시 그녀가 더 강했다. 그녀는 그의 기억을 헤집을 만큼 오래 그의 시선을 붙든 다음, 그의 이마를 손바닥으로 빠르게 때려 그를 기절시켰다.

그는 자신의 몸을 꿰뚫는 통증에 무감한 아이처럼 차가운 포장도로에 앉아 있었다. 길다는 그를 거기 두고 서둘러 떠났다.

다시 동굴 입구로 돌아온 길다는 잠시 서서 건조한 밤공기를 맡았다. 공기는 평소보다 깨끗했다. 헌터와의 그런 접전이 신경을 곤두서게 하고 있었다. 그녀는 내일 밤이면 사라지리라 확신하며 어깨의 통증을 무시하고 밤하늘과 자신의 다음 행보에 초점을 맞추려 애썼다.

버드는 일찍 남쪽으로 떠나 발각되지 않고 남기가 좀 더 쉬운, 보다 덜 산업화된 땅에 정착했다. 그들의 동족 일부가 지구 밖으로 탈출했다는 얘기도 있었지만 믿을 만한 사실이 몇 없었다. 길다에게 광대한 하늘을 넘는 것은 끝없는 바다를 건너는 만큼이나 두려웠다.

지구를 떠난 이들은 필요를 증명할 수 없는 이민자는 누구라도 받기를 거부하며 저항했다. 그들은 자신들의 생존이 거기 달린 양 모든 신청서를 감시했다. 그리고 실제로 그렇다고 길다는 생각했다. 정부는 여전히 그들이 가동시킨 파괴의 열차를 뒤집으려는 어떤 시도도 거부했다.

길다의 시선이 상현달의 빛을 드러내며 서서히 밝아지는 잿빛 하늘의 작은 부분에 머물렀다. 밤바람이 묵직한 화학적 구름들을 걷어낼 때면 그녀의 심장은 자신이 사랑하는 달의 모습에 내달렸다.

이내 길다의 몸이 그녀의 생각들로 들어오는 메시지에 경직되었다. *에피와 줄리어스는 무사함. 다음 보름달 전에 버드와 합류할 것. 그들은 지금 남아메리카로 가는 길임. 소렐과 앤서니는 그들보다 앞서 있음. 거기는 안전… 믿음을 가져요! 사랑해요!*

연락은 끊어졌고, 길다의 몸은 늘어졌다. 휴스턴이 달려오며 뒤에서 그녀의 팔을 잡았다. 그녀는 즉시 떨어져 죽일 준비를 하고 홱 돌아섰다. 자신의 팔 사이 공백을 내려다보고 있는 휴스턴을 본 길다는 웃음을 터뜨렸다. 그의 충격은 그녀의 옷에 묻은 오물과 피를 보고 더욱 커졌지만 그는 말없이 정신을 차렸다. 수년 만에 처음으로 밤이 길다의 웃음소리에 흔들렸다. 휴스턴은 밤에 자유롭게 웃는 것이 기분 좋게 느껴졌기에 함께 웃었다.

"미안하군, 휴스턴, 당신이 나를 놀라게 해서."

"기절하시는 줄 알았습니다."

"우린 기절하지 않아, 휴스턴."

"모든 여자는 기절하죠." 그가 껄껄거리며 말했다.

"아니, 휴스턴, 모든 여자가 기절하지 않아. 그렇게 되지 않은 지 한참 됐다고!"

휴스턴은 달의 희미한 빛을 바라보며 여전히 웃고 있는 길다를 볼 때까지 분해 보였다.

"휴스턴, 이제 곧 당신한테 모두의 다음 달 봉급을 줄 거야."

"네." 휴스턴은 질문을 하지 않았기에 소중했다.

"내가 잠시 떠나 있어야 하는 경우엔, 내가 돌아오거나 혹은 당신에게 메시지를 보낼 때까지 당신이 다른 이들에게 지급해."

"네."

"내가 여기 없다면 당신도 얼마쯤 떠날 수 있겠군. 가족이나 친구를 만나거나."

"더 이상 아무도 없습니다." 그는 거의 억양 없이 말했다.

"그래서 피에 대해 대답이 없는 건가?"

"그렇습니다."

"이 세계에서 뭘 원하지, 휴스턴? 세계는 죽어가고 있어. 어쩌면 그와 함께 죽는 대신 어떻게 살지를 생각해야 할지도 모르지."

"세계가 죽는다면 저도 죽을 밖에요." 그가 말했다. "사람들 없는 세상이 무슨 소용입니까?"

"지구 바깥세상은?"

"그런 여행을 할 돈은, 요금뿐 아니라 뇌물에 건강 검진에… 그러려면 몇 번의 생을 일해서 벌어야 할 걸요. 정부는 우릴 여기에 가뒀어요. 지구를 떠난 사람들이 보낸 자선 우주선은 거의 빈 채로 기다리고 있죠. 건강한 자들이 살 길을 매수할 돈을 모으느라 일하다 병을 얻는 동안에요."

"면역체계 붕괴, 끝없는 질병들, 이상 기후 현상에 대한 어떤 해답이 분명 있을 거야." 길다가 대단한 확신 없이 말했다.

"그 답은 탐욕이죠. 우린 탐욕 때문에 죽어가고 있어요. 전 그 치료법을 모릅니다."

그들이 둘 다 조용히, 희망을 찾아 주변의 사막을 바라보는 동안 그들 뒤로 여자 보초가 동굴 입구로 슬쩍 들어가 자신의 위치로 살금살금 내려갔다. 소형 통신기를 찾아 자기 재킷 안감을 뒤지는 그녀의 손이 떨렸다. 결정은 내려졌다. 그녀는 헌터들에게 무전을 칠 것이다. 그들이 도착하면 그녀는 보상을 받으리라. 그녀와 그녀의 가족을 위한 지구 밖으로의 통행권. 보초는 자신이 그렇게 영리하다니 행복했다. 길다가 잠들자마자 상황은 끝날 것이었다.

길다는 보초들을 위한 급료를 셈하고 자신이 들고 갈 몇 가지를 꾸리며 램프 불빛 아래 한 시간 동안 책상에서 일했다. 그녀는 다시 돌아올 것 같은 모습으로 방을 나서려 주의했다. 그녀는 흙을 담은 요, 엄마의 거친 금속 십자가, 버드의 가죽 케이스로 싼 칼, 특별히 흙을 짜 넣어 안감을 댄 묵직한 망토, 그리고 노자 책만을 챙겼다. 그녀는 요 안에 그 오랜 세월 자신과 함께한 오래된 이불을 접어 넣기로 결심했다. 길다는 수 세대에 걸쳐 앉았던 책상을 떠나려니 슬퍼졌다. 그 책상만이 그녀의 삶을 기록하는 세월을 목격해왔다. 여행이 제한되지 않았던 쇠퇴 초기에, 그녀는 버드가 그녀의 일기장 대부분을 남쪽으로 운반하도록 수락했다. 그때는 길다가 아직 자기 책상에서 글을 쓸 날이 훨씬 더 많으리라 믿었던 때였다.

길다는 친숙한 서랍들에서 위조 건강 증명서를 세 세트 꺼냈다. 한 세트는 다량의 현금과 함께 갈색 봉투에 넣어 휴스턴의 이름을 표시했다. 다른 둘은 그녀의 몸통 벨트에 넣었다. 작은 봉투들은 다른 보초들의 이름을 쓰고 더 큰 것은 자기 책상 중앙에 두었다. 길다는 램프를 껐다.

입구에서 길다는 빛나는 바위 위에서 웃으며 앞으로 걸어가는 여자 보초의 그림자를 내다보았다. 길다는 동이 트기 전마다 그러듯 주변을 둘러본 다음 고개를 끄덕였다. 그녀는 자신이 그 미소를 결코 좋아한 적이 없었음을 깨달았다. 그리고 그 어린 여성의 생각들을 살피려는 길다의 시도는 불가피하게 단순하지만 구석구석 스며 있는 그녀의 가족에 대한 집착을 밝혀냈다. 길다는 휴스턴의 뚱한 얼굴이나 다른 보초의 기운찬 체념이 더 좋았다.

길다는 한동안 방 안에서 부스럭거리다 조용히 패널 사이로 빠져나가 구불구불한 통로들을 지났다. 그녀는 폭약이 필요할 바위를 쉽게 제거하고 어둠 속으로 사라졌다.

휴스턴은 그녀가 사라지는 걸 조금 슬프게, 하지만 또한 안도하며 조용히 지켜봤다. 그는 그녀가 여기서 더 이상 안전하리라 생각지 않았다. 숨겨진 패널을 통해 그녀의 방으로 들어간 그는 책상에서 서류들을 집었다. 그는 그 앞에 앉아서 밖에 있는 보초의 정적에 귀를 기울였다. 휴스턴은 자기 앞으로 되어 있는 봉투를 열고 건강 검진 서류들과 돈을 보고 애서 헉 소리를 자제했다. 그는 그것들을 가방에 집어넣고 패널을 통해 나갔다. 그는 길다가 자려고 선택할 법한 동떨어진 곳을 발견하고 그 텅 빈 곳을 지켜 섰다.

바깥의 사막은 고요했다. 길다는 동쪽으로 도시를 향해 속도를 높이며 바람과 어둠을 껴안았다. 그녀는 남쪽으로 여행을 시작하기 전에 고층 건물 묘비들에서 한동안 숨을 생각이었다. 자신이 불안이나 공포를 느껴야 마땅하다는 걸 알았지만 대신 길다는 기대감으로 가득 찼다. 그녀는 이 여행을 원했다. 단지 무엇을 찾는 것이 아니라 그 길에서 무언가를 보기를 기대했다. 일단 그들 모두가 함께 모이면, 그들은 정부가 그리는 것과는 상당히 다른 미래를 계획할 것이다.

에피와 만족스럽게 공유했던 집을 떠난 이래 수년간, 길다는 여행의 핵심인 미지에의 탐험을 즐기게 되었다. 하지만 그녀는 여행에서 탐색을 놓아 버리는 법을 배웠다. 그녀는 다른 누구도 가족으로 들이지 않았고 더 이상 끈질기게 스스로에 질문하지 않았다. 길다의 시간은 인간 이상의 것을 배우는 데 쓰였다. 그녀는 삶을 더 깊이, 과거를 더 멀리, 거짓 너머를 보았다. 하지만 미래는 모두에게 그렇듯 그녀에게도 상당한 미스터리였다. 존재를 위한 달콤한 이유라고, 그녀는 생각했다.

길다는 도시의 불빛들을 발견하기를 바라며 사막의 공기를 즐길 수 있도록 다가가는 속도를 늦췄다. 나딘이 사는 아칸소의 마을에 도착했던 저녁과 상당히 비슷했다. 그녀는 거의 무의식적으로 현상금 사냥꾼들이 아직도 오래전 그 소녀를 찾는 것처럼 미시시피를 피하며 뉴햄프셔에서 남서쪽으로 왔다. 길의 어둠이 마침내 빙글빙글 도는 불빛들의 환대에 깨졌다. 나딘이 그녀의 이야기들에서 그토록 생생하게 묘사했던, 그리고 지키려고 애썼던 그 거주지역 표지였다. 그들은 수 주를 함께 보냈고, 그들의 생각들은 거의 소리가 날 정도로 강렬하게 앞뒤로 날아다녔다. 나딘은 자신의 증조할머니에 대한 기억을 공유했다. 아우렐리아에 대한 이런 기억들, 그리고 나딘의 투지에서 길다는 깨달음을 발견했다. 아우렐리아를 남기고 떠난 것은 잃어버린 기회가 아니었다. 그것은 성취가 가득한 기회였다. 나딘은 길다의 결정이 옳았다는 증거였다. 길다는 도시 근처로 다가가며 저 앞의 흐릿한 불빛들을 언뜻 보았고 자신이 쉴 수 있고 더 먼 말까지 들을 수 있는 고층 건물을 골랐다.

길다는 쉽게 보안 시스템을 뚫었다. 건물 전체가 비어 있었다. 그녀는 가장 예상치 못한 곳에 숨기로 했다. 도시 전체가 바라다보이는, 밀폐된 펜트하우스에. 방마다 묵직하게 커튼이 달려 있었지만 공기는 신선했다. 길다는 그 온기에 편안함을 느끼며 어둠 속으로 숨어들었다. 침실 문을 열자마자 그녀는 미동도 없는, 간신히 살아 있는 누군가를 알아차렸다. 침대 위에서 어떤 사람의 희미한 윤곽을 목격한 그녀는 어찌할 바를 몰랐다. 가까이 다가가는 동안, 그 사람은 움직이지 않았지만 얕은 숨을 쉬고 있었다. 길다는 침대 옆 램프를 켜 보았다. 물론 램프는 켜지지 않았다. 모든 전력이 끊겨 있었다. 그녀는 작은 테이블 위에 녹아내린 촛농을 느꼈다.

길다는 창문에서 커튼을 걷었다. 별들이 없기에 빛은 거의 들어오지 않았지만 이제 그녀는 그 사람이 키가 크고 갈색 피부를 가진 여자라는 걸 알 수 있었다. 길다는 그녀의 맥박을 더듬고 여자가 죽어가고 있다는 걸 알았다. 여자의 뺨에는 아직 색이 남아 있었지만 죽음의 무게가 그녀 위에 드리워져 있었다. 길다는 충격을 받았다. 여자는 아직 노화가 시작되지 않은 것처럼 보였다. 그녀의 몸은 풍만했고 건강했으며 폐나 근육의 기능 저하로 쇠약해지지 않은 상태였다. 침대 옆에 무릎을 꿇은 길다는 증류된 야자나무 와인 냄새를 풍기는 유리잔 옆에 단정하게 놓인 반쯤 빈 약병을 보았다. 답은 자명했다. 여자는 죽음이 자신을 선택하기를 기다리기보다 죽음을 선택했다.

길다는 잠자는—죽어가는 얼굴을 보며 무엇이 여자를 이 순간으로 이끌었는지 호기심이 일었다. 길다만큼 검은, 매끄러운 피부에는 실마리가 전혀 없었다. 그녀는 30대 중반으로 보였지만 요즘 대부분의 얼굴들을 훼손하는 고통의 흔적들이 전혀 없었다. 그녀의 눈썹은 평온했고, 흩어진 머리카락은 구불구불한 구식 아프로스타일로 잘려 있었다. 그 머리는 짙은 갈색으로, 부드럽고 곱슬곱슬한 머리카락의 검은 골들과 충격적으로 상반되는 한 가닥 새하얀 줄기가 관자놀이 위로 솟구쳐 있었다. 길다는 그걸 쓰다듬지 않을 수 없었다. 그녀의 손가락들이 그 부드러움 속으로 미끄러졌고 길다는 자신의 심장박동이 빨라지는 것을 느꼈다. 여자가 그 손길을 향해 머리를 들며 살짝 움직였다.

 길다는 자신의 손을 여자의 느슨해진 턱에 얹고 여자의 폐에 공기를 불어넣다가 입술을 맞대봤자 소용이 없으리라는 것을 깨달았다. 그녀는 여자 입의 온기에 쾌락의 전율이 솟구치자 섬뜩해졌고, 작게 서글픈 탄식을 내뱉었다. 길다는 더 이상 기다리지 않았다. 길다는 여자의 가슴에 덮여 있는 얇은 이불을 제쳤고 그녀의 가슴은 흥분, 욕망, 수치심으로 고동쳤다.

 길다는 거친 면 블라우스의 단추를 풀고 새끼손가락의 단단한 손톱으로 여자의 피부를 갈라 자신의 입을 댔다. 그녀는 둥근 유방을 아주 잠깐 흘깃 보았다. 땀과 잠의 독특한 냄새가 빠르게 피를 빨아들이는 그녀의 감각을 채웠다. 여자의 맥박은 점점 희미해졌고 여자의 입으로 몸을 끌어올리는 길다에게 진정제의 나른한 효과가 밀려들기 시작했다. 길다는 천천히 움직였다. 다른 이를 죽일 예정이었던 그 약물이 이제 길다의 몸속에 퍼졌다. 그녀는 자신의 혀를, 그런 다음 여자 입의 부드러운 조직을 깨물었다. 길다는 자기 혀를 그 안으로 밀어 넣고 여자의 머리를 베개에 받쳐 단단히 붙들었다. 그들 사이에 피가 흘러넘쳤다. 그들의 맥박이 떨어졌다가 조화를 이루며 다시 솟구쳤다.

길다의 머릿속 지끈거림이 여자의 안에서 메아리쳤다. 길다가 여자의 가슴에 난 상처를 단단히 붙들고 그 고요한 몸 옆으로 무너졌을 때 그들은 둘 다 홍조가 돌고 축축했다. 길다는 힘이 거의 남지 않았지만 다시 여자의 가슴 쪽으로 움직였다. 그 피부에 닿자 길다의 입술이 따끔거렸고 그녀는 허겁지겁 여자에게서 다시 생명을 빨아들였다. 그런 다음, 똑같이 열정적으로 생명을 다시 돌려주었다. 이 피의 공유는 여자를 살리려는 길다의 절박한 행동이었다.

길다는 물러나 이제 고통스러운 표정을 띤, 보지 않는 눈을 뜬 갈색 얼굴을 보았다. 그 얼굴을 감싼 갈색 색조에는 깊은 조화가 있었다. 길다는 그 눈꺼풀을 부드럽게 감기고 소리 없이 말했다. 자렴. 아가. 아가. 무의식의 덩굴이 그녀를 휘감을 때, 길다는 메시지를 느꼈다. 에피와 줄리어스가 버드에게 이르는 여정에 오를 터였다. 그녀는 검은 피부의 여자 옆 베개에 몸을 묻었다.

그들의 휴식은 약물에 취해 너무 긴 시간 동안 지속되었다. 길다가 깨어났을 때는 동이 틀 무렵이었다. 그녀는 피가 필요했지만, 아직 깨지 않은 여자를 두고 떠나기가 불안했다. 아파트를 서성거리며 길다는 책들, 오래된 음식, 병에 담긴 물, 편지 꾸러미들을 발견했다. 개인적인 비품들은 대부분 사라졌고 커다란 가구 몇 점과 여자의 소지품들만 남아 있었다. 길다는 여자가 자신의 무거운 상자들을 들고 36층을 오르는 데 얼마나 걸렸을지 궁금했다. 그리고 어째서 여자는 꼭대기 층을 골랐을까? 어쩌면 다시는 내려갈 계획이 없어서였으리라고 생각했다.

길다는 여자가 뒤척이는 소리에 침대로 가 여자가 눈을 뜰 때까지 조용히 옆에 앉아 있었다.

"내 이름은 길다예요. 당신은…?"

"에르미스." 그녀는 눈을 감고 다시 잠들려는 듯 보였다. 다시 눈을 떴을 때 그녀는 말했다. "토할 것 같아요."

길다는 침대 옆에서 쓰레기통을 집어 그녀에게 들어 주었다. 에르미스는 마른 숨을 내쉴 때까지 속에 든 걸 토해냈다. 길다는 그런 다음 오래전 누군가 자신에게 해줬던 대로 여자의 등에 베개를 받쳐 주고 젖은 천으로 얼굴을 닦아 주었다. 길다는 여자에게 물 한 잔을 내밀었다. 에르미스는 입을 헹구고 지쳐서 다시 누웠다.

"난 죽을 생각이었어요." 에르미스가 속삭였다.

"왜요?"

"살아갈 이유가 없었어요. 우리 가족도, 달도… 모든 게 사라졌어요."

"당신의 계획은 반만 이뤄졌어요." 길다가 스스로 느끼는 불안감을 감추며 목소리에 차분한 신랄함을 담아 말했다.

"반?" 이내 에르미스는 길다를 더 자세히 보았다. 그녀는 막대한 힘을 가진 갈색 피부의 여자를 보았다. 길다의 헐렁한 튜닉으로는 그 힘을 감출 수 없었다. 길다는 에르미스보다 작고 더 말랐다. 그녀의 시선은 흔들리지 않았고 짙은 갈색 눈에는 오렌지색이 점점이 섞여 있었다.

"뱀파이어(vampyre, 오늘날 뱀파이어vampire의 구식 영어표기-옮긴이)?" 에르미스는 옛날 발음으로 차분하게 그 단어를 말했지만, 그녀의 얼굴은 공포로 가득했다.

길다는 자신을 두려워하는 이 여자에게 완전히 취약한 모습을 드러내며 자신이 힘을 쓰지 않는다는 걸 보이기 위해 눈을 꼭 감았다. 동시에 자신의 내면을 들여다보며 자신이 사악한 짓을 저지르지 않았는지 재차 확인하려 했다. 낭랑한 웃음소리를 들었을 때 길다는 여자가 미쳐 버렸는지 걱정하며 재빨리 쳐다보았다.

"뱀파이어!" 에르미스가 베개에 누우며 다시 말하고 이내 잠들었다.

에르미스가 마침내 깨어났을 때 그녀와 길다는 창가에 서서 저물어가는 도시를 내려다보았다. 길다는 자신이 나가야 한다고 설명했다.

"당신과 피를 나누기 위해 곧 돌아올 거예요. 혹은, 당신이 이쪽을 원한다면…." 그녀는 에르미스에게 허브가 든 작은 꾸러미를 건넸다. "난 모든 걸 마무리하고 당신을 정중히 보내줄게요." 에르미스는 문이 닫힐 때 말없이 남아 있었다.

길다가 돌아왔을 때 에르미스는 커튼이 뒤로 묶인 창가에 앉아 있었다. 꾸러미는 열리지 않은 채 그녀 옆 바닥에 놓여 있었다.

그녀는 기대감에 차서 몸을 돌려 길다의 변화를 목격했다. 길다의 눈은 빛났고 몸은 보다 유연하고 힘이 넘쳤다. 에르미스는 전에 겪은 적이 없는 허기를 느꼈다. 그녀는 기다리지 않고 별이 없는 하늘 아래 넓은 거실 바닥 위에서 길다를 끌어안았다. 이번엔 그들 모두에게 생명을 주는 피를 나누기 전에 길다의 입술이 수치심 없이 에르미스의 몸 전체를 탐험했다. 그들은 길다가 에르미스의 고향 흙과 자신의 것을 섞은 요 위에서 잠들었다.

다음 날 밤 그들은 함께 나섰다. 아직 자신의 신체적인 힘과 빠른 반사 작용에 익숙하지 않은 에르미스는 조심스럽게 움직였다. 그들은 그들과 눈을 맞추지 않는 경계하는 얼굴들을 바라보며 도시를 걸어 다녔다. 길다는 거부, 저항, 혹은 죽음이 없도록 소리 없이 움직이고 기절시키는 법을 보여 주었다. 그녀는 어째서 잠든 누군가의 꿈에 들어가 아무 의심도 불러일으키지 않고 피를 취하는 것이 최고인지 설명했다. 그리고 그 대가로 무언가를 —생명에 대해 생명을 남기는 법도. 에르미스는 빨라지고 두려움이 없어졌다.

길다는 고층 건물로 다시 돌아오자 그들의 탈출에 대해 말하며 그들이 가지고 가야 하는 것들을 설명했지만 목적지는 밝히지 않았다. 에르미스는 묻지 않고 다만 고개를 끄덕이며 자신은 준비가 될 거라고 말했다.

그런 다음 길다가 말했다. "당신은 나에 대한 의무가 없어요. 이 여행을 원하지 않는다면 부담감을 느끼지 마요. 원한다면 여전히 당신 삶을 끝내거나 아니면 혼자 가도 돼요."

에르미스는 길다와 시선을 맞췄다. 여전히 그 표정을 완전히 알 수 없었지만, 그 불투명한 베일 뒤에 숨겨진 아주 많은 감정들을 알 수 있었다. 그녀는 말했다. "내가 죽고 싶었던 건 내가 살아 있기를 바라는 사람이 아무도 남지 않았기 때문이었어요. 더는 아니죠, 그렇죠?" 그녀 눈의 반짝임이 길다를 따듯하게 했다.

"첫날밤에, 당신이 알게 됐을 때 왜 웃었어요?"

"내 이야기에 완벽한 반전이니까요. 죽어가는, 그리고 사랑이 없는 세계에서 사랑받지 못한다는 이유로 절망감에 차 어느 펜트하우스에 혼자 있던 내가, 깨어나서 이 지구에서 가장 값진 상품인 영원한 삶을 소유하게 된 자신을 발견하다니. 게다가 그건 낯선 이가 공짜로 준 삶이죠."

"단순한 나눔과 비밀보다 이 세계에 대해 더 많이 설명해야겠다는 느낌이 드네요. 이 삶에는 의문들이 많이 있어요, 상당수가 나 자신이 대답하지 못한 것들이죠. 어쩌면 결코 대답을 얻지 못할 것들이고."

"난 내가 삶을 지속할 걸 믿어요…." 에르미스가 말했다. 그녀 목소리의 리듬이 오래된 복음 성가의 노래가 되었다.

"당신을 발견했을 때, 자살을 계획했다는 걸 알았지만, 여전히 내게 멈춰 주기를 바란다고 느꼈어요. 죽음 앞에 서 있는데도 당신 내면엔 희망이 있었죠. 난 당신 안의 그게 필요했어요."

에르미스는 길다에게 귀를 기울이며 노래를 계속 흥얼거렸다.

"알면서 모르는 것이 내게 그 일을 하게 했어요. 난 당신과 함께할 기회를 원했어요."

그들은 일어나면 바로 떠날 수 있게 몇 안 되는 그들의 소지품을 옆에 두고 함께 누웠다. 땅거미가 내리기 시작하자 그들은 길 다가 남쪽 길을 따라 숨겨 둔 다른 침낭들을 모으러 떠났다. 그들은 에르미스가 운반해 온 단단히 압축된 뉴멕시코의 흙을 쉽게 파괴할 수 없는 침낭의 절반으로 옮겼다. 그들은 호버크래프트로, 그다음엔 도보로, 짐 나르는 말로, 그런 다음 다시 도보로, 길을 되짚어가며 이동했지만 항상 남쪽을 향해 나아갔다.

이따금 가는 길에 길다는 에르미스에게 다른 이들에 대해 얘기했지만 그들은 여행하는 동안 대부분 말을 하지 않았다. 몇 남지 않은 멕시코의 원주민 부락을 즐기기 위해 멈추지도 않았다. 그들은 자신들이 감시받고 있다고 느낄 때만 늦췄을 뿐 빠르게 이동했다. 동이 트기 직전까지 숨어 있다가 마침내 그들 몫의 피를 취하고 자신들의 걸음을 되짚어 동굴이나 폐허에서 잠을 잤다.

며칠 뒤 이른 저녁 그림자가 불안으로 가득 찬 그들을 찾아들었다. 그들은 한때 파나마라 불렸지만 이제 멕시코의 일부가 된 지역에 있었다. 그 운하를 건너는 것은 이 여행에서 특히 위험한 부분이 될 터였다. 좁은 다리 아래 거센 물결이 그들에게서 힘을 앗아갈 수 있었지만 길다는 에르미스를 이끌고 이 어려운 길을 건널 수 있으리라 자신했다.

그들의 부츠와 옷의 밑단에는 부분적인 보호책으로 흙이 덧대어져 있었다. 그에 더해서 그들은 날카로운 허기가 자신들을 앞으로 나아가게 하기를 바라며 깨어나자마자, 그들 몫의 피를 취하기 전에 운하를 건널 것이었다.

그들은 불안 탓에 일찍 깼다. 그때 동굴 입구 바깥에서 숨소리와 속삭이는 목소리들이 들렸다.

두 여자는 움직이지 않았다. 그들은 헌터들을 기다렸다. 헌터들은 떠났다가 다음 날 더 일찍 돌아와야 할지 어스름이 더해가는 지금 잡으려 시도할지 망설이는 듯 들렸다. 그들은 마침내, 여전히 죽은 듯이 누워 서로의 고동치는 심장과 다가오는 헌터들의 벨트에 걸린 마취 화살들의 금속성 긁히는 소리에 귀를 기울이고 있는 둘을 향해 동굴 안으로 더 깊이 들어왔다. 여자들은 헌터들이 그들의 손이 닿는 범위 안에 올 때까지 기다렸다. 헌터들은 각각 손에 마취용 화살을 들고 땀과 탐욕의 냄새를 풍기고 있었다.

여자들을 봤을 때, 헌터 중 큰 쪽이 날카롭게 숨을 들이켰고 다른 쪽은 조용히 하라고 몸짓했다. 그들은 침낭 양옆에 한 명씩 선 다음 움직이지 않는 여자들 위로 몸을 웅크렸다. 그들이 몸을 굽힐 때, 그들의 물통 하나가 앞으로 떨어지며 에르미스의 머리를 스쳤다. 그녀는 낮게 쉿 소리를 냈고, 다음 순간 그녀와 길다는 뛰어올라 재빨리 남자들을 꼼짝 못 하게 눌렀다. 그들은 마취 화살들을 바닥에 떨구었다. 헌터 한 명이 동굴 입구 쪽으로 다시 뛰쳐나가려 했지만 에르미스가 화살 하나를 집어 빠르게 던졌다. 그게 그의 왼쪽 팔꿈치 바로 위에 명중했다. 그는 반걸음 떼다가 발아래 땅이 사라지기라도 한 듯이 무너졌다.

다른 헌터는 길다를 피해 에르미스의 뒤쪽으로 몸을 돌려 화살을 쥔 주먹을 내리꽂았다. 그의 목표는 분명했다. 에르미스 등의 중앙. 길다는 그를 막으려 움직였고, 화살을 돌려 헌터의 가슴에 박았지만, 그 직전 그 끝에 손을 찔렸다. 상처 주변에서 끓어오른 피가 길다를 메슥거리게 했다. 그를 거둬들이는 죽음을 지켜보며 그의 얼굴을 기억하던 그녀는 다음 순간 자신의 눈을 멀게 하는 타오르는 불빛을 느꼈다.

이제까지의 모든 것이 침묵에 싸였다. 쓰러지는 길다의 몸을 잡으려 팔을 뻗으며 에르미스가 크게 비명을 질렀다. 그녀의 고함 소리가 은신처 벽의 바위들을 뒤흔들며 돌로 된 복도들에 메아리쳤다.

에르미스는 흩뿌리는 먼지와 흙 아래서 길다를 가슴에 와락 껴안았다. 에르미스의 마음속에서 부풀어가는 비통과 공포가 그녀의 찢어지는 듯한 비명을 막았다. 그녀는 약하게 뛰는 길다의 심장을 느끼고 안도했다. 그녀는 길다와 그들의 짐을 바깥의 길로 옮긴 다음 오로지 동굴에서 멀어지기 위해 100킬로그램이 넘는 무게를 지고 위태롭게 균형을 잡으며 수 킬로미터를 걸었다. 에르미스는 길다를 덤불에 숨기고 그들 몫의 피를 구하기 위해 자리를 떴다. 부러 고립된 동굴을 선택했기에 그 여정은 길었다. 그녀는 돌아와 길다의 맥박을 일정하게 잡아 줄 신선한 피를 나누었다. 에르미스는 길다의 팔다리 근육들을 자세히 살폈다. 약물이 그 근육들에 해를 가하지는 않은 것 같았다. 약했지만 여전히 탄력이 있었다.

이 삶에 대해 아는 바가 너무 없었기에 에르미스는 무엇도 확신할 수 없었다. 그들은 운하를 건너야 했다. 하지만 그다음엔?

다른 이들이 어딘가에서 그들을 기다릴 터였다. 무엇을 해야 할지 아는 다른 이들이. 하지만 어디서 기다리고 있지?

움직이는 기미를 찾아 길다를 지켜보는 에르미스의 머릿속에서 질문이 비명을 질러댔다. 이내 그 답이 왔다. 에르미스는 앉은 채 얼어붙었다. 그녀의 눈은 길다의 눈만큼이나 고요했다. 산들바람이 불어와 마음을 부드럽게 스치는 것처럼 그녀의 머릿속에 목소리들이 들렸다. **페루까지 남쪽으로.** 그들은 **마추픽추의 오래된 폐허**에서 기다릴 것이다. 그곳의 발음이 에르미스에겐 너무도 옛 것처럼 들려서 그 이름을 들어본 적이 있는지조차 확신할 수 없었다. 하지만 그녀는 그 장소를 선명하게 떠올렸고 그곳에서 기다리고 있을 두 사람이 거의 눈에 보일 듯했다.

에르미스는 어둠이 완전해질 때까지 쉬었다. 하늘은 거의 구름한 점 없었고, 여느 평범한 밤인 듯이 그 텅 빈 가운데 별들이 몇 점 걸려 있었다. 그녀는 밤의 특수성에 감사할 시간이 거의 없었다. 그녀는 나아지는 기미를 찾아, 그리고 그들이 이 여행을 지속할 방법에 대한 대답들을 찾아 길다의 얼굴을 들여다보았다. 이내 트라보이의 이미지가 떠올랐다. 그녀는 튜닉의 벨트와 그들의 침낭에서 나온 가죽끈 몇 조각으로 그들의 짐을 묶고 초록색 나뭇가지들로 만든 어색한 들것에 단단히 비끄러맸다. 길다의 축 늘어진 몸을 그들의 소지품들 사이에 묻어 들것에 잡아맸다. 에르미스는 그런 다음 그 전부를 허리에 달고 남쪽으로 빠르게 걸었다. 바닷물의 당기는 힘이 이내 그녀의 근육들을 둔하고 관절염에 걸린 듯이 느껴지게 했다. 다리와 그 아래 거센 물결이 눈에 들어왔을 즈음 그녀는 턱을 너무 꽉 깨물어서 긴장감에 이가 아 파지기 시작했다.

들것이 몸에서 풀린다면, 에르미스는 그걸 팔로 들 힘이 없을 터였다. 한 발이 다른 발 앞으로, 자꾸 멈칫거리는 심장 고동과 리듬을 맞추며 무겁게 움직였다. 시야가 흐렸지만 그녀는 시선을 운하의 맞은편에 고정했다. 에르미스의 꾸준한 걸음이 길다의 마비된 몸을 흔들었다.

머릿속에서 길다는 하나의 목소리를, 길다가 부모의 부름을 듣지 못하는 밖에서 노는 아이인 양 그녀의 이름을 거듭 부르는 버드의 목소리를 듣기 시작했다. 그녀는 그 목소리에 정신을 집중하고 흔들리는 움직임이 자신을 그 목소리로 데려가도록 했다. 그녀는 그 달콤한 숨소리를 들었다.

아, 마침내 네가 내가 만든 집으로 오는구나. 버드가 말했다.

그리고 우린 이 세상을 함께 떠날 수 있고요. 길다는 소리 내어 말한 듯이 자신의 대답을 들었다.

아니다, 내 아이야. 난 그렇게 생각하지 않는다. 우다드를 떠난 이래 나는 이 둥지 저 둥지로 날아다녔지. 그리고 우린 이 세상을 함께 알 만큼 충분한 시간을 보내지 못했어.

길다는 자기 안에서 넘쳐나는 반발을 느꼈다. 헌터들은 수그러들지 않을 것이다. 대기가 지켜질 가능성은 적었다. 그녀는 남을 이유를 알지 못했다.

우리가 남는 이유는 여기가 우리 집이기 때문이지. 우린 둘 다 이곳에서 땅을 잃었어. 우리가 그들에게 전부 남겨야 할까? 난 아니다.

길다는 눈을 뜰 수 있었다. 그녀는 자신과 수많은 것들의 무게를 끌고 가는 단호한 등을 지켜봤다.

그래요, 우린 남을 거예요.

길다는 자신의 의지력을 밖으로 뻗어, 그들을 앞으로 끌어당기는 이들과 나란히 모았다.

에르미스가 시야를 분명하게 하려 눈을 깜박이며 어둠 속을 응시했다. 아무것도 보지 못했지만 다른 이들의 존재를 느꼈다. 그녀는 더 이상 느껴지지 않는 양발을 의식 없이 움직여 갔다. 서늘한 물보라가 뿌려졌지만 공기는 다시 메말랐고 그녀가 아는 건 몸에 매달린 트라보이의 무게와 다리가 돌로, 이내 흙길로 변해 간다는 것뿐이었다. 여전히 그녀는 멈추기가 두려워 걸었다. 그녀의 감각을 사로잡던 물의 힘이 풀리자 마침내 길의 먼지가 그녀에게 실재가 되었다. 그들이 운하를 건넜다.

밤은 몇 시간 남아 있지 않았다. 에르미스는 동이 트기 전에 숨을 곳을 찾아야 했다. 에르미스는 몸을 굽혀 길다의 얼굴에서 먼지를 닦아내며 그녀의 귀에 속삭였다. 길다의 눈이 천천히 뜨였다. 더 이상 불투명하지 않았다. 에르미스는 길다의 맥박을 더듬고 안도했다. 제대로 묶여 있는 걸 확인하고 그녀는 다시 들것을 끌었다.

에르미스가 찾은 은신처는 처음엔 그저 무너진 돌 더미 같았지만 이내 건물의 잔해라는 걸 알 수 있었다. 그녀는 바위 조각들을 들어 올리고 자신들과 그들의 짐꾸러미가 들어가기에 충분한 자리를 만들 때까지 커다란 돌무더기 아래로 파고들었다. 그녀는 길다를 품에 안고 잠이 그들을 덮칠 때까지 자신들의 숨소리를 들었다. 한낮이 되자 그들은 불안하게 자세를 바꿨지만 바위 틈새로 들어오는 가느다란 햇살들은 해를 입히지 못했다.

에르미스는 스며드는 저녁 한기에 깜짝 놀라며 깨어나 길다의 호흡이 거의 정상이 되었다는 것을 깨달았다. 실제로 길다의 머리를 들어 올리자, 그녀의 눈은 뜨여 있었고 맑았다. 에르미스는 회복되었다는 다른 조짐이 있기까지 더 이상 움직이지 않기로 결정했다.

그리고 이내 길다가 자신의 손을 에르미스의 얼굴에 올렸다.
"당신의 용기는 엄청나군요." 길다가 쉰 목소리로 말했다.
"당신이 날 떠날 수 없는 것처럼 나도 당신을 떠날 수 없어요."
그들은 펜트하우스에서의 그날 밤이나 뒤에 남긴 허브 주머니에 대해 말하지 않았다.

"들었어요." 에르미스가 망설이는 목소리로 말했다. "내 생각 속에서 많은 목소리들을."

"그래요." 길다가 말했다. "나로선 이해하기 어렵지만, 버드가 나와 함께 있었어요."

"우리와 만나게 될 이들이 매시간 가까워져요. 다른 이들이 있어요, 나를 격려하는." 에르미스가 계속했다.

"에피와 줄리어스, 앤서니, 소렐. 당장은 그들이 나를 포기하기를 바라는 건 상상할 수 없네요." 길다가 그들이 함께한 이래 처음으로 에르미스에게 환하게 웃었다.

그들은 나란히 그 산들을 넘었다. 별들이 좀 더 많이 모습을 나타내며 그들에게 확신을 주었다. 길다는 잠깐 멈춰서, 별들이 아래를 내려다보며 자신을 볼 수 있는 것처럼, 감탄하며 그들을 올려다보았다. 그녀는 짙은 숲의 냄새를 풍기는 공기로 폐가 부풀어 오르는 것을 느꼈다. 나뭇잎들의 부스럭대는 소리가 커질수록 밤 자체가 녹색으로 보였다. 그녀는 눈을 감고 오래전 자신을 구한 여자의 내면에서 처음으로 흘끗 보았던 그 길을 떠올렸다. 이 길과 아주 많이 닮아 있었다―좁고, 구불구불하고, 풍성한 주변 환경에 거의 덮여 있던. 길다는 어둠 속에서 다가가 거대한 나뭇잎을 자세히 들여다보았다. 자잘한 잎맥들과 부드럽게 구부러진 윤곽이 그 위에 한 우주를, 아직 탐구되지 않은 경이를 부여했다.

그녀는 에르미스를 돌아봤다. "거대한 모닥불을 만들어요, 그런 다음 내게 당신 얘기를 해 줘요. 당신이 누구였는지 당신에게 삶이 어땠는지. 다시 이야기들과 춤이 있을 거예요."

그들은 걸었고, 에르미스는 낮은 목소리로 흥얼거렸다. 그녀는 말했다. "우리 엄마는 찬송가를 좋아했어요, 복음성가를. 전혀 종교적이진 않았지만, 그냥 그 음악을 사랑했어요. 그게 너무 순수해서, 역사를 생각나게 한다고요. 웃겼어요, 엄마랑 아빠랑 현관 그네에 바짝 붙어 앉아서는 그게 무슨 로맨틱한 발라드라도 되는 것처럼 '예수께 나아가리'를 부르는 게." 그들은 함께 웃음을 크게 터뜨렸다.

"당신은 우리 가족을 좋아할 것 같아요. 줄리어스는 1968년 이래 불린 모든 복음 성가와 슬랭을 알죠. 그리고 버드는 당신의 고향 땅에 대해 수많은 역사를 알려 줄 테고."

길다는 잠깐 멈췄다. 되살아나는 하늘 속에서 남쪽으로 가는 산마루에 은색 달무리를 배경으로 두 그림자가 보였다. 줄리어스와 에피가 그들과 평행하게, 마추픽추를 향해 동쪽으로 나아가고 있었다. 길다가 가리키자 에피의 미소가 환해졌다. 둘은 그들을 만나려고 남쪽으로 틀었다. 길다는 더 이상 자신의 생을 위해 달아나지 않았다.

[끝]

◆ 후기 ◆

피의 관계:
길다와 우리 미래의 이해관계

알렉시스 폴린 검스(시인, 퀴어 페미니스트 활동가), 2015

때로 정오에 나는 꿈을 꾼다
두려울 게 없다

_오드리 로드의 '프롤로그Prologue',
『타인이 사는 땅에서From a Land Where Other People Live』

때로 정오에
나는 오드리를 꿈꾼다
모든 걸 바꾸는 방식으로 당신을 바라보는

_알렉시스 폴린 검스, '주웰을 위하여For Jewelle',
〈모바일 홈커밍 컬렉션Mobile Homecoming Collection〉

길다를 만난 순간 나는 그녀를 엄마에게 소개하고 싶었다. 그리고 그렇게 했다. 우리 엄마의 『길다 이야기』 책은 엄마의 책꽂이 위 셀 수 없이 많은 자기계발서 옆에 꽂혀 있다. 물론 『길다 이야기』는 자기계발서가 아니다. 나는 그 책을 고전 소설로 생각한다. 정확하며 예지적인 작품으로. 신(新)노예 탈출 서사로. 아프로퓨처리즘적인 투영으로. 이 책이 처음 출간된 이래 25년이 지난 지금, 나는 또한 『길다 이야기』를 특별한 종류의 자기계발서로 생각한다. 어떻게 잊을 수 없는 캐릭터를 창조하는지, 장르와 문학 전통을 융합시키는지, 공간을 묘사하는지, 그리고 여성과 흑인을 죄책감 없이 사랑하는 한 흑인 여성의 시각으로 인류와 지구와의 대화를 시작하는지 우리에게 가르치는 책.

우리 엄마는 트레키(미국 TV 시리즈 〈스타 트렉〉의 팬을 일컫는 말-옮긴이)이고, 〈하이랜더〉와 〈버피 더 뱀파이어 슬레이어〉 같은 드라마들의 팬이다. 공간을 넘나들어 날아다니며 다른 세계들을 맞닥뜨리는 이들, 수 세대를 살며 시대착오적인 표현을 말하는 이들, 낮에는 평범한 노동자를 가장하지만 밤이면 매력적이고 대담한 존재와 함께 세상을 구하는 이들에 대한 엄마의 열정은, 엄마가 자신을 죽어야 했지만 살아남은 존재들의 지지자로 생각했기 때문일까? 불법 이민자들의 후손으로서 우리의 운명과 외계인들에 대한 우리의 친밀감 사이에 관계가 있을까? 인구통계학적으로 여성에게 현저히 낮은 기대 수명과 언데드에 대한 우리의 동일시 사이에 관계가 있을까?

나는 『길다 이야기』를 엄마와 딸 사이의 대화의 문으로 보았다. 나는 그 소설을 읽는 것이 엄마에게 퀴어 흑인 페미니스트로서의 내 삶이 파트너 선택 이상의 무엇이라는 감각을 주기를 바랐다. 그것은 또한 시간과 사람과 공유 공간과의 관계에 대한 것이기도 하다. 여러 가지로, 우리는 둘 다 길다와 그녀의 공동체의 사람들과 같다. 우리는 사는 곳과 다른 땅에서 태어났고, 우리 조상의 흙과 모래를 지니고 다니고픈 갈망을 공유한다. 우리는 직관력이 있고(엄마는 심리상담사, 나는 교육자이다), 스스로의 꿈과 욕망을 늘 깨닫지는 못하는 사람들의 꿈과 욕망에 익숙하다. 우리는 듣고 치유한다는 친밀한 작업을 즐긴다.

때로
정오에
나는 낮잠을 잔다
나를 둘러싼 책에
가득한 여자들은
죽지 않지만
죽을 수 있다
(몸이 살아갈 유일한 장소라면)

_'주웰을 위하여'에서

『길다 이야기』가 같은 시기에 출간된 흑인 레즈비언 페미니스트들이 쓴 수많은 작품, 다시 말해 절판된, 절판되고 비주류로 밀려나고 연구되지 않고 잊힌 작품들과 같은 전철을 밟게 될 것은 뻔한 일이었다. 내 말은, 1991년에 누가 흑인 레즈비언 뱀파이어 소설에 준비가 되어 있었겠나? 내가 학생들에게 『길다 이야기』의 첫 출판일을 말하면 여전히 눈썹들이 올라간다. 하지만 현실은, 독자들이 이 책을 그 오랜 세월, 세대를 넘어, 교실을 넘어, 카페 테이블 너머 서로에게 전달해왔다. 사반세기 전에 『길다 이야기』 는 1970년대와 80년대의 급진적인 레즈비언 페미니스트 정치적 작품이 세기말과 어떻게 관련되어 있는지에 대한 깊이 있는 시각을 제공했다. 이 개정판이 새로운 이유는 그것이 오늘날 동시대 문학의 주요한 성취 일부를 예고하기 때문이다. 흑인, 사변 소설, 가족의 재정의, 그리고 물론 뱀파이어.

2016년에는, 흑인 여성 작가들이 쓴 성(性), 성적 취향, 공동체, 폭력을 탐구하는 뱀파이어 소설들이 수없이 존재한다. 이 카테고리의 소설들로 한 과정을 가르칠 수 있으며, 누군가 그래야만 할 정도로. 하지만 1991년에는 그런 게 전혀 없었다. 타나나리브 듀의 수많은 미묘한 소설들, 제인의 실험들, 모어하우스의 소년들을 채용해 우리 안을 채우는 슈퍼모델 뱀파이어들에 대한 펄 클리지의 소설들, 심지어 옥타비아 버틀러의 『쇼리Fledgling』도 아직 출간 전이었다. 사람들이 흑인 여성과 그들의 빈민 지역 후손들이 미국 자본주의의 생혈을 얼마나 빨아내는지 묘사해가며 정치적인 경력을 다지던 시기에 흑인 여성 뱀파이어에 대한 소설을 쓰려면 어떤 용기가 필요했을까? 기독교 보수 종파가 레즈비언과 게이 작품을 포르노그래피와 동일시하며 출판 규범과 제한적인 공적 자금에 압박을 가하던 시기에 흑인 레즈비언 뱀파이어 소설을 쓰려면 어떤 용기가 필요했을까?

  흑인 여성이 생식할 수 있는 미래가, 미래가 전혀 없는 것보다 더 나쁘다고 말하는 정치인들의 비난에 맞서는, 흑인 레즈비언이 종(種)의 말살의 원인이 되리라는 흑인 민족주의자들의 비난에 맞서는, 그리고 레즈비언으로 오인되어 내쫓길 것에 대한 흑인 이성애자 여성의 두려움에 맞서는, 또 하나의 작품이 있다. 오드리 로드의 1973년 모음집 『타인이 사는 땅에서』의 마지막에 등장하는 시 '프롤로그'는 퀴어 언데드를 극한까지 밀어붙인다. 흑인 레즈비언 뱀파이어의 관점으로.
  주웰 고메즈는 자신의 첫 시집 『립스틱 페이퍼스 The Lipstick Papers』에서 로드의 초기작들을 본받았으며, 『타인이 사는 땅에서』의 마지막 장에 등장하는 뱀파이어에 영감을 받았다고 말한다('프롤로그: 오드리 로드, 말과 행동'에서 오드리 로드에 대한 그녀의 헌사를 확인해보라 http://www.thefeministwire.com/2014/02/prologue-audre-lorde-word-and-action). 로드는 흑인 공동체가 제약에 저항하는 흑인 여성에 준비되어 있는지 묻고, 고메즈는 시공간을 초월해 살아가며 흑인의 창조적인 공동체에서 여러 시대를 누비는 길다로 응답한다. 고메즈는 흑인의 의미를 단속하고, 흑인이자 여성이라는 특이점에서 힘과 위협을 앗아가는 편협한 사람들의 악몽에 깊이와 살을 부여한다. 다시 말해, 주류 문화의 시선에서 흑인, 여성, 퀴어가 죽음으로 정의된다면, 고메즈는 언데드를 창조하여 흑인, 여성, 퀴어의 또 다른 삶의 방식을 제시한다. 정책 입안자들은 음식 없이도 가족을 살게 하는 흑인 여성을 두려워하지만, 여기 어둠 속에서 와인과 꿈으로 살아가는 길다가 있다. 흑인 민족주의자는 필요하면 남자가 될 수 있는 흑인 여성을 두려워하지만, 여기서 그녀는 바지를 입고 중서부를 활보한다. 백인 페미니스트 운동은 스스로 성적 취향을 통제하는 흑인 여성을 두려워하지만, 여기 사창가를 운영하며 같은 기술로 강간범을 죽이는 흑인 여성이 있다. 흑인 여성들은 힘을 드러내면 격리되고 고립될까 두려워하지만 여기 공간과 친밀감, 독립과 연대에 대한 욕구로 수 세대를 씨름하는 흑인 여성이 있다. 흑인 예술가들은 인간을 억압하는 서사에 대한 반응을 넘어선 시적 표출을 생산할 준비가 되어 있고, 여기 대대로 의의가 있을 주웰 고메즈가 있다.

> 그리고 내 입술 새로
> 우리 가운데 살아가고 움직이는
> 우리 조상들의 유령들의
> 목소리가 새어 나온다.
>
> _'프롤로그'에서

이 책의 생은 그 주인공의 생과 평행한다고 말할 수 있을 것이다. 그녀는 결코 살아남을 의도가 없으나 어떻게든 인간의 판타지, 욕구, 욕망과 친밀하고 끊임없이 관계를 맺어가며 자신이 아는 거의 모든 이들보다 더 오래 살아간다. 25년 전에, 『길다 이야기』는 도시에 사는 흑인 레즈비언들의 삶에 대한 독특한 표상을 제공했다―밤에 외출하고, 무언가를 더 추구하는. 또한 어울리는 하위문화적 공간들(미국 남북전쟁 전의 사창가들, 골드러시 시기의 바들, 흑인 여성들의 클럽들, 미용실들, 오프브로드웨이 극장들, 흑인 레즈비언의 거실 살롱들)과 다양한 층위의 억압을 경험하는 흑인 여성들의 회복력 사이의 역사적 관련성에 대한 지도 또한 제공했다. 『길다 이야기』는 어렴풋한 원자력의 미래를 들여다보고 이런 저항과 친교의 공간들에서 학습된 교훈들이 가장 큰 도전 과제, 인류가 지구라는 행성과 관계를 유지하려면 무엇을 제공해야 하는지 묻는다.

 피크 오일(석유 생산량이 정점을 찍는 시점-옮긴이)을 지난 지금, 블록버스터 영화들의 상당수가 종말론적이고 수퍼히어로들이 유행이다. 흑인의 상상력이 지구에서의 인간의 생존을 위해 무엇을 제공해야 할까? 휴머노이드 존재의 경계에 대한 탐구는 인간의 관계성의 진화와 어떤 관련이 있을까? 길다의 (사후의) 삶에서 지속되는 질문 하나는 인간의 나약함과 어떻게 관련을 맺는가이다. 이야기 속 다른 뱀파이어들이 자신들의 영원한 삶을 다른 뱀파이어들과 교제하며 살아가는 것과 달리, 길다는 인간의 일상적인 관심사들에 빠져 있다. 그녀는 지역 공동체에 끌린다. 그것이 위험을 감수해야 하며 자신에게 분명 어떤 고립을 일으킨다 해도.

 2015년 찬사받은 모음집 『옥타비아의 아이들: 사회 정의 활동가들의 SF 단편들 Octavia's Brood Science Fiction Stories from Social Justice Activists』의 공동 편집자인 왈리다 이마리샤가 창조한 A라 불리는 타락한 천사 캐릭터는 내게 길다를 연상시킨다. A는 인간 삶의 파괴를

433

지켜볼 수만은 없었기에 천국에서 추방당했다. 그녀는 그것을 신의 계획의 일부로 받아들일 수 없었기에 지상으로 추방되어 무모하게 서로를, 그리고 스스로를 파괴하는, 그녀에게 너무 많은 대가를 치르게 하는 인간들 사이에서 분개하며 살게 된다.

인간들은 위험하고, 길다가 선택한 가족은 대부분 편의와 안전을 위해 자신들을 인간과 구분하기를 선택한다. 하지만 길다는 미용실과 재즈 클럽들에 남기를 원한다. 그녀는 흑인들에게 피를 받는 대가로 꿈과 자신감을 포함해서 가장 기본적인 욕구들을 제공하고 싶어하지만, 또한 억압의 경험을 미와 사랑의 증거로 탈바꿈하는 훈련에 필요하다고 깨달은 노래를, 이야기를, 극을, 그리고 헤어스타일을 제공하기를 바란다.

아이들은
이 지구 곳곳에 풀잎처럼 남아 있고
아이들은 모두 노래한다.

_'프롤로그'에서

내가 이 글을 쓰는 사이, 미국 대법원에서 마침내 성별에 기초해 사람들에게 결혼할 권리를 배제하는 것은 위헌이라고 명시했다. 생식 기술과, LGBTQ 사람들이 아이를 낳고 아이를 키우고 서로 협동하고 경계를 넘어 가족을 형성할 권리가 보다 명확해진 시기에, 그리고 신자유주의가 특별한 가족들에게 그들의 레즈비언과 게이 가정을 이성애적인 가부장제의 이미지 속에서 형성하기를 부추기는 때에, 선택적 가족과 퀴어적인 생식에 대한 길다의 사례는 교훈적이다. 『길다 이야기』는 미국의 유동적인 구조로도 훼손될 수 없는, 선택적인, 합의에 의한 가족적 유대 관계를 제시한다. 이 책에 등장하는 동반 관계는 젠더 혹은 출생 국가가 아니라 애정을 기반으로 한다. 그녀가 창조한 관례 속에서 사람들은 문자 그대로 자신들의 고향 흙을 결합하고 그 위에 누워 함께 새로운 무언가를 창조할 수 있다. 길다는 전체 흑인 공동체와 선택적 가족으로 연대하며, 버드는 전 세계에서 분투하고 있는 원주민들을 선택적 가족으로 연대한다. 가족, 공동체, 그리고 서로 간의 관계를 어떻게 구축할 것인가에 대한 우리의 질문들이, 포용의 형태를 취했으나 배제 또한 양산하는 정부의 압력에 짓밟히고 있는 이 시기에, 『길다 이야기』는 평생의 동반자로 서로를 선택하는 것이 어떤 의미인지 어떻게 성찰할 수 있을까?

> 어두워질 때 내 마음의 목소리를 들으라
> 나의 이 일부를
> 그리고 너희 각자의 일부를 받아들일 이 땅에서
> 오랜 리듬을 끌어내는 목소리를
> 역사에서 우리의 역할이 다시 활발해질 때
> 그리고 끝날 때
>
> _'프롤로그'에서

이번 25주년 개정판은 우리 인류가 이 지구상에서 100년 이상 살아남지 못할 가능성에 대해 숙고해 봐야 하는 시기에 등장한다. 전략의 막바지 단계에 이른 우리는 길다의 리드를 어떻게 따를 것인가? 어떻게 우리의 잠재의식을 자양분과 방향성의 원천으로 삼을 것인가? 오드리 로드는 자신의 학생들에게 의식이 견딜 수 없는 자원과 이미지를 얻기 위해 꿈 일기를 쓰라고 요구한다. 길다는 자신이 피를 취하는 이들과 그들의 가장 깊은 꿈을 건드려 연결된다. 우리가 이 행성에 흘리고 있는 피를 넘어서, 우리의 꿈과 잠재적인 욕망이 우리를 보다 큰 환경과 연결시켜 주는 자원이 된다면 어떨까? 인류로서의 불로 장수에 작은 가능성을 제공한다면?『길다 이야기』가 피의 대가를 피의 연대로 바꾸는 법을 알려 줄 수 있을까?

『길다 이야기』의 많은 예언이 이미 실현되었다. 우리는 이 소설이 예언하듯 컴퓨터 화면 너머로 대화하고 있다. 원주민들이 부상하고 있으며 땅과 통치권을 다시 얻기 위해 연대를 형성하고 있다. 밤에 잠들지 않는 듯 보이는, 버드 같은 이들이 기후 정의를 위한 투쟁을 벌이고 있다. 이런 때 우리는 길다에게서 무엇을 배울 것인가? 그리고 우리는 우리 자신의, 그리고 서로의 생명을 구하기 위해 누구에게 그녀를 소개할 것인가?

정오를 지난 풍경 어딘가에
나는 나이고 내가 아닌 나의
어두운 흔적을 남길 것이다

    _'프롤로그'에서

하지만 매 순간, 매일 매초
매분 한밤중 아침에
나는 내 안에서 다시 태어난 흑인 여자이다
내 사랑 안에서 위험한
군중 안에서 살아 있는
그리고 나는 당신이 그걸 꿈꾸었다고 생각한다

    _'주웰을 위하여'에서

『길다 이야기』 알라딘 북펀드에 참여해주신 분들

Louisakgae, Lukesky, Medusa J, MG, SF판타지도서관, 강세미, 권찬미, 권혜원, 길상효, 김병준, 김수륜, 김수영, 김은수, 김재원, 김지혜, 김하람, 김현미, 김현영, 김후인, 라이스미스, 로렌, 망고야, 미냐미냐, 미니언니, 박겨울, 배나무, 백영주, 빌리, 서주희, 소양, 소효종, 손형선, 송민아, 송아, 심완선, 심운, 심해연, 에몽, 윤덕성, 이수진, 이수희, 이은미, 이준환, 이지민, 이채영, 이철광, 이태제, 이현, 임희영, 장순주, 정형중, 조슈아, 지애영, 지하진, 진사야, 최지혜, 최혜민, 최희라, 최희주, 추장의딸, 칠정, 침엽수, 팽유정

옮긴이 안현주

이화여자대학교에서 국문학과 영문학을 전공했다. 『기이한 것과 으스스한 것』, 『방해하지 마시오』, 『낯씽맨』, 『여자가 쓴 괴물들』, 『당신 인생의 십 퍼센트』, 『엑스파일』, 『빛이 드는 법』 등을 우리말로 옮겼다.

길다 이야기

1판 1쇄 인쇄 2025년 5월 30일
1판 1쇄 발행 2025년 6월 10일

지은이 주웰 고메즈
옮긴이 안현주

발행인 김지아
표지 및 본문 디자인 강수정

펴낸 곳 구픽
출판등록 2015년 7월 1일 제2015-27호
주소 서울시 광진구 동일로 459, 1102호
전화 02-491-0121
팩스 02-6919-1351
이메일 guzma@naver.com
홈페이지 www.gufic.co.kr

ISBN 979-11-93367-14-8

• 이 책은 구픽이 저자와의 계약에 따라 발행한 것이므로 본사의 서면 허락 없이는 어떠한 형태나 수단으로도 이 책의 내용을 이용하지 못합니다.
• 책값은 뒤표지에 있습니다.